BASTEI
LÜBBE

JASON DARK

Die Welt des JOHN SINCLAIR

MYXIN, DER MAGIER

VIER SPANNENDE KULTGESCHICHTEN

BASTEI LÜBBE

BASTEI LÜBBE TASCHENBUCH
Band 73 975

1. Auflage: November 2008

Vollständige Taschenbuchausgabe

Bastei Lübbe Taschenbücher
in der
Verlagsgruppe Lübbe

Die Veröffentlichung dieses Werkes erfolgt durch Vermittlung
der Autoren- und Verlagsagentur Peter Molden, Köln.
Lektorat: Rainer Delfs
Titelbild: © Ulrike B. / PantherMedia
Umschlaggestaltung: Tanja Østlyngen
Satz: Wildpanner, München
Druck und Verarbeitung:
Norhaven A/S
Printed in Denmark
ISBN 978-3-404-73975-2

Inhalt

Das Dämonenauge
(Band 17, 1978)
Seite 7

Die Schöne aus dem Totenreich
(Band 143, 1981)
Seite 113

Mandraka, der Schwarzblut-Vampir
(Band 296, 1984)
Seite 215

Der Verräter
(Band 297, 1984)
Seite 315

DAS DÄMONENAUGE

Zwei Öllichter brannten am Kopfende der Liege. Ihr Licht erfüllte den Raum mit einem verschwommenen Dämmerschein. Mein Blick wanderte zu den Lampen hin. Ich hatte plötzlich das Gefühl, als würden sie sich einander nähern, einen furiosen Feuerwirbel bilden, aus dem sich dann die Bilder der Vergangenheit schälten.

Hinter mir stand Suko, mein Freund und Partner. Er hielt die Hände gegeneinander gepresst. Hin und wieder hörte ich ihn schwer atmen.

Wie war es dazu gekommen, dass Jane Collins hier lag und mit dem Tod kämpfte?

Es hatte damit begonnen, dass Jane zufällig eine Hausbewohnerin vor dem Fahrstuhl getroffen hatte. Die junge Frau – sie hieß Sandra Moran – hatte Jane auf einen Drink in ihre Wohnung eingeladen. Dort gab es dann den grausamen Vorfall. Sandra brach plötzlich zusammen. Der Tod griff nach ihr. Doch kurz bevor sie starb, konnte sie noch einige Worte reden, die Jane Collins aufschreckten. Sandra hatte versprochen, nach dem Tod zurückzukehren.

Jane hatte mich alarmiert.

Die Spur führte uns zu einem Mann namens Azarin. Er besaß eine Agentur, die er zusammen mit einer gewissen Marga leitete. Ich hatte bei meinen Ermittlungen gegen das Paar keinen Erfolg, Jane aber wurde in den Keller geschleppt und dort gefangen gehalten.

Sandras düstere Prophezeiung erfüllte sich. Sie erhob sich wieder. Suko, der vor der Leichenhalle gewartet hatte, sah sie herauskommen und in einen Wagen steigen. Er nahm die Verfolgung auf, wurde aber auf regennasser Straße in einen Unfall verwickelt.

Azarin hatte Sandra abgeholt, schaffte sie in den Keller zu Jane Collins und zu zwei anderen Mädchen, deren Namen Franca Corelli und Karin von Rodeneck waren. Auch sie waren Untote. Sie warteten auf ein viertes Mädchen, auf Colette. Doch sie kam nicht, und Azarin wusste, dass man ihm bereits auf den Fersen war. Er konnte nicht mehr warten und floh mit den drei Untoten und Jane Collins in Richtung Flughafen, wo sein Privatjet stand.

Ich hatte inzwischen alle Bedenken über Bord geworfen und war noch einmal in die Agentur gefahren.

Dort traf ich auf Marga und die vierte Untote, die inzwischen eingetroffen war. Marga hatte schon Vorbereitungen getroffen und einige Kanister mit Benzin geleert. Während sie die Untote auf mich hetzte, zündete sie das Benzin an. Es war grauenhaft. Nur mit Mühe entkam ich dem Inferno. Mir gelang es, Marga zu retten. Bei Colette kam jede Hilfe zu spät. Aber auch Marga war sehr schwer verletzt. Sie hatte nur noch Minuten zu leben. Doch sie hatte mir noch den entscheidenden Tipp gegeben. Marga sprach von der griechischen Insel Delos. Dort sollten die Untoten geopfert werden, um die Dämonen von Atlantis wieder auferstehen zu lassen und eine neue Blütezeit des versunkenen Kontinents einzuleiten.

Suko und ich flogen nach Griechenland. In Athen besuchten wir einen Mann mit den Namen Kiriakis. Den Namen hatte ich von Marga. Kiriakis war uns wohlgesonnen. Auch er galt als Feind des Bösen, und er wusste über Delos Bescheid. Mit seiner Hilfe starteten wir zu einem Dimensionssprung, trafen auf Delos ein, fanden dort steinerne Puppen, die den Untoten aufs Haar glichen, und konnten im letzten Augenblick die magische Auferstehung dieser Mörderpuppen verhindern. Doch um welchen Preis!

Jane Collins wurde schwer verletzt. Azarin hatte mit einem Messer auf sie eingestochen. Er selbst tötete sich mit derselben Waffe, da er bei seinem Herrn, dem Schwarzen Tod, in Ungnade gefallen war.

Wieder war der Name meines Erzfeindes gefallen. Aber ich hatte auch einen anderen Begriff gehört.

Das Dämonenauge!

Dieses Auge sollte ein wichtiges Bindeglied zwischen dem Schwarzen Tod und unserer realen Welt sein. Durch das Dämonenauge, so besagte es die Legende, war der Schwarze Tod in der Lage, in die Zukunft zu sehen.

Es musste zerstört werden, um dem Schwarzen Tod eine seiner wichtigsten Waffen zu nehmen. Diese Aufgabe hatte ich mir gestellt. Die Frage war nur, wie ich es anfangen sollte. Doch all diese Dinge waren für mich momentan zweitrangig.

Jetzt ging es um Jane Collins.

Um ihr Leben!

Suko und ich befanden uns mit Jane in Kiriakis' Wohnung, in einem Kellerraum, der in der Altstadt von Athen lag. Dort, wo die Gassen noch schmal und verwinkelt waren, wo kaum ein Tourist hinkam und die Menschen ihr eigenes Leben lebten.

Kiriakis selbst war nicht da. Er hatte sich verabschiedet und wollte etwas besorgen. Was, das hatte er nicht gesagt.

Ich wischte mir über die Stirn und atmete ein. Dann blickte ich wieder in Janes Gesicht, versuchte ein Lebenszeichen bei ihr zu erkennen.

Wie tot lag sie auf der Liege. Ich strich mit den Fingerspitzen über ihre Wangen. Fühlten sie sich schon kälter an? Hatte sich die Todesstarre bereits ihres Körpers bemächtigt?

»Jane!«, flüsterte ich. »Mein Gott …«

Schwer legte sich eine Hand auf meine Schulter. »Es wird schon alles gut werden«, sagte Suko leise hinter mir.

Ich zuckte mit den Schultern. »Man ist so hilflos«, erwiderte ich. »Man kann nichts tun, sich nicht wehren, sich …« Ich verstummte.

»Janes Schicksal liegt in der Hand eines anderen, John!«

»Ja.«

Ich erhob mich, sah das auf den Boden gezeichnete Pentagramm mit dem Stern in der Mitte und den magischen Symbolen an den Schnittflächen.

Dieses Pentagramm hatte uns im letzten Augenblick gerettet, als die Höllenmeute aus einer anderen Dimension in diesen Raum eingefallen war. Und noch immer klangen mir Kiriakis' Worte in den Ohren, als er sagte: »Azarin ist mein leiblicher Sohn!«

Wie grauenhaft musste es für ihn gewesen sein, zu erfahren, dass sein eigener Sohn sich den Mächten der Finsternis verschrieben hatte. Ja, es war kein leichtes Schicksal, das wir zu tragen hatten.

In meinem Schulterholster spürte ich den Druck der Pistole. Wäre sie geladen gewesen, läge Jane jetzt nicht hier. Aber meine Waffe war leer geschossen gewesen, als Azarin zustach. Ich hatte noch nicht nachladen können. In der Hektik hatte ich nicht an das Ersatzmagazin in meiner Tasche gedacht.

»Wo er nur so lange bleibt?«, fragte ich ungeduldig.

»Er wird schon rechtzeitig zurückkehren«, erwiderte Suko.

Mein chinesischer Partner hatte zu Kiriakis festes Vertrauen. So etwas geschieht bei Suko sehr selten.

Ich empfand die Luft in diesem Kellerraum als drückend. Meine Nerven vibrierten. Ich wollte hier raus, etwas tun.

Aber es war unmöglich, ich musste warten.

Auf Janes Tod – oder auf eine Rettung.

Die Geräusche der Altstadt drangen nur sehr schwach bis zu uns. Manchmal fühlte ich mich wie in einer Gruft.

Wieder sah ich Jane an. Ihre Haltung, ihr Ausdruck auf dem Gesicht hatte sich nicht verändert. Still und bleich lag sie auf dem provisorischen Bett.

Ich hatte sie zu einem Arzt bringen wollen. In ein modernes Krankenhaus, dessen Geräte auf dem neuesten Stand der Technik standen. Doch Kiriakis hatte widersprochen. Seine Worte schwangen mir noch im Ohr nach, wie er sagte: »Ich werde bald zurück sein und etwas mitbringen, das Jane Collins heilen kann.«

Seltsamerweise stand Suko auf seiner Seite. Der Chinese ist selbst in einem Land geboren, in dem die Menschen den Glauben an die Kräfte des Geistes und der Magie nicht verloren haben.

Er vertraute Kiriakis.

Und ich?

Wie oft schon war ich in meiner Laufbahn mit Dingen konfrontiert worden, die der normale Verstand nicht erklären konnte! Aber ich weigerte mich zu glauben, dass der Grieche Jane Collins wirklich helfen konnte.

»Er kommt«, sagte Suko und unterbrach damit meine pessimistischen Gedanken.

Suko hatte das bessere Gehör. Tatsächlich verdunkelte sich wenige Sekunden später der Eingang.

Ein Mann betrat den Raum.

Es war Kiriakis!

Der Grieche hielt eine flache Schale in der Hand. Sie war mit einem Tuch bedeckt, sodass ich nicht erkennen konnte, was sich in der Schale befand.

Ich lief auf Kiriakis zu. »Endlich!«, rief ich.

Der Grieche lächelte. »Du solltest nicht so ungeduldig sein, John Sinclair. Eile schadet selbst dem weisesten Mann.«

Es war seine Art, so zu sprechen. Etwas geschraubt und manchmal unverständlich. Dann versteckte er seine Bitten in Gleichnisse. Für Suko und mich war es nicht einfach, ihm immer zu folgen.

»Sie lebt noch, nicht wahr?«, fragte der Grieche.

»Ja.«

»Das ist gut. Ich habe es gewusst. Er hat es mir gesagt.« Der Grieche ging auf Janes Liegestatt zu.

»Wer hat es dir gesagt?«, wollte ich wissen.

Kiriakis blieb auf halbem Weg stehen und wandte den Kopf. Er blickte mich nachdenklich an. Dabei zauberte er ein Lächeln auf sein faltiges Gesicht. »Bezähme deine Neugierde. Du wirst ihn sicherlich noch kennen lernen. Denn er kann dir den Weg zum Dämonenauge ebnen.«

Da war der Begriff wieder gefallen.

Dämonenauge!

Was hatte dieses Auge mit Atlantis, der Insel Delos und Jane Collins zu tun?

Ich fühlte den Schweiß auf meinen Handflächen. Ich war

nervös wie selten. Es war aber auch die schwüle Luft, die mir schwer zu schaffen machte. Die Decke des Raumes war niedrig. Ich konnte nur gebückt stehen.

Kiriakis ging zu Jane Collins' Liege hinüber. Rasch trat ich an seine Seite.

Janes Anblick zerschnitt mir fast das Herz. Ich hatte das Gefühl, dass ihre Haut noch blasser und durchscheinender geworden war. Reglos lag sie da.

Atmete sie überhaupt noch?

Wenn sie starb, dann musste ich mir die Schuld geben, obwohl …

Ich schüttelte den Kopf, versuchte die schrecklichen Gedanken zu vertreiben, doch es wollte mir einfach nicht gelingen.

Ich hätte sie retten können.

Hätte – hätte …

Aber ich würde denjenigen unerbittlich jagen, der im Hintergrund die Fäden zog. Und dann – wenn ich ihn hatte – würde ich meinen Job aufgeben. Vielleicht würde ich diesen Kampf nicht überleben – es war mir in diesen grausamen Minuten egal.

Kiriakis zog das Tuch von der Schale. Ein grüner und stark riechender Brei füllte die Tonschale. Er war noch warm. Hitzeschwaden faserten der niedrigen Decke entgegen.

»Diese Salbe wird die Wunde schließen!«, sagte Kiriakis.

Ich räusperte mich.

Ein kleines Lächeln huschte über die schmalen Lippen des Griechen. »Du glaubst mir nicht?«

»Zumindest habe ich starke Zweifel.«

»Die bald aus der Welt geschafft sind, mein Freund. Jane Collins wird leben.«

Seine Zuversicht steckte mich an. Ja, plötzlich war ich sicher, dass Jane es schaffen würde.

»Nimm ihr vorsichtig den Notverband ab«, sagte Kiriakis.

Er trat einen Schritt nach hinten, damit ich an die Liege heran konnte. Ich strich über Janes Wangen und über das lange, seidige blonde Haar.

Behutsam löste ich den Verband. Meine Finger zitterten dabei. Ich riss mich zusammen, zwang mich selbst zur Ruhe.

Dann sah ich die Wunde. Sie war nicht groß, hatte den Durchmesser einer Fingernagelhälfte. An den Rändern hatte das Blut schon eine Kruste gebildet. Sie war allerdings noch nicht so fest, dass ich sie beim Lösen des Verbandes mit abriss.

Meine tastende Hand glitt zur linken Seite ihres Körpers. Ich fühlte in Höhe des Herzens, wollte den Schlag verfolgen, auch wenn er noch so schwach war.

Die Finger fanden die richtige Stelle. Jetzt musste ich den Herzschlag spüren.

Der Schweiß sammelte sich auf meiner Stirn. Ich atmete mit offenem Mund. Wie ein grausamer Schock traf mich die Erkenntnis. Ich wollte sie abschütteln, hinwegwischen, doch die tastenden Finger trogen mich nicht.

Janes Herz hatte aufgehört zu schlagen! Die Detektivin war klinisch tot!

Jane Collins sah noch John Sinclair in die Felsenhalle stürmen, sie spürte den Hoffnungsfunken, der in ihr aufloderte, und dann schaute sie in Azarins verzerrtes Gesicht.

Sein Arm sauste herab. Kurz blitzte die Klinge vor ihren Augen auf, dann folgten der alles verzehrende Schmerz und die Dunkelheit.

Die Zeit verging. Jane Collins wusste nicht, ob es Stunden oder nur Minuten waren. Sie war nicht tot, spürte aber auch keine Empfindungen mehr. Sie bekam nicht mit, wie sie auf das Boot getragen wurde, wie John Sinclair zitternd und mit gefalteten Händen neben ihr stand, wie sie in Kiriakis' Haus gebracht wurde.

Irgendwann jedoch lichtete sich die absolute Schwärze. Janes Geist verließ den tiefen Schacht der Bewusstlosigkeit, tauchte auf, wurde an die Oberfläche gespült – und …

Plötzlich war alles anders.

Jane spürte rasende Schmerzen in ihrer Brust. Genau dort, wo die Waffe sie getroffen hatte. Ihr Herz hämmerte schwer. Wie Glockenschläge dröhnte es durch ihren Kopf. Sie wollte sich bemerkbar machen, wollte rufen, schreien – es ging nicht.

Einen Spalt breit öffnete sie die Augen. Es dauerte eine Zeit, bis sie etwas erkennen konnte.

Sie lag in einem ihr unbekannten Raum. Die Gegenstände um sie herum verschwammen wie bei einem Film, über den Wasser lief. Sie sah Menschen, die sich vorsichtig bewegten. Sie schienen zu schweben.

Dann trat eine Gestalt in ihre Nähe.

Es war ein Mann, das konnte sie jetzt erkennen.

Und sie kannte ihn. Sehr gut sogar.

Es war – John Sinclair!

Jane Collins wollte im ersten Augenblick laut aufschreien. Sie hatte vor, John Sinclair die Hand entgegenzustrecken, um sich von ihm hoch helfen zu lassen.

Doch Jane war gelähmt. Keinen Finger konnte sie bewegen. Ein grausames Schicksal hielt sie gefesselt. Und dabei war die Rettung doch so nahe. John stand bei ihr.

Warum sagte er denn nichts? Warum sprach er nicht mit ihr, machte ihr Hoffnung?

Jetzt kniete er sich neben das Bett. Seine Hand strich über ihre Wange. Sie spürte die Berührung, das sanfte Streicheln, in dem alle Zärtlichkeit lag, die John Sinclair für sie empfand. Seine Lippen bewegten sich, formten Worte.

Welche Worte?

Jane verstand sie nicht. Ihr Wille bäumte sich plötzlich auf. Warum hilft er mir denn nicht? Warum lässt John mich hier liegen?

Ein anderer Mann trat neben den Geisterjäger. Es war Suko, Johns chinesischer Partner. Er legte dem Geisterjäger die Hand auf die Schulter, sprach mit ihm. Wiederum verstand Jane Collins nichts.

John Sinclair erhob sich, ging weg von ihr. Seine Gestalt verschwamm.

Warum geht er?, schrie es in Jane. Warum bleibt er nicht da? John, bitte, bleib bei mir! Ich flehe dich an!

Jane glaubte zu schreien, doch kein Wort drang über ihre Lippen.

Die Detektivin blieb stumm.

Die Bilder verwischten. Etwas geschah mit ihr, das ihre Sinne und Reaktionen beeinträchtigte. Plötzlich begann ihr Herz rasend zu hämmern. Jane vermeinte, ihre Brust würde im nächsten Augenblick zerspringen. Gleichzeitig spürte sie von den Füßen her eine eisige Kälte langsam aufwärts kriechen.

So kündigte sich der Tod an!

Tief in ihrem Unterbewusstsein dachte sie über die Geschichten der Sterbenden nach. Wenn sie davon berichteten, dass zuerst die grausame Kälte kam, die sich langsam aber stetig dem Herzen näherte, es einschnürte und dann zum Stillstand brachte.

Doch Sekunden bevor der Tod eintrat, da bäumte sich das Herz noch einmal auf. Es kämpfte gegen den grausamen, endgültigen Stillstand an, wollte die Zeit anhalten …

So hilf mir doch, John! Bitte – bitte …

Janes Gedanken formten die Schreie. Doch John konnte nicht helfen. Obwohl er so nah bei ihr stand, war er weiter entfernt denn je.

Plötzlich sah Jane wieder glasklar. Ein Mann hatte den Raum betreten. Er hielt etwas in der Hand. Deutlich erkannte Jane sein faltenreiches Gesicht, die scharf hervorspringende Nase, die hellwachen Augen und das lange graue Haar, das die Schultern berührte. Sie glaubte, diesen Mann schon einmal gesehen zu haben, wusste jedoch nicht wo. Ihr Gedächtnis und ihre Erinnerung ließen sie im Stich.

Der Mann trat zusammen mit John Sinclair an ihr Bett, sagte etwas.

In diesem Moment spürte Jane einen rasenden Schmerz in

Höhe des Herzens. Sie hatte das Gefühl, auseinandergerissen zu werden, doch dann war auf einmal alles vorbei.

Kein Herzschlag mehr – nichts.

Dafür eine gewisse Leichtigkeit, ein Überschwang, wie aus einer Sektlaune geboren.

Jane hätte tanzen können, schweben …

Schweben?

Ja, sie schwebte. Oder war es ihr Geist?

Sie befand sich jetzt unsichtbar über der Liegestatt, glitt der Decke entgegen.

Keine Einzelheit entging Jane Collins. Und sie hörte die Männer sogar miteinander reden. Verstand Worte.

»Tot, sie ist tot!« John Sinclair sagte es. Sie sah, wie er zusammenbrach, vor ihrem Bett auf die Knie fiel und sein Gesicht in beide Hände vergrub.

John Sinclair weinte.

Auch Suko wischte sich über die Augen.

Aber ich bin doch gar nicht tot!, wollte Jane mitteilen. Ich bin hier. Seht her. Mir geht es ausgezeichnet. Ich freue mich sogar, kommt, tanzt mit mir …

Sie hörten nicht.

Stattdessen sah Jane, dass der fremde Mann etwas Brei aus dem Tongefäß nahm und ihn auf die Wunde schmierte. Suko drückte John Sinclair zur Seite.

»Du störst jetzt«, sagte er.

Jane wollte protestieren, doch sie konnte nicht reden. Sie schaffte es nur, ihre Gedanken mitzuteilen, aber die wurden nicht gehört.

Was Suko an ihrem Körper tat, konnte sie nicht verfolgen. Sein breiter Rücken verdeckte ihr die Sicht. Sie nahm aber an, dass er versuchte, sie mit einer Herzmassage wiederzubeleben.

Aber wieso? Ihr ging es doch gut, blendend sogar. Sie wollte gar nicht mehr zurück in ihren Körper. Selten hatte sie sich so frei gefühlt. Sie schwebte, hätte jubilieren können, singen …

Auf einmal entfernten sich die Gestalten, wurden kleiner und verschwammen.

Jane Collins entfernte sich aus dem Zimmer. Mauern und Wände lösten sich vor ihren Augen auf, waren verschwunden, nicht mehr existent.

Eine andere, niemals zuvor gesehene Welt tat sich vor Jane Collins auf.

Sie durchschwebte einen langen, unendlichen Gang. Die Wände schimmerten pastellfarben, flossen ineinander und bildeten immer neue Muster.

Sie wurden getragen, immer weiter fort. Sie sah plötzlich das Ende des Ganges, konnte weiterschauen und hineinsehen in einen blühenden Garten. Noch nie hatten ihre Augen so etwas Schönes gesehen. Kristallklare Seen, prächtige Bäume mit ihr unbekannten Blüten, Menschen, die sich versammelt hatten, miteinander sprachen und tanzten. Nie hatte sie so glückliche Leute gesehen.

Jane wollte rasch zu ihnen eilen. Sie bewegte die Beine, hatte jedenfalls das Gefühl, dies zu tun, doch sie trat auf der Stelle. Es sah so aus, als würde sie gegen ein schnell laufendes Fließband anrennen. Sie kam nicht von der Stelle.

Plötzlich löste sich eine weiß gekleidete Gestalt aus dem Reigen der tanzenden Menschen. Es war eine Frau. Sie hatte graues Haar und ein fein geschnittenes Gesicht, auf dem ein verklärtes Lächeln lag.

»Mutter!«, flüsterte Jane ergriffen.

Sie konnte es nicht glauben. Vor ihr stand ihre Mutter, die vor sechs Jahren gestorben war.

Wie sehr hatte sie damals gelitten. Doch jetzt stand sie glücklich lächelnd vor ihr. Ja, sie war glücklich.

Ihre Lippen formten unhörbare Worte. Jane meinte, ihren Namen ablesen zu können. Ihre Mutter rief sie. Warum kam sie denn nicht näher? Sie streckte ihre Hand aus, wollte die Finger der Tochter greifen, um sie hinüberzuziehen.

Wohin?

Ins Jenseits! War dort, wo ihre Mutter stand, das Jenseits?

Das Paradies? Der Himmel? Erlebte Jane das, was sie in zahlreichen Büchern gelesen hatte, jetzt selbst? Die Berichte aus dem Jenseits, aus der Dimension zwischen dem Leben und dem Tod. Menschen, die einmal dort waren, wollten nicht mehr zurückkehren. Zu schön, zu fantastisch waren die Eindrücke, die ihnen dort geboten wurden.

Das Paradies lockte mit all seiner Pracht.

Aber warum schaffe ich es nicht, dorthin zu kommen?, fragte sich Jane. Warum geht es nicht weiter? Der Gang ist doch zu Ende. Was hält mich zurück?

Jane Collins schaute nach unten.

Sie erschrak.

Sie sah direkt vor sich eine gebogene Brücke, die eine unendliche Schlucht überspannte. Eine Schlucht, deren Grund nicht mehr zu erkennen war. Dunkle Nebel wallten dort. Arme und Hände stiegen aus diesem wabernden Brei. Die Nebelschleier wurden durcheinandergewirbelt, verformten sich. Sie bildeten Gesichter, Fratzen und Albtraum-Gestalten.

Jane verspürte Angst.

Sie wollte einen Blick in die schöne, herrliche Welt werfen, doch die rückte immer weiter fort. Nur noch klein sah sie ihre Mutter. Sie hatte beide Arme ausgestreckt, als wolle sie ihre Tochter an sich ziehen und wie früher als kleines Kind an ihre Brust drücken.

Dann verschwamm das herrliche Paradies.

Zurück blieb – das Grauen!

Der Nebel schien zu brodeln, bildete Wirbel, die immer höher stiegen, deren Ausläufer Jane Collins umspielten.

Als der Schrecken keine Grenzen mehr kannte, sah sie eine Gestalt aus der Nebelsuppe auftauchen.

Nein, keine Gestalt, nur ein Gesicht.

Riesengroß, mit einer dunkelbraunen, wie aus Leder gegerbten Haut. Eine breit Nase, ein offener Mund und zwei Augen, aus deren gelbrote Flammenlanzen schossen, an Jane Collins vorbeiglitten und sich hinter ihr vereinigten.

Jane Collins konnte sich nicht mehr rühren. Sie war gezwungen, in das Gesicht zu schauen. In eine Fratze, in der die Augen zusammenwuchsen und sich zu einem einzigen vereinigten.

Jane Collins sah in das Dämonenauge!

Sie wusste nicht, was es mit dem Dämonenauge auf sich hatte, sie starrte nur gebannt in diese riesige Pupille, in der sie Dinge wie auf einem Fernsehschirm sah.

Vorgänge und Ereignisse liefen ab.

Vergangenes. Zukünftiges.

Letzteres jedoch verschwommen, verwischt. Sie schaute auf Menschen, entdeckte eine Stadt mit hohen Häusern und tiefen Schluchten.

New York!

Ein Wagen fuhr durch die Straßen. Pechschwarz. Die Gestalt hinter dem Lenkrad war kaum zu erkennen. Eine dunkle Kapuze verdeckte das Gesicht. Nur die Augenschlitze schimmerten hell. Entsetzt flohen die Menschen vor dem heranrasenden Wagen, auf dessen Dach ein riesiger Sarg stand.

Nur ein Mann blieb mitten auf der Fahrbahn stehen. Ein blonder, hochgewachsener Mensch. Er hielt eine Waffe in der Hand, feuerte auf das heranrasende Ungetüm.

Der Mann war – John Sinclair!

Doch er konnte den Wagen nicht aufhalten. Blitzschnell war der schwarze Todesbote heran – und …

Das Bild verwischte. Zurück blieb das Auge. Die Pupille zeigte nichts mehr, nur ein stumpfes Grau. Dann floss das Auge auseinander, teilte sich.

Im nächsten Moment sah Jane Collins wieder in das Gesicht mit den beiden Augen.

Der Mund in der Fratze bewegte sich. Er schien Jane Collins zuzulächeln, zu locken …

Abwehrend riss Jane beide Hände vor das Gesicht. Sie wollte diese Fratze nicht mehr sehen, deren Gehirn die Zukunft und die Vergangenheit gespeichert hatte und die Zeit zu einem Absurdum werden ließ.

Doch die Schrecken nahmen kein Ende.

Hinter dem Gesicht tauchte eine überdimensionale Gestalt auf. Ein Skelett mit schwarzem Totenschädel. In den Augenhöhlen leuchtete es weiß. Aber Jane glaubte auch, einen gelbroten Schimmer darin zu erkennen.

Vor ihr stand der Schwarze Tod!

Er war die Reinkarnation des Bösen, präsentierte die Macht der Hölle und kannte nur den reinen Hass.

Besonders ein Mann war ihm zuwider.

John Sinclair!

Er und der Schwarze Tod waren Erzfeinde. Der Schwarze Tod wollte die Vernichtung, das Chaos – John kämpfte für die Rettung der Menschen. Bisher hatte der Geisterjäger diesem Dämon trotzen können, doch immer wieder tauchte er wie ein Gespenst auf und säte Tod und Verderben.

Er streckte den Arm aus und winkte mit seinem skelettierten Zeigefinger. Eine Geste des Triumphes, des Hohns …

Jane fühlte sich von ihm angezogen, wollte auf ihn zugehen. Plötzlich verspürte sie einen beißenden Schmerz in ihrem Innern. Der Geist zerfaserte, löste sich auf, der Schwarze Tod verschwand, weggewischt war die Schlucht, aus der die Nebel stiegen – nur Dunkelheit, Finsternis …

Der Schmerz wollte nicht aufhören. Etwas hämmerte in ihrem Körper. Schlug wie ein Metronom.

Luft! Jane brauchte Luft. Sie drohte zu ersticken.

Ein pfeifender, saugender Atemzug.

Weit riss Jane die Augen auf.

Johns Stimme.

»Mein Gott, sie lebt!«

Ich sah in Janes Gesicht, beobachtete ihre geöffneten Augen, und die Freude drohte mich zu übermannen.

Wir hatten es geschafft. Nein, Kiriakis hatte es geschafft. Ich konnte nicht sagen, wie dankbar ich ihm war. Er hatte Jane Collins ins Leben zurückgeholt.

Und die Wunde war geschlossen!

Etwas Höheres hatte hier geholfen, wollte das Böse nicht triumphieren lassen.

»John?« Das Wort war nur ein Hauch, das über Janes Lippen wehte. »John, wie ...«

Ich lächelte. »Bitte, Jane, sei ruhig, du darfst jetzt nicht reden.«

»Doch, John.« Sie streckte ihren Arm aus, und die Finger umkrallten meinen Arm. Ich wunderte mich, welch eine Kraft in der Hand steckte, nach alldem, was Jane durchgemacht hatte. Aber hier durfte man nicht mit dem normalen Menschenverstand messen. Dieser Raum schien verzaubert zu sein, ein anderer Ausdruck fiel mir nicht ein.

»Ich habe dich gesehen, John. Vorhin, als ich ...« Sie hielt inne. »Als ich tot war ...«

Ich saugte die Luft durch die Nase ein. Kiriakis und Suko flankierten mich. Auch sie hatten Janes Worte gehört.

»Ja, John, ich war drüben – im Jenseits ...«

Ich schüttelte den Kopf, doch Kiriakis beseitigte meine Zweifel.

»Jane Collins war bereits klinisch tot«, erklärte er.

»Natürlich.« Die Geschichten fielen mir ein, die man von Menschen hörte, die schon einmal »drüben« gewesen waren. Es waren wundersame Berichte. Die Zurückgekehrten sprachen von blühenden Gärten in paradiesischer Schönheit. Sie sagten, dass sie dort ihre verstorbenen Verwandten getroffen hatten. Ihren Vater – oder die Mutter.

»Es war schön, John«, berichtete Jane Collins leise. Sie löste den Griff und legte beide Arme flach auf die Liege. »Ich schritt, nein, ich schwebte durch einen langen Gang, konnte einen Blick ins Paradies werfen, sah sogar meine Mutter, wollte zu ihr, doch irgendetwas hinderte mich daran. Ich konnte auf einmal nicht mehr weiter. Dann sah ich vor mir eine Brücke, die eine Schlucht überspannte. Es war eine tiefe, Angst einflößende Schlucht mit Nebelwänden. Ich hatte Angst, die Brücke zu überqueren. Dann aber tauchte aus dem Nebel ein scheußliches Gesicht auf. Die beiden Augen wuchsen plötzlich zusammen, wurden eins ...«

Jane berichtete, was sie erlebt hatte, beschrieb das Gesicht sehr genau.

»Und ich sah dich, John. Es waren Blicke in die Zukunft. Ich konnte durch das Auge in die Zukunft sehen. Klar und deutlich sah ich alles vor mir. Es war wie im Albtraum. Ich habe Angst, John.«

Ich streichelte ihre Hand. »Die brauchst du nicht zu haben, Jane. Ich bin bei dir.«

»Trotzdem, alles war unheimlich. Sogar der Schwarze Tod tauchte wie ein Gespenst aus dem Nebel auf. Furchtbar …«

Ich biss die Zähne aufeinander. Da war der Name wieder gefallen.

Der Schwarze Tod! Mein Erzfeind, Satans erster Diener, der bereits so lange lebte, wie die Welt existierte.

»Begreifst du die Zusammenhänge?«, fragte Kiriakis dicht neben mir mit leiser Stimme.

»Fast.« Ich wandte mich wieder der Privatdetektivin zu. »Erzähl bitte weiter, Jane. Was hast du noch gesehen?«

»Sonst nichts.«

»Hat dich der Schwarze Tod angegriffen?«

»Nein. Aber er wollte es. Er hat es nur nicht geschafft. Er wollte nach mir fassen, doch da war alles vorbei. Die Umgebung veränderte sich. Ich spürte einen Schmerz in der Herzgegend und erwachte hier.«

»Das war der Moment, als die Massage Erfolg hatte«, kommentierte Kiriakis.

Jane Collins blickte die Männer erstaunt an. »Dann – dann habt ihr mich also zurück ins Leben geholt?«

»So ist es«, erwiderte John.

Jane lächelte. »Und dabei war es zuerst so schön«, erzählte sie. »Nie hätte ich wieder zurück gewollt. Ich fühlte mich einfach wohl, wisst ihr? Euch wäre es sicherlich nicht anders gegangen.« Sie setzte sich plötzlich auf.

Ich wollte sie noch zurückhalten, reagierte jedoch zu spät. Jane merkte erst jetzt, dass ihre Brust nicht bedeckt war, und wurde rot.

Ich gab ihr ihre Bluse. »Zu schämen brauchst du dich aber wirklich nicht«, sagte ich.

Sie zog die Bluse über. »Bei dir kann man nie wissen, John.« Dann wurde sie wieder ernst. »Seltsam, die Wunde. Ich spüre sie gar nicht mehr. Sie ist geschlossen. Nur noch ein leichtes Ziehen, das ist alles. Wie ist das nur möglich?«

Ich zeigte auf den Griechen. »Das hast du Kiriakis zu verdanken, liebe Jane.«

Die Detektivin runzelte die Stirn. »Wer sind Sie? Vorhin war mir, als hätte ich Sie schon einmal gesehen.«

»Ich bin ein Freund«, erwiderte der Grieche. »Das sollte Ihnen vorerst genügen.«

»Und wie haben Sie mich geheilt?«

Kiriakis legte beide Hände gegeneinander. »Es gibt viele Geheimnisse in unserer Welt. Ich bin der Meinung, dass sie auch Geheimnisse bleiben sollen. Deshalb werde ich Ihnen nichts sagen, Miss Collins. Vielleicht erfahren Sie dieses kleine Wunder irgendwann einmal. Ich kann Ihnen jedoch versichern, dass die Wunde völlig geheilt ist. Sie werden keine Schmerzen mehr verspüren. Glauben sie mir.«

»Ja, Mr Kiriakis, ich glaube Ihnen.«

»Lassen Sie das Mister weg. Wir sind Freunde und sollten es bleiben.«

»Zweifeln Sie daran?«, fragte ich.

Kiriakis hob die mageren Schultern. »Wer weiß, was sich der Schwarze Tod noch alles ausgedacht hat.«

»Was ist mit dem Dämonenauge?«, fragte ich.

»Darauf wollte ich kommen.« Kiriakis setzte sich. »Wir werden es schwer haben, das Auge zu zerstören. Es ist ebenso alt wie der Schwarze Tod. Durch dieses Auge kann der schreckliche Dämon in die Zukunft und in die Vergangenheit blicken.«

»Er sieht alles?«, fragte ich staunend.

»Nein, nicht alles.«

»Ich verstehe nicht …«

»Ich will es euch erklären. Als der Kontinent Atlantis damals unterging, war es zwar das Ende der Bevölkerung, aber nicht der Tod des Bösen. Schon zur Blütezeit dieser Kultur hat es das Böse gegeben. Es war sehr stark vertreten. Schwarze Priester und Magier fanden zahlreiche Diener. Durch Höllenspuk und Zauberei hielten sie die Menschen bei der Stange. Aber auch die Dämonen bekriegten sich gegenseitig. Der Schwarze Tod, der sich bereits damals als Herrscher aufschwingen wollte, hatte es schwer. Sein Gegner war Myxin, der Magier. Und er besaß das Dämonenauge. Doch der Schwarze Tod schaffte es, ihm das Auge zu entreißen. Danach wollte er Myxin töten. Es gelang ihm jedoch nicht. Er konnte ihn nur in einen zehntausendjährigen Schlaf versetzen. Durch schwarze Magie gelang es ihm, einem seiner Diener das Auge einzupflanzen. Es ist der Mann, dessen Gesicht du gesehen hast, Jane Collins. Will der Schwarze Tod also bestimmte Ereignisse sehen, so schaut er eben durch dieses Auge. Er sieht jedoch nur das Böse, den Schrecken, das Chaos. All das, was er selbst verteidigt. Es ist ja auch logisch, denn das Auge gehörte ebenfalls einem Diener der Finsternis. Das ist die Geschichte des Dämonenauges.«

»Und wie kommen wir an das Auge heran?«, wollte Suko wissen.

»Durch Myxin, den Magier.«

Suko und ich blickten uns an. »Das geht wirklich?«, fragte ich mit leiser Stimme.

»Ja.«

»Dann sag uns den Weg.«

Kiriakis zog ein sehr nachdenkliches Gesicht. Prüfend sah er uns dann der Reihe nach an. »Ich kenne euch zwar noch nicht sehr lange, doch ich bin von eurer Lauterkeit überzeugt. Trotzdem verlangt ihr sehr viel von mir, wenn ihr den Weg wissen wollt, um das Dämonenauge zu finden. Ohne Hilfe können wir das Auge nicht zerstören. Wir brauchen eine mächtige Unterstützung. Und die kann uns nur einer geben. Myxin, der Magier!«

»Aber der schläft doch«, sagte Jane Collins.

»Dann erwecken wir ihn.«

»Ist er nicht auch ein Diener der Finsternis?«, fragte Suko.

Kiriakis nickte. »Trotzdem muss es uns gelingen, ihn auf unsere Seite zu ziehen.«

»Das hieße, den Teufel mit dem Beelzebub austreiben«, sagte ich.

»Du hast es erfasst, John«, gab Kiriakis zu.

»Fragt sich nur, ob Myxin so ohne Weiteres bereit sein wird, uns zu helfen.«

Der Grieche sah mich an. »Das ist das große Risiko. Andererseits müsste er uns dankbar sein, dass wir ihn erwecken. So gleicht sich das aus.«

Ich lachte auf. »Dankbarkeit von einem Dämon? Das gibt es nicht und wird es auch niemals geben.«

»Wenn wir gerissen und vorsichtig taktieren – schon«, meinte Suko. »Wir müssen seine niederen Instinkte wecken. Rachegefühle gegen den Schwarzen Tod. Myxin soll für uns das Dämonenauge holen. Dann können wir es zerstören.«

»Ein gewagter Plan«, murmelte ich. »Aber die einzige Möglichkeit, die uns bleibt.«

»Es wäre wirklich die Krönung meines Lebens, wenn wir das Dämonenauge zerstören könnten«, sagte Kiriakis. »Ich will euch nun sagen, wo wir ihn finden können. Er liegt in einer Höhle auf dem Meeresgrund, gar nicht weit von Delos entfernt. Ich kenne die ungefähre Lage und kann euch führen. Das Tauchen müssen John und Suko übernehmen. Ich bin zu alt.«

»Ehrensache«, sagte der Chinese.

Ich pflichtete ihm bei.

»Und ich bin ebenfalls mit von der Partie«, mischte sich Jane ein.

Suko und ich waren dagegen, doch Jane Collins ließ sich nicht von ihrem Vorsatz abbringen. Und bisher hatte sie noch immer ihren Kopf durchgesetzt.

Der Mann in der Telefonzelle trug einen dunkelgrauen Anzug mit feinen Nadelstreifen. Vom Typ her glich der Knabe einem Bullen. Breit in den Schultern, Stiernacken und Pranken, in denen der Hörer fast verschwand. Eine große Sonnenbrille verdeckte fast die Hälfte seines Gesichts, und der bauschige Schnauzer wuchs sichelförmig zu beiden Seiten der Mundwinkel.

Der Mann hieß Konstantin Hereos. In der Athener Unterwelt war er ebenso bekannt wie bei der Polizei. Hereos kaufte und verkaufte fast alles. Er war ein Hehler. Aber einer von der brutalen Sorte. Wenn er es für nötig hielt, nahm er die Kanone in die Hand und räumte auf. Fünf Morde hatte er bereits auf dem Gewissen. Doch das störte ihn nicht weiter.

Im Augenblick telefonierte er mit einem Kunden, der ihm alte phönizische Goldmünzen besorgen wollte.

»Nein, den Preis zahle ich nie!«, zischte Hereos.

»Dann tut es mir leid. In der Türkei habe ich auch zahlungsfähige Abnehmer. Die reißen sich um meine Ware. Außerdem möchte ich auch einmal das große Geld machen. Ich trage schließlich ein Risiko, das nicht von schlechten Eltern ist.«

Hereos überlegte. Der Hundesohn wollte das Geld nicht in Drachmen ausgezahlt haben, sondern in Dollars. Fünftausend verlangte er.

Natürlich waren die Münzen das Dreifache wert, aber das spielte nur für Hereos eine Rolle und hatte den Kerl am anderen Ende der Leitung nicht zu interessieren.

»Wie ist es, Hereos, zahlst du den Preis?« Der Verkäufer drängte.

Der Hehler entschied sich jetzt sehr schnell. »Gut, du Halsabschneider, ich zahle.«

»Na wunderbar. Wo treffen wir uns?«

»Bei mir!«

Jetzt lachte der Verkäufer. »Ist nicht drin, Hereos.«

»Dann mach einen anderen Vorschlag.«

»Treffpunkt auf dem Meer. Folgende Koordinaten gebe

ich dir durch. Wie ich weiß, bist du ein recht guter Seemann.«

Hereos erklärte sich überraschend schnell einverstanden. Das hätte den anderen eigentlich stutzig machen sollen, doch der merkte nichts. Er gab die Position an, wo das Treffen stattfinden solle, und legte auch eine Uhrzeit fest. »Heute Nachmittag um drei Uhr.«

Hereos wiederholte noch einmal die Worte und hängte dann ein.

»Dieser Schweinehund wird sich wundern«, flüsterte er. Er drückte die Tür der Zelle auf. Sein Gesicht war schweißbedeckt. Im Innern des Häuschens war es verdammt stickig gewesen. Mit einem Taschentuch wischte sich Hereos den Schweiß von der Stirn.

Sein Cadillac parkte ein paar Meter weiter am Straßenrand. Im Wagen saßen zwei Männer.

Hereos' Leibwächter.

Typen, die kleinen Kindern Angst machen konnten. Ehemalige Ringer, die auch heute noch vor Kraft kaum laufen konnten. Sie trugen beide helle Jeans-Anzüge, deren Nähte von den Fleischmassen fast aufgerissen wurden.

Der Kerl am Steuer hieß Konos. Sein breitflächiges Gesicht hatte die Spuren zahlreicher Schlägereien nicht verdaut. Die rechte Augenbraue fehlte völlig. Nach einem Messerstich wuchs dort nichts mehr.

Auf dem Beifahrersitz hockte Liri. Der Mann stammte aus der Türkei und hatte wie sein Kumpan das Gemüt eines Fleischerhundes. Liri war glatzköpfig. Die Augen verschwanden fast völlig hinter Fettpolstern, und die Nase war kaum zu sehen.

Als Liri seinen Boss ankommen sah, verließ er den Wagen und öffnete Hereos die hintere Tür.

Schwer ließ sich der Hehler in den Fond fallen.

Konos drehte den Kopf. »Wie ist es gelaufen, Boss?«

»Fahr los!«

Konos nickte. Er wartete, bis Liri den Caddy geentert hatte, und gab dann Gas. Die beiden Gorillas wussten, dass sie ihren Boss jetzt nicht ansprechen durften. Schweigend hockte Hereos im Fond und hing seinen Gedanken nach.

Und die waren nicht gerade erfreulich. Der Kunde wollte ihn übers Ohr hauen, dieser dreckige Levantiner, wie Hereos ihn immer bezeichnete. Aber diesmal hatte er sich getäuscht. Er würde sich noch wundern.

Hereos hatte seinen Laden in der Innenstadt von Athen. Nach außen hin gab er sich als Antiquitätenhändler. Er verkaufte in seinem Laden nur solche Dinge, die von den zuständigen Behörden auch zum Verkauf freigegeben waren. Das geschah nicht mit allen Sachen, denn Schätze, die auf dem Grund des Meeres lagen, durften nicht mehr ausgeführt und verkauft werden. Der Schaden, der durch unseriöse Geschäftemacher entstanden war, ging weit in die Millionen. Man hatte Raubbau betrieben mit den Zeugen der Vergangenheit. Jetzt griff die Polizei hart durch, wenn sie einen dieser Exporteure erwischte. Hohe Gefängnisstrafen waren an der Tagesordnung. Doch das hielt Hereos nicht davon ab, es immer wieder zu versuchen. Seine Kunden saßen in der ganzen Welt verstreut und zahlten hohe Preise.

Zwei normale Angestellte sorgten im Laden dafür, dass das Geschäft auch lief, wenn Hereos einmal nicht da war. Von den schmutzigen Geschäften ihres Brötchengebers ahnten die biederen Leute nichts.

Hereos ließ sich auf den Hof hinter seinen Laden fahren. Dort rollte der Caddy in eine Garage.

»Kommt mit in die Wohnung!«, befahl der Hehler seinen beiden Leibwächtern.

Hintereinander schritten die drei Männer die verwinkelte Treppe hoch. In seinem Arbeitszimmer nahm Hereos hinter dem Schreibtisch Platz. Die Gorillas blieben stehen.

Der Hehler erklärte seinen Männern mit ein paar Worten die Lage.

Synchron nickten sie. Dann fragte Konos: »Und wie haben Sie sich entschieden?«

Hereos blickte die Männer lauernd an. »Wir werden ein Exempel durchführen«, erwiderte er. »Geht los und ölt eure Kanonen. Den Hundesohn schießen wir zusammen …«

Wenn das Sprichwort »ein gutes Gewissen ist ein sanftes Ruhekissen« zutrifft, dann mussten Jane, Suko und ich wirklich ein gutes Gewissen haben.

Wir schliefen wie die Toten.

Ich wachte gegen acht Uhr am anderen Morgen ziemlich schlaftrunken auf und hatte Mühe, aus dem Bett zu steigen. Auch die Toilette dauerte länger als gewöhnlich, und so war es nicht verwunderlich, dass ich als Letzter am Frühstückstisch eintraf.

Die Bemerkungen waren dementsprechend.

In diesem internationalen Hotel gab es das internationale Einheitsfrühstück. Der Toast war zäh wie Leder. Suko aß meine Scheiben gleich mit. Er bestellte sogar noch nach, was selbst den Ober verwunderte.

Jane hielt sich an Orangensaft, ich ließ mir als Extraportion zwei Eier braten.

Kiriakis hatte uns versprochen, gegen neun Uhr einzutreffen. Er wollte auch einige Besorgungen machen. Zum Beispiel Neoprenanzüge kaufen, Pressluftflaschen, Unterwasserlampen und einiges mehr. Das Geld dafür hatte ich ihm am gestrigen Abend gegeben.

Ich erhielt meine Eier. Fast hatte ich es erwartet. Sie waren nicht nur versalzen, sondern auch verpfeffert. Mit Todesverachtung schlang ich den Fraß hinunter.

Ich wollte gerade mit Kaffee und Saft nachspülen, als wir Besuch bekamen.

Ein Offizier der griechischen Polizei durchmaß mit forschen Schritten den elegant eingerichteten Frühstücksraum, wobei er von misstrauischen Blicken der Angestellten begleitet wurde. Er blieb neben unserem Tisch stehen.

Vor Jane deutete er eine knappe Verbeugung an. Er hatte die

Mütze unter den Arm geklemmt. Sein lackschwarzes, nach hinten gekämmtes Haar glänzte.

Zu viel Pomade, dachte ich.

»Sie gestatten, dass ich mich vorstelle! Mein Name ist Leutnant Pamperis!«

Ich übernahm die Gesprächsführung. »Bitte, setzen Sie sich, Leutnant.«

»Danke.« Der Polizist nahm Platz.

Ich ahnte zwar nichts Schlimmes, aber die Anwesenheit der heimischen Polizei behagte mir nicht. Superintendent Powell hatte seine Beziehungen spielen lassen und unseren Besuch offiziell angekündet. Trotzdem blieb bei den Griechen ein Rest von Misstrauen.

»Haben Sie Erfolg gehabt?«, fragte der Leutnant.

»Ja.«

Der Polizist verzog das Gesicht. Er hatte wohl eine ausführlichere Antwort erwartet. In seinen dunklen Augen leuchtete der Unwillen. »Dann darf ich Sie vielleicht um einen Bericht bitten. Sie wissen ja, das Beamtentum verlangt es. Außerdem muss alles seine Richtigkeit haben.«

Ich lächelte ihn entwaffnend an. »Aber sicher bekommen Sie Ihren Bericht. Nur nicht heute. Wissen Sie, Ihr Land ist so reizvoll und das Wetter so prächtig, dass meine Freunde und ich es uns erlaubt haben, noch einige Tage Urlaub zu machen. Den Bericht schreibe ich morgen oder übermorgen.«

Der gute Leutnant war zufriedengestellt. »Sie bleiben in diesem Hotel wohnen?«

»Natürlich.«

Ehe ich jedoch weiterreden konnte, mischte sich Jane Collins ein. Sie entwickelte einen Charme, dem auch der Polizist nicht widerstehen konnte.

Sacht legte Jane ihre Finger auf seinen Unterarm. »Sehen Sie, Leutnant, wir möchten das Wetter genießen und mit dem Boot hinausfahren. Ist das verboten?«

Der Leutnant wurde rot. »Natürlich nicht.«

»Sie können uns ja begleiten«, schlug Jane vor und schenkte

dem Mann einen Blick, der ihm den Kragen eng werden ließ.

»Es tut mir leid, aber ich habe heute Dienst.«

»Schade.« Janes Stimme klang sehr bedauernd.

Leutnant Pamperis stand auf, zog sich den Uniformrock glatt, deutete abermals eine Verbeugung an und sagte: »Dann bleibt mir nichts anderes übrig, als Ihnen viel Vergnügen zu wünschen.«

»Danke«, sagte wir wie aus einem Mund.

Der Polizist verschwand, wie er gekommen war. Zackig und schneidig. Das Personal atmete auf.

Wir aber lachten.

»Den hast du aber auflaufen lassen«, sagte Suko. »Gratuliere.«

»Eine meiner leichtesten Übungen«, erwiderte Jane.

Ich drückte ihr einen Kuss auf die Wange. »Okay, Blondie, dann wollen wir mal Urlaub machen.«

»Nenn mich nicht immer Blondie. Ich bin keine Comic-Figur!«, zischte Jane.

Ich musste lachen. Sie meinte es nicht böse.

Kiriakis war pünktlich. Er saß in der Halle in einem Korbsessel und blätterte in der Zeitung. Als er uns sah, glitt ein Lächeln über sein Gesicht. Er legte die Zeitung zur Seite und stand auf.

»Ich hoffe, ihr habt eine ruhige Nacht verbracht«, sagte er, sah Jane an und meinte: »Du bist nicht wiederzuerkennen. Schade, dass ich keine dreißig Jahre jünger bin. Dann hättest du dich vorsehen müssen, John Sinclair.«

»Endlich jemand, der mich zu schätzen weiß«, sagte Jane.

Kiriakis hatte nicht übertrieben. Jane Collins sah hinreißend aus. Sie trug enge, helle Röhrenjeans, ein knallrotes T-Shirt und darüber eine knappe Jacke. Das Haar hatte sie hochgesteckt, dabei aber zwei Korkenzieherlocken vor den Ohren herabhängen lassen. Schminke brauchte sie nicht. Sie sah auch ohne das kosmetische Zeug mehr als reizend aus.

»Hast du alles besorgt?«, erkundigte ich mich bei dem Griechen.

»Ja. Wir können starten.«

»Worauf warten wir dann noch?« Suko rieb sich tatendurstig die breiten Hände.

Kiriakis lächelte. »Das Wetter sieht gut aus. Wir werden wohl kaum Schwierigkeiten bekommen. Wenigstens nicht von dieser Seite.«

»Und der Schwarze Tod?«, fragte ich.

Kiriakis hob nur die Schultern.

Sofort war die Stimmung futsch. Ich hatte den Namen des Erzfeindes erwähnt, und ich nahm auch Janes Blick wahr, mit dem sie mich betrachtete. Die Privatdetektivin hatte ihren Ausflug ins Jenseits noch längst nicht vergessen.

Beruhigend legte ich einen Arm um ihre Schulter. »Keine Angst, es geht schon alles gut.«

Mit einem Taxi ließen wir uns zum Hafen fahren. Kiriakis hatte die beiden Taucherausrüstungen bereits ins Boot schaffen lassen. Es war der Kahn, mit dem Jane Collins schon einmal gefahren war. Allerdings als Gefangene. Azarin hatte sie und die drei Untoten darin zur Insel Delos gebracht.

Das Boot gehörte jetzt Kiriakis, da Azarin, sein Sohn, nicht mehr lebte.

Ich sah mir den Kahn an. Soweit ich feststellen konnte, war er gut in Schuss.

An der Mole standen einige Burschen und beobachteten uns neiderfüllt. Vor allen Dingen an Jane klebten ihre Blicke. Sicher hätte jeder von ihnen gern mit ihr eine Bootsfahrt gemacht.

Kiriakis hatte jemand gefunden, der während unserer Abwesenheit auf das Boot achtgab. Ich entlohnte den Mann mit ein paar Münzen. Er verbeugte sich mehrere Male.

»Wer übernimmt das Steuer?«, fragte der Grieche.

Suko meldete sich. »Das ist mein Spezialgebiet«, meinte er grinsend.

Wir waren einverstanden.

Da aufgetankt war, stand einer Abfahrt nichts mehr im Wege. Doch Kiriakis verzögerte das Auslaufen. Er schleppte noch eine Kiste heran und stellte sie neben dem Steuerhaus ab.

Auf Janes Frage, welchen Inhalt die Kiste barg, schüttelte er nur den Kopf und meinte geheimnisvoll: »Zu gegebener Zeit werde ich den Deckel öffnen.«

Wir mussten uns damit zufriedengeben.

Die beiden starken Diesel-Motoren brummten satt, als Suko sie anließ. Geschickt manövrierte er das Boot aus dem kleinen, künstlich angelegten Hafen. Eine weiße Heckwelle hinter uns herziehend, rauschten wir dann auf die offene kristallklare See hinaus.

Hereos' Boot lag im Jachthafen von Athen. Es reihte sich in die Reihe der schnittigen Jachten und Hochseekreuzer ein, die griechische Millionäre ihr Eigen nannten.

Hereos konnte sein Jacht zwar nicht mit denen der steinreichen Reeder vergleichen, er brauchte sich aber auch nicht zu verstecken. Das schneeweiße Boot mit dem vorn spitz zulaufenden Bug und dem sinnigen Namen SEA ARROW dümpelte am Kai. Rhythmisch klatschten die Wellen gegen die Bordwände, wiegten die hier vertäuten Jachten in einem ewigen Gleichklang.

Kein Boot war unbewacht. Als Millionär und Besitzer einer großen Jacht leistete man sich auch eine Mannschaft. Und auch Hereos hatte einen Mann in seinem Dienst, der das Schmuckstück bewachte.

Der Knabe war ein Faktotum. Ein ehemaliger Skipper, der alle sieben Weltmeere kannte und den es in Piräus an Land gespült hatte. Hier war er hängen geblieben und froh gewesen, einen Job bei Hereos bekommen zu haben.

Der Grieche hatte seine Ankunft vorher angekündet. Er wollte Klarschiff vorfinden, und wenn der Boss etwas sagte, dann spurte sein Mann auch.

Als der Hehler mit seinen beiden Gorillas aus dem Wagen stieg, meldete der alte Seemann: »Schiff klar zum Auslaufen!«

Er hob sogar die Hand zum Gruß und tippte an den Schirm seiner alten Seemannsmütze.

»Okay, Carlos, du kannst gehen!« Hereos winkte hastig ab.

»Kommen Sie heute noch zurück?«, fragte Carlos.

»Wahrscheinlich.«

Hinter Hereos betraten seine Leibwächter das Deck. Da Carlos ihnen im Wege stand, schoben sie den alten Mann rücksichtslos zur Seite. »Mach Platz, du Affe!«

Carlos wehrte sich nicht. Gegen diese beiden kam er nicht an. Konos und Liri schleppten Koffer aufs Boot und brachten das Gepäck sofort nach ihrer Ankunft unter Deck.

Hier – in einem eleganten, mahagonigetäfelten Salon – packten sie die Koffer aus.

Nicht Kleidungsstücke kamen zum Vorschein, sondern Waffen. Vier Maschinenpistolen. Schließlich hatte der Chef klare Anweisungen gegeben.

Auch Hereos betrat den Salon. Er trug noch immer seine Sonnenbrille, und zwischen den Lippen qualmte ein Zigarillo. Zufrieden nickend blickte er auf seine beiden Männer.

»Ich sehe schon, ihr fasst den neuen Job richtig auf«, lobte er die Gorillas.

»Und wie machen wir es?«, wollte Liri wissen.

»Auf alle Fälle übernehmen wir erst die Münzen. Wenn die Kiste bei uns an Bord ist, schießt ihr die anderen zusammen.«

Die Kerle nickten. Ihnen bedeutete ein Menschenleben nichts. Sie waren abgestumpft und schlimmer noch als Tiere.

Konos packte vorsichtig einige Handgranaten aus. Grinsend wog er die Hölleneier in den Händen. »Damit blasen wir den Kahn bis zu Allah«, meinte er.

»Lass ihn aus dem Spiel«, regte sich Liri auf. Sein Gesicht lief dunkelrot an.

»Ja, ja, schon gut.«

Hereos warf die Zigarillokippe in einen Messingascher.

»Redet nicht lange herum, wir starten. Ich will am Abend wieder zurück sein. Die Kunden warten bereits auf die Ware.«

Er drehte sich um und verließ den elegant eingerichteten Salon. Wenig später brummten die schweren Motoren auf.

Die Sonne erinnerte mich an eine riesige glühende Orange. Ihre Strahlen trafen das Boot schräg von der Seite und flimmerten über das Deck.

Zum Glück wehte eine frische Brise. Sie strich über unsere erhitzten Gesichter und drückte mein Hemd eng gegen den Körper.

Jane Collins hatte ihre Haarpracht gelöst. Wie eine Fahne flatterte die blonde Mähne im Fahrtwind. Auch hatte sie ihre Jacke ausgezogen. Nur mit T-Shirt und Hose bekleidet, sonnte sie sich auf dem Deck und trank eisgekühlten Orangensaft aus dem Bordkühlschrank.

Ich ging zu ihr, lehnte mich an die Reling. »So könnte dir das Leben schon gefallen, wie?«

Jane hob den Kopf. Sie lächelte mich an und fasste nach meiner Hand. »Und ob mir das Leben so gefallen könnte. Du glaubst gar nicht, wie wohl ich mich plötzlich wieder fühle. Die Vergangenheit«, sie schüttelte den Kopf, »habe ich wieder vergessen. Ich sehne mich auch nicht mehr nach dem Jenseits zurück, John. Ich weiß auch nicht …«

Neben Jane ging ich in die Knie, streichelte ihr Gesicht, als sie mir den Kopf zuwandte.

»Küss mich!«, flüsterte sie. »Bitte – ich möchte spüren, dass ich lebe, und ich möchte dich spüren.«

Den Gefallen tat ich ihr gern. Um so etwas hat mich noch nie eine Frau lange zu bitten brauchen.

Warm spürte ich Janes Lippen auf meinem Mund. Ich schmeckte auch den leicht salzigen Geschmack auf ihren Lippen, fühlte ihren weichen, anschmiegsamen Körper und verfluchte innerlich den Umstand, dass wir uns auf einem Schiff befanden und nicht bei mir zu Hause.

Ein leises Räuspern trieb uns auseinander.

Kiriakis stand vor uns.

»Entschuldigt, dass ich störe, doch ich würde vorschlagen, John, dass du die Taucherausrüstungen überprüfst. Nicht mehr lange, und wir haben unser Ziel erreicht.«

Ich stand auf. »Okay, die Pflicht ruft. Dienst ist eben Dienst …«

»… und Whisky ist Whisky«, vollendete Jane Collins. Auch für sie war der Zauber des Augenblicks verflogen. Wir mussten beide in die Zukunft sehen, und die konnte verdammt hart werden, dessen waren wir uns sicher.

Die beiden Taucherausrüstungen lagen am Heck des Bootes. Kiriakis hatte gelbe Neoprenanzüge gekauft. Die Pressluftflaschen waren von hellblauer Farbe. Der Grieche hatte auch für breite Tauchermesser gesorgt sowie für lichtstarke Lampen, Netze und Seile.

Ich überprüfte die Ventile. Der Druck stimmte überall. Ich kannte mich aus und machte so etwas nicht zum ersten Mal.

Mein Blick glitt über die Reling hinweg und streifte das grünblau wogende Meer mit seiner langen Dünung. Das Sonnenlicht zauberte blitzende Reflexe auf die Wasseroberfläche, und die farbigen Segel der Boote wirkten wie bunte Tupfer.

»Bald werden wir kaum noch Boote sehen«, sagte Kiriakis. Lautlos war er hinter mich getreten. Das Geräusch des sich drehenden Heckpropellers hatte seine Schritte übertönt.

Ich wandte den Kopf. »Wieso?«

»Wo wir hinfahren, gibt es viele Klippen und Strudel. Wer das Meer nicht genau kennt, meidet diese Stelle.«

»Dann wird es für Suko gefährlich. Er ist zwar ein guter Steuermann, aber …«

Kiriakis winkte ab. »Keine Sorge. Ich werde bald das Steuer übernehmen. Ich stehe nicht zum ersten Mal auf Decksplanken.«

Dieser alte Mann verwunderte mich immer wieder. Ich hatte geglaubt, ihn zu kennen, doch je länger ich mit ihm zusammen war, umso mehr Geheimnisse entdeckte ich an ihm. Außerdem interessierte es mich brennend, was er in der Kiste verbarg. Ich wollte jedoch meine Neugierde nicht zu offen zeigen und hielt deshalb meinen Mund.

Kiriakis hatte sich umgezogen. Er trug nicht mehr den langen, mantelähnlichen Umhang, sondern eine ausgestellte Hose, ein kariertes Hemd und darüber eine dunkle Lederjacke. Das lange graue Haar flatterte im Wind.

»Soviel mir bekannt ist, liegt Myxin in einem goldenen Sarg verborgen«, berichtete Kiriakis. »Und ihr müsst aufpassen, denn er wird bewacht.«

»Von wem?«

»Das weiß ich nicht. Es kann ein Monster sein, eine Seeschlange oder auch ein Rochen. Möglich wäre ein magisches Kraftfeld, aber das müsst ihr selbst herausfinden.«

Ich deutete auf die Messer. »Sollen wir uns damit verteidigen?«

»Nein, ich habe etwas Besseres. Warte.«

Kiriakis ging einige Schritte zur Seite und hob die Plane von seiner geheimnisvollen Kiste ab. Er winkte mir, näher zu kommen, und ich tat es.

Kiriakis öffnete den Deckel.

Ich schaute dem Griechen über die Schulter, konnte jedoch nichts erkennen, außer einer ziemlich farblosen Decke. Vorsichtig hob Kiriakis die Decke aus der Kiste, dann drehte er sich um.

Er legte die Decke auf die Planken und zupfte sie auseinander.

Etwas blendete mich, und ich schloss die Augen. Es war kein weißer Lichtstrahl, sondern ein Blitz, der in allen Farben schillerte und mich die Augen schließen ließ.

Spaltbreit öffnete ich sie wieder.

Auf Kiriakis' rechtem Handteller lag ein Stein. Fast so groß wie seine Hand, oval geformt und glatt.

»Dieser Stein«, so berichtete der Grieche, »stammt aus Atlantis. Er soll einmal Myxin gehört haben, und er wird für euch der Schlüssel zum Sarg des Magiers sein. Nimm ihn mit in die Tiefe, John Sinclair, und gib gut auf ihn acht. Er wird dir helfen, die Schwierigkeiten zu überwinden, denn seine Magie ist sehr stark.« Kiriakis steckte den Arm aus und reichte mir den Stein. »Nimm ihn!«

Ich fasste ihn an. Er war seltsam warm und schien mit meiner Hand zu verschmelzen. Ich fühlte ein Kribbeln unter der Haut, aber es war kein unangenehmes Gefühl.

Jane Collins hatte uns beobachtet und trat zu uns.

Ich blickte ihr fragend ins Gesicht.

Jane nickte. »Ich habe alles gehört«, sagte sie. »Ich hoffe, dass der Stein dir hilft.«

Kiriakis lächelte zuversichtlich.

»Du brauchst keine Angst zu haben. Dieser Stein ist unsere Trumpfkarte. Wenn Myxin ihn sieht, wird er uns gehorchen, denn er möchte ihn wiederhaben.«

»Willst du ihm den Stein nicht geben?«, fragte ich.

»Nur unter bestimmten Voraussetzungen.«

Ich konnte mir denken, was dieser alte Fuchs plante. Und wieder einmal war ich froh, einen Mann wie Kiriakis zum Freund zu haben.

Der Grieche schlug mir auf die Schulter und bewegte sich in Richtung Steuerhaus.

Jane Collins machte sich Sorgen. »Hoffentlich passiert dir nichts«, sagte sie.

Ich winkte ab. »Wird schon schiefgehen.« Gelassen schlüpfte ich aus meiner Kleidung. Die neue Badehose hatte ich bereits übergestreift. Dann tauchte auch Suko auf. Er grinste mich an. »Stark siehst du aus. So als Muskelprotz.«

»Oh, vielen Dank.« Ich hob den Neoprenanzug hoch und versuchte, mich hineinzuzwängen. Das war gar nicht so einfach. Der Kunststoff wollte nicht rutschen. Suko und Jane halfen mir schließlich. Als ich dann die Haube überzog, sah ich wirklich aus wie ein Froschmann.

Kiriakis hatte den Kurs etwas geändert. Wir fuhren nun in Richtung Osten. Auch seine Voraussage bewahrheitete sich.

Die Segelboote wurden tatsächlich weniger. Nur in der Ferne sah ich eine Inselfähre vorbeigleiten.

Manchmal ragten Felsen aus dem Meer. Dann wieder sah ich Inseln, die jedoch ebenso rasch wieder verschwanden, wie sie auftauchten.

Kiriakis hatte an Geschwindigkeit zugelegt. Die Bugwelle schwappte hoch. Silberne Tropfen wischten über Bord und bespritzten unsere Gesichter.

Suko quälte sich in den Neoprenanzug. Diesmal konnte ich lachen. Ich half ihm aber dabei. Dann schnallte ich ihm die beiden Pressluftflaschen auf den Rücken. Suko blies durch das Mundstück und nickte zufrieden.

»Meinetwegen kann es losgehen«, sagte er.

Ich hob die Schulter und warf mir die Luftflaschen über.

Vom Steuerhaus her winkte uns Kiriakis zu. Wenn ich das Zeichen richtig verstand, dann hatte er die Stelle bald erreicht.

Tatsächlich, er drosselte die Geschwindigkeit, fuhr dann einen großen Bogen, stellte den Motor ab und ließ das Boot auslaufen.

Er trat auf uns zu.

»Hier ungefähr muss es sein«, sagte er und deutete an der Backbordseite über die Reling.

Ich nickte. »Okay, dann wollen wir mal.«

Noch einmal überprüften Suko und ich gegenseitig unsere Ausrüstungen. Lampen, Seile, Messer, es war alles vorhanden. Eigentlich konnte nichts schiefgehen.

Das Wasser war an dieser Stelle kristallklar. Wenn ich hineinblickte, konnte ich dicht unter der Oberfläche einen grauen Schimmer sehen. Als ich Kiriakis darauf ansprach, erwiderte er: »Es sind Riffe. Ziemlich gefährliche sogar. Die können einem Boot schon den Bauch aufschlitzen.«

»Hauptsache uns nicht«, meinte Suko.

»Vergiss den Stein nicht«, erinnerte mich Kiriakis.

»Teufel, du hast recht. Den hätte ich tatsächlich vergessen«, sagte ich.

Der Grieche reichte mir den Stein. Mit zwei, drei Sätzen erklärte ich Suko die Funktion. Dann setzten wir unsere Brillen auf, steckten die Mundstücke zwischen die Lippen und kletterten auf die Reling.

Jane Collins gab mir und Suko einen Schlag auf die Schulter. Danach ließen wir uns gleichzeitig hintenüber fallen, und im nächsten Moment schlugen die Wellen der Ägäis über uns zusammen.

Ich spürte das warme Wasser, das mich einbettete und wieder der Oberfläche entgegentragen wollte. Doch mit kräftigen Beinstößen glitt ich tiefer.

Suko schwamm ein paar Armlängen neben mir. Er gab mir mit der Hand ein Zeichen, dass alles okay sei.

Das Wasser um uns herum schillerte grünblau. Noch sahen wir die helle Oberfläche, auf der sich das Sonnenlicht brach, doch schon bald wurde es dunkler um uns.

Die Farben verwischten, zerliefen zu einem Grün, das seltsam undurchsichtig war. Suko war jetzt näher an mich heran geschwommen. Er hatte seine Unterwasserlampe eingeschaltet.

Erschreckt huschten einige Fische davon. Es gab aber auch welche, die sich in unserer Nähe aufhielten und in das Licht starrten. Ich hätte sie mit der Hand greifen können, so nahe waren sie mir.

Wir glitten vorbei.

Unsere Bewegungen waren harmonischer geworden. Wir hatten uns der Umgebung besser angepasst. Leicht tauchten wir dem Meeresgrund entgegen. Ich fühlte mich frei und empfand diese Unterwasserwelt als faszinierendes Erlebnis.

Wir schwammen an bizarren Korallenbänken vorbei. Exotisch aussehende Blumen wiegten ihre Kelche im Wasser. Die Pflanzen schienen an der Korallenbank zu kleben. Fische – kaum größer als ein Fingernagel – wischten wie silberne Tropfen vor unseren Tauchermasken vorbei und folgten den quirlenden Luftperlen der Oberfläche entgegen.

Diese schweigende Unterwasserwelt mit ihrer schillernden Farbenpracht der Korallen war faszinierend.

Je tiefer wir kamen, umso düsterer wurde es um uns. Das Sonnenlicht reichte längst nicht mehr aus, um bis hierher vorzudringen. Kiriakis hatte mir erklärt, dass es auf dem Meeresgrund Gebirge geben sollte, regelrechte Schluchten, Täler und Berge. Das Gestein sollte von zahlreichen Höhlen durchsetzt sein, und in einer dieser Höhlen würden wir Myxin, den schlafenden Magier finden.

Wenn wir Glück hatten.

Es wurde kälter, je tiefer wir tauchten. Sukos Unterwasserlampe hat es schwer, die grüne Düsterheit zu durchleuchten, denn Plankton und Algen verschlechterten die Sicht.

Plötzlich hob Suko die linke Hand.

Sofort stoppte ich meine Schwimmbewegungen.

Mein chinesischer Partner deutete auf die Umrisse einer Korallenwand, die vor uns aus dem Meeresboden wuchs. Auch ich schaltete meine Lampe ein, und behutsam schwammen wir näher.

Die Wand war von zahlreichen Spalten und Höhlen durchsetzt. Algen hatten eine dicke Schicht auf das Gestein gelegt. Leuchteten wir in die Risse hinein, so glotzten uns Fische entgegen, die aber dann blitzschnell kehrtmachen und in die Deckung der schützenden Höhlendunkelheit verschwanden.

Suko zeigte mit der Hand dem Meeresgrund entgegen. Hinter der Maske sahen seine Augen seltsam groß aus.

Ich nickte zustimmend.

Nebeneinander schwammen wir dem Grund entgegen. Dabei leuchteten wir mit unseren Lampen die Felswand ab, immer auf der Suche nach einem großen Höhleneingang.

Große Hoffnung setzte ich auf den Stein. Kiriakis hatte gemeint, er würde uns unter Umständen den Weg weisen, denn wenn er sich erwärmte, war unser Ziel nicht mehr weit entfernt.

Der Stein befand sich in einem Netz. Das wiederum hing an meinem Gürtel, rechts neben dem Tauchermesser.

Und dann erreichten wir den Meeresgrund. Gleichzeitig spürten wir die Tiefenströmung, die uns nach Westen abtreiben wollte. Wir schwammen dagegen an, gerieten in die Nähe eines Unterwasserstrudels und sahen den feinen Sand, der vom Boden aufgewirbelt wurde und eine regelrechte Wolke bildete.

Wir hatten beschlossen, dicht zusammenzubleiben. Es war viel zu gefährlich, allein zu schwimmen.

Dicht über dem Grund glitten wir dahin. Links neben uns türmte sich die Felswand hoch. Das poröse Gestein wirkte wie ein Schwamm, in dessen Poren Algen, kleine Fische und andere winzige Lebewesen ihr Dasein fristeten.

Dreißig Minuten hielten wir uns bereits unter Wasser auf. Jeder von uns hatte für zwei Stunden Luft. In den verbleibenden anderthalb Stunden mussten wir die Höhle finden und den Magier an die Oberfläche schaffen. Kein leichtes Unterfangen.

Immer wieder suchten unsere Blicke die Felswand ab. Mal trat sie etwas zurück, dann stach sie wieder vor.

Die Minuten verrannen.

Spalten und Risse sahen wir genug. Doch Kiriakis hatte von einem Höhleneingang gesprochen. Und den hatte wir noch nicht entdeckt.

Bis Suko mir plötzlich aufgeregt mit der linken Hand ein Zeichen machte. Mein Partner schwamm eine Körperlänge voraus. Mit einer Armbewegung war ich bei ihm und sah, was Suko entdeckt hatte.

Es war der Eingang zu einer Höhle.

Bogenförmig tat er sich vor uns auf. An beiden Seiten bildete das Wasser Wirbel, die in die Höhle strömten und zahlreiche kleine Fische mit sich zogen.

Waren wir am Ziel?

Suko deutete auf den Eingang.

Ich nickte.

Langsam glitten wir in die Höhle hinein. Unsere Körper lagen wie zwei Pfeile im Wasser, mit ausgestreckten Armen. Wir bewegten nur die Füße, ließen uns von der Strömung in die Höhle ziehen.

Die Umgebung war rabenschwarz. In diese Tiefe drang nie ein Sonnenstrahl, hier war ewige Nacht.

Etwas fiel uns auf.

Kein Fisch schwamm vor unseren hellen Scheinwerferlanzen davon. Es gab hier keine.

Spürten die Fische vielleicht die Aura des Bösen, des Unheimlichen, die in dieser Höhle gegenwärtig war?

Das konnte durchaus sein. Ich erlebte nicht zum ersten Mal, dass Tiere sich von einem Platz fernhielten. Sie hatten ein besseres Warnsystem als wir Menschen.

Aber auch ich spürte, dass von dieser Höhle etwas Bedrohliches ausging. Es war nicht nur die Stille, die uns umgab, nein, ich hatte das Gefühl, in eine Falle zu schwimmen.

Ich entfernte mich etwas von Suko, schwamm nach rechts weg und geriet in die Nähe der Höhlenwand.

Mit der Lampe leuchtete ich sie ab.

Rau und rissig war das Gestein. Das Seewasser hatte Spalten und Ritze ausgewaschen. Doch bei genauerem Hinsehen entgingen mir nicht die seltsamen Zeichen, die eine unbekannte Hand in das Gestein gemeißelt hatte.

Seltsamerweise waren die Symbole noch gut sichtbar. Das Wasser hatte ihnen nicht viel getan.

Für mich waren diese Schriftzeichen der untrügliche Beweis, dass ich mich auf der richtigen Fährte befand.

Suko hatte mich beobachtet und abgewartet. Als ich ihm zuwinkte, schwamm er auf mich zu. Mit der linken Hand deutete ich auf die Schriftzeichen und hob dabei in einer verständnislosen Geste die Schultern.

Suko sah sich die Symbole an. Sie mussten einer uralten Kultur entstammen. Eine entfernte Ähnlichkeit mit der Schrift der alten Ägypter war vorhanden.

Doch auch Suko wusste nicht weiter. Ich brauchte nur seinen verständnislosen Blick hinter der Taucherbrille zu sehen, um erkennen zu können, woran ich war.

In regelmäßigen Abständen perlten kleine Luftbläschen der Höhlendecke entgegen, quirlten dort auseinander und zerplatzten.

Seite an Seite schwammen wir tiefer in die Unterwasserhöhle hinein. Dann wurde sie enger. Bald konnten wir nicht mehr nebeneinander schwimmen. Ich glitt vor und übernahm die Führung.

Wir befanden uns in einem engen Felsenschlauch. Ich durfte gar nicht daran denken, wie gefährlich dieser Ausflug war. Wir brauchten uns nur an den rauen Wänden den Luftschlauch aufzureißen, dann war es aus. Wir würden elendig ersticken.

Auf einmal ging es nicht mehr weiter. Der Strahl meiner Unterwasserlampe traf auf eine quer stehende Wand.

Hatten wir uns geirrt? War dies der falsche Weg, den wir eingeschlagen hatten?

Da berührte Suko meine Schulter. Ich drehte den Kopf und sah den Finger meines Partners, der in die Höhle wies.

Ich schaute nach oben, hob gleichzeitig die Lampe an. Die beiden Lichtstrahlen vereinigten sich, erhellten die trübe Brühe so weit, dass wir den Schacht erkennen konnten, der senkrecht in die Höhe stieg.

Das also war unser weiterer Weg!

Suko nickte und schwamm voran. Er bewegte nur die Beine und glitt so den Schacht hoch.

Unwillkürlich atmete ich schneller, spürte die Nervosität, die sich meiner bemächtigt hatte. Wir befanden uns dicht vor dem Ziel. Würden wir den schlafenden Magier finden?

Zehn Sekunden später erwartete uns eine Überraschung, mit der wir nie gerechnet hätten.

Sukos Kopf durchbrach die Wasseroberfläche.

Einen Herzschlag später konnte auch ich ohne Sauerstoffgerät atmen. Ich drehte das Ventil ab, nahm den Schnorchel aus dem Mund, trat Wasser und sagte staunend: »Das ist ein Ding!«

Suko hob den Arm und ließ den Lampenstrahl kreisen.

Der Schein glitt über tropfnasse Wände, erfasste die Decke dieses Luftlochs und blieb schließlich an einem vorspringenden Fels hängen, auf dem das Ziel unserer abenteuerlichen Schwimmreise stand.

Der goldene Sarg!

»Geschafft«, flüsterte ich Suko zu und schwamm los. Drei Schwimmstöße nur brachten mich an den Sarg heran. Ich erkletterte den Felsen, streckte den Arm aus und half Suko hoch.

Der Platz war breit genug, dass wir sogar um den Sarg herumgehen konnten.

Das Gold hatte im Laufe der Zeit gelitten und Patina angesetzt. Und doch war zu erkennen, wie ungeheuer wertvoll dieser Sarg war. Ich spürte, dass sich der Stein an meinem Körper erwärmt hatte, etwas pulsierte durch meine Adern. Die Magie wurde stärker.

Suko zog sein Messer und kratzte mit der Klinge etwas von der Patina ab.

Reines Gold leuchtete uns entgegen. Wir sahen auch die fratzenhaften Gesichter, die den Deckel des Sargs zierten. Grässliche Monstergestalten boten sich unseren Blicken. Höllenwesen, die nicht von dieser Welt stammten und den schlafenden Magier in seinem prunkvollen Sarg bannen sollten.

»Okay«, sagte Suko, »dann wollen wir mal den Deckel öffnen. Hoffentlich schaffen wir es.«

Er wollte sich schon an die Arbeit machen, doch ich hielt ihn mit einer Handbewegung zurück.

»Was ist?«, fragte Suko.

»Etwas stimmt hier nicht«, gab ich zurück und blickte mich vorsichtig um. »Denk an Kiriakis' Worte und daran, dass der Sarg bewacht wird …«

»Vorsicht, John!«, gellte Sukos Warnschrei.

Ich warf mich zur Seite, verlor das Gleichgewicht und fiel in das Wasser. Vielleicht war es meine Rettung, denn durch diese schnelle Bewegung verfehlte mich der Kopf des Monsters.

Und doch hatte ich das Gefühl, mein Herz würde stehen bleiben. Was sich dort so plötzlich und unerwartet aus der Tiefe geschnellt hatte, war nichts anderes als eine Seeschlange. Eines dieser legendären Ungeheuer, die es eigentlich nicht mehr gibt.

Wir waren vom Gegenteil überzeugt worden, und in den nächsten Sekunden begann ein Kampf auf Leben und Tod …

Konstantin Hereos stand auf der Brücke, hielt das Glas gegen die Augen gepresst und suchte die See ab. Seit einigen Minuten bewegte er sich nicht, starrte stumm auf eine Stelle im Meer.

Dann ließ er das Glas sinken und zischte einen gemeinen Fluch durch die Zähne.

»Was ist los?«, fragte ihn Konos.

»Dort, wo wir uns treffen wollen, liegt eine Jacht.«

»Die von dem Kunden?«

»Quatsch. Eine fremde.«

»Haben Sie erkennen können, wer sich auf Deck befindet?«

»Nein, zum Henker.«

Konos hob die Schultern. »Die werden schon wieder verschwinden.«

»Nichts werden sie«, erwiderte Hereos knirschend. »Die haben was vor. Oder kannst du mir einen Touristen nennen, der seinen Kahn dorthin steuert? Ich nicht. Nein, wer dort ankert, hat einen besonderen Grund, das kannst du mir glauben.«

»Polizei?«

Hereos schüttelte den Kopf. »Kaum. Die Kerle halten sich zwar immer für sehr schlau, aber getarnt haben sie sich noch nie.«

»Ist denn von dem anderen Schiff schon etwas zu sehen?«, wollte Konos wissen.

»Bis jetzt noch nicht. Aber der Kunde müsste bald auftauchen.«

»Wir können ihm ein Zeichen geben, dass wir uns einen anderen Treffpunkt ausgesucht haben«, schlug Konos vor.

Hereos schüttelte den Kopf. »Dann wird der Kerl misstrauisch und denkt, wir könnten ihn in eine Falle locken.«

»Also machen wir das Geschäft vor Zeugen.«

»Ja.« Hereos grinste und wandte den Kopf. »Aber danach wird es keine Zeugen mehr geben.«

»Wir sollen die anderen auch umlegen?«

»Genau. Übernimm du das Ruder und fahr mal näher ran. Ich muss unbedingt wissen, wie viele Personen sich auf dem Kahn befinden.«

»Aye. Aye, Sir.«

Mit halber Kraft lief die SEA ARROW auf ihr Ziel zu. Am Heck knatterte die griechische Fahne im Wind.

Die Minuten vergingen. Immer wieder presste Hereos das Glas gegen die Augen.

Plötzlich pfiff Hereos durch die Zähne. Dann flüsterte er: »Mensch, das ist ein Ding.«

»Was ist los?«

»Auf dem Kahn ist eine Puppe. Blond, sagenhaft gewachsen. Genau meine Kragenweite.«

Und auch meine, wollte Konos sagen, doch er verkniff sich die Bemerkung, denn was der Chef für sich ausgesucht hatte, das war für die anderen tabu.

»Ist die Kleine allein?«, fragte Konos.

»Nein – oder? Nein, doch nicht. Jetzt sehe ich ihn. Muss ein ziemlich alter Knacker sein, der auf dem Deck rumturnt.«

Konos kicherte. »Alt und jung, wie sinnig.«

»Halts Maul!« Hereos blickte noch immer durch das Glas. »Mist, jetzt haben sie uns gesehen. Der Alte hat die Kleine soeben auf unseren Kahn aufmerksam gemacht.«

»Und? Legen wir sie sofort um?«

»Tja, ich weiß nicht so recht …« Hereos zögerte noch. Allerdings nicht aus Menschenfreundlichkeit, sondern aus einem anderen Grund. Von Osten her sah er ein Boot auf den Treffpunkt zulaufen. Der Kahn war zwar noch klein, fuhr jedoch mit hoher Geschwindigkeit und wurde rasch größer.

»Wir müssen es verschieben«, sagte Hereos. »Unser Freund kommt. Los, Konos, lauf unter Deck und sag Liri Bescheid. Und dann nehmt die Kanonen. Besprochen haben wir ja alles.«

»Geht in Ordnung, Chef.« Konos rieb sich die Hände. »Endlich wird es wieder spannend …«

Jane Collins saß auf dem Deck. Hin und wieder drehte die Detektivin den Kopf und sah zu der Stelle hin, an der John und Suko getaucht waren.

Jane machte sich große Sorgen um ihre beiden Freunde. Und die teilte sie dem Griechen auch mit.

»Wenn jemand es schafft, dann sind die beiden es«, erwiderte Kiriakis zuversichtlich.

Jane nickte.

Der Blick des Griechen wanderte über die graugrüne See, deren lange Dünung das Boot hin und her wiegte. »Schätze, wir bekommen Besuch«, sagte er plötzlich.

»Wo?«

Kiriakis deutete nach Süden. »Dort hinten, die Jacht, sie hält genau auf uns zu. Das kann ich sogar ohne Glas erkennen.«

»Du musst Augen wie ein Falke haben.« Jane erhob sich und schaute in die angegebene Richtung. »Ja, jetzt sehe ich es auch.«

»Seltsam«, murmelte Kiriakis. »Normalerweise wird diese Gegend von Schiffen gemieden. Zu viele Riffe und Klippen. Es sei denn, der Kapitän kennt sich hier besonders gut aus.«

»Schmuggel?«, folgerte Jane.

Kiriakis hob die Schultern. »Möglich.«

Und da entdeckte Jane das andere Boot. Aufgeregt tippte

sie Kiriakis an. »Da, noch ein Kahn. Im Osten. Jetzt blinkt der sogar. Und vom anderen Schiff wird geantwortet. Ich glaube, da bahnt sich was an.«

»Das Gefühl habe ich auch«, erwiderte Kiriakis. Wohl war ihm bei der ganzen Sache nicht …

Ich tauchte unter, geriet in die eiskalte undurchsichtige Brühe, schloss den Mund nicht rasch genug und bekam ihn voll Wasser.

Es rann mir in die Kehle, reizte zum Husten.

Im selben Augenblick umklammerte etwas Glitschiges, Hartes meine Beine, drückte mit aller Macht zu, und ich hatte das Gefühl, meine Knochen würden brechen.

Die mörderische Seeschlange hielt mich gepackt.

Weit riss ich die Augen auf, sah ihren baumstammdicken Leib im Wasser hin und her wischen, schlug verzweifelt mit den Armen um mich und wurde in die Tiefe gerissen.

Noch gelang es mir, die Panik in Grenzen zu halten, sie sogar zu unterdrücken.

Ich zog mein Messer. Wieder sah ich den Leib vor mir auftauchen und stieß die breite, beidseitig geschliffene Klinge wuchtig in das Fleisch des Monsters. Dann zog ich das Messer nach unten, brachte der Bestie so einen tiefen Schnitt bei.

Tintiges, schwarzes Sekret umfloss mich in der nächsten Sekunde, hüllte mich ein wie eine Wolke.

Wieder stach ich zu, traf aber nicht, da ich nichts sehen konnte.

Mir wurde plötzlich die Luft knapp.

Der Druck um meine Beine hatte sich um keinen Deut verringert. Trotz der Wunde, die ich der Schlange zugefügt hatte, lebte sie weiter.

Ich bekam es mit der Angst zu tun.

In Gedanken schrie ich um Hilfe. Suko! Mein Gott, warum kam er nicht? Wild stach ich um mich. Die Lungen drohten mir zu platzen. Der Hustenreiz wurde übermächtig. Wenn ich mich in den nächsten Sekunden nicht befreien konnte, dann war ich verloren.

Da blitzte etwas dicht vor meinem Gesicht. Instinktiv griff ich mit der freien Hand danach.

Es war das Mundstück!

Die Rettung?

Sofort presste ich es zwischen meine Zähne, würgte und saugte die Luft in die Lungen. Ich schaffte es sogar, den Hustenreiz zu unterdrücken. In der Stunde der Gefahr ist der Mensch wirklich zu enormen Leistungen fähig.

Da wand sich der verdammte Schlangenkörper um meinen Leib. Ich hatte das Gefühl, in der Mitte durchzubrechen.

Hastig hackte ich mit dem Messer nach der Bestie, brachte ihr Wunden bei.

Wild peitschte der Kopf der Schlange das Wasser. Ich wurde hin und her geworfen, wusste manchmal nicht, wo oben und unten war. Doch ich konnte mich nicht aus der gnadenlosen Umklammerung lösen.

Sollte das mein Ende sein?

Meine Hände fuhren nach unten, fühlten trotz der Wasserkälte etwas Warmes.

Der magische Stein!

Ich riss ihn aus dem Netz. Jetzt musste es sich zeigen, ob er mir in der Stunde der Not half.

Hart presste ich ihn gegen die nasse Schlangenhaut. Und was ich kaum für möglich gehalten hatte, geschah. Der Druck dieses Monsterkörpers löste sich.

Der magische Stein brannte sich förmlich durch den Körper der Bestie hindurch, zerstörte ihn mit den Kräften des Lichts.

Ich konnte mich wieder frei bewegen.

Mit zwei Beinstößen erreichte ich die Oberfläche, rollte mich auf das Felsplateau, riss mir das Mundstück zwischen den Lippen hervor und blieb keuchend liegen.

Ich hob den Kopf.

Das Wasser brodelte und kochte. Die Seeschlange lag in den

letzten Zuckungen. Der magische Stein hatte sie in zwei Hälften geteilt. Beide Körperteile zuckten, als ob sie unter Strom stünden, quollen an die Oberfläche und sanken wieder in die Tiefe.

Sekundenlang sah ich den hässlichen Rachen, ein weit aufgerissenes Maul mit langen, nadelspitzen Zähnen. Damit hätte mir dieses Biest den Kopf abbeißen können.

Dann war die Schlange verschwunden. Leblos sanken die Körperhälften dem Grund entgegen.

Ich blickte mich um. Siedendheiß fiel mir Suko ein. Himmel, ihn hatte ich in der Aufregung des Kampfes vergessen. Aber wo steckte mein Freund? Ich sah ihn nirgends.

Doch! Da …

Sein Körper schwebte dicht unter der Wasseroberfläche. Leblos trieb er dahin.

»Suko!« Mein Schrei gellte durch die Höhle, obwohl ich wusste, dass es sinnlos war zu rufen. Ich musste handeln. Im nächsten Augenblick hechtete ich schon von dem schützenden Felsen ins Wasser hinein und bekam den Chinesen zu packen.

Ich legte ihn auf den Rücken, hob den Kopf an, damit sich sein Mund über der Wasseroberfläche befand. Dann schleppte ich meinen Freund aufs Trockene.

Atmete er noch?

Ich beugte mich über Suko. Meine brennende Lampe hatte ich am Gürtel festgehakt. Im Lichtschein sah ich seine blauen Lippen und das kalkige Gesicht.

Wieder hatte ich Angst. Gleichzeitig begann ich mit verzweifelten Überlebensversuchen, bewegte Sukos Arme vorschriftsmäßig auf und nieder und pumpte ihm Wasser aus den Lungen.

Im Schwall spie Suko es aus.

Dann begann er zu husten und zu keuchen, seine Lider flatterten, er öffnete die Augen, sah mich an und grinste.

Ich lächelte ebenfalls. »Von den Toten wieder zurück?«, fragte ich.

»Ja, dank deiner Hilfe.« Suko stieß die Worte abgehackt hervor, wurde immer wieder durch Hustenanfälle unterbrochen.

»Was ist eigentlich passiert?«, fragte ich.

»Nicht viel«, erwiderte Suko. »Ich sah plötzlich das verdammte Biest aus dem Wasser schießen, schrie dir noch eine Warnung zu, die du ja auch befolgt hast. Dann aber traf mich der Hammer. Klatsch, und dann ging bei mir das Licht aus. Ich habe gar nicht mehr gemerkt, dass ich in die Brühe gefallen bin.«

Ich grinste. »Dann haben wir uns ja gegenseitig das Leben gerettet.«

»So ungefähr.«

Ich deutete auf das Wasser. »Liegt deine Lampe etwa da unten?«

»Wahrscheinlich.«

»Weißt du, Suko, ich kann immer noch nicht begreifen, wo dieses verdammte Biest hergekommen ist. Wir hätten die Schlange doch sehen müssen, zum Teufel.«

»Die hat auf dem Grund gelauert«, meinte mein chinesischer Partner. »Der Körper war mit Sand und Schlick bedeckt, und dann sag du mir, wie du solch ein Biest finden und erkennen willst.«

»Stimmt auch wieder«, gab ich zu.

»Hoffentlich müssen wir nicht mit noch mehr Überraschungen rechnen«, sagte Suko und sah sich suchend um.

Auch ich ließ meine Blicke durch die Höhle schweifen, sah die Kuppeldecke aus rauem, rissigem Gestein, doch eine Gefahr für uns konnte ich nicht entdecken.

»Vielleicht haben wir Glück«, sagte ich und wandte mich dem goldenen Sarg zu.

Geheimnisvoll schimmerte das Metall. Welch ungeheures Rätsel musste dieser Sarg verbergen? Zehntausend Jahre alt soll Myxin, der Magier, sein.

Stimmte es?

Suko nickte mir zu. »Komm«, sagte er, »lass uns den Sarg

öffnen.« Seine Stimme klang rau vor Erregung, und das sollte bei Suko schon was heißen, wo er sonst ziemlich beherrscht war.

Langsam schritten wir um den Sarg herum, blickten ihn genau an. Er hatte die Form eines Sarkophags, war ziemlich hoch, und der Deckel schloss gut mit dem Unterteil ab.

Suko schüttelte den Kopf. »Den kriegen wir gemeinsam nie hoch«, kommentierte er.

Die Befürchtung hatte ich auch. Aber ich besaß noch den magischen Stein. Und der sollte mir auch diesmal helfen.

Ich hatte ihn wieder in das Netz gesteckt und nahm ihn jetzt hervor. Seine Wärme hatte er beibehalten.

»Versuch es«, sagte Suko.

Behutsam legte ich den Stein auf den Sargdeckel. Ich wusste nicht, wie ich es sonst anstellen sollte.

Zuerst geschah nichts. Ruhig blieb der Stein liegen. Doch dann veränderte er sich. Seine Vielfarbigkeit wich. Er wurde strahlend weiß, begann zu leuchten und wurde durchsichtig.

Ein gleißender Kristall lag plötzlich auf dem Sargdeckel. Das Licht füllte das Gewölbe aus, ließ unsere Gesichter kalkig und bleich erscheinen.

Doch das Licht blendete nicht. Stattdessen sammelte es sich, bildete einen Bogen, der sich wie ein Schleier auf den Deckel des Sarges legte.

Und dann geschah das Unwahrscheinliche.

Der Sargdeckel glitt in die Höhe, löste sich von seinem Unterteil und schwebte.

Ein zischendes Geräusch drang aus den Spalten zwischen Deckel und Unterteil, als hätte jemand Luft ausgestoßen.

Suko und ich waren unwillkürlich zurückgewichen. Gespannt beobachteten wir die nächsten Vorgänge.

Der Sargdeckel glitt höher, der Decke entgegen, erstrahlte dort in einem hellen Licht und löste sich auf.

Von einer Sekunde zur anderen war er verschwunden.

Unglaublich …

Staunend beobachteten wir diesen Vorgang. Welche unbekannte, grenzenlose Magie trat hier in Aktion? Ein Zauber, der die Jahrtausende überdauert und doch von seiner Wirkung nichts verloren hatte. Suko und ich, Menschen aus einer anderen, moderneren Zeit, konnten nur zusehen und staunen.

Fast synchron senkten wir unser Blicke, um in den Sarg zu schauen. Wir fühlten uns wie Statisten.

Ich hielt den Atem an, ballte meine Hände zu Fäusten und spürte die Nägel, die in die Haut drangen.

Es war so, wie Kiriakis es vorausgesagt hatte.

Im Sarg lag Myxin, der Magier!

Ich stand am Fußende, sodass ich das Gesicht des Magiers sehen konnte. Es war schmal und hohlwangig, von einer grünen, ungesunden Farbe. Tief in den Höhlen lagen Augen, die wie weiße Glasmurmeln aussahen. Hell, weiß und kalt. Sein Kopf lief seltsam spitz zu, die Ohren waren normal groß, nur die Gestalt kam mir klein vor.

Der Magier war von zwergenhaftem Wuchs. Die Füße lagen knapp hinter der Mitte des Sarges. Myxin trug ein dunkelgrünes Gewand, das auch die lange Zeit überstanden hatte, ohne Schaden zu nehmen. Die Arme hatte er vor der Brust gekreuzt. Ich sah lange Finger, die mich an Spinnenbeine erinnerten.

Auf dem Kopf trug Myxin eine Art Kappe, die sein Haar verdeckte. Die Kappe war aus schwarzem Stoff und mit Goldfäden durchwebt. Dies also war einer der mächtigsten Dämonen von Atlantis.

Sukos und mein Blick trafen sich. Der Chinese hob die Schultern. Auf seinem Gesicht stand ein Fragezeichen. Auch er wusste nicht, wie er sich zu verhalten hatte.

Wir mussten abwarten und darauf hoffen, dass Myxin etwas unternahm. Noch sah es so aus, als schliefe er. Ich war jedoch sicher, dass er sich bald erheben würde.

Der Magier enttäuschte uns nicht.

Seine Augen bewegten sich, die Pupillen rollten wie zwei Kreisel, blickten mich an. Ein stöhnendes Geräusch drang aus dem lippenlosen Mund, danach ein lang gestreckter Seufzer.

Suko und ich hielten den Atem an.

Dann begann Myxin zu sprechen. Und er redete in unserer Sprache. Wieder ein Phänomen, das ich nicht begriff.

»Atlantis ist vergangen. Schwer lastete auf mir der Fluch des Schwarzen Todes. Doch die Rückkehr aus den Dimensionen des langen Schlafs ist nicht aufzuhalten. Ihr habt mich in die Welt der Lebenden geholt. Nehmt meinen Dank!«

Er hatte das letzte Wort kaum ausgesprochen, als er seine Hände auf den Sargrand legte und sich aufstützte. Fast schwerelos – so schien es mir jedenfalls – glitt er höher, kletterte aus dem Sarg und blieb zwischen Suko und mir stehen.

Gedankenverloren schaute er auf das Wasser.

»Ihr habt die Schlange besiegt«, murmelte er, »aber die Schlacht ist noch nicht gewonnen. Der Schwarze Tod wird nicht aufgeben. Wir müssen weg hier.«

Obwohl mir zahlreiche Fragen nach seiner Herkunft auf der Zunge brannten, erkundigte ich mich nach einem zweiten Ausgang.

»Nein, den gibt es nicht!« Er sah uns an. »Ich kenne euch nicht, habe euch auch noch nie im Traum gesehen. Wer seid ihr? Woher kommt ihr?«

»Ich werde dir die Fragen später beantworten«, erwiderte ich. »Sieh uns einfach als deine Retter an.«

»Und was verlangt ihr dafür?«

»Wir wollen das Dämonenauge zerstören. Nur du kannst uns dabei helfen?«

Jetzt war es heraus, und ich wartete voller Spannung, wie Myxin reagieren würde.

Er ließ sich Zeit mit seiner Antwort und wich aus, indem er sagte: »Ich möchte eure Namen wissen.«

Suko sagte sie ihm.

»Ihr gehört zu den Kämpfern des Lichts, wie ich sehe. Eigentlich seid ihr meine Feinde. Ich müsste euch bekämpfen, aber ihr habt mich erweckt, und deshalb will ich mich nicht undankbar zeigen. Ja, ich führe euch zu dem Dämonenauge, aber es wird ein schwerer und dornenreicher Weg.«

»Damit haben wir gerechnet«, sagte ich leise.

»Wenn das Dämonenauge nicht mehr existiert, ist dem Schwarzen Tod eine starke Waffe genommen. Er wird schwächer, und ich werde mächtiger.« Plötzlich zeigte sein Gesicht ein hintergründiges Lächeln. »Wenn ich die alte Kraft wiedererlangt habe, werdet ihr euch entscheiden müssen. Entweder steht ihr auf meiner Seite, oder ihr kämpft gegen mich. Noch habt ihr eine Frist.«

Ich hütete mich, ihm unsere Ansichten und Meinungen mitzuteilen. Für mich stand fest, dass ich nicht auf seiner Seite kämpfen würde. Er war ein Geschöpf der Finsternis, das uns nur deshalb half, damit wir seinem Feind, dem Schwarzen Tod, eins auswischen konnten. Nach dem Motto: Wenn zwei sich streiten, freut sich der Dritte.

Ja, ich wollte Myxin und den Schwarzen Tod gegeneinander ausspielen. Sie würden sich bis aufs Messer bekämpfen und sich gegenseitig schwächen. Dann hatte ich vielleicht eine Chance, meinen mächtigen Erzfeind zu besiegen.

Aber das waren noch Theorien.

Der Sargdeckel und der magische Stein hatten sich aufgelöst. Nichts war mehr von ihnen zu sehen, dafür jedoch drohte eine andere Gefahr. Ich spürte förmlich die Aura des Bösen, die sich in diesem unterirdischen Gewölbe breitmachte. Mein sechster Sinn kündete Gefahr an. Schlug der Schwarze Tod bereits zu?

Auch Suko hatte etwas gemerkt. Ich sah es an seinem Blick.

»Kannst du ins Wasser?«, fragte ich Myxin.

»Ob Wasser, Feuer oder Luft – mir ist es egal«, antwortete er. »Ich bin unbesiegbar, nachdem der magische Bann gebrochen worden ist.«

»Wirklich?«, dröhnte da eine Stimme auf.

Ich zuckte zusammen. Die Stimme hörte ich nicht zum ersten Mal. Derjenige, der dort sprach, war der Schwarze Tod.

»Myxin, du Wurm!«, höhnte er. »Auch deine Befreiung wird dir nichts nützen. Ich werde dich vernichten, aber diesmal für immer.«

Über uns begann es zu knirschen. Kleine Steine fielen von der Decke, und ich sah einen schwarzen, hässlichen Totenschädel in der Luft schweben.

Dieses Bild währte nur Bruchteile von Sekunden, denn im nächsten Augenblick krachte die Decke der Höhle zusammen.

Und dann war im wahrsten Sinne des Wortes der Teufel los …

Der Türke besaß einen alten Lastensegler. Und nicht nur Konstantin Hereos wusste, was sich hinter dieser Tarnung verbarg. In Wirklichkeit hatte das Schiff einen hochmodernen Motor, der den Kahn schnell machte und so manchem Polizeiboot davonrauschte.

Ein altes, schon oft geflicktes Segel wurde vom Wind gebauscht und trieb den Kahn voran. Müde klatschten die Wellen gegen die farblose Bordwand. Der Türke stand am Heck des Bootes. Er sah wie ein Freibeuter aus alten Tagen aus. Er trug ein bauschiges Hemd, eine alte ausgebeulte Hose, um den Leib einen breiten Gürtel, und sein langes Haar wurde von einem Stirnband zusammengehalten. Im Gürtel hatte der Türke eine russische Pistole stecken.

Gegen Hereos' Jacht wirkte der Kahn des Türken wie ein Spielzeugschiff. Doch der Mann, der dieses Boot steuerte, war ein Meister seines Fachs. Geschickt ging er längsseits, während der Türke ein Tau zur Jacht hinüberwarf, das Konos auffing und um die Reling wickelte.

Jetzt dümpelten die beiden Boote nebeneinander. Hin und wieder stießen die Bordwände aneinander. Es gab jedes Mal ein reibendes Geräusch.

Möwen umschwirrten die beiden Schiffe. Ihr Gekrächze erfüllte die klare Luft.

Konstantin Hereos trat an die Reling und winkte seinem Kunden. »Komm rüber, Azmir!«

Der Türke lachte mit blitzenden Zähnen. »Tut mir leid, Hereos, aber du musst dir die Ware schon selbst holen. Und bring das Geld mit, du Halsabschneider.«

Hereos lachte. »Seit wann misstraust du mir?«

»Schon immer.«

Aus dem primitiven Steuerhaus des Kahns trat Azmirs Gehilfe. Der Mann war schon älter. Er ging gebeugt und hatte eine Haut, die an gegerbtes Leder erinnerte.

Die Kiste mit den Goldstücken trug er in beiden Händen.

Hereos überlegte nicht lange. »Gut, Azmir, ich komme. Aber ich will die Ware vorher sehen.«

»Kannst du.«

Konstantin Hereos drehte sich kurz um und kniff seinen beiden Männern ein Auge zu. Liri und Konos hatten sich so aufgestellt, dass sie Azmir sehen konnten. Die Maschinenpistolen lagen griffbereit.

Der Grieche kletterte über die Reling und sprang auf den Kahn des Türken.

Misstrauisch wurde er von Azmir gemustert.

»Was ist los?«, fragte Hereos.

Azmir deutete nach Westen. »Da liegt ein Boot. Ist das einer von deinen Tricks?«

»Nein, zum Teufel.«

»Ich kann aber keine Zeugen gebrauchen. Oder hast du mir die Polizei auf den Hals gehetzt?«

Hereos lachte. »Die Polizei? Sag mal, bist du noch normal? Ich bin froh, wenn ich keinen Schnüffler sehe.«

»Wem gehört der Kahn dann?«

»Weiß ich nicht.«

»Beim nächsten Geschäft machen wir es anders«, sagte der Türke.

Das wird es für dich nicht mehr geben, dachte Hereos.

Azmir gab seinem Steuermann ein Zeichen. »Bring die Kiste her!«

Der alte Mann trabte an. Er keuchte unter der Last und stellte die Kiste aufatmend ab.

»Öffne sie!«, forderte Hereos.

Azmir gab dem Gehilfen einen Wink. Der Seemann zog ein Messer hervor und knackte den Deckel.

Hereos entdeckte keine Goldmünzen, sondern rostbraunes Ölpapier. »Wo sind die Münzen?«

»Sei doch nicht so nervös!« Azmir bückte sich und räumte das Papier zur Seite.

Wenige Sekunden später sah Hereos die Münzen. Sein Blick wurde für einen Moment starr. Nervös huschte die Zungenspitze über seine Lippen. Was dort in der Kiste lag, war ein Vermögen. Und das für nur fünftausend Dollar. Nein, für ein paar Kugeln, verbesserte sich der Grieche rasch.

Er bückte sich und nahm eine Münze in die Hand. Geschickt ließ er sie zwischen den Fingern wandern.

»Die sind echt«, sagte Azmir.

»Man wird sich ja wohl noch überzeugen dürfen.«

»Meinetwegen.«

Hereos nahm eine zweite Münze und auch eine dritte. Sie waren noch nicht überarbeitet worden, sondern sahen stumpf und unscheinbar aus. Mindestens zweitausendfünfhundert Jahre hatten sie auf dem Meeresgrund gelegen. Die Zeit hinterließ Spuren.

»Okay, Azmir, die Münzen sind echt.«

»Sag ich doch.« Azmir tippte Hereos gegen die Brust. »Wo ist das Geld?«

Der Grieche griff in die Innentasche seines Blazers und holte das Geld hervor.

»Fünftausend Dollar«, sagte er, »schon abgezählt.«

Azmirs Augen hatte sich mit einem gierigen Glanz überzogen. Er grabschte nach den Scheinen, zählte sie trotzdem noch durch, achtete dabei aber nicht auf seine Umgebung.

Hereos trat etwas zur Seite, damit er aus dem Schussfeld kam. Er wollte nicht in Gefahr laufen, von einem Querschläger getroffen zu werden.

»Alles klar?«, fragte er.

»Ich zähle noch«, erwiderte der Türke, ohne aufzublicken.

Hereos grinste. Er warf einen Blick auf den Steuermann, aber auch der alte Knabe sah nicht auf, sondern schaute nur die Scheine an.

Eine günstigere Gelegenheit gab es gar nicht.

Der Grieche hob den Arm.

Das Zeichen!

Plötzlich waren an der Reling der SEA ARROW Konos und Liri zu sehen. Sie hatten die Maschinenpistolen im Anschlag, senkten die Waffen und zielten auf den Türken und seinen Kumpan.

Azmir schien einen sechsten Sinn für Gefahr zu besitzen. Urplötzlich hob er den Kopf, erblickte die beiden Männer und schaltete im Bruchteil einer Sekunde.

»Du Hund!«, brüllte er, ließ das Dollarpaket fallen und griff nach seiner Pistole.

Er bekam sie nicht einmal halb aus dem Gürtel.

Die Maschinenpistolen spien Feuer, hämmerten ihre tödliche Melodie und ließen Azmir keine Chance.

Die Geschosse warfen ihn quer über das Deck. Dann schwenkten die eiskalten Killer ihre Waffen um eine Idee nach rechts.

Der alte Mann starb mit hochgerissenen Armen und einem Blick in den Augen, der Verständnislosigkeit zeigte. Steif kippte er zur Seite und blieb tot auf den Planken liegen.

Die Echos der Schüsse verstummten.

»Erledigt!«, rief Konos. »Zufrieden, Chef?«

»Und wie!«

Hereos ging zu dem Dollarpäckchen hin und hob es auf. Er glättete die Scheine und verstaute sie in seiner Innentasche. Für die Toten hatte er keinen Blick mehr.

Konos und Liri kletterten über Bord. Sie beeilten sich, auf das Deck des alten Kahns zu gelangen. Gemeinsam stemmten sie die Kiste hoch und wuchteten sie dann auf die SEA ARROW.

Konstantin Hereos interessierte die Arbeit seiner Männer nicht. Ihm machte das andere Schiff Sorgen, das gar nicht weit entfernt auf dem Meer dümpelte.

Ob die Frau und der Alte dort an Bord etwas von dem Verbrechen mitbekommen hatten?

Sie fuhren nicht weg, aber Hereos glaubte zu erkennen, dass sie sich an der Steuerbordseite aufhielten und zu den beiden Kähnen herüberschauten.

»Sollen wir den Pott hier versenken?«, fragte Konos.

Hereos drehte sich um. »Ja. Aber später. Erst müssen wir noch etwas anderes erledigen.«

»Sie meinen die Puppe mit dem Alten?«

»Genau.«

Konos lachte. »Die Kleine wird sich wundern. Ich an Ihrer Stelle würde sie mitnehmen, Chef!«

Hereos blickte seinen Mann an. »Die Idee ist gar nicht mal schlecht«, sagte er. »Solch ein Schmuckstück hat mir noch in meiner Sammlung gefehlt. Los, wir dampfen ab.«

Der Grieche beeilte sich. Gewandt kletterte er an Bord der SEA ARROW. Er hatte es plötzlich sehr eilig. Schließlich bekam man nicht alle Tage solch einen Goldfisch an die Angel. Die beiden Toten bedachte der brutale Gangster mit keinem Blick mehr. Sie hatte er schon längst vergessen.

Jetzt zählte nur noch die blonde Frau …

Janes Hände umklammerten die Reling so hart, dass die Knöchel weiß hervortraten. Scharf sog sie den Atem ein.

»Ich glaub, ich spinne«, murmelte sie. »Das – das darf doch nicht wahr sein!«

»Was ist denn?«, fragte Kiriakis. Er trat neben Jane, kniff leicht die Augen zusammen und starrte über die See.

»Dort drüben liegen doch die beiden Schiffe nebeneinander. Auf dem größeren Kahn laufen zwei Typen mit Maschinenpistolen herum.«

»Hast du dich auch nicht getäuscht?«

»Nein, ich habe es genau gesehen!« Jane wischte sich aufgeregt über die Stirn. »Ich wusste doch, dass da etwas faul ist. Wer trifft sich schon mitten auf See? Da kann doch ein Blinder dran fühlen.«

Gespannt beobachteten Jane Collins und Kiriakis das weitere Geschehen. Sie sahen, wie vom größeren Schiff einer der Männer auf das Deck des kleineren sprang. Was der Mann dann genau tat, konnten Jane und Kiriakis nicht erkennen.

Eine Minute später glaubten Jane und der Grieche die Fassung zu verlieren. Sie sahen, wie zwei Männer auf dem kleineren Boot unter den Kugeleinschlägen über das Deck taumelten und dann zusammenbrachen.

»Mord!«, flüsterte Jane erstickt. »Das war eiskalter Mord!«

Neben ihr stieß Kiriakis pfeifend den Atem aus. Schweiß perlte plötzlich auf seiner Stirn. »Unmöglich«, keuchte er. »Diese verdammten Bestien.«

Die blonde Detektivin war bleich geworden. Nervös biss sie sich auf die Unterlippe. Sie sah, dass die Männer wieder an Bord des größeren Schiffes kletterten und eine Kiste trugen.

»Was machen wir jetzt?«, fragte Kiriakis. »Glaub mir, die werden bemerkt haben, dass ihr Verbrechen nicht ohne Zeugen geblieben ist.«

Jane Collins nickte. »Wenn nur John hier wäre«, stöhnte sie.

»Flüchten können wir auch nicht«, sagte Kiriakis. »Wir müssen auf John und Suko warten.«

»Vielleicht dampfen sie doch ab«, hoffte Jane.

»Kaum …«

Sie behielten weiterhin die Jacht im Auge. Kiriakis schaute durch ein Fernglas. Er presste sich dabei eng gegen das Steuerhaus, sodass er vom anderen Schiff aus nicht gesehen werden konnte.

»Jetzt kappen sie das Tau!«, rief er quer über Deck.

Jane gab keine Antwort. Sie sah selbst, wie das größere Schiff ablegte, einen kleinen Bogen fuhr und …

»Sie kommen!«, schrie Kiriakis. »Diese Hundesöhne haben gesehen, dass wir alles beobachteten. Verdammt!«

Kiriakis war nervös. Jane konnte es gut verstehen. Auch sie wusste nicht, was sie tun sollten. Das andere Schiff war schnell. Flucht hatte keinen Sinn. Außerdem mussten sie noch auf John und Suko warten. Sollten sie sich also in ihr Schicksal fügen?

»Hast du eine Waffe?«, fragte Kiriakis.

»Nein, nicht hier. Aber ich kann Johns Beretta nehmen.«

Der Grieche winkte ab. »Wir wollen nichts provozieren. Die – die Leute können, nein, sie dürfen uns nicht so einfach abknallen.« Seine Stimme zitterte.

Hast du eine Ahnung, dachte Jane. Der gute Kiriakis hatte noch nichts mit Gangstern zu tun gehabt. Jane Collins aber, die Privatdetektivin, kannte die Unterwelt.

Mit schäumender Bugwelle rauschte die schwere Jacht näher. Jane sah die Aufbauten der Brücke. Das Sonnenlicht spiegelte sich in den breiten Scheiben. Sie konnte keine Leute mehr auf Deck sehen, auch nicht auf der Brücke.

»Es sind Landsleute von mir«, sagte Kiriakis. »Die griechische Fahne ist gehisst.«

Die Jacht wurde jetzt langsamer, musste es zwangsläufig werden, wenn sie längsseits gehen wollte.

Die lange Dünung trieb das schneeweiße Schiff näher, brachte sie an Kiriakis' Boot heran.

Jemand warf ein Tau. Es war ein glatzköpfiger Kerl, der Jane Collins sofort Angst einflößte.

Zwei Minuten später war alles erledigt. Konstantin Hereos konnte das kleinere Schiff entern.

Er kam jedoch nicht allein.

Konos und Liri begleiteten ihn. Beide hielten ihre Maschinenpistolen schussbereit.

Jane Collins und Kiriakis konnten sich vorstellen, was die Stunde geschlagen hatte …

Eiskalt fühlte sich der Körper des Magiers an, als ich ihn packte und mich mit ihm ins Wasser warf. Aus den Augenwinkeln sah ich, dass Suko ebenfalls kopfüber in das kühle Nass hechtete.

Bevor ich eintauchte, drückte ich mir noch das Mundstück zwischen die Lippen. Dabei schaffte ich es tatsächlich, Myxin festzuhalten.

Die Brühe schwappte über uns zusammen. Im nächsten Moment klatschten die ersten Felstrümmer ins Wasser. Wie ein Pfeil stieß ich der Tiefe entgegen, den Schacht hinunter.

Meine Lampe erhellte die Dunkelheit nur dürftig. Ich hatte nur einen Gedanken.

Weg! Weg von hier, bevor mich die herabstürzenden Felstrümmer begruben.

Etwas traf mich am Bein. Nur das Mundstück hinderte mich, laut aufzuschreien.

Dann erreichte ich den schmalen Höhlengang, in dem wir nur hintereinander schwimmen konnten.

Ich riskierte es und sah mich nach Suko um. Mein Freund folgte mir. Auch ihm war nichts passiert.

Mit Myxin im Arm glitt ich den schmalen Spalt entlang. Ich gelangte in die Höhle, durchschwamm sie und erreichte als Erster das offene Wasser.

Einen Herzschlag später war Suko da. An der Schulter wies sein Neoprenanzug einen Riss auf. Dort hatte ein Riff den Anzug aufgefetzt und eine blutende Wunde hinterlassen.

Doch Suko war verdammt hart im Nehmen. Er musste wohl meinen besorgten Blick bemerkt haben und winkte ab.

Halb so schlimm, bedeutete die Geste.

Myxin wand sich aus meinem Griff. Auf dem Meeresgrund blieb der Magier stehen. Das Wasser konnte ihm nichts anhaben. Seine grün schimmernde Gestalt wogte in der Unterwasserdünung wie ein Schilfrohr im Wind hin und her.

Für mich war dieser Myxin ein Phänomen. Atmete er? Ich hatte es nicht feststellen können. Lebte er überhaupt noch? Oder war er ein Untoter?

Ich konnte mir keine großen Gedanken darüber machen, denn Myxin hob die Hand und deutete nach oben.

Gleichzeitig verdunkelte sich das Wasser über uns.

Hastig legte ich den Kopf in den Nacken und sah den Grund.

Ein riesiger Teufelsrochen bewegte sich auf uns zu. Und auf diesem Monstertier hockte – der Schwarze Tod!

Jane Collins wusste gut, wie man sich in solchen Situationen zu verhalten hatte.

Sie trat zurück und hob die Arme.

Hereos grinste. Er sagte etwas in seiner Landessprache, was Jane nicht verstand. Seine beiden Gorillas gingen blitzschnell in Stellung. Die Mündungen der Waffen pendelten sich auf Jane und Kiriakis ein.

Der Gangsterboss trat vor, ging dann auf Jane zu und blieb dicht vor ihr stehen. Zwei Finger legte er unter ihr Kinn und hob ihren Kopf leicht an.

Jane Collins hätte dem Kerl am liebsten ins Gesicht gespuckt, aber sie beherrschte sich. Wenn der Typ durchdrehte, dann war ihr Leben keinen Shilling mehr wert.

Jane sprach Hereos an.

»Was wollen Sie?«, fragte die Detektivin auf Englisch.

Jetzt redete Hereos auch Janes Sprache. »Du gefällst mir, Süße«, sagte er. »Sehr sogar. So etwas wie du fehlt mir noch in meiner Sammlung. Ich habe beschlossen, dich mitzunehmen.«

»Dazu gehören immer zwei.«

»Zickig bist du auch noch, wie?«

»Verschwinden Sie! Was Sie hier machen, ist Freiheitsberaubung. Gehen Sie von Bord!«

Der Grieche atmete tief ein. »Ich glaube, ich muss dich zähmen, du Biest«, zischte er und hob die rechte Hand. Er wollte sie in Janes Haar krallen, doch blitzschnell stieß die Detektivin die gestreckten Finger vor.

Sie traf hart.

Hereos krümmte sich. Im nächsten Augenblick sprang jedoch Liri vor. Er hatte den Finger schon am Abzug.

Schreckensstarr starrte Jane in die Mündung und in das Gesicht des Mannes. Sie wusste plötzlich, dass der Kerl schießen würde.

Doch da griff Hereos ein.

»Nicht, verdammt!«, brüllte er. Er sprach die Worte auf Englisch und Griechisch.

Liri senkte die MPi. Er stotterte irgendetwas, zeigte auf Jane und dann auf seine Kanone.

Barsch winkte Hereos ab. Liri verzog sich wieder nach hinten. Aus sicherer Entfernung hielt er die Detektivin in Schach.

Konstantin Hereos wischte sich über das Gesicht. Dann zog er eine Pistole aus dem Hosenbund. Langsam senkte sich sein rechter Arm, und die Mündung zeigte auf Jane.

»Ich könnte dich töten, Mädchen«, sagte Hereos. »Dass ich es nicht tue, hast du nur einzig und allein deiner Schönheit zu verdanken. Eine Frau wie dich sollte man nicht töten, sondern …«

»Was in Ihrem Fall auf das Gleiche herauskäme«, unterbrach Jane Collins wütend.

Hereos kicherte. Dann steckte er die Waffe weg. »Mut hast du, Süße, das muss man dir lassen. Ich möchte mich gern mit dir unterhalten. Komm, wir setzen uns.«

Jane hob die Schultern. Hereos fasste nach ihrem Arm. Sie schritten auf das Heck zu und ließen sich dort auf einer Bank nieder. Konstantin Hereos rückte eng an Jane heran.

Die Detektivin ekelte sich vor dem Kerl. Außerdem roch der Mann nicht gerade angenehm. Aber selbst eine Dusche hätte bei ihm nicht viel genutzt. Manche Kerle sind eben von Grund auf schmutzig.

Hereos legte seine linke Hand auf Janes rechtes Knie. Der Grieche hatte Wurstfinger. Die Detektivin sah die zahlreichen kleinen dunklen Härchen darauf. Es wunderte sie, dass der Kerl keine Ringe trug. In seine Augen hatte sie bisher noch nicht sehen können. Diese lagen versteckt hinter den Gläsern einer Sonnenbrille.

»Sind Sie allein an Bord?«, fragte er plötzlich.

»Das sehen Sie doch«, erwiderte Jane spröde.

»Verkaufen Sie mich nicht für dumm!«, zischte der Grieche. »Ich habe Augen im Kopf. Wem gehören die Sachen, die hier auf Deck liegen?«

Die Detektivin erschrak. Himmel, daran hatte sie nicht mehr gedacht. John und Sukos Kleidung lag auf dem Deck des Bootes. Jane hatte sie noch wegschaffen wollen, es aber dann völlig verschwitzt. Jetzt musste sie sich eine verdammt gute Ausrede einfallen lassen.

»Ich warte«, sagte Hereos.

»Die Kleidung gehört meinem Freund!«

»Dem Alten?«

»Ja.«

Hereos grinste gemein. »Wenn ich ihm eine Kugel in das Bein jage, bleibst du dann immer noch bei deiner Behauptung?«

Jane Collins schwieg.

»Antworte. Oder ich lasse den Alten vor deinen Augen zusammenschießen!«

Die blonde Detektivin hatte die Brutalität dieses Mannes zur Genüge kennen gelernt. Sie glaubte ihm aufs Wort, dass er seine Drohung wahr machen würde. Um Kiriakis' Leben zu retten, sagte sie schließlich die Wahrheit.

»Es sind noch zwei Freunde von mir unter Wasser.«

»Na, bitte, warum nicht gleich so? Und wann werden sie auftauchen?«

»Das weiß ich nicht.«

»Du weißt ja, lügen …«

»Aber ich weiß es wirklich nicht«, beteuerte Jane. »Sie müssen mir glauben.«

Hereos schnippte mit den Fingern. »Wann sind die beiden getaucht?«, fragte er.

»Vor einer Stunde vielleicht. Ich habe nicht auf die Uhr gesehen.«

»Wie lange reicht der Sauerstoff in den Flaschen?«

Hereos war schlau. Wenn Jane ihm den genauen Inhalt der

Flaschen angab, dann konnte er sich ausrechnen, wann die beiden Männer spätestens wieder auftauchen würden. Aber sich hier mit einer Lüge herausreden zu wollen hatte keinen Sinn. Der Grieche neben ihr war kein Anfänger. Sicher wusste er, dass Taucher, wenn sie länger unter Wasser bleiben, für mindestens zwei Stunden Luft hatten.

Und das sagte Jane auch.

Hereos nickte. »Dann haben wir also noch sechzig Minuten Zeit.«

»Was wollen Sie mit meinen Freunden machen?«, fragte Jane.

»Abknallen natürlich. Was denkst du denn, Süße? Nur dich nehme ich mit. Du gefällst mir.«

Janes Herz machte einen nahezu schmerzhaften Sprung. Ihr wurde plötzlich schwindlig. John und Suko würden ahnungslos auftauchen, an Bord klettern und dann …

Hereos erriet Janes Gedanken. »Ja«, sagte er, »sieht nicht gut für dich und deine Freunde aus. Und der Alte da, der macht sich jetzt schon vor Angst in die Hose.«

Jane Collins warf einen Blick auf Kiriakis. Die beiden Männer hatten ihn bis an die Wand des kleinen Steuerhauses dirigiert. Dort stand er jetzt mit erhobenen Händen.

»Ich brauche nur mit dem Finger zu schnippen, und er ist hin!«, flüsterte Hereos. »Es ist gut, wenn man Macht hat.«

»Sie kommen sich wohl großartig vor, wie?«, höhnte Jane. »In Wirklichkeit sind Sie nur ein kleiner mieser Gangster, der gerne ein großer Boss sein will.«

»Für diese Bemerkung würde ich einen Mann totschlagen!«, zischte Konstantin Hereos. »Dich aber kriege ich anders. Damit wir es gleich nur noch mit zwei Gegnern zu tun haben, wird der Alte erschossen.«

»Nein!«, schrie Jane. »Bitte nicht.«

»Halts Maul!«

»Was hat er Ihnen denn getan?«

Hereos ging nicht auf Janes Bemerkung ein. Stattdessen schrie er: »Konos!«

Einer der Bewaffneten drehte den Kopf und trabte heran. Der Kerl hatte schwarzes Haar, stechende Augen und zog Jane bereits mit seinen Blicken aus.

Die Detektivin fröstelte.

Hereos sprach mit dem Mann in seiner Landessprache. Hin und wieder deutete er auf das Wasser. Jane konnte sich denken, worüber die beiden redeten.

Grauenhaft …

Ich muss etwas tun!, hämmerte es in Janes Kopf. Ich muss sie warnen oder retten. Auch Kiriakis darf nicht erschossen werden. Er hat am allerwenigsten mit der Sache zu tun.

Hereos hatte seinem Mann alles erklärt. Konos nickte wie ein Automat. Ein dünnes Grinsen umspielte seine Lippen.

Ja, er würde töten, dessen war sich Jane Collins sicher.

Sie erhielt auch gleich die Bestätigung, denn Hereos sagte: »Der Alte wird jetzt erschossen. Und dann warten wir auf die anderen beiden.« Der Grieche lachte und sah Konos nach, der drei Schritte von Kiriakis stehen geblieben war und jetzt die Maschinenpistole hob.

Kiriakis ahnte, was ihn erwartete. Jane sah den Schrecken auf seinem Gesicht, die Angst …

Sie warf einen Blick nach rechts. Hereos beachtete sie nicht, er konzentrierte sich in diesen Augenblicken voll auf die beiden Männer. Sein Blazer war in der Mitte auseinandergeklafft. Jane sah die Pistole in Hereos' Gürtel.

Ihre Chance!

Ihr Arm schnellte nach rechts. Blitzschnell umklammerten die Finger den Knauf der Waffe. Jane riss die Pistole hervor, und noch ehe Hereos reagieren konnte, presste sie ihm die Mündung gegen die Schläfe.

Der Grieche saß wie erstarrt.

»Pfeif deine Bullen zurück!«, schrie Jane. »Oder, bei Gott, es gibt ein Unglück …«

Es war ein schauriges Bild, wie der Schwarze Tod auf dem Teufelsrochen hockte. Er schwebte, saß drohend auf diesem riesigen Untier und schwang eine feurige Lanze.

Was wir hier unten erlebten, war der Horror schlechthin!

Weit hatte der Teufelsrochen seine Flossen ausgebreitet. Sie erinnerten mich an die Flügel einer Fledermaus. Lautlos glitt er tiefer und steuerte uns an.

Sekunden blieben uns noch!

Ich sah Suko. Er versuchte in Deckung zu schwimmen. Ich selbst glitt auch zur Seite weg, wollte den Magier mitziehen, doch er blieb stehen und hob beide Arme.

Da schleuderte der Schwarze Tod die Lanze.

Der feurige Schweif wischte durch das Wasser, fegte auf Myxin zu und hätte dessen Brust durchbohrt – wenn …

Ja, wenn nicht ein ungeheurer Gegenzauber gewirkt hätte.

Myxin streckte seine Hand aus, und zum ersten Mal präsentierte er uns seine Macht.

Kurz bevor die feurige Lanze ihr Ziel erreichte, zerplatzte sie mitten im Flug. Sie zersprang in zahlreiche Stücke, die wie glühende Perlen durch das Wasser zischten und sich auflösten.

Wie Suko duckte ich mich. Etwa einen Meter über mir glitt der Teufelsrochen hinweg. Pfeilschnell stieß er der Oberfläche entgegen, schwamm eine Kurve und war verschwunden.

Suko und ich erhoben uns. Mein chinesischer Freund hatte seine Hand auf die Schulterwunde gepresst. Ich sah sein verzerrtes Gesicht hinter der Maske. Suko musste Schmerzen haben, denn das Salzwasser war in die Wunde gedrungen.

Hielt der Schwarze Tod noch andere Überraschungen für uns parat?

»Mit solchen Dingen kann er mich nicht beeindrucken«, hörte ich eine Stimme in meinem Kopf.

Myxin sprach zu mir. Er redete kraft seiner Gedanken. Unvorstellbar, aber eine Tatsache. Zum ersten Mal wurde mir richtig bewusst, welch eine Macht die Magier im alten Atlantis besessen hatte. Sie beherrschten das, wovon die heutigen Menschen nur träumen konnten.

Telepathie, Telekinese und vielleicht die Teleportation.

»Glaubst du, dass er aufgegeben hat?«, fragte ich wiederum in Gedanken zurück.

»Kaum, wir werden noch von ihm hören und sehen.«

Ich schwamm an Myxin vorbei und gesellte mich zu Suko. Ich deutete auf seine Schulterwunde.

Er schüttelte den Kopf. Halb so schlimm, sollte das wohl heißen. Doch ich traute dem Braten nicht. Ich sah mir die Wunde genauer an. Das scharfe Gestein hatte eine tiefe Furche in Sukos Oberarm gezogen. Zum Glück war kein Knochen verletzt. Ich beschloss, beim Auftauchen dicht bei ihm zu bleiben.

Dann hörte ich wieder die Gedanken in meinem Gehirn.

»Ich werde mich jetzt verabschieden. Wenn ihr mich braucht, bin ich zur Stelle. Denkt intensiv an mich. Und das Versprechen werde ich einhalten.«

Ich wollte zu Myxin schwimmen, hielt jedoch überrascht inne. Die Gestalt des Magiers wurde plötzlich durchscheinend, nahm dann die Farbe der Tiefsee an und löste sich auf wie Nebel in Sonnenstrahlen.

Wir waren allein. Hilflos, wenn der Schwarze Tod angriff. Er brauchte uns nur die Atemgeräte aus dem Mund zu ziehen, und wir waren verloren.

Hier unten hielt uns nichts mehr. Unsere Aufgabe hatten wir erfüllt. Myxin war zum Leben erweckt worden. Jetzt konnten wir uns anderen Dingen zuwenden.

Langsam stiegen wir der Oberfläche entgegen. Dabei hielt ich immer Ausschau nach anderen Gefahren, doch zu sehen war nichts.

Das Wasser wurde heller. Suko schwamm über mir. Mit kräftigen Beinstößen stieß er sich ab.

Ich war froh, aus dieser schweigenden Welt zu gelangen. Sie hatte zwar etwas Faszinierendes an sich, aber die Bedrohung empfand ich als stärker.

Allerdings ahnten wir nicht, was uns an Bord des Schiffes erwartete. Und so schwammen wir beide ahnungslos in die Falle …

Konstantin Hereos erstarrte. Er spürte den kalten Druck der Mündung an seiner Schläfe, und er wusste, dass diese Frau neben ihm nicht bluffte.

Zu hart, zu entschlossen hatte ihre Stimme geklungen.

»Wenn dein Kumpan schießt, bist du ebenfalls tot!«, flüsterte Jane Collins rau.

Hereos war in der Gosse groß geworden. Er hatte sich hochgearbeitet. Nicht zum ersten Mal befand er sich in solch einer Situation. Er reagierte entsprechend professionell.

Hereos befahl Konos, die Waffe wegzuwerfen.

»Der andere soll seine Bleischleuder auch fallen lassen!«, zischte die Detektivin.

Hereos gab den entsprechenden Befehl. Zwei Maschinenpistolen polterten auf die Planken.

Jane lachte leise. »So verstehen wir uns schon besser.«

»Und jetzt?«, fragte Hereos. »Wie soll es weitergehen? Du hast keine Chance, Süße. Glaub mir!«

»Abwarten.« Ohne den Druck der Mündung zu mindern, rief sie Kiriakis zu: »Sammle die Maschinenpistolen auf! Nimm eine und halte damit die Burschen in Schach!«

Kiriakis gehorchte. Seine Hände zitterten, als er die MPi hochhob. Er ging einige Schritte zur Seite, sodass er Konos und Liri im Schussfeld hatte.

Jane atmete erst einmal auf. Der Grieche hatte recht gehabt. Sie wusste tatsächlich noch nicht, wie es weitergehen sollte.

Aber da hatte Kiriakis eine Idee. »Lass die Hundesöhne ins Meer springen!«, schrie er.

Jane lächelte. Der Gedanke war gut, barg aber auch Gefahren in sich. Die Kerle konnten leicht um das Schiff herumschwimmen und dann an der Steuerbordseite die größere Jacht entern. Sie würden unbemerkt auf das Boot gelangen.

Sicherlich gab es dort auf dem Schiff noch weitere Waffen. Nein, dieses Vorhaben war undurchführbar.

»Es ist zu riskant«, sagte Jane Collins.

Konstantin Hereos hatte sich wieder gefangen. Er lachte sogar. »Jetzt stehst du dumm da, wie?«

»Keineswegs. Ich habe Sie als Pfand. Und mein Freund passt auf Ihre Gorillas auf.«

»Der Alte kann doch nie und nimmer mit einer Maschinenpistole umgehen«, spottete Hereos.

»Wollen Sie es darauf ankommen lassen?«

Da schwieg der Grieche.

Ohne die Leibwächter aus den Augen zu lassen, fragte Kiriakis: »Wie soll es weitergehen?«

»Wir warten, bis John und Suko kommen!«

»Das haltet ihr nicht durch«, meinte Hereos.

»Ich bin schon mit ganz anderen Burschen fertig geworden«, konterte Jane Collins.

»Wohl 'ne Superfrau?«

»Nein, aber Privatdetektivin.«

Jetzt war Hereos überrascht. Hart presste er die Lippen zusammen. Zwei Sekunden später versetzte Jane Collins ihm den nächsten Schock.

»Mein Freund John, von dem wir gesprochen haben, ist übrigens Polizist. Und wir bewegen uns mit dem Einverständnis Ihrer Polizei in diesen Gewässern. Ist das nicht prächtig? Raten Sie mal, wie Ihre Chancen jetzt noch stehen.«

»Ich drehe dir den Hals um, du Kröte.«

»Keine leeren Versprechungen, bitte.«

Hereos kochte vor Wut. Das war ihm deutlich anzumerken. Seine Gesichtsmuskeln zuckten. Steif lagen die Finger auf seinen Knien. Die feinen Härchen darauf zitterten.

Er würde nicht so einfach aufgeben, dessen war sich Jane Collins sicher.

Die Minuten verrannen. Auch Konos und Liri wagten sich nicht zu bewegen. Wenn ihre Blicke hätten töten können, wäre Jane schon längst gestorben.

Die Detektivin spürte, dass ihr die Hand mit der Waffe schwer wurde. Wie lange konnte sie nervlich und auch körperlich noch durchhalten?

Die Spannung wuchs.

Schweiß hatte sich auf Hereos' Gesicht gesammelt. Die Tropfen lösten sich auf und liefen als kleine Rinnsale über die großporige Haut des Griechen.

Niemand sprach ein Wort. Das Reiben der Bootskörper aneinander und das Klatschen der Wellen gegen die Bordwand waren die einzigen Geräusche. Die Dünung bewegte die Boote leicht. Jane Collins war froh über die Windstille, denn sonst hätten die Wellen das kleinere Boot zu sehr geschaukelt, und dem Zufall waren Tür und Tor geöffnet.

Innerlich betete Jane, dass John und Suko endlich auftauchen würden. Sie schwammen irgendwo auf dem Meeresgrund und ahnten von nichts. Drei gefährliche Killer in Schach zu halten, so etwas hatte Jane Collins nicht einmal in London erlebt.

Immer schwerer wurde ihre Hand. Die Mündung rutschte etwas nach unten, ohne dass Jane etwas dagegen unternehmen konnte.

Hereos merkte es und lächelte dünn.

»Rechnen Sie sich nur nichts aus!«, zischte die Detektivin.

Heiß brannte die Sonne vom Himmel. Sie goss ihre sengenden Strahlen auf die Boote und ließ die Luft über den Decks vor Hitze flimmern.

Janes Augen begannen zu brennen. Sie traute sich kaum, mit den Wimpern zu zucken, aus Angst, abgelenkt zu werden.

Motorengebrumm ließ alle Anwesenden aufhorchen. Unwillkürlich zuckten die Blicke der Menschen zum Himmel. Direkt aus der Sonne schien sich eine kleine Sportmaschine zu lösen. Das Licht warf Reflexe auf die glänzenden Tragflächen.

Auch Kiriakis hatte zum Himmel gesehen. Für den Bruchteil einer Sekunde war er abgelenkt.

Eiskalt nutzten Konos und Liri ihre Chance. Blitzschnell sprangen sie in verschiedene Richtungen. Liri hechtete auf die Maschinenpistole zu, und als Janes Warnschrei Kiriakis' Ohren erreichte, hatte der Killer die MPi bereits umfasst.

Das geschah genau in dem Augenblick, als wir auftauchten …

Dann überstürzten sich die Ereignisse. Alles ging so schnell, dass es kaum zu registrieren war. Liri riss die Maschinenpistole an sich, rollte sich mit der Waffe im Anschlag auf dem Deck herum, zielte und richtete die Mündung auf Kiriakis.

Jane Collins erschoss Hereos nicht. So etwas brachte sie einfach nicht fertig. Sie sprang aber auf und legte auf den am Boden liegenden Liri an.

Auch Kiriakis schoss. In einer instinktiven Bewegung krallte er den Finger um den Abzug, zog ihn durch, und die Maschinenpistole spie ihre höllische Ladung aus.

Doch Kiriakis hatte zu hoch gehalten. Über Liri wischte das Blei hinweg und sägte in die Bordwand der SEA ARROW, wo es Löcher riss.

Jetzt schoss auch Jane Collins. Eine grellweiße Flamme platzte vor der Mündung auf. Jane hatte auf Liri gezielt, damit er Kiriakis nicht erschießen konnte.

Liri zuckte unter den beiden Einschlägen der Geschosse zusammen. Brüllend wälzte er sich auf die Seite. Die MPi ließ er fallen. Stattdessen presste er beide Hände auf die Einschusslöcher.

Die Detektivin hatte nur Augen für die beiden gefährlichen Killer. Auf Hereos konnte sie nicht achten.

Und der sprang sie an.

Er kam von der Seite, prallte wuchtig gegen Jane und schmetterte sie zu Boden.

Zwischen der Frau und dem Mann entspann sich ein harter Kampf.

Kiriakis aber rannte mit schussbereiter Maschinenpistole über das Deck. Er suchte Konos, den zweiten Killer.

Da tauchte der Grieche hinter den Decksaufbauten hervor. Genau in Kiriakis' Rücken.

Konos hatte ein Messer. Er grinste teuflisch, hielt die Klinge zwischen Daumen und Zeigefinger der rechten Hand, visierte den ahnungslosen Kiriakis an und schleuderte den Stahl.

Das Messer flirrte durch die Luft, traf mit tödlicher Präzision sein Ziel.

Kiriakis erhielt einen mörderischen Stoß. Es hob ihn auf die Zehenspitzen. Er ließ die Maschinenpistole fallen und knickte nach vorn. Kiriakis wollte sich noch abstützen, doch seine Hände gaben nach. Flach fiel er auf den Bauch und blieb liegen. Aus seinem Rücken ragte der Knauf des Messers.

Konos aber hetzte über das Deck. Er rannte auf die Maschinenpistole zu, die auf dem Boden lag.

Inzwischen kämpfte Jane Collins verzweifelt gegen den Griechen. Hereos hatte seine Sonnenbrille verloren. Dem Mann war es gelungen, Janes Handgelenk zu packen. Verzweifelt versuchte er es auf die Seite zu drehen, um Jane so zu zwingen, die Pistole loszulassen.

Jane Collins stemmte sich gegen den Griff. Dicht vor sich sah sie das Gesicht des Griechen, und zum ersten Mal blickte sie auch in seine Augen. Sie vermeinte in kohlrabenschwarze Schächte zu sehen. Doch jetzt flimmerte der Hass darin und der pure Wille zum Töten …

Suko und ich durchstießen wie zwei Torpedos die Wasseroberfläche. Im selben Moment hörte ich auch die Schüsse, sah das zweite Schiff und reimte mir einiges zusammen.

Hart riss ich das Mundstück zwischen den Lippen hervor. Ich brüllte Suko eine Warnung zu, die jedoch im Donner der Schüsse unterging.

Wir waren zum Glück nicht weit von der Bordwand unseres Schiffes aufgetaucht. Ich legte mich auf den Bauch und kraulte auf die Leiter am Heck des Bootes zu.

Nach Suko sah ich mich nicht um. Mein chinesischer Partner

würde auch ohne meine Hilfe zurechtkommen, dessen war ich mir sicher. Ich war zwar nie ein Schwimm-Ass gewesen, doch immer noch besser als der Durchschnitt. Mein Körper durchpflügte das Wasser der Ägäis. Die Schwimmflossen an den Füßen machten es mir leicht.

Schon tauchte die Leiter vor mir auf. Einen Kraulstoß noch, dann konnte ich nach einer Sprosse fassen.

Da sah ich den Kerl über mir an Deck. Er hielt eine MPi in der Hand, entdeckte mich im selben Moment und begann zu feuern.

Noch nie im Leben war ich so rasch wieder untergetaucht. Ich schoss förmlich in die Tiefe, während haarscharf neben mir die Bleigarbe in das Wasser klatschte.

Ich sah, wie die Projektile durchs Wasser zischten. Hastig zog ich die Beine an, um nicht doch noch getroffen zu werden, drehte einen Salto, schwamm unter Wasser an der Bordwand entlang und riskierte es dann, kurz aufzutauchen.

Von dem Gangster sah ich nichts.

Er feuerte aber wieder. An Steuerbord waren die Schüsse aufgeklungen. Wahrscheinlich hatte der Kerl Suko entdeckt.

Ich befand mich an der Backbordseite, sah hoch vor mir den Bug der Jacht aufragen und hatte plötzlich die Idee, wie ich ziemlich gefahrlos auf unser Schiff gelangen konnte.

Ich ging wieder auf Tauchstation und glitt unter dem Kiel der Jacht hinweg. Mit kräftigen Schwimmstößen bewegte ich mich voran, tauchte an der anderen Seite wieder auf und war jetzt zu unserem Boot hin durch das große Schiff gedeckt.

In diesem Fall hatte ich bisher so viel Pech gehabt, aber jetzt kam mir das Glück zu Hilfe.

Am Heck der Jacht entdeckte ich ebenfalls eine Leiter. Die untere Hälfte war zwar zusammengeklappt, aber wenn ich mich wuchtig aus dem Wasser stieß, musste ich es schaffen.

Ich schnellte hoch. Wie ein Delfin, der im Becken eines Zoos nach dem Futter schnappt.

Ich jedoch schnappte nach der untersten Sprosse und schaffte es, sie mit den Fingern der rechten Hand zu fassen.

Hart packte ich zu. Ein Klimmzug mit einer Hand und ich hatte es geschafft. Mit den Schwimmflossen an den Füßen kletterte ich die Leiter hoch. Jetzt erwiesen sich diese Dinger als verdammt hinderlich.

Abstreifen konnte ich sie nur auf dem Deck. Hinter den Aufbauten der Brücke duckte ich mich. Dann peilte ich vorsichtig auf unser Boot.

Was ich sah, beschleunigte meinen Herzschlag.

Jane Collins kämpfte mit einem Kerl, der mindestens doppelt so schwer war wie sie. Der Typ, der mich mit Blei beharkt hatte, lief mit schussbereiter MPi von Bordwand zu Bordwand und suchte seine Gegner. Wahrscheinlich schlug ihm Suko dauernd ein Schnippchen. Auf die Idee, dass ich auf der Jacht stecken konnte, kam er wohl nicht.

Mein Magen zog sich zusammen, als ich den alten Kiriakis liegen sah. Selbst von meiner Position aus war der Knauf des Messers zu erkennen, der aus seinem Rücken ragte.

Ein zweiter Mann lag ebenfalls auf Deck und rührte sich nicht mehr.

Ich sah mich nach einer Waffe um. Wenn ich eingriff, dann musste alles schnell gehen.

Die Schiebetür zur Brücke stand einen Spaltbreit offen. Ich drückte sie weiter auf und huschte ins Innere. Radarkonsole, Funkgerät, Standkompass waren Dinge, die mich im Moment nicht interessierten. Ich suchte nach einer Waffe.

Ich sah in den eingebauten Holzkonsolen zahlreiche Schubläden. Der Reihe nach zog ich sie auf. Und hatte wieder einmal das Glück des Tüchtigen. In der zweituntersten Schublade fand ich eine Pistole. Es war eine Bernadelli.

Ich überprüfte sie rasch.

Sie war geladen. Sechs Kugeln steckten im Magazin.

So vorsichtig, wie ich sie betreten hatte, so behutsam verließ ich die Brücke wieder. Ich warf einen Blick zu unserem Schiff hinüber.

Der Gangster schoss. Er feuerte eine Garbe über die Bordwand. Und Jane befand sich noch immer im Clinch mit dem schwergewichtigen Kerl.

Ich verlor keine Sekunde mehr, nahm mir nur noch die Zeit, um Schwimmflossen und Pressluftflasche abzustreifen.

Dann hetzte ich geduckt über das Deck der Jacht.

Der MPi-Gangster hatte mich noch nicht gesehen. Ich gelangte bis an die Reling.

Der Mann wandte mir den Rücken zu.

Ich rief ihn an. »Waffe weg!«

Der Typ verstand nicht, oder er wollte nicht hören. Er drehte sich um, langsam, zögernd.

Ich schoss nicht, obwohl er seine Waffe noch in der Hand hielt.

Dann aber warf sich der Killer zur Seite, schrie auf, riss die MPi herum und feuerte.

Ich ließ mich im selben Moment auf die Knie fallen und zog zweimal den Stecher der Waffe durch. Während seine Garbe über mir in den Himmel fegte, traf ich besser.

Der Bursche brüllte auf, taumelte noch zwei Schritte weiter und fiel hin. Steif blieb er liegen.

Mein Schrei und die darauf folgenden Schüsse hatten auch den Mann aufmerksam gemacht, der mit Jane Collins kämpfte. Er wandte den Kopf. Jane nutzte ihre Chance, zog beide Beine an und hebelte den Burschen über sich hinweg.

Da sprang ich schon mit einem gewaltigen Satz auf das Deck des Bootes.

Hereos jagte wieder hoch. Mit einem Wutschrei auf den Lippen stürzte er auf mich zu.

Voll ließ ich ihn auflaufen. Er wurde zurückgeschleudert, ruderte mit den Armen und präsentierte mir sein deckungsloses Kinn.

Ich konnte einfach nicht widerstehen und hämmerte ihm meine Faust genau auf den Punkt.

Das vertrug auch dieser schwere Kerl nicht. Bewusstlos krachte er auf die Planken. Er konnte froh sein, so billig davongekommen zu sein.

Ich wischte mir über das Gesicht.

Jane lief mit ausgebreiteten Armen auf mich zu. Unendliche Erleichterung spiegelte sich auf ihrem Gesicht wider.

Soeben kletterte Suko über die Reling.

»Verdammt«, sagte er schwer atmend, »du hast mich ganz schön warten lassen. Ich bin doch kein Fisch, zum Teufel!«

Jane schmiegte sich an mich. Ich spürte ihre Lippen auf meinem Mund.

»Was hat es gegeben?«, flüsterte sie.

»Später«, erwiderte ich.

Während Suko den bewusstlosen Hereos verschnürte, gingen wir zu unserem Freund Kiriakis. Auch Jane sah, dass es mit ihm zu Ende ging. Er würde den feigen Messerwurf nicht überleben. Wir drehten ihn auf die Seite.

Er fasste nach meiner Hand.

»Bleibt bei mir«, sagte er, »ich weiß, dass ich sterben muss, aber ich habe euch noch viel zu sagen. Und bitte, hört mir genau zu …«

»Moment noch.« Jane Collins entfernte sich, sammelte meine Kleidung auf und faltete die Jacke zusammen.

Fragend blickte ich die Detektivin an. Sie hob die Schultern und deponierte die Kleidung unter Kiriakis' Kopf.

Der alte Mann lächelte ihr dankbar zu. Dann verzog sich sein Gesicht wieder vor Schmerzen.

»Dieses verdammte Messer«, flüsterte er. »Ich – ich habe es nicht mehr geschafft. Aber ich konnte doch nicht einfach schießen …«

»Nein, das konntest du nicht«, erwiderte Jane. »Du hast recht gehandelt, Kiriakis.«

Er bat um einen Schluck zu trinken. Ich besorgte ihm Orangensaft. Vielleicht war es falsch, aber mein Gott, Kiriakis hatte sowieso nicht mehr lange zu leben, und warum sollte ich ihm nicht einen letzten Wunsch erfüllen?

Suko hatte die beiden toten Männer inzwischen mit einer Plane bedeckt. Hereos hatte er Handschellen angelegt. Die stählernen Ringe trug der Chinese immer bei sich.

Ich setzte Kiriakis das Glas an die spröden Lippen. Dankbar blickte er mich an und trank mit kleinen langsamen Schlucken.

»Ja«, flüsterte er, »das tat gut. Und jetzt hört gut zu. Auch wenn ihr das Dämonenauge gefunden habt, ist der Fall noch nicht beendet.«

Jane und ich sahen uns an.

»Ihr glaubt mir nicht, wie?« Kiriakis hustete. Dann erzählte er uns seine Lebensgeschichte, und ich musste zugeben, dass mich selten etwas so gepackt hatte wie diese Erzählung.

»Vor über siebzig Jahren wurde ich auf Mykonos geboren«, berichtete er, »und es war eine herrliche, wunderbare Insel damals. Schon seit frühester Jugend habe ich mich für Geschichte, Legenden und Sagen interessiert. Ich las, was ich in die Hände bekommen konnte. Neue Bücher, alte Bücher. Allein ging ich oft spazieren, wanderte stundenlang über die Insel und lernte, als ich fünfzehn Jahre alt war, einen Einsiedler kennen. Obwohl der Mann allein leben wollte, freundete ich mich mit ihm an. Er beschäftigte sich mit den gleichen Gebieten wie ich, nur hatte er noch ein weiteres Hobby. Er glaubte an die Magie. Am achten Tag führte er mich in seine Höhle. Und dort kam ich aus dem Staunen nicht mehr heraus. Was ich da an Büchern sah, das war schon sagenhaft. Es waren alte Schriften, regelrechte Folianten. Der Einsiedler hatte sie gesammelt, und besonders stachen mir die Werke über den versunkenen Kontinent Atlantis ins Auge. Ich hatte einige Bücher über Atlantis gelesen, aber das waren Publikationen neuerer Art. Der Einsiedler jedoch besaß Bücher, die noch aus dem späten Mittelalter stammten. Von Griechen oder Türken geschrieben, die sich mit dem Thema ihr Leben lang auseinandergesetzt hatten. Was niemand durfte, mir gestattete der Einsiedler es. Ich konnte in den alten Büchern lesen. Und ich tat es, vergaß dabei die Zeit, las Tag und Nacht, wurde gefangen von der Geschichte des versunkenen Kontinents.«

Kiriakis legte eine Pause ein und bat um einen Schluck Orangensaft. Ich ließ ihn trinken.

Dann erzählte der alte Grieche weiter. »Aus diesen Büchern erfuhr ich zum ersten Mal von der Existenz des Schwarzen Tods. Das war dieser Superdämon, der die Zeiten überdauerte und die Geschicke der Welt lenkte. Ich hörte von dem Grauen, das er verbreitet hatte, und dass er an Atlantis' Untergang kräftig mitgewirkt hatte. Der Einsiedler lehrte mich, das Böse zu hassen und das Gute zu lieben. Ich hörte auf seine Worte, denn er hatte mir im Laufe der Zeit alles gegeben. Er lehrte mich die Taten des Guten und führte mich dann in die Geheimnisse der weißen Magie ein. Ich lernte den Zauber der Alchimisten, hörte etwas über die Totenbücher der alten Ägypter und beschäftigte mich mit den Schriften König Salomons. Es war faszinierend für einen jungen Menschen wie mich, diese doch so fremde Welt kennen zu lernen, ihre Geheimnisse zu ergründen und sie auszuloten. Der Einsiedler brachte mir alles bei, vor allen Dingen Lebensweisheit. Dann, urplötzlich, starb er. Ich stand allein, war gerade siebzehn Jahre geworden. Meine leiblichen Eltern waren auch gestorben. Ich hatte niemanden, kannte niemanden und musste mich nun so durchschlagen. Und doch besaß ich etwas, was mehr wert war als alles Geld dieser Welt. Das war mein Wissen. Ich verließ Mykonos, nahm die Schriften und Bücher des Einsiedlers mit und ging nach Athen. Ich hatte inzwischen so viel Wissen, dass es mir ohne Mühe gelang, eine Universität zu besuchen. Dort studierte ich Geschichte, Philosophie und Psychologie. Wir hatten einen alten Professor, der sich bereits damals mit dem heute so umstrittenen Gebiet der Parapsychologie beschäftigte. Ich wurde sein gelehrigster Schüler und zog ihn schon bald ins Vertrauen. Ich erzählte ihm meine bisherige Lebensgeschichte. Der Mann war begeistert. Wir begannen gemeinsam zu forschen und vollzogen auch die uralten Rituale und Beschwörungen nach. Ich erinnere mich noch genau, wie wir mithilfe eines jungen Mediums den Geist eines längst Verstorbenen beschworen. Dieser Vorgang brachte einen großen Einschnitt in mein Leben. Die Magie ließ mich nicht mehr los. Ich lernte magische Zeichen und Formeln, beschäftigte mich intensiv mit diesem Gebiet und reifte bald zu einem Könner heran.«

Kiriakis hustete. Schweiß sammelte sich auf seiner Stirn.

Besorgt sahen Jane und ich uns an. Der Grieche bemerkte den Blick. Ein schmales Lächeln umspielte seine Lippen. »Keine Angst, ich widerstehe dem Tod noch. Erst muss ich meine Geschichte noch loswerden.«

Ich nickte. »Ja, Kiriakis, berichte weiter.«

»Bei jeder Beschwörung war auch das Medium zugegen. Ich bekam Kontakt mit dem Geisterreich, konnte mit Verstorbenen sprechen und hatte auch Einblick in eine grausame, furchtbare Welt. In die Welt der Dämonen und bösen Mächte. Ich sah in das Reich zwischen dem Diesseits und dem Jenseits, wo das Grauen wohnt und sich alle Schrecken vereinigt hatten. Es war schlimm, was ich dort zu sehen bekam, und manchmal stockte mir sogar der Atem. Aber ich lernte hinzu, und es gelang mir, das Böse zu beherrschen. Als ich fünfundzwanzig Jahre alt war, starb der Professor. Das Medium und ich standen allein da. Wir heirateten und waren in den ersten Jahren überglücklich. An die Magie dachten wir nicht mehr, wir hatten andere Dinge im Kopf.«

Kiriakis lächelte, und wir alle wussten, was er mit den anderen Dingen meinte. Suko hatte sich inzwischen zu uns gesellt und hörte ebenfalls gespannt zu.

»Dann wurde unser Sohn Azarin geboren, ihr kennt ihn ja. Wir liebten ihn, aber nachdem meine Frau gestorben war, wandte er sich von mir ab. Was mit ihm geschehen ist, habt ihr ja erlebt. Ich aber wurde selbst zum Einsiedler, lebte mitten in Athen für mich allein und beschäftigte mich nur mit meinen Studien. Ich lernte es, Salben und Pasten herzustellen, die eine wundersame Heilwirkung hatten. Du hast es ja selbst erlebt, Jane Collins.«

Die Detektivin nickte. Ich sah, wie ihre Wangenmuskeln zuckten. Sie hatte Kiriakis in ihr Herz geschlossen und musste nun zusehen, wie sein Lebensfaden immer dünner wurde. Den Kräften der Schwarzen Magie hatte er getrotzt, doch einem Messerstich konnte er nichts entgegensetzen.

»Ihr habt Myxin, den Magier, erweckt. Gebt sehr genau acht. Er ist nicht euer Freund. Er will nur den Schwarzen Tod vernichten, um sich selbst an die Spitze setzen zu können. Ihr müsst schlau sein und ihn erst einmal für eure Zwecke einspannen. Dann wird er euch helfen, das Dämonenauge zu vernichten. Ich selbst ...«

Kiriakis sprach nicht mehr weiter. Plötzlich riss er die Augen auf. Auch sein Mund öffnete sich. Von einer Sekunde zur anderen wurde sein Gesicht wächsern.

»Der Tod«, flüsterte er. »Ich sehe ihn schon. Es ist so dunkel. Licht, ich will Licht sehen. Nein, nein ...«

Kiriakis stöhnte. Fest hielt er meine Hand umklammert. Seine Nägel gruben sich in mein Fleisch. »Ich komme zu dir, Frau, ich komme ...«

Das waren seine letzten Worte. Noch ein keuchender, lang gezogener Atemzug, und Kiriakis war tot.

Jane schluchzte. Die Tränen liefen über ihre Wangen.

Ich konnte sie so gut verstehen.

Behutsam drückte Jane dem Toten die Augen zu. Es war der letzte Dienst, den sie ihm noch erweisen konnte.

Schwarzgrauer Nebel wallte in der Todesschlucht. Die Wolken wogten hin und her. Tief in der Schlucht glühte ein dunkelrotes, leicht violett schimmerndes Licht auf, das langsam an die Oberfläche stieg und den Nebel mit seiner farbigen Aura umhüllte.

Kein Himmel bedeckte die Welt. Es gab keine Sonne, keinen Mond und auch keine Sterne.

Diese Welt war unheilvoll. Sie lag zwischen dem Diesseits und dem Jenseits und war der Vorhof zur Hölle. Was danach folgte, gehörte dem Satan oder Asmodis, oder dem Scheitan, je nachdem, wie man das absolut Böse bezeichnete.

Die Zwischenwelt aber wurde von einem Tyrannen beherrscht.

Vom Schwarzen Tod!

Dies hier war seine Welt, und hier ließ er keinen Fremdling eindringen, wenn er nicht wollte.

Sein Reich war riesig, grenzenlos. Es gab keine Himmelsrichtungen, kein Norden, Süden, Osten oder Westen.

Selbstverständlich hatte der Schwarze Tod Helfer. Heerscharen von Dämonen, ganze Armeen von Monstern standen ihm zur Verfügung. Sie unterstützten ihn im Kampf gegen seine Feinde. Denn auch im Reich der Dämonen existierten Hass, Neid und Missgunst, gab es grausame Machtkämpfe, denn jeder, der wenig Macht besaß, wollte aufsteigen und den Platz hinter Asmodis einnehmen.

Seit unendlichen Jahren schon nahm der Schwarze Tod diesen Platz ein. Bisher hatte er es geschafft, sich gegen jeden Widersacher zu behaupten, doch nun war etwas eingetreten, was ihm überhaupt nicht behagte.

Myxin, der Magier aus Atlantis, war erwacht!

Myxins Reich in der Jenseitswelt hatte der Schwarze Tod kurzerhand annektiert. Er hatte es einfach seinem Reich angegliedert. Niemand hatte etwas dagegen, denn wer die Macht besaß, der war auch im Recht. Natürlich hatten andere Dämonen versucht, dem Schwarzen Tod an den Kragen zu gehen, doch der Superdämon hatte sich jeweils als der Stärkere erwiesen. Alle Angriffe waren von ihm abgeschmettert worden, und seine Gegner hatte er grausam bestraft. Sie waren qualvoll eingegangen, er hatte sie Bilder sehen lassen, die ihren unheilvollen Leben ein Ende setzten.

Myxin, der Magier!

Immer wieder dachte der Schwarze Tod an diesen Gegner. Er musste erfahren, was er plante, um jetzt schon die Gegenmaßnahmen einleiten zu können.

Höher und höher stieg das violette Licht. Es fetzte den Nebel auseinander, bildete Wirbel und Strömungen, die wiederum ein Gesicht freigaben.

Dunkelbraune Haut, ein weit offen stehender Mund, zwei Augen, aus denen Feuerlohen schossen und die sich langsam zu einem Auge vereinigten.

Zum Dämonenauge!

Mit seinen Skelettfingern umspannte der Schwarze Tod

das Gesicht. Er richtete den Blick aus seinen hell schillernden Augenhöhlen auf das Dämonenauge.

Zuerst wurde die Pupille trübe, dann plötzlich wandelte sie sich zu einem glasklaren Bild. Und dieses Bild zeigte ein Schiff. Ein Motorboot. Winzig klein waren die Personen, die das Deck bevölkerten. Doch der Schwarze Tod konnte seinen Erzfeind John Sinclair deutlich erkennen.

Er stieß ein tiefes Knurren aus, so sehr überwältigte ihn der Hass. Oberinspektor Sinclair war für ihn ein rotes Tuch. Er hatte dem Schwarzen Tod bereits mehr Niederlagen beigebracht, als er überhaupt zugeben wollte. Und obwohl Sinclair schon in seiner Welt hier gefangen gewesen war, hatte er es geschafft, dieser Hölle zu entrinnen.

Im nächsten Augenblick jedoch änderte sich das Bild. Das Boot mit den Menschen verschwand, dafür sah der Schwarze Tod eine andere Gestalt, die er ebenso hasste wie den Geisterjäger.

Es war Myxin!

Klein von Statur, eingehüllt in einen giftgrünen langen Mantel. Auch die Haut schimmerte grünlich, und die weißen Pupillen schienen direkt in die Seele des Schwarzen Todes zu blicken. Vorausgesetzt, er hatte überhaupt so etwas.

Myxin hob den rechten Arm und spreizte die spinnenartigen Finger.

»So leicht mache ich es dir nicht mehr«, sagte er. Seine Stimme drang durch Zeit und Raum zu dem Schwarzen Tod. »Als du mich besiegtest, habe ich dir ewige Rache geschworen. Töten konntest du mich nicht, und du wusstest auch, dass eines Tages der Zeitpunkt kommen würde, an dem ich wieder erwache. Nun, ich bin da und fordere das zurück, was du mir genommen hast. Zuerst bekomme ich mein Reich wieder, und dann verlange ich vor Asmodis' Angesicht von dir Genugtuung. Du wirst vor mir kriechen, so wie deine Feinde vor dir im Staub liegen. Ich aber werde auf dich treten.«

»Hör auf, Myxin, du machst dich lächerlich!«, rief der Schwarze Tod. »Nichts davon wird eintreten, denn ich allein habe die Macht. Ich werde dich zum zweiten Mal besiegen, aber dann für immer. Glaub mir, du Wurm.«

Myxin lachte nur. Und dann war seine Gestalt verschwunden. Lange noch klang das Gelächter nach. Obwohl der Schwarze Tod so angegeben hatte, konnte er doch nicht vermeiden, dass es ihm etwas komisch zumute war. Er durfte diesen Myxin auf keinen Fall unterschätzen …

Suko und ich hatten die toten Gangster auf die Jacht geschafft und ihre Waffen eingesammelt. Noch konnten wir uns keinen Reim auf ihr Verhalten machen. Jane hatte mir zwar berichtet, dass diese Männer die Besatzung des Bootes, das weiter draußen lag, ermordet hatten, doch über das Motiv herrschte weiterhin Unklarheit.

Kiriakis hatten wir auf dem Deck liegen lassen. Ich trug jetzt die Verantwortung, und mir war klar, dass ich die griechische Polizei einschalten musste.

Doch das schob ich auf. Ich wollte erst den immer noch bewusstlosen Gangster verhören.

Suko und ich hatten uns inzwischen umgezogen. An Bord herrschte eine gedrückte Stimmung. Es war nicht gerade alltäglich, einige Leichen in der Nähe zu wissen.

Von Myxin hatten wir auch nichts gehört. Ich sprach Suko darauf an. »Ob er uns im Stich gelassen hat?«

Mein chinesischer Freund hob die breiten Schultern. »Ich glaube es eigentlich nicht.«

Skeptisch blickte ich ihn an. »Nenne mir den Grund.«

»Hass. Er hasst den Schwarzen Tod. Und er weiß, dass wir ebenfalls Erzfeinde dieses Dämons sind. Nein, er wird sich irgendwann zeigen und mit uns kämpfen.«

»Hoffentlich lässt er sich nicht zu viel Zeit.«

Jane kam auf mich zu. Ihre Augen waren noch stark gerötet. Sie hatte geweint, Kiriakis' Tod hatte sie schwer erschüttert.

»Er war ein guter Mensch«, sagte Jane. »So etwas findet man in der heutigen Zeit selten.«

Da konnten Suko und ich ihr nur zustimmen.

»Bin nur gespannt, was unser spezieller Freund mit der Sache zu tun hatte«, sagte Suko und deutete auf den bewusstlosen Griechen. »Wie heißt der eigentlich?«

Suko hatte Jane bei der Frage angesehen, doch die Detektivin schüttelte den Kopf. »Keine Ahnung. Er hat es nicht für nötig gehalten, sich mir vorzustellen.«

»Kipp ihm mal Wasser über den Kopf. Vielleicht kommt er dann schneller zu sich«, sagte ich.

»Okay.« Suko besorgte einen Eimer und schöpfte Wasser aus dem Meer. Dann goss er die Ladung über den Schädel des Griechen.

Der Mörderboss kam tatsächlich zu sich. Schnaufend und prustend spie er Tropfen von sich. Danach öffnete er verwirrt die Augen. Als er uns sah, wusste er sofort, was die Glocke geschlagen hatte. Fest presste er die Lippen zusammen.

Suko zog ihn am Kragen hoch, schleifte ihn über das halbe Deck und warf ihn auf einen Stuhl. »So, mein Freund, jetzt spiele nur nicht den Halbtoten. Die Rolle nehmen wir dir nämlich nicht ab.«

Der Grieche wischte sich über die Stirn. »Ich – ich weiß überhaupt nicht, was ihr von mir wollt.«

»Die Leichen reden eine deutliche Sprache«, erwiderte ich.

Stöhnend fasste der Grieche nach seiner Beule. »Was Sie hier machen, ist Freiheitsberaubung.«

»Immer noch besser als Mord«, konterte Jane. »Ihre Leute haben den alten Mann auf dem Gewissen, der ihnen nichts getan hat. Seien Sie froh, dass wir zivilisierte Menschen sind, sonst würden wir mit gleicher Münze zurückzahlen.«

»Sie haben doch meine Männer erschossen!«, schrie er plötzlich. »Gut, ich habe die anderen umgelegt. Lassen wir es dabei. Ich gehe auf mein Schiff und verschwinde. Und Sie können auch abhauen. Wir werden uns nie mehr begegnen. Okay?«

Jane lächelte süffisant. »Haben Sie eigentlich vergessen,

dass Mr Sinclair Polizist ist? Ich habe es Ihnen deutlich genug zu verstehen gegeben.«

»Nein, ich habe es nicht vergessen. Nur – Sie sind Engländer, Mister, und haben hier nichts zu sagen.«

»Sie haben sich eines Verbrechens schuldig gemacht«, sagte ich. »Ob in England, Griechenland oder Indien. Verbrechen sind an allen Orten der Welt schlimm und werden auch überall geahndet. Wir arbeiten mit der griechischen Polizei zusammen. Und wir werden Sie nicht laufen lassen.«

»Das kommt vielleicht auf die Umstände an«, sagte der Grieche.

»Und die wären?«, fragte ich.

»Ich bin kein armer Mann, Mister. Nicht so arm wie ein Polizist. Ich könnte Ihnen von meinem Reichtum etwas abgeben.«

»Also Bestechung.«

»Nennen Sie es nicht so. Ich hasse das Wort.« Der Grieche versuchte ein Lächeln. »Sagen wir, ich gebe Ihnen eine kleine Abfindung. Einverstanden?«

»Wie heißen Sie eigentlich?«, fragte ich.

»Spielt das eine Rolle?«

»Für Geschäftspartner schon.«

Der Mann verengte die Augen. »Sie sind verdammt raffiniert. Aber gut, ich sage Ihnen, wie ich heiße. Hereos. Konstantin Hereos. Zufrieden?«

»Und weshalb haben Sie die beiden Männer auf dem anderen Schiff killen lassen?«

»Sie wollten mich übers Ohr hauen!«

Ich lächelte verächtlich. Hereos konnte mir viel erzählen, denn tote Zeugen redeten nicht.

»Sie haben doch eine Kiste an Bord schaffen lassen«, mischte sich Jane Collins ein. »Welchen Inhalt barg die Kiste?«

»Alte Münzen.«

Ich wusste Bescheid. Es ging um den Schmuggel von Altertümern. Und dass bei diesem Geschäft mit verdammt harten Bandagen gefochten wurde, das wusste ich nicht erst seit heute. Außerdem war die Polizei hinter den Bossen und Hehlern her wie der Teufel hinter der Seele. Wurden die Schmuggler gefasst, so erwarteten sie hohe Strafen. Das wusste auch Hereos. Deshalb wollte er sich auf einem anderen Weg einigen, denn sonst war er bis an sein Lebensende erledigt.

»Wie viel also?«, fragte er.

»Gar nichts«, erwiderte ich hart. »Wie übergeben Sie der Polizei. Oder haben Sie sich etwa eingebildet, dass ich mit Mördern Geschäfte mache, Mister?«

Hereos' Gesicht verzog sich. »Du Hund, du verdammter!«

Suko hob die Hand. »Soll ich?«

Ich winkte ab. »Lass diesen kläffenden Köter. Der ist sowieso am Ende.«

Hereos wand sich auf seinem Stuhl hin und her. Suko hatte ihn mit einem Tau festgebunden und seine Bewegungsfreiheit so eingeschränkt. »Das werdet ihr noch bereuen, dass ihr auf meinen Vorschlag nicht eingegangen seid. Es kommt die Zeit, da ...«

Suko war es leid. Auf den Planken fand er einen alten ausgebeulten Hut. Er nahm ihn auf, setzte ihn Hereos auf den Kopf und zog ihn dann über beide Ohren des Mannes.

»Wenn du jetzt nicht dein Maul hältst, dann mache ich es wie Bud Spencer im Kino. Einmal mit der Faust auf deinen dummen Schädel, und du schwebst durchs All und siehst lauter Sterne.«

Hereos hielt den Mund. Wahrscheinlich hatte er Bud Spencer auf der Leinwand schon einmal in Aktion gesehen.

»Und was machen wir jetzt?«, fragte Jane.

»Wir haben doch ein Funkgerät an Bord. Damit können wir die Polizei rufen.«

»Himmel, an das Ding habe ich gar nicht mehr gedacht«, flüsterte Jane. »Wir hätten ja Hilfe herbeiholen können.«

»Sicher. Aber genutzt hätte es nicht viel«, erwiderte ich. »Die Zeit war zu kurz. Kiriakis wäre bestimmt nicht mehr zu retten gewesen.«

»Das fürchte ich auch«, sagte Jane Collins.

Ich war schon auf dem Weg zum Ruderhaus, als plötzlich die Luft am Bug des Schiffes zu flimmern begann.

Abrupt blieb ich stehen.

Ein grünliches Schimmern lag über dem Deck wie eine dicke Wolke, die aus funkelnden Partikeln bestand. Das Flimmern wurde stärker und blendete.

Hastig hielt ich die Hand vor meine Augen.

Ich hörte Jane rufen: »John, was ist das?«

Eine Antwort gab ich ihr nicht, das besorgte ein anderer.

»Ich habe euch doch gesagt, dass ich euch nicht im Stich lasse und wiederkomme.«

Der Mann, der die Worte gesprochen hatte, war der Magier Myxin!

Ich nahm die Hand wieder von meinen Augen. Das Flimmern hatte aufgehört. Dafür sah ich jetzt eine Gestalt auf dem Schiff stehen.

Langer grüner Mantel, grünlich schillernde Haut, kalte weiße Augen, das war Myxin.

Jane Collins fasste nach meinem Arm.

»Ist er das?«, wisperte sie.

»Ja.«

Der Hehler begann zu schreien. Er hatte sich den Hut wieder nach oben geschoben.

»Das ist Teufelsspuk, was ihr da vorhabt!«, zeterte er. »Wo kommt dieser Kerl her?«

Niemand gab ihm Antwort. Myxin wanderte gelassen über das Deck. Es schien, als ob er sich hier zu Hause fühlte. Jeden sah er an. Zuerst mich, dann Suko, der sich ein Grinsen nicht verkneifen konnte. Zum Schluss fixierten seine Augen Jane Collins.

Vor der Detektivin blieb er stehen. »An ihr wird der Schwarze Tod besonderen Spaß haben«, sagte er.

»Das glaube ich kaum«, erwiderte Jane. »Ehe ich mich mit ihm einlasse, begehe ich Selbstmord!«

Myxin lachte nur. »Wer ist das?«, fragte er und deutete auf Hereos.

Ich erklärte es ihm. »Aber hast du uns denn nicht aus deinem Reich beobachtet?«

»Nein, ich habe etwas anderes zu tun gehabt.«

Myxin ging auf Hereos zu. Der Hehler sah wieder Land. Vielleicht war hier jemand gekommen, den er für seine Zwecke ausnutzen konnte.

»Hör zu, Mann«, sagte er, »ich weiß nicht, wer du bist und woher du kommst, aber ich habe gesehen, dass die anderen hier dich mit ziemlichem Respekt behandeln. Wir machen ein Geschäft. Du hilfst mir hier aus der Klemme, und ich werde dich fürstlich belohnen.«

Abwartend und hoffnungsvoll blickte Hereos den Magier an. Myxin verzog nicht einmal das Gesicht, als er fragte: »Wer ist dieser Schwätzer?«

»Ein Killerboss«, erklärte ich.

»Was ist das?«

Ich erklärte es ihm.

Myxin lächelte. »Nicht schlecht«, kommentierte er. »Das Böse scheint auf der Erde noch nicht ausgerottet zu sein. Wie ich sehe, werde ich Unterstützung bekommen. Die Menschen haben sich nicht geändert. Das ist gut. Sie sind immer noch auf Geld und Macht aus. Wollen den Reichtum scheffeln.« Myxin rieb sich die Hände, dann wandte er sich an den Hehler. »Tut mir leid, aber im Augenblick kann ich nichts für dich tun, mein Freund. Ich stehe bei den anderen im Wort.«

»Vergiss es!«

»Nein, sie haben mich aus dem Schlaf befreit. Als Gegenleistung werde ich sie zum Dämonenauge führen. Ich komme jedoch wieder auf dich zurück.«

»Hoffentlich.« Der Hehler hielt seine gefesselten Hände hoch. »Befreie mich davon«, bat er.

Myxin zögerte.

Ich griff ein. »Nein, lass ihn«, sagte ich scharf. »Wir haben uns etwas dabei gedacht, als wir ihm die Handschellen anlegten.«

Myxin breitete beide Arme aus. »Gut, ich lasse ihn in Ruhe. Erst werde ich mein Versprechen einlösen.«

Ich wechselte das Thema. »Wo finden wir das Dämonenauge?«, fragte ich den Magier.

»Wieso wir?«

»Meine Freunde und ich.«

»Nein, John Sinclair. Du allein wirst mich begleiten. Deine Freunde können hier warten.«

»Aber warum?«

Myxin lächelte. »Du bist der Feind des Schwarzen Todes. Du wolltest das Auge zerstören, und nur du allein sollst diese Chance erhalten. Ich werde dich mitnehmen in ein Reich, das deine Augen noch nie gesehen haben.«

»Doch«, hielt ich ihm entgegen. »Schon einmal hat mich der Schwarze Tod in seine Welt verschleppt.«

Myxin war überrascht. »Und du hast es mit eigener Kraft geschafft, diese Welt wieder zu verlassen?«

Ich nickte und sah in Myxins Augen so etwas wie Achtung aufleuchten. »Nie hätte ich gedacht, dass ich einmal einem normalen Menschen so etwas wie Respekt zollen würde«, sagte er.

»Es war Glückssache«, spielte ich den Vorfall herunter.

»Wie dem auch sei«, meinte Myxin. »Wir müssen uns beeilen. Noch ahnt der Schwarze Tod nichts von dem, was du vorhast. Aber er kann es sehr schnell erfahren.«

Jane trat auf mich zu und klammerte sich an mich.

»Gib auf dich acht, John«, flüsterte sie. »Ich – ich habe große Angst.«

Ich lächelte ihr beruhigend zu. »Wird schon schiefgehen.«

Ganz wohl war mir nicht in meiner Haut. Aber ich hatte mich nun einmal entschlossen und konnte nicht mehr zurück.

Die Sonne war inzwischen weitergewandert. Sie bewegte sich in Richtung Westen und bedeckte das Meer mit ihrem Strahlenteppich. Die Schaumkronen glitzerten und blitzten. Wellen klatschten gegen den Bootsrumpf. Möwen umkreisten das Schiff in geringer Höhe.

»Aber auch ihr sollt nicht ganz schutzlos zurückbleiben«, sagte Myxin. »Meine Magie wird euch schützen.« Er holte Kreide unter seinem Gewand hervor, bückte sich und malte einen Kreis auf das Deck.

Dort, wo die Kreide die Planken berührte, begann es zu leuchten. Dann zog er zwei diagonale Striche durch den Kreis. Er hatte jetzt vier Dreiecke geschaffen. In jedes Dreieck schrieb er ein Wort. Wir hatten es noch nie gelesen. Außerdem war es eine so komplizierte Aneinanderreihung von Buchstaben, dass wir das Wort kaum aussprechen konnten.

»Sollte euch der Schwarze Tod angreifen, so stellt euch in eines der Dreiecke«, erklärte Myxin. »Dieser Zauber ist so stark, dass der Schwarze Tod ihn nicht durchbrechen kann. Wenigstens nicht im ersten Anlauf. Er muss schon Zeit haben, um eine Gegenbeschwörung vorzunehmen. Das dauert lange. In der Zwischenzeit jedoch wird John Sinclair das Dämonenauge zerstören und damit dem Schwarzen Tod eines seiner wichtigsten Hilfsmittel rauben.«

Ich sah Suko an.

»Du schaffst es, John«, sagte mein chinesischer Freund und Partner.

Auch Jane Collins nickte mir zu. Sie hatte die Lippen fest zusammengepresst. Ich sah ihr an, dass sie mit den Tränen kämpfte.

»Komm jetzt, John Sinclair«, sagte Myxin. »Die Zeit drängt.«

Er ging vor mir in den Kreis. Wie schon bei Kiriakis würden wir einen Zeitsprung versuchen. Da waren wir gerade rechtzeitig erschienen, um Azarin das Handwerk zu legen.

Was würde jetzt geschehen? Sollte Myxin recht behalten? Konnte ich ihm trauen?

Zahlreiche Gedanken schossen mir in diesen Momenten durch den Kopf. Dieser Myxin stand nur auf meiner Seite, weil er mich benutzen wollte, um dem Schwarzen Tod eins auszuwischen. Und ich brauchte ebenfalls seine Hilfe.

Eine verdammt brüchige Allianz, die wir da eingegangen waren. Aber mir blieb keine andere Wahl.

Myxin hatte den Kreis schon betreten. Meine mit Silberkugeln geladene Beretta hatte ich eingesteckt. Auch hing das geweihte Silberkreuz vor meiner Brust.

Würden diese relativ schwachen Mittel mir helfen, die Schrecken einer anderen, grausamen Welt zu überwinden?

Es war mehr als fraglich.

Ich überschritt die Grenze, trat ein in den magischen Kreis.

Augenblicklich überfiel mich eine seltsame Kälte. Dabei hatte ich das Gefühl, von den Füßen her würde mein Blut einfrieren. Mühsam drehte ich den Kopf und blickte Myxin an.

Ich sah sein hintergründiges Lächeln. Dann sagte er: »Jetzt bist du mir ausgeliefert, John Sinclair!«

Im nächsten Moment verschwamm alles vor meinen Augen – Jane, Suko, das Schiff –, alles ging unter in einem tosenden Wirbel. Ich fühlte einen ungeheuren Druck, der mich gleichzeitig hochheben und herabziehen wollte.

Dann wusste ich nichts mehr …

»Er ist weg«, sagte Jane Collins. Sie flüsterte die Worte, stand immer noch unter dem Eindruck des unerklärlichen Geschehens. Leer lag der Kreis vor ihr. Suko hatte seinen Arm um Janes Schulter gelegt. Der Chinese gab ihr etwas Halt. »Warum sind wir nur nicht mitgegangen?«, flüsterte sie.

»Dann hätte John keine Chance gehabt«, erwiderte Suko. »Nein, so ist es schon besser.«

»Glaubst du, dass er es schafft?«, fragte sie.

»Ja. Wenn es einer schafft, dann ist es John. Erinnere dich daran, welche Niederlagen er den Mächten der Finsternis schon beigebracht hat. Bisher ist John Sinclair immer Sieger geblieben.«

»Aber jede Serie hat einmal ein Ende.«

»Hast du das Vertrauen in John verloren?«, erkundigte sich Suko.

»Nein, aber ich kenne kaum jemanden auf der Welt, der gegen so mächtige Gegner zu kämpfen hat. Das ist es.«

Suko warf einen Blick über das Deck. Dabei sah er auch zwangsläufig den Hehler Hereos an. Der Gangster hockte auf seinem Stuhl. Er war kreidebleich und begriff nichts.

Suko konnte ihn gut verstehen.

Mit den gefesselten Händen wischte sich Hereos über die schweißnasse Stirn.

»Zauberspuk«, sagte er. »Ich habe das Gefühl, ihr steht mit dem Satan im Bunde.«

»Umgekehrt ist es«, meinte Suko.

»Verdammt, wie ist das möglich? Wie können zwei Leute so mir nichts dir nichts verschwinden?« Hereos schüttelte den Kopf. »Ich begreife nichts mehr.«

»Ist auch nicht nötig«, erwiderte Suko.

»Wer war denn dieser grünhäutige Kerl?«, wollte der Hehler wissen.

»Ein Magier!«

»Aus dem Zirkus?«

»Nein, aus Atlantis.«

Jetzt blieb Hereos vor Staunen der Mund offen stehen.

»Ich glaub, ich spinne«, keuchte er. »Wollt ihr mich auf den Arm nehmen? Und wer ist der Schwarze Tod?«

»Ich wünsche Ihnen nicht, dass Sie ihn kennen lernen.«

»Was geschieht denn jetzt mit mir? Wollen Sie immer noch die Polizei holen?«

»Sicher, aber erst, wenn John Sinclair wieder zurück ist.«

»Ich hoffe, dass er verreckt!«, zischte der Gangster.

»Das haben sich andere auch schon vergeblich gewünscht«, konterte der Chinese.

Auf einmal wurde Hereos' Blick lauernd.

»Wie war das denn mit eurem komischen Magier?«, sagte er. »Er wollte doch mit mir ein Geschäft machen, wenn ich richtig verstanden habe.«

»Zu dem Geschäft wird es nicht kommen«, erwiderte Suko. »Weil man Sie vorher einlocht.«

Hereos lachte meckernd. »Da bin ich gar nicht mal so sicher. Ich habe selbst gesehen, welch eine Macht dieser Magier besitzt. Nein, den können auch keine Gitter aufhalten.«

Die Befürchtung hatte Suko ebenfalls, er sprach sie aber nicht aus.

»Es wäre für euch wirklich besser, wenn ihr euch auf meine Seite schlagen würdet. Ich bin der bessere Partner.«

»Hör nicht auf den Schwätzer«, sagte Jane Collins. »Der hat doch nur Angst.«

»Süße, du bist dumm. Bei mir fährst du wirklich besser. Ich kann dir alles bieten.«

»Wenn du jetzt dein Maul nicht hältst, verdammter Killer, biete ich dir meine Faust!«, zischte Suko.

Da schwieg Hereos. Sein Lächeln zeigte an, dass er sich auf der Siegerstraße sah.

Doch das Grinsen gefror dem Hehler, und daran waren die nächsten Ereignisse schuld.

Urplötzlich verdunkelte sich der Himmel. Aus dem Nichts entstanden dicke, schwarze Wolken, trieben vor die Sonne und absorbierten ihre Strahlen. Es wurde kalt. Ein scharfer Wind pfiff über die See, peitschte das Wasser und warf es zu Wellen hoch, die hart gegen die Bordwand klatschten.

Suko ahnte die Gefahr. Er reagierte als Erster.

»Vorsicht!«, rief er Jane Collins zu. »Das ist ein Angriff des Schwarzen Todes!«

Wie recht Suko mit seiner Behauptung hatte, bewiesen die nächsten Sekunden. Aus den tief dahinwirbelnden Wolken lösten sich riesige Ungetüme, die mit enormer Geschwindigkeit auf das kleine Boot zurasten.

In Bruchteilen von Sekunden nahmen Jane, Suko und auch der Hehler den Anblick der Horror-Gestalten in sich auf.

Es waren plattgesichtige Monster. Sie saßen auf skelettierten Pferden, preschten aus den Wolken hervor und schwangen feurige Lassos. Vier, fünf dieser schrecklichen Höllenboten zählten Suko und Jane.

Die Detektivin hielt sich am Bug des Bootes auf. Sie hatte

die weiteste Entfernung bis zum schützenden Kreis zurückzulegen.

»Lauf, Jane!«, brüllte Suko. »Mein Gott, lauf!«

Die Reiter griffen an!

Sie kamen von der Backbordseite, wirbelten ihre brennenden Lassos durch die Luft und schleuderten sie dem Deck entgegen.

Jane Collins sprintete los.

Sie rannte über das Deck auf den rettenden magischen Kreis zu.

Der Hehler begann zu schreien. Er sah das Grauen kommen und konnte nichts dagegen tun. Mit einem wilden, verzweifelten Kraftakt versuchte er aufzuspringen, reckte die gefesselten Hände gegen den Himmel und brüllte: »Ich bin nicht euer Feind! Ich gehöre zu Myxin, versteht ihr? Ich bin nicht euer Feind!«

Der Hehler ahnte nicht, dass er mit diesen Worten genau das Falsche sagte. Denn diese reitenden Skelette gehörten zu dem Schwarzen Tod, Myxins Todfeind.

Suko befand sich in einer Zwickmühle. Er, der dem rettenden Kreis am nächsten stand, konnte nur einer Person helfen.

Und für ihn war es Jane Collins.

Außerdem hatte sich Hereos selbst in die Misere geritten. Er hatte durch seine Worte das eigene Todesurteil gesprochen.

Die plattgesichtigen Monster wirbelten auf das Deck zu. Sie hatten die Worte des Gangsters genau vernommen, änderten ihren Kurs und hetzten auf Hereos zu.

Überdeutlich sah er die Schreckensgestalten heranjagen. Diese Wesen mit der violetten Haut, den eiförmigen Köpfen und den Fratzen ohne Nasen und Ohren.

»Neiiin!« Hereos brüllte und riss beide Hände vor sein Gesicht, um sich zu schützen.

Da waren die Reiter heran.

Drei feurige Lassos kreisten durch die Luft, fanden mit gnadenloser Präzision ihr Ziel.

Suko sprintete auf Jane zu. Sie begegneten sich etwa in der Mitte des Schiffes.

Der Chinese riss die Detektivin kurzerhand hoch, warf sie über seine Schulter und jagte zurück. Genau auf den Kreis zu.

Einer der Reiter entdeckte sie.

Mit einem fauchenden Laut auf den Lippen kreiselte er herum, schwang das Lasso und ließ es einen Atemzug später fliegen.

Suko sah dem brennenden Kreisel entgegen und reagierte im Bruchteil einer Sekunde.

Er duckte sich, driftete gleichzeitig zur Seite. Das Lasso flog über ihn und Jane Collins hinweg. Suko spürte noch den tödlichen Gluthauch, dann war die Gefahr gebannt.

Sofort rannte der Chinese weiter. Jane krallte sich an seiner Kleidung fest. Dann erreichte Suko mit einem gewaltigen Sprung den rettenden magischen Kreis.

Er und Jane waren in Sicherheit.

Doch die Horror-Reiter hatten ihr Opfer.

Konstantin Hereos.

Er hing in den feurigen Lassos, wurde von seinem Stuhl gerissen und befand sich im nächsten Atemzug hoch in der Luft. Mit Höllentempo jagten die Reiter den dunklen Wolken entgegen, wurden immer kleiner und waren verschwunden.

Hereos' Schrei gellte Jane und Suko noch lange in den Ohren. Für ihn gab es keine Rettung mehr.

Die Wolken verflüchtigten sich. Sie verschwanden ebenso rasch, wie sie aufgetaucht waren. Sekunden später lag der Himmel wieder in seinem strahlenden Blau. Nichts mehr wies auf den Überfall der grausamen Reiter aus der anderen Dimension hin. Es war, als hätte es sie nie gegeben.

Doch Jane und Suko wussten es besser.

Die Detektivin zitterte. Wieder einmal war sie nur knapp mit dem Leben davongekommen.

»Mein Gott«, sagte sie nur.

Nicht zum ersten Mal machte ich einen Dimensionssprung mit. Diese Reise durch Zeit und Raum, bei der ich immer das Gefühl hatte, Seele und Körper würden voneinander getrennt.

Oft war ich bei diesen Reisen durch ein Farbenspektrum gewirbelt. Hier aber war nichts.

Nur Schwärze und Dunkelheit.

In meinem Kopf fühlte ich ein Brausen und seltsames Pochen. Etwas pfiff um mich herum. Ich wollte die Augen aufreißen, um das Ding zu sehen, aber ich schaffte es nicht. Etwas schien wie ein Bleiguss auf mir zu liegen und mich einzuwickeln.

Hilflos war ich. Wie ein Baby. Wenn mich jetzt der Schwarze Tod zu fassen bekam, dann war es aus …

Ein schmerzhafter Ruck schien meinen Körper spalten zu wollen. Auf einmal konnte ich wieder meine Augen öffnen, Arme und Beine bewegen, konnte sprechen, lachen, mich verteidigen …

Ich blickte mich um.

Eine andere Welt tat sich vor meinen Augen auf.

Düster, drohend, unheimlich …

Nebel umwallte mich. Schwer und grau. Ich lag auf einem schwarzen Gesteinsboden, spürte den feuchten klebrigen Nebel auf meiner Stirn und fragte mich, wo ich hier gelandet war.

Bruchstücke einer Erzählung streiften durch mein Hirn. Ich musste an Janes Worte denken, als sie von ihrem Ausflug in die Jenseitswelt sprach. Sie hatte eine Brücke gesehen, die einen Abgrund überspannte. Eine Schlucht, in der die grauschwarze Nebel wallten und wogten.

Sollte ich auf dem Grund dieser Schlucht gelandet sein?

Ich wunderte mich darüber, dass ich trotz Nebel frei atmen konnte. Normalerweise durfte ich keine Luft bekommen, aber im Reich der Dämonen waren die Gesetze meist auf den Kopf gestellt. Hier lief alles anders als bei uns.

Doch wo war Myxin?

Ich richtete mich auf, versuchte den Magier irgendwo zu entdecken, doch aufquellende Wolken hüllten mich ein. Von dem Magier sah ich keine Spur.

Hatte er mich verlassen? Wollte er, dass ich – nur auf mich allein gestellt – das Dämonenauge fand und zerstörte? Oder wollte er mich dem Schwarzen Tod in die Krallen laufen lassen?

Ich musste mit beiden Möglichkeiten rechnen und beschloss, doppelt vorsichtig zu sein.

Ich tastete meinen Körper ab, fühlte nach meiner Beretta und dem Kreuz.

Es war noch alles vorhanden. Das geweihte Metall des Kreuzes hatte sich erwärmt. Für mich ein untrügliches Zeichen, dass das Böse irgendwo in der Nähe lauerte.

Auf dem Fleck stehen bleiben konnte ich nicht. Also setzte ich mich in Bewegung, schritt hinein in die verfluchte Nebelbrühe.

Nichts war zu hören. Nicht einmal meine Schritte. Der Nebel schluckte jedes Geräusch. Die Stille war so bedrückend, dass mich ein komisches Gefühl beschlich. Ich konnte meinen eigenen Herzschlag hören.

Kein Himmel über mir. Nur dieses wallende Grauschwarz.

Auf welch einer Welt war ich gelandet? Stand ich bereits am Tor zum Jenseits? Wenn wenigstens eine Sonne geschienen hätte, die die Nebelwand aufriss.

Aber nichts.

Nur das verdammte wallende grauschwarze Einerlei. Natürlich rechnete ich mit einem überraschenden Angriff. Dass irgendwelche Monster plötzlich aus der Nebelbrühe auftauchten und mich attackierten.

Ich zog die Beretta.

Ich kam mir vor wie ein Mann, der ausgeschickt worden war, um eine Armee aufzuhalten.

Sicher, schon einmal hatte mich der Schwarze Tod in sein Reich gelockt. Da aber war ich entkommen. Es gab in dieser

Welt transzendentale Tore, durch die man in die Welt des Sichtbaren gelangen konnte. Damals war dies ein Brunnen gewesen, der mich gerettet hatte.

Aber hier sah ich nichts.

Nur den undurchdringlichen Dampf.

Der Boden unter mir war rissig. Oft taten sich Spalten auf von unterschiedlicher Länge und Breite. Ich musste achtgeben, dass ich nicht stolperte, denn die Unebenheiten waren wie Fallen.

Auch aus den Spalten drangen Dampf und Qualm. Heiß oft, sodass mir der Atem stockte.

Wie bei einem Vulkan.

Sicher, das war es. Ich war in einer Vulkan-Gegend gelandet, wie es sie auf der Erde ebenfalls gab. Der Boden arbeitete noch, er gärte, und sicherlich würde es irgendwann in nächster Zeit wieder einen Ausbruch geben.

Ich hoffte, dass ich dann schon wieder weg war.

Manchmal hatte ich das Gefühl, der Boden unter mir wäre weicher geworden.

Ich bückte mich und tastete ihn mit den Fingern der freien linken Hand ab.

Tatsächlich. Der Untergrund hatte längst nicht mehr die Härte wie am Anfang.

Ich traute mich gar nicht mehr weiter.

Meine Überlegungen führten dahin, dass ich mich irgendwann einem noch nicht völlig erkalteten Lavafeld näherte, dieser grauschwarzen Masse, die dann wie ein Sumpf wirkte und mich einsinken ließ.

Hatte ich die falsche Richtung eingeschlagen, oder hatte mich Myxin genarrt? Ja, an die zweite Möglichkeit musste ich auch denken, denn trauen konnte man dem Magier nicht. Er war schließlich ein Dämon und verkörperte das Böse. Im Augenblick stand er zwar auf meiner Seite, doch die Bedingungen konnten sich im Laufe der Zeit ohne mein Wissen geändert haben.

Was geschah, wenn sich Myxin und der Schwarze Tod geeinigt hatten? Dann stand ich zwei übermächtigen Gegnern gegenüber und hatte die gleiche Chance wie ein Schneeball in der Sonne.

Ich würde nicht überleben.

Menschen, die sagen, sie hätten keine Angst, habe ich noch nie begreifen können. Ich hatte Angst! Sogar sehr große. Es bestand durchaus die Möglichkeit, dass ich dieses Reich nicht mehr verlassen konnte.

Vorsichtig ging ich weiter, näherte mich Schritt für Schritt dem unbekannten Ziel. Es war eine anstrengende Sache. Der Untergrund um mich herum blubberte und warf dicke Blasen, die mit schmatzenden Geräuschen zerplatzten.

Meine Augen begannen zu tränen, weil ich dauernd in den Nebel starrte und unbedingt etwas sehen wollte.

Ich sah auch was.

Ein Licht.

Violett schimmerte es durch das Grau des Nebels. War dort, wo das Licht aufflammte, mein Ziel?

Ich ging weiter.

Jedes Mal, wenn ich einen Fuß hochhob, schmatzte es unter mir. Der Sumpf wurde tiefer – und auch gefährlicher.

Das violette Licht war mein Ziel. Hatte Jane nicht auch davon gesprochen? Ich überlegte scharf, doch ich wusste es nicht mehr genau.

Noch immer umwallte mich die Nebelwand, schwang hin und her, bildete Wirbel und rotierte.

Dicht vor mir zischte etwas auf.

Ich blieb stehen.

Ein heißer, heller Strahl sprang aus dem Boden, bildete eine Fontäne und klatschte auf das Gestein, wo er zischend zwischen Spalten und Ritzen verschwand.

Langsam verließ mich mein Mut. Wenn das so weiterging, würde ich mein Ziel nie erreichen.

Doch dann erhielt ich Hilfe.

Myxin, der Magier, war plötzlich da.

Er kam aus dem Nichts, stand vor mir, lächelte hintergründig und reichte mir die Hand.

Ich ergriff sie. Was sollte ich sonst machen?

Myxin legte einen Finger auf seine Lippen. Ich verstand die Geste und sagte kein Wort.

Es war logisch, dass wir uns vorsichtig bewegen mussten. Schließlich befanden wir uns beide auf feindlichem Territorium.

Myxin trat dicht an mich heran und wisperte die nächsten Worte in mein Ohr.

»Dort, wo du das Licht siehst, befindet sich das Dämonenauge. Geh hin und zerstöre es.«

»Aber wie?« Ich deutete zu Boden. »Es ist gefährlich, über nicht erkaltete Lava zu gehen. Sie würde mich verbrennen.«

Da lachte Myxin. »Sieh mal vor deine Füße.«

Ich schaute nach unten und stieß vor Überraschung einen heiseren Laut aus.

Ein Steg führte haargenau auf das Dämonenauge zu. Er flimmerte an den Seiten, verwischte manchmal, blieb aber vorhanden.

»Es ist die einzige Hilfe, die ich dir geben kann«, sagte Myxin. »Das Auge musst du allein zerstören.«

»Sag mir, wie ich es schaffe!«

Statt einer Antwort griff der Magier unter seinen Umhang. Als seine Hand wieder hervorkam, hielt er einen kleinen Spiegel zwischen den Fingern.

»Damit?«, fragte ich erstaunt.

»Täusche dich nicht, mein Freund. In diesem kleinen Spiegel ist die Kraft eines versunkenen Kontinents vereinigt. Er ist uralt. Verwahre ihn gut und benutze ihn, wenn du vor dem Dämonenauge stehst. Mehr Hilfe kann ich dir nicht geben.«

Ich nickte, wollte Myxin aber noch auf die Probe stellen. »Warum müssen wir Feinde sein?«

Der grünhäutige Magier lächelte. »Willst du, dass ich auf deiner Seite kämpfe?«

»Ja.«

»Es geht nicht. Obwohl ich dir Respekt zollen muss, John

Sinclair. Auch in meiner Heimat Atlantis habe ich noch nie einen Menschen kennen gelernt, der so konsequent gegen seine Feinde kämpft. Der sich auch durch Niederlagen nicht erschüttern lässt. Das Gleiche gilt übrigens auch für deine Freunde. Schade, dass wir in verschiedenen Lagern stehen.«

»Und daran ist nichts zu ändern?«

»Nein, John Sinclair!«

Fest sah ich ihn an. Er hob noch einmal die Hand, trat einige Schritte zurück und wurde von der Nebelwand verschluckt.

Ich war wieder allein.

In der linken Hand fühlte ich den Spiegel, in der rechten lag meine Beretta.

Zögernd betrat ich den Steg. Ich hatte Angst, dass er brechen würde, doch zu meiner Überraschung hielt er meinem Gewicht stand. Schritt für Schritt ging ich weiter. Der Steg schwankte, erzitterte unter meinen Schuhsohlen.

Ich ging wie ein Seiltänzer, streckte die Arme zur Seite aus, um so besser die Balance halten zu können. Links und rechts neben mir gurgelte und schmatzte es.

Lavasumpf. Einen anderen Begriff fand ich nicht dafür. Blasen blubberten auf, zerplatzten mit satten Geräuschen. Kleine Spritzer trafen meine Hosenbeine.

Sie waren scharf wie Säure, ätzten sich durch den Stoff, drangen jedoch zum Glück nicht bis an die Haut.

Wie ein Film lag mir der Schweiß auf der Stirn. Dieses Balancehalten zerrte an meinen Nerven. Und dabei war es gar nicht sicher, ob ich es überhaupt schaffen konnte. Das Licht schien nicht näher zu rücken, aber der verdammte Nebel verwischte und verzerrte auch die Entfernungen.

Je weiter ich kam, umso schrecklicher wurden die Geräusche neben mir.

Schreien, Stöhnen und Ächzen.

»Hilfe!«, raunte eine Stimme. »So hilf mir doch – ahhh …«

Ich drehte den Kopf und sah einen Mann. Er versuchte aus

dem Lavasumpf zu kommen, doch zwei schuppige Hände hielten ihn fest und zogen ihn wieder hinein.

So also sah die Rache des Schwarzen Todes aus. Für die Menschen, die hier gefangen gehalten wurden, gab es keine Chance mehr. Sie waren der ewigen Verdammnis preisgegeben.

Licht und Schatten, wie dicht lagen sie doch oft nebeneinander.

Ich sah zwei blutjunge Mädchen. Sie wurden von zotteligen Monstern festgehalten, deren Klauenhände über die nackten Körper glitten. Zu gern wäre ich den Mädchen zu Hilfe geeilt, aber ich konnte nicht in den Sumpf springen.

Ich sah die Qual auf ihren Gesichtern.

Da schoss ich.

Ich feuerte auf die Monster, jagte Silbergeschosse in ihre Schädel. Die Monster kippten zurück, versanken im Lavasumpf.

Die Mädchen, die ich gerettet hatte, lachten nur. Schamlos stellten sie sich zur Schau und zeigten dann ihre gefährlichen Vampirgebisse.

Verdammt, ich hatte mich reinlegen lassen.

Weiter ging ich.

Hände tauchten aus dem Sumpf auf, griffen nach mir. Doch bevor ich zupacken konnte, zuckten sie wieder zurück. Mich schützte eine unsichtbare Barriere, die Magie des großen Myxin.

Noch zahlreiche Schrecken wurden mir vorgegaukelt, doch ich hielt durch, ließ mich von meinem einmal eingeschlagenen Weg nicht abbringen.

Dann wurde der Nebel lichter. Er trat zur Seite, wie vom Sturm gepeitscht.

Frei lag das violette Licht vor mir. Noch zehn Schritte, dann hatte ich es geschafft.

Mein Ziel war erreicht.

Ich hatte das Dämonenauge gefunden!

Wir starrten uns an!

Ich sah in ein Gesicht, das über dem Boden schwebte. Riesengroß kam mir die Physiognomie vor. Dunkelbraune Haut, ein Mund wie eine große Wunde, zwei Augen – nicht eins.

Fest hielt ich den Spiegel umklammert. Würde er mir tatsächlich helfen?

Das violette Licht umschwebte das große Gesicht, hüllte es ein in seine farbige Aura. Dahinter erblickte ich wieder eine graue Nebelwand.

Im Sumpf neben mir heulten und jaulten die Verdammten des Dämonenreichs. Wehklagende Stimmen trafen meine Ohren, Flüche und Schreie.

Niemand sprach.

Eine Gänsehaut nach der anderen lief über meinen Rücken. Es war ein stummes Ringen, das das Gesicht und ich uns lieferten.

Wer würde zuerst angreifen?

Behutsam hob ich den rechten Arm, wollte mich mit keiner zu hastigen Bewegung verdächtig machen.

Doch das Gesicht reagierte. Flammenzungen leckten aus den Augen, wirbelten auf mich zu.

Instinktiv zuckte ich zurück, doch die feurigen Lanzen teilten sich dicht vor meinem Gesicht und umkreisten meinen Kopf.

Ich war Gefangener des Dämonenauges.

Dann sah ich die Verwandlung. Die beiden Augen schoben sich aufeinander zu, rückten immer näher, berührten sich schon an den Winkeln und schmolzen zu einem Auge zusammen.

Die Pupillen veränderten sich, waren plötzlich nicht mehr da, und ich sah auf eine hellgraue Fläche, die jedoch rasch verschwand und spiegelndem Glanz Platz machte.

Ich schaute hinein in das Auge, sah ihn, meinen Erzfeind.

Der Schwarze Tod blickte mir aus dem Dämonenauge entgegen. Er grinste teuflisch, verzog dabei das Knochengesicht.

Mich packte eine ungeheure Wut.

Heftig riss ich den Arm hoch, hielt dem Dämonenauge den Spiegel entgegen.

Zuerst geschah nichts.

Dann aber überstürzten sich die Ereignisse. Das Gesicht des Schwarzen Todes zerfloss. Ich erkannte noch den ungeheuren Hass, der mir entgegenstrahlte, dann war das Bild verschwunden.

Und das Dämonenauge zerbrach.

Es zeigte Risse wie ein Spinnennetz. Verschwunden war die glühende Flammenzunge.

Starr und steif stand ich da und hielt den Spiegel hoch.

Dann unterbrach eine Stimme meine Gedanken.

»Lauf auf das Auge zu!«

Myxin sprach zu mir.

Ich warf alle Bedenken fort und folgte seinem Rat. Ich näherte mich mit langen Schritten dem Auge, presste den Spiegel mitten hinein, spürte den mörderischen Sog, der mich in das Auge hineinzog, hörte meinen gellenden Schrei – und dann nichts mehr …

Zwei blaue, besorgte Augen blickten mich an. Eine warme Hand strich über meine Stirn.

Ich lächelte, als ich in das Gesicht von Jane Collins schaute.

»Alles klar?«, fragte sie.

»Ja.«

Jane deutete auf meine Hand. »Was hast du da?«

»Einen Spiegel.«

»Und?«

»Erzähle ich dir später.« Ich erhob mich ächzend.

Suko reichte mir die Hand.

»Du hast es geschafft?«, fragte er.

Ich nickte. »Das Dämonenauge ist zerstört. Myxin hat sein Versprechen gehalten und mir geholfen.«

»Die Polizei wird gleich hier sein«, klärte mich Suko auf.

»Wir müssen uns noch eine gute Ausrede einfallen lassen.« Er räusperte sich. »Hereos ist nämlich nicht mehr da.«

Mein chinesischer Freund erzählte mir die Geschichte.

»Dann sagen wir einfach, er wäre ertrunken«, schlug ich vor. »Was tatsächlich passiert ist, nimmt uns sowieso kein Mensch ab.«

»Das fürchte ich auch.«

Jane hakte sich bei mir unter. »Ich bin so froh, John, dass du wieder da bist. Jetzt ist alles vorbei.«

Ich dämpfte ihren Optimismus.

»Nein, Jane, für uns wird es niemals vorbei sein. Zur Ruhe kommen wir nie ...«

ENDE

DIE SCHÖNE AUS DEM TOTENREICH

Gefahr!

Myxin, der Magier, spürte sie mit jeder Faser seines Körpers. Alle Zellen schienen die Warnung auszustrahlen, und durch sein Gehirn rasten die Ströme schneller. Der Magier verharrte.

Auf einer kleinen Plattform blieb er stehen. Er legte eine Pause ein auf dem Weg zum Gipfel, während um ihn herum der Wind pfiff und toste.

Myxin fror nicht. Mit solchen Dingen gab er sich nicht ab. Hitze, Kälte, Wärme – sie existierten nicht für ihn. Seine Haut war nicht mit der eines Menschen zu vergleichen, und doch hatte er sich den Menschen angeschlossen, weil er inzwischen ähnlich fühlte und dachte wie sie.

Obwohl er ein Dämon gewesen war. Im alten Atlantis hatte er damals eine große Macht besessen, doch die Zeiten waren vorbei, das Meer hatte Atlantis gefressen. Aber Myxin erinnerte sich immer stärker an diesen Kontinent. Vor allen Dingen hatte er auf der Suche nach neuen Kräften Spuren dieses Kontinents auch auf den über dem Wasser liegenden Teilen der Erde entdeckt. Es war gar nicht so schwer, sie zu finden, man musste nur richtig schauen.

Auch an diesem kalten Dezembertag war er wieder auf der Suche nach einem Hinweis aus der Vergangenheit. Myxin war fest entschlossen, ihn zu finden.

Warum aber hatte ihn sein Gefühl gewarnt?

Myxin hielt Ausschau. Seine Augen versuchten das Dunkel des Abends zu durchbrechen, was nicht möglich war. Er sah in der Ferne die Lichter einer Ortschaft. Als helle Grüße schimmerten sie zu ihm herüber, und er sah auch eine Lichtballung dicht über dem Boden.

Das war ein Tannenbaum, an dem die Kerzen leuchteten. Weihnachten stand vor der Tür …

Ein Fest, mit dem Myxin nichts anzufangen wusste. In Atlantis hatte es das noch nicht gegeben. Erst sehr viel später feierten die Menschen dieses Fest.

Myxin ging bis zum Rand der Plattform und blickte in die

Höhe. Wie drei gewaltige Zahnstummel hoben sich die Felsen aus der Landschaft. Sie waren nicht völlig kahl, nein, auf ihren Spitzen wuchsen Bäume, die dem Wind und den Unbilden des ewig wechselnden Wetters standhaft trotzten.

Diese Felswände wurden von den Bewohnern der umliegenden Dörfer auch »Des Teufels letzte Finger« genannt. Der Begriff ging auf eine alte Sage aus dem Mittelalter zurück.

Davon wusste Myxin jedoch nichts. Er hatte den Felsen aus einem ganz anderen Grund einen Besuch abgestattet.

Noch einige Minuten wartete er, dann, als er merkte, dass sich nichts tat, dass die Gefahr nicht drohender wurde, kletterte er weiter. Und wieder einmal bewies der kleine Magier seine Geschicklichkeit. Tritt- und zielsicher fand er die richtigen Stellen, wo erst seine Finger und wenig später auch die Füße den nötigen Halt fanden.

Myxin war geschickt wie ein Bergsteiger. Er verlagerte sein Gewicht, wenn es sein musste, und er sah auch zu, dass unter seinen Füßen das Gestein nicht abbröckelte.

So schaffte er Meter für Meter.

Das Gestein war rissig, an manchen Stellen wirkte es wie aufgeflammt. Große Poren, die sich schon bald zu Löchern verbreiterten. Myxin hielt des Öfteren inne, nicht weil er erschöpft gewesen wäre, sondern weil sich das Gefühl der Gefahr noch nicht verflüchtigt hatte. Es war nach wie vor da.

Erwartete man ihn?

Kaum, dachte Myxin, denn wer sollte wissen, dass er sich auf den Weg zu den Felsen gemacht hatte? Er hatte seine Spuren sorgfältig verwischt. Myxin wollte nicht, dass man ihn fand, denn seine Feinde waren nicht zu zählen.

Er hatte sie nicht oder kaum unter den Menschen, seine Gegner entstammten anderen Reichen.

Dämonenreichen!

Dort stand er auf der Abschussliste ganz oben. Nicht zuletzt deshalb, weil er sich gegen seine eigenen Artgenossen gestellt hatte. Er war ein harter Gegner des Schwarzen Tods gewesen, hatte ihn bekämpft und somit auch Asmodina, die dessen Nachfolge übernommen hatte, nachdem der Schwarze Tod durch John Sinclair, den Geisterjäger, getötet worden war.

Myxin hatte auch seine Helfer verloren, die Schwarzen Vampire. Sie waren alle vernichtet worden, nur ihn hatte Asmodina leben lassen, ihn seiner Kräfte beraubt, ihn gedemütigt, ausgelacht und verhöhnt, sodass sich Myxin manches Mal den Tod gewünscht hatte, als auf diese Art und Weise zu existieren.

Doch die Zeit der Depression ging auch vorbei. Myxin fing sich wieder, er nahm den Kampf auf. Er schloss sich dem Sinclair-Team an, kämpfte aber nicht direkt an dessen Seite. Myxin war zu einem Einzelgänger geworden, einem Wesen, das seine Existenz suchte und hoffte, seine Kräfte wiederzufinden.

Niemand sollte ihm dabei helfen, obwohl man es ihm angeboten hatte. Myxin wollte allein sein, seine Schwäche war schlimm genug, er wollte sie nicht auch noch anderen zeigen. Deshalb hielt er sich zurück, trennte sich oft von dem Sinclair-Team und suchte allein seinen Weg. Hin und wieder jedoch meldete er sich, dann verschwand er wieder.

Myxin kletterte weiter. Etwa die Hälfte der Strecke lag hinter ihm. Er sah nach oben.

Sein Blick glitt dabei an der rissigen Felswand hoch, und er sah auch die gewaltigen dunklen Wolken, die vom Wind über den Himmel getrieben wurden.

Der Wind war schneidend, die Temperaturen sanken – Winterzeit. Die Reste vom ersten Schnee waren noch nicht weggetaut. Sie lagen als grauweiße Flecken in der Landschaft und wirkten wie große Augen.

Myxins Gedanken glitten wieder zurück in die Vergangenheit. Er hatte lange gesucht, denn er wusste, dass aus seiner Heimat noch versprengte Personen existierten und dass es Hinweise auf die Magie der alten Atlanter gab.

Der kleine Magier wollte keine Chance auslassen, um seine Kräfte zu stärken. Jedem Hinweis und jeder Spur ging er nach, auch das kleinste Indiz war wichtig.

Und Myxin fand immer etwas. Ein kleiner Teil seiner Kräfte war schon zurückgekehrt, aber das reichte ihm nicht. Er wollte alles oder nichts.

Und das dauerte.

Hinzu kam, dass Asmodina, die Teufelstochter, unbarmherzig Jagd auf den kleinen Magier machte. Wenn sie ihn dabei erwischte, dass er sich wieder mit Magie beschäftigte und versuchte, gegen sie anzukämpfen, würde sie ihn töten.

So sah die Lage aus.

Myxin, der Magier, stand auf einsamem Posten, wenn nicht sogar auf verlorenem …

Doch das wollte er nicht wahrhaben. Nein, er führte den Kampf weiter. Bis zum bitteren Ende.

Und deshalb kletterte er auch höher. Er wollte den Hinweis auf eine bessere Zukunft finden.

Wie eine Fliege klebte der Magier an dem rissigen Gestein. Der Wind umtoste ihn, er fauchte und pfiff, hob Myxins Mantel hoch und ließ ihn wie eine Fahne flattern.

Als er das erste dürre Gestrüpp erreichte, atmete er sichtlich auf. Jetzt war es nicht mehr weit.

Es war ein karges Gebüsch, das sich in den Spalten des Gesteins festgeklammert hatte und mit ihm verwachsen war. Myxin prüfte mit beiden Händen den Halt und stellte zufrieden fest, dass die dürren, aber starken Zweige sein Gewicht tragen würden.

Er zog sich hoch. Auf halbem Wege löste er seine rechte Hand und fasste in den nächsten Busch.

So kletterte er weiter. Der Aufstieg war auch nicht mehr so steil. Er senkte sich ein wenig wie der Buckel eines Monsters.

Myxin konnte jetzt weiterkriechen.

Nach wenigen Metern richtete er sich auf und stand nun auf der Spitze des ersten Felsens.

Sie war nicht nackt.

Hohe Bäume wuchsen hier. Wind und Wetter hatten sie entlaubt, die Zweige und Äste schabten gegeneinander, wenn sie bewegt wurden.

Myxin blieb stehen.

Er hatte sein schmales Gesicht mit der grünlich schimmernden Haut dem Wind zugewandt, als lausche er auf eine unheimliche Botschaft, die ihm überbracht werden sollte.

Myxin blieb allein.

Und trotzdem – das Gefühl einer drohenden Gefahr wollte nicht weichen.

Der kleine Magier wusste genau, welchen Weg er einzuschlagen hatte.

Er wandte sich nach rechts, wo die Bäume so dicht wuchsen, dass sie einen kleinen Wald bildeten. Der Magier schritt über rissigen, harten Felsboden. Das Gestein war porös und erinnerte in seiner Beschaffenheit an einen erloschenen Vulkan. Eis hatte sich in manche Spalten gesetzt und war noch nicht getaut. Dazu arbeitete das gefrorene Wasser, es dehnte sich aus, sodass manche Steine brachen, wobei es regelrechte kleine Explosionen gab.

Der Weg war sehr uneben. Mal führte er in die Höhe, danach wieder in eine kleine Mulde.

Die Mulde verengte sich an ihrem Ende zu einer schmalen Rinne, durch die der kleine Magier schritt. Die Rinne war so eng, dass Myxin mit seinen Schultern fast die Wände rechts und links streifte. Oberhalb dieser Felsen ragten die blattlosen Bäume in den Himmel. In der Mulde war Myxin vor dem kalten Wind ziemlich geschützt. Mit den Schuhspitzen stieß er gegen lose Steine, die vor ihm herrollten.

Myxin war noch vorsichtiger geworden. Öfter schaute er sich um, rechnete mit einer Gefahr aus dem Hinterhalt, doch da zeigte sich nichts. Es blieb ruhig.

Die Rinne wurde breiter. Ein Weg tat sich vor Myxin auf, und der führte direkt zum Ziel.

Trotz der Dunkelheit sah Myxin den wuchtigen Felsen, der den Weg an seinem Ende begrenzte.

Der Magier blieb stehen. Seine Blicke tasteten den Felsen ab, und er nickte zufrieden.

Ja, das war er.

Deutlich unterschied sich das Gestein von dem anderen. Es schimmerte bläulich, war ziemlich glatt, und wenn Kanten vorstanden, dann wirkten sie wie abgeschmirgelt, als hätte sich ein Steinmetz an diesem Gebilde versucht.

Die letzten Schritte.

Dann stand der kleine Magier vor dem Stein. Um ihn zu finden, hatte er all die Bemühungen auf sich genommen, seine Spuren verwischt und sich in Gefahr begeben.

Hier fand er das, was er suchte!

Myxin legte beide Handflächen gegen den Felsen. Normalerweise hätte der Stein ebenso kalt wie die anderen Felsen sein müssen. Das war nicht der Fall. Er strahlte eine innere Wärme ab, die der kleine Magier sofort spürte.

Jetzt sah er auch die geheimnisvollen Zeichen, die sich in Linien über die Oberfläche des Steins zogen.

Es war eine uralte, unbekannte Schrift. Sie war im alten Atlantis benutzt worden. Und auch nur von einer bestimmten Kaste.

Die Magier hatten sich dieser geheimnisvollen Schrift bedient. Und Myxin! Seine Kräfte waren ihm genommen worden, er hatte vieles vergessen, sein Gehirn war leer gewesen, aber im Laufe der Zeit hatte er sich wieder an die alten Dinge erinnert.

Hier wollte er einen Test durchführen. Konnte er die Zeichen noch lesen?

Wenn ja, dann schaffte er es auch, den Felsen zu öffnen, dann hatte er ein weiteres Geheimnis gelüftet.

Selbst Myxin wurde aufgeregt. Wenn er versagte, waren seine Bemühungen umsonst gewesen, denn er musste die Botschaft der Vergangenheit nachsprechen.

Mit den Fingern zeichnete der kleine Magier die Zeichen nach. Dabei murmelten seine Lippen die fremden Worte.

»Okila trmur lega exentare …«

Felsen der Weisheit, gib dein Geheimnis preis, dass es mich stärke und mir die Macht der alten Götter gebe …

Mit diesen Worten begann die Inschrift, die so klar war, aber dennoch voller Rätsel steckte.

Myxin löste seine Hände nicht von der glatten Wand. Er redete weiter, und die Worte sprudelten über seine Lippen. Diese Erkenntnis beflügelte den kleinen Magier. Alle Kräfte hatte er doch nicht verloren. Das alte Wissen steckte tief in seinem Innern, er musste es nur hervorholen.

Und Myxin redete weiter. Er sprach den Felsen an, als wäre er ein lebendes Wesen.

Myxin las die Zeichen von links nach rechts. Nicht einmal unterbrach er seine Sätze. Endlich hatte er es geschafft.

Myxin wartete.

Sekunden vergingen.

Stille umgab ihn. Selbst der Wind war eingeschlafen, nur ein kühler Zug strich über seinen Nacken. Myxins dunkle Augen waren auf die Mitte des Felsens gerichtet, dort musste sich seines Wissens der Eingang befinden.

Das Tor zu Atlantis' Erbe …

Würde es gelingen?

Ja, es tat sich etwas. Auf einmal begann der glatte Felsen zu ächzen. Er stöhnte regelrecht auf, als würden Tonnen auf ihn drücken.

Gewaltige Kräfte zerrten an ihm. Unsichtbare Hände rissen an beiden Seiten des gewaltigen Felsens.

Ein Spalt entstand.

Genau in der Mitte!

Die beiden Felsenhälften wurden immer weiter auseinandergeschoben, der Spalt vergrößerte sich und gab einen Eingang frei, der in das Innere des Felsens führte.

Dort war es nicht dunkel.

Ein geheimnisvolles, tief violettes Licht strahlte von den Innenwänden. Es erfüllte den gesamten Hohlraum, den man als riesige Grotte bezeichnen konnte.

Die Wände stoppten wieder.

Jetzt war der Eingang breit genug. Myxin konnte hindurchschreiten und auch seine Arme ausstrecken, ohne die Felsen rechts und links zu berühren.

Er betrat das Innere.

Seine Schritte passten sich der Feierlichkeit des Augenblicks an, sie waren gemessen und würdevoll. Myxin war sich sehr wohl der Bedeutung des Augenblicks bewusst.

An die Gefahr dachte er nicht mehr. Sie wurde von den neuen Ereignissen überdeckt.

Myxin betrat eine regelrechte Halle, die auch im Innern die Form des Felsens angenommen hatte. Nach oben hin lief sie spitz zu und hatte an ihrem Ende einen kleinen Bogen.

Auch hier waren die Wände glatt, aber jemand hatte das dunkle Gestein geschliffen. Es glänzte. Das Licht, das das Gestein ausstrahlte, wurde von ihm spiegelartig reflektiert, sodass es das Innere des Felsens völlig ausleuchtete.

Eine fantastische Welt.

Doch es war nicht nur das Licht, das Myxin faszinierte. Viel wichtiger war der Mensch, der in diesem Felsen begraben lag. Ein schwarzhaariger, bärtiger Hüne, nur mit einem knallroten Lendenschurz bekleidet, der ihm vorn bis zu den Waden hing. Der Mann lag steif wie ein Brett auf einer gläsernen Platte, die, von einem kantigen Stein gestützt, mit dem Boden verbunden war.

Der Mann hatte eine braune Haut, fast schon so dunkel wie die eines Afrikaners, obwohl seine asketischen Gesichtszüge keine negroide Abstammung verrieten. Es gab für Myxin keinen Zweifel mehr.

Auf dieser gläsernen Platte lag ein Mann aus dem längst vergessenen Kontinent Atlantis.

Der Magier trat noch näher heran, bis die gläserne Kante ihn berührte. Er blickte auf den Atlanter hinab, studierte dessen Gesichtszüge, und je länger er ihn ansah, umso bekannter kam er ihm vor.

Ja, er kannte den Mann. Sogar sein Name fiel Myxin wieder ein.

Haro, Bote der Götter.

Damals wurde er so genannt, weil die Götter ihn mit starken Kräften ausgestattet hatten, damit er deren Botschaften verkündete. Die Götter waren Weise, Magier, Gestalten des Lichts, und sie hatten sich im ewigen Kampf mit den Mächten der Finsternis befunden, zu denen Myxin damals auch gehört hatte.

Wenn Haro erwachte und Myxin erkannte, würde er ihn töten. Aber wie kam er in dieses Felsengrab?

Myxin wusste es nicht, aber er hoffte, ihn als Streiter zu gewinnen.

Und noch jemand gehörte dazu.

Kara, das Mädchen aus der Finsternis, die Schöne aus dem Totenreich, wie sie auch genannt wurde. Sie und Haro waren oft zusammen, denn Kara, die Tochter eines Propheten, hatte den Dämonen getrotzt. Sie war nach ihrem Tod zurückgekehrt, um die Kräfte des Guten zu sammeln. Existierte sie vielleicht auch noch?

Wenn, und Myxin glaubte plötzlich daran, dann erhielt er wirklich eine ausgezeichnete Unterstützung.

In dem Gesicht des Atlanters rührte sich kein Muskel. Unbewegt, starr und steif lag der Mann vor ihm, versunken in einem langen, nie enden wollenden Schlaf.

Myxin dachte daran, dass auch er aus einem zehntausendjährigen Schlaf erweckt worden war. Mit Haro sollte das Gleiche geschehen.

Der kleine Magier streckte die Arme aus, sodass beide Hände über dem Gesicht des Schläfers lagen. Dann spreizte Myxin alle zehn Finger. In diesem Augenblick geschah es. In seinem Rücken vernahm er das Geräusch.

Jemand war da!

Die Gefahr! Er hatte sie vergessen. Nun rächte es sich.

Myxin kreiselte auf der Stelle herum.

Die beiden standen im Eingang. Makabre Gestalten mit feuerroten Haaren, schwarzer Lederkleidung und Flügeln.

Asmodina hatte ihre Todesengel geschickt!

Also doch!

Er hatte es gewusst. Asmodina war raffinierter und stärker gewesen als Myxin. Sie hatte ihn unter Beobachtung gehalten. Und jetzt, als er dicht vor dem Ziel stand, schlug sie zu.

Durch ihre Todesengel.

Diese grausamen Geschöpfe, die bereits Myxins Schwarze Vampire vernichtet hatten.

Jetzt wollten sie ihn töten.

Myxin schaute sie an. Er sah in die kalten Gesichter, die von den feuerroten Haaren wie Lohen umweht wurden, er sah die Lederkleidung, die ihre Brüste bedeckte, darunter jedoch einen Streifen heller Haut freiließen, und sein Blick glitt über die engen Hosen, die mit dem Körper verwachsen zu sein schienen.

Die Todesengel strahlten eine Grausamkeit aus, die Myxin erschreckte. Der kleine Magier besaß noch die Sensibilität, um die Strömungen auffangen zu können und genau zu spüren.

Die Geschöpfe waren Feinde!

Und sie näherten sich.

Ihre Flügel hatten sie zusammengefaltet, sie brauchten sie nicht mehr. Dafür griffen ihre Hände in die Gürtel, wo ihre Waffen steckten.

Kurze Schwerter, mehr langen Messern ähnelnd. Dazu Fesseln, die sie jetzt hervorholten.

Glänzende Stricke. Bläulich schimmernd wie Stahl und äußerst biegsam.

Myxin suchte verzweifelt nach einem Ausweg. Es gab keinen. Der Weg zum Ausgang war versperrt. Nie konnte er mit seinen schwachen Kräften gegen die beiden Todesengel gewinnen. Und sein eventueller Helfer, der Held Haro, lag in tiefem Schlaf.

Myxin musste sich allein verteidigen.

»Komm her!«, forderten die Todesengel.

»Was wollt ihr?«, fragte der kleine Magier.

»Dich!«

»Und warum?«

»Wir haben dich beobachtet. Asmodina hat uns den Auftrag gegeben. Sie hat dich bestraft, sie hätte dich auch töten können, doch sie war gnädig und tat es nicht. Sie nahm dir nur deine Kräfte, aber du hast versucht, sie zu hintergehen, indem du dich mit Sinclair verbündet hast. Das verlangt nach Strafe. Du wirst sterben!«

»Wer will mich töten?«, fragte Myxin.

»Wir!«

Da sank Myxin auf die Knie. Es sollte wie eine Geste der Demut aussehen, doch das war es nicht. Urplötzlich schnellte er hoch, spreizte seine Hände und schleuderte den beiden Todesengeln einen magischen Bannspruch entgegen.

Er prallte ab.

Myxin hatte Worte aus dem alten Atlantis benutzt, doch sie wirkten auf die beiden Todesengel nicht. Die lächelten nur und griffen sofort hart zu.

Ihre Hände umklammerten Myxins Gelenke, zwangen durch den harten Griff den kleinen Magier in die Knie.

Eine hob den Fuß und stellte ihn in Myxins Nacken, sodass sein Kopf gebeugt wurde.

Mit der Stirn berührte Myxin den Boden.

Und wieder einmal wurde ihm bewusst, wie schwach er noch war. Gegen Menschen konnte er sich verteidigen, inzwischen auch gegen Dämonen der untersten Stufe, aber gegen mächtigere Wesen der Finsternis war er machtlos.

Und vielleicht würde sich das nie ändern, denn die beiden Todesengel hatten das Urteil gesprochen.

Myxin sollte sterben!

Sie rissen ihn herum, legten ihn auf den Rücken und banden seine Hände mit den magischen Fesseln.

Der Magier schaute hoch.

Er sah in ihre kalten Gesichter mit den gnadenlosen Augen.

Haro, der Held aus Atlantis, lag nach wie vor still auf seiner gläsernen Platte.

Er schlief weiter, obwohl Myxin den Felsen gesprengt hatte und Haro der Voraussagung nach hätte erwachen müssen.

Dann zogen die beiden Todesengel ihre Kurzschwerter. Auf den blanken Klingen spiegelte sich das violette Licht wider. Ein paar Reflexe trafen Myxins Augen.

»Tod dem Magier!«, sagten die beiden wie aus einem Munde.

Im selben Augenblick ertönte ein lang gezogenes Seufzen.

Haro erwachte!

Nicht nur Myxin hatte das Seufzen vernommen, sondern auch die beiden Todesengel. Ihre zum Schlag erhobenen Schwerter senkten sich nicht weiter.

Die Botinnen der Finsternis fühlten sich irritiert.

Sie wandten den Kopf, sie starrten auf Haro, der soeben die Augen aufschlug und Myxin somit eine kleine Galgenfrist verschaffte.

Der Blick des eben Erwachten war gegen die Decke gerichtet. Beide Todesengel sahen, dass er dunkle Pupillen hatte, fast schwarz, und dass Nichtbegreifen in seinem Blick lag.

Myxin wagte es, den Kopf zu heben. Die Todesengel hinderten ihn nicht daran. Sie achteten nur auf Haro.

Der Magier schwieg. Er schielte unter die gläserne Platte und sah, dass Haro seine Finger bewegte. Sehr langsam allerdings, denn er musste sich erst an die neue Situation gewöhnen.

Die Todesengel wussten nicht, was sie mit diesem Mann anfangen sollten. Fragend blickten sie sich an.

Schließlich zogen sie Myxin auf die Füße.

»Sieh ihn an!«

Das hätte der kleine Magier sowieso getan.

»Du kennst ihn?«, wurde er gefragt.

Myxin sah ein, dass es keinen Sinn hatte zu lügen. Er nickte langsam. »Ja, ich kenne ihn.«

»Wer ist das?«

»Haro!«

Als der Atlanter seinen Namen hörte, zuckte er mit den

Augendeckeln. Seine Sinne waren demnach ebenfalls wieder erwacht.

»Warum liegt er hier?«, fragten die Todesengel. »Ist er ein Freund von dir?«

»Ich kenne ihn aus Atlantis. Dort war er der Bote unserer Propheten, der Weisen, der Götter …«

Die Dämoninnen lachten. »Wieso sagst du unserer? Das kann nicht stimmen. Du hast doch damals noch auf unserer Seite gestanden, du mieser Verräter.«

»Ich weiß.«

»Er ist also ein Atlanter.«

»Genau.«

»Und wie kommt er hierher? Bedeutet er eine Gefahr für unsere Asmodina?«

Sicherlich bedeutete der Mann eine Gefahr. Er würde gegen das Böse kämpfen, aber das brauchte Myxin den beiden nicht unter die Nase zu binden. Wenn Haro wieder voll bei Kräften war, würde er sich bestimmt seines Lebens in Atlantis erinnern und sich auch in diesen Tagen gegen das Böse stellen. Falls Myxin starb, gab es dann einen, der sein Erbe weiterführte.

Die Todesengel dachten nach. »Wir werden ihn auch töten«, sagten sie schließlich.

Myxin zuckte zusammen. »Aber warum? Er hat euch nichts getan. Ihr braucht ihn nicht umzubringen.«

»Aber er gehörte zu den Kräften des Lichts. Und diese Kräfte sind unsere Feinde.«

Da hatten sie recht. Myxin widersprach auch nicht. Er würde die beiden von ihrem Vorhaben nicht abbringen können. Sie führten ihren Auftrag durch, ob sie dabei einen oder mehrere töteten, das war ihnen egal.

Dämonen kannten kein Erbarmen.

Da setzte sich Haro auf.

Dies geschah steif und ungelenk. Er winkelte dabei seine Arme an und stützte sich mit den Händen ab. Furchtlos blickte er in die Runde.

»Wer seid ihr?« Die Worte tropften langsam über seine Lippen.

Die Todesengel schwiegen, nur der kleine Magier gab eine Antwort. »Ich bin Myxin.«

»Myxin? Myxin …?« Das Wort schien im Gehirn des Atlanters nachzuhallen. Er senkte den Kopf und legte seine Stirn in Falten. »Ich kenne dich, Myxin, ich habe deinen Namen gehört. Die Weisen haben von dir gesprochen. Du – du bist ein Dämon!«

Das letzte Wort zischte er und ruckte herum, wobei er gleichzeitig die Beine von der gläsernen Platte schwang. Mit flammendem Blick starrte er Myxin an.

»Kara und ich haben den Auftrag, die Dämonen zu töten. Obwohl unser Land dem Untergang geweiht ist, werden wir alles tun, um die Dämonenpest zu vernichten. Und du, Myxin, hast zu den anderen gehört. Du bist des Todes.«

Die Botinnen der Teufelstochter lachten. Sie amüsierten sich über Myxin und Haro, denn aus den beiden waren plötzlich Feinde geworden, weil Haro nicht durchblickte.

»Du verstehst das falsch!«, rief der kleine Magier. Seine Stimme zitterte. »Glaub mir …«

Haro schüttelte den Kopf. »Ich sehe es richtig. Man hat mich in einen Schlaf versetzt. Aber jetzt bin ich da, ich bin erwacht. Warum, wieso?«

»Es sind über zehntausend Jahre vergangen«, sagte Myxin.

»Wie?«

»Du hast geschlafen, Haro. Atlantis ist versunken. Doch dich hat man retten können.«

»Und Kara?«

»Die suche ich noch.«

»Du hast sie getötet«, sagte der Atlanter dumpf.

»Nein, das stimmt nicht«, erwiderte Myxin. »Ich habe sie nicht getötet. Sie hat sogar das Totenreich verlassen …«

»Wo ist sie jetzt?«

Myxin hob die Schultern. »Das weiß ich nicht. Vielleicht wandert sie zwischen den Zeiten. Wer weiß …«

Haro nickte. Er strich über sein Gesicht, die Finger wühlten in seinem Bart. Er war völlig durcheinander, wusste nicht, wie er sich zurechtfinden sollte, denn er lebte noch immer in der Vergangenheit.

Myxin konnte es ihm nachfühlen. Er erinnerte sich noch genau, wie John Sinclair und Suko ihn aus dem magischen Schlaf erweckt hatten.

Damals hatte er ebenso reagiert wie Haro, doch im Laufe der Zeit war er ein anderer geworden. Zuerst wollte er seine Retter töten, dann änderte er seine Meinung und hatte sie nur vor Gefahren gewarnt, und jetzt kämpfte er an ihrer Seite.

Haro nickte, langsam schien er zu begreifen, obwohl noch viel unklar war und blieb. Dafür starrte er die Todesengel an.

»Wer seid ihr?«, fragte er und zeigte sich nicht im Mindesten von ihrem Aussehen überrascht. Er hatte auch in Atlantis seltsame Gestalten gesehen. Er atmete tief ein. »Ich spüre eine Aura des Bösen, die von euch ausgeht. Seid ihr mit dem Satan verbrüdert?«

Die beiden lachten. Ihre kurzen Schwerter zuckten vor und kamen dicht vor den Augen des Mannes zur Ruhe. »Du hast es erfasst, Atlanter, wir gehören zur Hölle, zu Asmodina, der Tochter des Teufels!«

»Dann sind wir Feinde!«

»Ja.«

Der Atlanter wollte aufstehen, doch die Schwerter hinderten ihn daran. »Nein, mein Freund. Du wirst mit Myxin sterben. Es ist gut, dass wir dich gefunden haben, denn nur so bannen wir eine zweifache Gefahr!«

Haro blieb ruhig. »Ihr werdet ihrer Rache nicht entgehen.«

»Wer ist sie?«

»Kara, das Mädchen aus dem Totenreich. Sie gehört zu den Wenigen, die den Tod überwunden haben, und sie wird mich rächen!«

Die Todesengel lachten laut.

Haro hörte ihr Lachen, und er sandte einen verzweifelten

Hilferuf aus, der in der Unendlichkeit der Dimensionen sein Ziel finden sollte.

Auch Myxin dachte in diesem Moment an einen Mann, der weit von ihm entfernt war, von dem er jedoch hoffte, dass er ihnen helfen konnte.

Der Mann war – John Sinclair!

Gedankenfelder durchströmten die Unendlichkeit der Dimensionen, tasteten sich vor, suchten ihren Weg, wollten ihr Ziel erreichen, um die Hilfe zu bringen.

Sie stießen ins Leere, ins Nichts.

Aber die Gedankenträger gaben nicht auf. Sie versuchten es immer wieder, und sie hatten Erfolg.

Ein Gedanke traf.

Ein nicht irdisches Wesen fing ihn auf. Halb Geist, halb Mensch. Dieser Gedankenstrahl, dieser stumme Hilfeschrei löste bei ihm einen Impuls aus, der sofort weitergeleitet wurde und wie bei einem Computer eine Maschinerie in Gang setzte.

Er lebt, er existiert, dachte das Wesen.

Aber er ist auch in Gefahr!

Und das irritierte es. Wieso war er in Gefahr? Warum konnte er sich nicht helfen? Er war Haro, ihr Haro, der so lange verschollen war.

Im selben Moment traf sie der zweite Gedankenstrahl.

Noch ein Name erschien.

John Sinclair!

Er und Haro – welch eine Verbindung sollte das geben? Hilf, Hilf!, schrien die Gedanken immer lauter, und das Wesen spürte die Todesängste der sendenden Boten.

Es musste etwas tun.

Sofort!

Und es handelte …

Fariac Cosmetics, Sie erinnern sich bestimmt. Gordon Fariac war ein Vampir gewesen, den ich in der Vergangenheit und in der Gegenwart gejagt hatte.

Ein verdammt heißes Abenteuer, das auf dem Loreley-Felsen in Germany sein Ende gefunden hatte. Es hatte auch noch andere schlimme Folgen gegeben. Eine Kosmetik-Firma stand dicht vor dem Bankrott, denn der Tod des Besitzers hatte natürlich seine Kreise gezogen. Fariac war ein geachteter Mann gewesen, die Londoner Unterwelt war aufgeschreckt, vor allen Dingen deshalb, weil über seinen Tod und das Ende seiner Mitarbeiter Schweigen bewahrt wurde.

Sir James Powell hatte eine Erklärung an die Presse gegeben und alles als Unglücksfall hingestellt. Auch die deutschen Behörden spielten mit. Dafür hatte ich Sorge getragen, denn nicht zuletzt war auch Kommissar Mallmann in den Fall verwickelt gewesen. Jetzt versuchte ein Banken-Konsortium die Firma zu stützen und Arbeitsplätze zu erhalten. Ich drückte den Verantwortlichen beide Daumen, dass sie es schafften, aber mein Job war es nicht mehr.

Nach meiner Rückkehr aus Deutschland hatte ich noch einige Dinge zu erledigen gehabt, bevor ich die Zeit fand, mit Suko der Fabrik einen Besuch abzustatten.

Das Gebäude war polizeilich versiegelt worden, doch darum brauchten wir uns nicht zu kümmern.

An dem Labor interessierte uns besonders ein Raum. Das war der, in dem ich zuerst das geheimnisvolle Mosaik entdeckt hatte, das in Wirklichkeit jedoch ein Tor in die Vergangenheit war. Jetzt präsentierte sich die Wand völlig glatt. Die Vampirbilder waren verschwunden. Zurückgeblieben waren die Flaschen mit dem Blut. Diese großen Behälter, die auf einem Regal an der Wand standen.

Suko und ich sahen uns die Dinger an, während die Kollegen draußen Spuren sicherten und das Labor Stück für Stück auseinandernahmen. Vielleicht fanden wir irgendwelche Hinweise, die auf Querverbindungen zwischen Fariac und Asmodina schließen ließen.

Optimistisch war ich allerdings nicht.

Ich schaute Suko an. Der lächelte. »Du weißt auch nicht mehr weiter, wie?«, fragte er.

»Genau.« Ich deutete auf die großen Behälter, in denen das Blut schwamm. »Was machen wir damit?«

»Keine Ahnung.«

»Ich werde sie zum Yard schaffen lassen. Dort können sich die Wissenschaftler mit dem Zeug beschäftigen.«

Der Chinese war meiner Meinung.

Ich sah auf die Uhr. Schon drei Stunden hielten wir uns in den Labors auf. Draußen war es längst dunkel geworden. Der Dezember zeigte sich von seiner unangenehmen Seite. Er brachte Regen, Schnee und Wind, fuhr kalt in unsere Gesichter und durchschnitt die Kleidung. Bald war Weihnachten. Auch die Riesenstadt London hatte ihr Festkleid angezogen. Man sah zahlreiche Tannenbäume, die mit ihren Lichtern einen strahlenden Glanz verbreiteten. Auch in den Geschäften wies alles auf das Fest hin. Jeder Verkäufer hoffte, den armen Kunden noch die letzten Pennys abzuknöpfen.

Ich hatte aus Zeitmangel noch keine Geschenke kaufen können. Zu sehr hielt mich die Dämonenjagd in Atem.

»He, träumst du?« Suko stieß und sprach mich an.

»Ja, von Weihnachten.«

Der Chinese lachte. »Erhoffst du dir etwas?«

»Kaum.«

»Das will ich wohl meinen.«

»Ich gehe mal telefonieren«, sagte ich zu meinem Freund. »Halte du hier die Stellung.«

»Mach ich.«

Mit raschen Schritten verließ ich das Labor. Der Apparat stand draußen in der Portierloge.

Unterwegs wurde ich von dem leitenden Beamten angesprochen.

»Nichts gefunden, Mr Sinclair.«

Ich blieb stehen. »Das war zu erwarten.«

»Sollen wir trotzdem weitersuchen?«

»Natürlich. Wenn Sie kein Blut mehr finden, dann lassen Sie es eben bleiben.«

»Schon gut. War ja nur 'ne Frage.«

Ich ging weiter.

Die Tür zur Portierloge fand ich offen. Zwei Uniformierte hielten am Ausgang Wache. Als die beiden mich sahen, grüßten sie. Ich nickte zurück, betrat die Loge, griff zum Telefon und wählte die Nummer von Scotland Yard.

Auch beim Yard gibt es so etwas Ähnliches wie eine Transportabteilung. Mit der ließ ich mich verbinden.

Ein älterer Kollege war an der Strippe, und ich erklärte ihm, was ich brauchte.

»Einen Wagen, dessen Ladefläche ausreicht, um mehrere Zehn-Liter-Behälter aufzunehmen.«

»Wird erledigt«, erhielt ich zur Antwort. »Und wann?«

»Heute noch.«

»Nicht gestern?«, versuchte der Kollege zu scherzen.

»Hören sie mal, ich mache hier keine Witze. Wenn ich den Wagen brauche, dann eilt es. Und bitte sofort.«

»All right, Sir.«

Ich legte auf. Meine Laune war heute wirklich nicht die beste, aber es gibt Tage, da geht vieles schief und läuft einiges quer. Wie an diesem Tag. Ich hatte wirklich gedacht, eine Spur zu finden. Leider war es missglückt.

Schließlich hatte ich gehört, dass Gordon Fariac auch nur ein kleines Rädchen in der Maschinerie des Schreckens war. Fariac hatte vor Jane Collins mit seinen Taten geprahlt und von einem Vampiro-del-mar erzählt, dem Supervampir.

Damit war die Verbindung zu Dr. Tod und seiner Mordliga hergestellt. Ich war damals dabei gewesen, als sie den Supervampir erweckten. Es lag auf der Hand, dass dieses Wesen Blut brauchte. Anders konnte es nicht existieren. Vielleicht war das in diesem Labor gelagerte Blut sogar für ihn bestimmt.

Mich schauderte, wenn ich daran dachte. Trank Vampiro-del-mar das Blut, dann würde er erstarken und wie ein Tornado des Schreckens über uns hinwegfegen.

Schlimme Aussichten, fürwahr.

Ich trug mich mit diesen schweren Gedanken, als ich zu Suko zurückkehrte.

»Was erreicht?«, fragte mich mein Partner.

»Ja, sie holen das Blut ab.«

»Wer?«

»Leute vom Yard.«

»Okay.« Suko nickte in Richtung Tür. »Was ist mit den Typen von der Spurensicherung?«

»Meinetwegen können sie nach Hause gehen. Ich sag's ihnen.«

Den Leiter traf ich in der ersten Etage, wo er und seine Männer Büro- und Aktenräume durchwühlten.

»Nur Staub«, begrüßte er mich.

»Bevor ich daran schuld bin, dass Sie hier ersticken, machen Sie lieber Schluss«, sagte ich.

Er tauchte zwischen zwei Kisten hoch. »Ist das Ihr Ernst, Mr Sinclair?«

»Ja.«

»Sollen wir dann morgen noch …?«

»Mal sehen. Ich sage Ihnen auf jeden Fall Bescheid.«

»Okay.« Der Mann rief seine Leute zusammen, die froh waren, Feierabend machen zu können. »Gehen Sie mit, Mr Sinclair?«

»Ich bleibe noch hier.«

»Angenehmen Abend.«

»Danke.«

Die Männer verschwanden. Ich gesellte mich wieder zu Suko. Bei dem Abtransport der Behälter wollte ich in der Nähe sein.

Der Chinese hatte sich auf einen Labortisch gesetzt. Draußen klappten die Türen der Fahrzeuge. Motoren heulten auf, dann fuhren die Wagen ab.

»Bin gespannt, was bei der Laboranalyse des Blutes herauskommt«, meinte der Chinese.

Das war ich auch. Aber einen Vampirkeim durch chemische

Untersuchungen festzustellen war bisher noch keinem Wissenschaftler gelungen.

Ich starrte wieder die Wand an. Leer lag sie vor mir. Kein Mosaik zu erkennen. Nur eine graue normale Wand.

Oder?

Ich wischte mir über die Augen. Täuschte ich mich, oder hatte ich dicht vor der Wand ein Flimmern bemerkt?

Ich sah genauer hin.

Nein, es stimmte. Vor der Wand flimmerte die Luft in der Tat. Ich warf einen Blick zu Suko.

Der saß wie versteinert auf dem Labortisch und schaute in eine andere Richtung. Er bewegte sich nicht, als wäre kein Leben mehr in ihm.

Unwillkürlich griff ich zur Beretta. Sollte dieser Raum etwa noch mehr Rätsel beherbergen als ohnehin schon?

Das wäre ein Ding.

Seltsamerweise konnte ich mich bewegen, und unwillkürlich fuhr meine Hand in den Jackettausschnitt, und die Finger tasteten nach der Beretta.

Fauchend bildete sich ein Sog dicht vor der geheimnisvollen Wand. Und aus dem Sog, man sollte es kaum für möglich halten, kristallisierte sich eine Gestalt hervor.

Eine Frau – eine Schönheit …

Sie hatte langes schwarzes Haar, das bis auf die Schultern fiel. Ihre Haut war gebräunt, wie bei jemandem, der frisch aus dem Urlaub zurückkehrt. Das Gesicht schmal, der Mund vielleicht ein wenig zu klein, dafür waren ihre Wangenknochen stark ausgeprägt.

Die Frau war kaum bekleidet. Sie trug ein bikiniähnliches Ober- als auch Unterteil. Ihre Füße steckten in Sandalen, deren Riemen bis um die Waden geschlungen waren.

Instinktiv spürte ich, dass mir von dieser Schönheit keine Gefahr drohte, und ich ließ meine Hand wieder aus dem Jackettausschnitt rutschten.

Doch am meisten faszinierte mich das, was sie in ihrer rechten Hand trug.

Es war ein Schwert mit einer schmalen, goldenen Klinge!

Dieses Schwert blendete mich so sehr, dass ich unwillkürlich die Augen schloss, und als ich sie wieder öffnete, schirmte ich den Blick mit den Händen ab.

Die Frau trat langsam auf mich zu und lächelte mich an.

Ich schluckte. War sie ein Geist, ein Traumbild? Ich wollte sie fragen, doch kein Ton drang über meine Lippen. Meine Kehle war regelrecht zugeschnürt.

Vor mir blieb sie stehen. »Du bist John Sinclair, nicht wahr?«

»Ja.«

»Ich habe einen Hilferuf empfangen. Jemand braucht dich sehr, John Sinclair.«

Ich ging überhaupt nicht auf ihre Bemerkung ein, sondern fragte direkt: »Wer bist du?«

»Ich bin Kara.«

»Und wo kommst du her?«

»Aus der Vergangenheit und aus dem Totenreich.«

Ich nickte, weil ich immer noch unter dem Eindruck ihres plötzlichen Auftauchens stand, denn ihre Antwort hatte ich nicht verstanden. Zwar akustisch, aber dem Sinn nach nicht.

Sie wollte also was von mir. Mich um Hilfe bitten. Für wen? Wem sollte ich helfen?

Diese Frage stellte ich.

»Er heißt Myxin, wie ich seinen Gedanken entnehmen konnte.«

Der kleine Magier! Himmel, lange hatte ich nichts von ihm gehört. Jetzt befand er sich in höchster Gefahr. Natürlich würde ich keine Sekunde zögern.

»Wo ist er?«

»Ich bringe dich zu ihm.«

»Und wie?«

»Komm her.«

Mehr sagte sie nicht. Und ich vertraute ihr und schritt auf die Unbekannte zu, die mir ihre linke Hand entgegenstreckte, mich anlächelte und meine Finger berührte.

Ein warmes Gefühl durchströmte mich. Ein Prickeln, das sich in meinem Körper ausbreitete, ihn überflutete, bis zum Kopf stieg, wo mich ein Schwindel erfasste.

Im nächsten Augenblick verschwamm die Umgebung vor meinen Augen …

Suko spürte nur einen kalten Hauch, dann nichts mehr.

Plötzlich konnte er nichts mehr fühlen, denken, spüren, geschweige sich bewegen.

Der Chinese erstarrte.

Wie ein Denkmal blieb er auf dem Labortisch sitzen. Dann jedoch, einige Sekunden oder Minuten waren vergangen, wurde alles wieder normal.

Suko schluckte, zuckte mit den Wimpern und drehte sich halb um.

Im nächsten Moment wurden seine Augen groß.

John war verschwunden!

Der Chinese räusperte sich und wischte über seine Augen. Wie war das möglich? Wo hatte er sich versteckt? Er konnte nicht aus dem Labor gegangen sein. Suko hätte ihn sicherlich gesehen. Von der Zeitspanne, die er praktisch »nicht da« gewesen war, davon wusste Suko nichts mehr.

»John!«, rief er.

Suko erhielt keine Antwort.

Er rutschte vom Labortisch und begann an sich selbst zu zweifeln. Wieso war John verschwunden, wo er doch noch zuvor mit ihm geredet hatte?

Der Chinese glaubte auf einmal an eine magische Beeinflussung, und er hatte auch schon einen Schuldigen gefunden.

Die Wand!

Suko schritt auf sie zu, traute sich jedoch nicht, die glatte Fläche zu berühren. Vor der Wand blieb er stehen. Er streckte seine Arme aus, und seine Fingerspitzen glitten vorsichtig über die Fläche.

Nichts geschah.

Suko tauchte nicht ein in die andere Dimension, er machte keine Zeitreise mit. Alles blieb normal.

Und doch war John Sinclair verschwunden!

Der Chinese zermarterte sich das Hirn. Er überlegte, was geschehen sein konnte, doch zu einem Ergebnis gelangte er nicht. Ob John vielleicht den Raum verlassen hatte?

Es wäre eine Möglichkeit. Suko lief vor bis zum Empfang und rief immer wieder den Namen.

Keine Antwort.

Achselzuckend kehrte er um. Dieses verfluchte Labor schien mehr Geheimnisse zu bergen, als Suko je geahnt hatte. Das war ein teuflisches System.

Alles blieb still. Suko hörte nur seine eigenen Schritte. In der Nähe des Ausgangs blieb er stehen. Er blickte auf die Straße, aber auch dort gab es keine Spur von John Sinclair. Alles war verhext, wie vernagelt, und Suko wusste einfach nicht weiter.

Er ging wieder zurück.

Auf halbem Wege jedoch hörte er den Motor eines fahrenden Wagens und das laute Hupen.

Das war für ihn bestimmt.

Der Chinese lief wieder zum Eingang. Durch die Glastür konnte er den vor das Gebäude fahrenden Lieferwagen sehen. Das war sicherlich das vom Yard angeforderte Gefährt.

Suko hob den rechten Arm und winkte. Der Wagen schwenkte herum, die Scheinwerfer blendeten den Chinesen für einen Moment, dann verlöschten sie, und gleichzeitig stoppte das Fahrzeug.

Eine Tür klappte auf. Der Fahrer sprang ins Freie.

»Ich suche Mr Sinclair!«, rief er.

»Der ist schon wieder gefahren.« Suko hatte sich rasch eine Ausrede zurechtgelegt.

»Na ja.« Der Fahrer hob die Schultern. Er trug eine Lederjacke und eine Schirmmütze, die er jetzt in den Nacken schob. »Was anderes, wer sind Sie denn?«

»Ich bin Mr Sinclairs Vertreter.«

»Okay.« Der Fahrer gab sich mit dieser Auskunft zufrieden. »Ich habe gehört, dass ich hier Behälter abholen soll. Dann können Sie mir ja aufladen helfen.«

Suko nickte. »Mach ich.« Er sah zum Himmel. Die Temperaturen waren gestiegen. Es war längst nicht mehr so kalt wie in den letzten Tagen. Wenn jetzt Niederschlag fiel, dann als Regen und nicht mehr als Schnee.

Beide hörten sie das Geräusch eines zweiten Wagens. Auch er war ein Transporter. Sie sahen den hohen Aufbau, als das Fahrzeug um eine Kurve bog. Sein Ziel war ebenfalls das Labor.

Der Fahrer schüttelte den Kopf. »Ein zweiter Wagen ist nicht bestellt worden«, sagte er.

»Das meine ich auch«, murmelte Suko.

Der zweite Wagen fuhr dicht hinter den ersten und wurde abgestoppt. Die Scheinwerfer verloschen.

Suko hatte plötzlich ein komisches Gefühl. Da stimmt was nicht, dachte er.

»Gehen Sie lieber rein«, sagte er zu dem Fahrer.

»Wieso? Ich ...«

»Machen Sie schon.«

Der Fahrer ging ein paar Schritte zurück, blieb aber vor der Glastür stehen.

Dafür wurde das Führerhaus des zweiten Lkws geöffnet. Ein Mann erschien.

Groß, überdurchschnittlich groß sogar. Eine Gestalt, die Angst einjagen konnte, so gefährlich war sie.

Etwas blitzte.

Ein Schwert.

Suko schluckte. »Verdammt!«, zischte er, denn ihm war plötzlich ein Licht aufgegangen. »Das ist Tokata, der Samurai des Satans!«

Für mich war ein Zeitsprung mittlerweile nichts Neues mehr. Ich glitt dahin, verlor dabei jegliches Gefühl für die Zeit, verspürte einen leichten Schwindel und fühlte eine Hand an meinen Fingern.

Dann war alles vorbei.

Die Dunkelheit verschwand. Im nächsten Augenblick wurde es zwar auch nicht strahlend hell, aber ich konnte immerhin etwas erkennen.

Violettes Licht strahlte aus den Wänden einer Höhle. In seinem Schein sah ich Myxin, den Magier, am Boden knien, ich sah einen bärtigen Mann auf einer gläsernen Platte hocken, und ich sah die beiden Todesengel, die nur Asmodina geschickt haben konnte. Denn sie allein umgab sich mit solch einer Leibgarde.

Um mich herum nahm das Flimmern ab. Ich ging noch zwei unsichere Schritte vor, und jäh endete das Schwindelgefühl.

Ich war wieder voll da.

Und das musste ich auch sein, denn nicht nur ich hatte die Todesengel erkannt, auch ich war von ihnen erkannt worden.

»Sinclair!«, zischten sie beide wie aus einem Munde.

Ja, das war es!

Noch standen sie vor dem bärtigen Mann, aber in mir hatten sie einen neuen Gegner.

Geschmeidig sprang die eine über den gläsernen Tisch. Ein Turner hätte es nicht besser geschafft, so elegant zu flanken. Aber ein Turner trug auch kein Messer bei sich.

Das jedoch besaß der Todesengel. Und dazu mit einer verflucht langen Klinge, sodass mich die Waffe schon mehr an ein Schwert erinnerte. Die teuflische Frau mit den feuerroten Haaren schien über dem Boden zu schweben, so lässig und geschmeidig war sie. Bevor ein anderer etwas begriff oder eingreifen konnte, musste ich mich meiner Haut wehren.

Der Stich zielte auf meine Kehle.

Ich nahm den Kopf zur Seite. Meine Hände packten zu, und dann hatte ich das Messergelenk zwischen meinen Fingern. Hart hebelte ich es herum.

Im nächsten Augenblick überschlug sich der Todesengel in

meinem Griff. Er machte die Bewegung mit, aber dann war auf einmal nichts mehr vorhanden, das ich festhalten konnte. Der Todesengel hatte sich aufgelöst und materialisierte an einer anderen Stelle neu.

Dafür flog der zweite heran.

Da hatte ich schon die Beretta in der Hand. Mit einem gewaltigen Satz brachte ich mich in Sicherheit und feuerte auf die Gestalt. Laut krachte der Schuss in der Höhle. Das Echo wurde von den blanken, spiegelnden Lichtwänden zurückgeworfen. Das Silbergeschoss drang schräg in den Körper des Todesengels und riss ihn herum.

Ein klagender Schrei ertönte. Im selben Augenblick platzte die Getroffene buchstäblich auseinander, und grüner, stinkender Qualm wölkte gegen die Decke.

Das zweite Wesen hatte den Tod seines Artgenossen mitbekommen. Es hob sofort den Arm, um den langen Dolch auf mich zu schleudern, doch da war plötzlich das schwarzhaarige Mädchen mit dem goldenen Schwert. Die Klinge traf den Todesengel in den Rücken.

Die Dämonin schaffte es nicht mehr, den Dolch zu werfen. Sie verging ebenfalls in einer grünen Wolke, die träge in Richtung Ausgang zog.

Das Mädchen aber schritt auf Myxin zu und schnitt ihm mit der goldenen Schwertklinge die Fesseln durch.

Myxin stand auf und nickte mir lächelnd zu.

Ich aber stand da wie bestellt und nicht abgeholt. Eigentlich verstand ich nur Bahnhof und wartete auf eine Erklärung. Doch die erhielt ich so rasch nicht. Erst einmal erlebte ich ein Wiedersehen und eine Begrüßungsszene zwischen dem Bärtigen und dem Mädchen mit den langen, schwarzen Haaren.

Der Mann starrte das Mädchen nur an. Dann wischte er sich über die Augen.

»Kara?«, fragte er.

»Ja.«

»Meine Kara.«

Sie nickte. Ein Lächeln verschönerte ihr Gesicht noch mehr, und es wurde zu einem Strahlen, als der Mann auf sie zuschritt.

»Kara«, sagte er. »Endlich habe ich dich wieder.« Im nächsten Augenblick lagen sich die beiden in den Armen.

Die Frau flüsterte immer nur den Namen des Mannes, während sie sein Gesicht mit Küssen bedeckte.

»Haro, mein Haro …«

Ich kam mir ziemlich überflüssig vor und wandte mich an den kleinen Magier.

Myxin war inzwischen wieder aufgestanden.

»Kannst du das verstehen?«, fragte ich ihn.

»Ja, John, ich verstehe die beiden sehr gut.«

»Du kennst sie?«

Myxin nickte. »Es sind Atlanter.«

Zweimal musste ich schlucken, denn ich war so überrascht. »Kara und Haro stammen aus Atlantis?«

»Du hast es erfasst.«

Ich schaute auf das eng umschlungen dastehende Paar. »Aber wie ist das möglich?«

»Du wirst sie selbst fragen können. Nur so viel sei gesagt: Sie ist die Tochter eines Propheten und in der Magie sehr bewandert. Sie hat sogar den Tod besiegt, deshalb nennt man sie das Mädchen aus dem Totenreich. In Atlantis kämpfte sie gegen das Böse, genau wie Haro. Er ist ein Götterbote, ein Streiter, den die Mächtigen mit großen Kräften ausgestattet haben.«

Das war alles schön und gut. Nur war Atlantis damals in den Fluten des Meeres versunken. Darauf sprach ich Myxin auch an.

Er winkte ab. »Natürlich ist Atlantis untergegangen, was allerdings nicht heißt, dass nicht noch Menschen übrig geblieben sind. Man hat sie zuvor weggeschafft. Einige leben auf dieser Welt. Und es sind Menschen mit besonderen Fähigkeiten, wie eben dieser Haro. Ich habe ihn aus einem langen Schlaf erweckt, wie Suko und du mich erweckt habt.«

»Warum hast du das getan?«, wollte ich wissen.

»Weil ich Unterstützung suche und brauche, deshalb. Asmodina wird sehr mächtig, zu mächtig, möchte ich meinen. Ich suche Kämpfer, die mir nahestehen, die sich mit mir Seite an Seite gegen die Macht der Teufelstochter stemmen.«

»Und da ist Haro der Richtige?«

Myxin nickte.

»Aber ihr habt in verschiedenen Lagern gestanden.«

»Das stimmt. Und das muss ich ihm noch begreiflich machen, dass ich jetzt auf seiner Seite stehe.«

Ich grinste. »Notfalls kann ich dich ja unterstützen.«

»Das hoffe ich.«

»Sag mal, wie hast du es eigentlich geschafft, mich hierherzubringen?«

»Es müssen gedankliche Hilfeschreie gewesen sein. Von Haro und mir ausgestoßen. Ich habe an dich gedacht.«

»Dann wird Haro seine Geliebte gerufen haben«, vermutete ich.

»Genau.«

Ich wunderte mich schon nicht mehr. Inzwischen ging ich mit magischen Phänomenen um, als wäre das etwas Alltägliches. Man gewöhnt sich eben an alles.

Kara und Haro lösten sich voneinander. Sie schritten Arm in Arm auf Myxin und mich zu.

Kara lächelte mich an. »Darf ich dir für deinen Einsatz danken, Fremder?«

»War ja nichts Besonderes«, schwächte ich ab. »Mein Name ist John Sinclair, aber das weißt du ja.« Ich war noch ein wenig durcheinander.

»Woher kommst du?«, wollte Haro wissen.

Ich hob die Augenbrauen. »Das könnte ich dich fragen.«

Haro warf sich in die Brust. »Ich bin ein Atlanter!«

»Das habe ich inzwischen gehört. Aber du hast zehntausend Jahre geschlafen. Während dieser Zeit hat sich einiges geändert. Atlantis ist in den Fluten des Meeres versunken. Es existiert nicht mehr. Du wirst in eine andere Welt kommen.«

»Die voller Feinde steckt.«

»Möglich.«

Der Atlanter schaute auf Myxin und streckte seinen Arm aus. »Auch er ist ein Feind.«

Ich schüttelte hastig den Kopf. »Nein, Myxin hat sich geändert. Er ist ein Freund.«

»Das glaube ich nicht.«

»Es stimmt aber.«

Der Kerl machte doch tatsächlich Anstalten, sich auf den kleinen Magier zu stürzen.

Ich stellte mich vor Myxin. Auch Kara griff ein, sie wollte den Bärtigen zurückhalten. Der jedoch schüttelte stur den Kopf. Er wollte Myxin an den Kragen.

Ich stoppte ihn mit einer trockenen Rechten. Haro verdrehte leicht die Augen und wurde wacklig in den Knien. Das Kinn schien wohl seine empfindliche Stelle zu sein.

»Du hast mich geschlagen«, sagte er.

Ich nickte. »Sehr richtig.«

»Dafür wirst du büßen.«

»Haro, nicht!«, rief Kara.

Der Atlanter hörte nicht auf das Mädchen, er stürmte weiter voran. Mir tat es leid, aber ich musste ihn körperlich zurechtweisen. An seinen ausgestreckten, leicht gekrümmten Armen erkannte ich, dass er mit mir ringen wollte. Darin war er mir sicherlich überlegen. Ich glitt unter seinen zupackenden Händen hinweg, griff seinen Arm, setzte zu einem Hebelwurf an und schleuderte ihn über meine Schulter.

Er krachte zu Boden.

Als er sich erheben wollte, stand Kara neben ihm.

»Es reicht«, sagte sie.

Da nickte der Bärtige.

»Myxin hat sich wirklich geändert«, erklärte ich. »Mein Freund Suko und ich haben ihn erweckt, und er hat erkannt, wie schädlich das Treiben der Dämonen ist. Deshalb wäre es töricht von euch, ihn zu bekämpfen. Habt ihr mich verstanden?«

Kara nickte lächelnd, und auch Haro brummte seine Zustimmung. Ich aber wollte wissen, was geschehen war.

Myxin berichtete noch einmal, wie es ihm ergangen war, dann war Kara an der Reihe.

Sie erzählte von Atlantis, gab mir Informationen aus ihrem Leben. Sie war die Tochter eines Weisen, eines Propheten, der den Untergang vorausgesehen hatte. Da dieser Prophet keinen Sohn hatte, weihte er Kara in die Geheimnisse der Magie ein, die er als Atlanter beherrschte. Sie hatte gegen die alten Dämonen gekämpft, gegen die Mächtigen wie den Schwarzen Tod, den Spuk oder auch gegen Myxin. Mit geheimnisvollen Riten und Beschwörungen war es ihnen gelungen, die Dämonen von ihren Tempeln und den Orten der Weisheit fernzuhalten. Auf Einzelheiten ging sie nicht ein, doch als Erbe erhielt sie das Beste, was ihr Vater zu bieten hatte. Das Schwert mit der goldenen Klinge. Diese Waffe hatte er von einem Fremden bekommen, dessen Namen nicht bekannt war, der sich aber Seher nannte.

Und da horchte ich auf.

Auch ich hatte schon mit dem Seher oder dem Beobachter Bekanntschaft gemacht. Damals, als ich das Buch der grausamen Träume in die Hand bekam, aus dessen letzten Seiten sich schließlich der Bumerang geformt hatte. Wie sich die Bilder doch glichen. Wieder einmal merkte ich, dass das gesamte Leben aus einem gigantischen Kreislauf bestand, in den wir Menschen einbezogen waren.

Abschließend erfuhr ich, warum man Kara das Mädchen aus dem Totenreich nannte.

Als ihr Vater starb, wollte sie es nicht wahrhaben und ihm folgen. Sie brachte sich nicht selbst um, sondern nahm vom Trank des Vergessens. Dieser aus geheimnisvollen, mir unbekannten Kräutern hergestellte Trank löste die Seele vom Körper des Menschen, und Kara konnte in das Totenreich eindringen. Dort hat sie dann Einblicke gewonnen, über die sie sich ausschwieg. Sie konnte sogar noch mit ihrem Vater reden, wurde aber dann wieder zurückgeschickt, um in Atlantis den

Kampf gegen die finsteren Mächte aufzunehmen. Doch das Unheil war nicht aufzuhalten. Der Kontinent verging. Menschen starben in den Fluten, einige konnten sich retten oder flohen rechtzeitig, die Dämonen aber blieben. Kara war die Flucht ebenfalls gelungen. Wieder hatte sie den Trank zu sich genommen, und sie floh in eine andere Dimension, wo sie die restliche Zeit über blieb.

Das war zusammengerafft ihre Geschichte.

Natürlich hatte ich Fragen, und ich stellte sie. »Warum bist du zurückgekehrt?«

»Aus zwei Gründen«, erwiderte sie. »Weil die Macht der Dämonen immer stärker wird – und weil ich den Trank der Götter verloren habe. Er ist nicht mehr da. Jemand hat ihn mir abgenommen. Ich habe ihn gesucht und erfahren, dass er sich auf dieser Erde befinden soll. Allein bin ich zu schwach, um die Suche aufzunehmen, deshalb wollte ich Haro bitten, mir zu helfen, doch ich musste erst abwarten, bis jemand ihn aus seinem Schlaf erweckte. Das hat Myxin für mich getan. Allerdings wusste ich nicht, dass sich unsere Feinde bereits so dicht auf unseren Fersen befanden. Jetzt wird es wirklich Zeit.«

Der Meinung war ich auch. »Weißt du denn, wo sich der Trunk der Götter befindet?«

»Nein.«

Diese Antwort deprimierte ein wenig. Ich fragte aber weiter. »Hast du wenigstens eine Spur?«

»Ja, einen Hinweis.«

Immerhin schon etwas. Wir alle schauten das Mädchen mit dem goldenen Schwert gespannt an.

Kara nickte. »Es gibt tatsächlich einen Hinweis. Und zwar im Haus der jammernden Seelen.«

Ich schaute Kara an und dann Myxin. Der Magier hob die schmalen Schultern. »Das kenne ich nicht.«

»Ich auch nicht«, gab ich zu.

»Es liegt ganz in der Nähe«, erklärte Kara. »Dieses Haus hat seine Geschichte. Wer dort stirbt, soll ein Teil des Hauses werden, soll selbst eingehen in die Mauern, das Dach, in das Gebälk.«

»Ist es bewohnt?«, fragte ich.

»Nein, aber es war bewohnt. Von einem gefährlichen Druiden, der mit dem Spuk zusammen war.«

Wieder eine Verbindung. Der Spuk! Herrscher im Reich der Schatten, Wächter über die Seelen der getöteten Dämonen. Wenn das keine neue Spur war. Außerdem paktierte der Spuk mit Asmodina, und die Teufelstochter hatte ihn sogar dazu gebracht, die Seele des Mensch-Dämons Dr. Tod freizugeben, damit sie in den Körper des Mafioso Solo Morasso eingehen konnte.

Vielleicht traf ich in diesem Haus wieder auf den Spuk. Bei meiner letzten Begegnung mit ihm hatte ich ihn nicht fassen können. Er war zu schnell gewesen.

»Bist du sicher, dass du dort den Trank findest?«, erkundigte sich Myxin.

»Sicher nicht«, antwortete Kara. »Aber man muss es versuchen.«

»Wie kommen wir hin?«

Kara schaute mich an. Sie lächelte. »Wie bist du denn an diesen Ort gelangt?«

Ich verstand.

Haro hatte noch Einwände. »Ich besitze keine Waffe«, sagte er. »Deshalb kann ich mich gegen die Feinde nicht verteidigen.«

Da hatte er recht. Kara überlegte. Ich hätte ihm meine Beretta geben können, wollte sie aber behalten, denn ich wusste nicht, was noch alles auf uns zukommen würde.

Das Haus der jammernden Seelen!

Wie mochte es dort aussehen? Ich war wirklich begierig, es zu erfahren.

»Du musst eben ohne Waffe kämpfen«, sagte Kara. »Vielleicht kannst du dir irgendwo eine besorgen.«

Haro nickte. Er verknüpfte sein Schicksal eng mit dem des Mädchens. Es bat uns, einen Kreis zu bilden.

Wir stellten uns auf, und Kara ließ sich in der Kreismitte nieder. Sie ging in die Hocke. Das Schwert nahm sie so, dass der Griff auf dem Boden stand und die Spitze bis über ihren Kopf reichte, wobei sie die flache Seite gegen ihr Gesicht gepresst hielt.

Dann sprach sie einige Worte in einer Sprache, die ich noch nie gehört hatte.

Plötzlich veränderte sich das Schwert. Die Klinge explodierte zu einer wahren Lichtorgie, die uns erfasste und wegtrug …

Suko hielt den Atem an.

Er schaute noch einmal hin und sah, dass er sich nicht geirrt hatte. Aus dem Wagen war Tokata, der Samurai des Satans, gestiegen.

Dem Chinesen wurde bewusst, dass er wie auf dem Präsentierteller stand, aber nicht nur er allein, auch der unbeteiligte Fahrer.

»Geh rein!«, schrie Suko den Mann an.

Der tat nichts, er starrte Suko nur verständnislos an.

»Weg, Mensch!«

Erst jetzt reagierte der Mann. Er warf sich gegen die Glastür und drückte sie nach innen.

Im selben Augenblick blitzte es am Wagen auf, und das hämmernde Tack-Tack einer Maschinenpistole unterbrach die Stille.

Suko hechtete zu Boden, er hoffte, dass der Fahrer auch so reagieren würde, doch das war ein Trugschluss.

Der Mann hatte die Abschüsse zwar gehört, doch anstatt in Deckung zu gehen, blieb er stehen und drehte den Kopf in die Richtung, aus der die Schüsse gefallen waren.

Das war ein tödlicher Fehler.

Er sah noch die Geschosse über den Boden tanzen und wie sie sich auf ihn einpendelten, hörte auch das Splittern der Glastür, als die Kugeln sie trafen, dann wurde er von einigen harten Schlägen gegen die Brust zurückgeworfen.

Er fiel in die Eingangshalle hinein und blieb tot auf den Fliesen liegen.

Das alles hatte Suko nur aus den Augenwinkeln wahrgenommen. Er musste sich auf Tokata konzentrieren.

Der Samurai des Satans hatte Suko ebenfalls gesehen und stieß einen wilden Schrei aus, bevor er angriff und sein Schwert in Hubschraubermanier über dem Kopf kreisen ließ.

Suko konnte ihn zwar nicht genau und in allen Einzelheiten erkennen, er wusste aber, wie dieser Dämon aussah. Eingepackt in einen ledernen Brustpanzer, mit einer Maske vor dem knöchernen Leichengesicht und ohne den linken Arm, den ihm der silberne Bumerang wegrasiert hatte.

Die Schüsse waren verstummt. Dafür vernahm Suko eine Stimme, die er als das Organ von Dr. Tod identifizierte. »Holt euch das Zeug. Beeilung, macht schon!«

Was weiter geschah, konnte Suko nicht sehen, denn er musste sich zur Seite werfen, um dem ersten Streich zu entgehen. Tokatas Samurai-Schwert war in der Hölle geschmiedet worden, und die Klinge hatte eine ungeheure Schärfe.

Suko hörte ihr Pfeifen, als sie dicht an seiner Schulter vorbeizischte.

Der nächste Hieb.

Mit einem gewaltigen Satz brachte sich der Chinese in Sicherheit. Vor seinen Füßen rasierte die Spitze des Schwerts über den Boden und hinterließ eine aufsprühende Funkenbahn.

Der Chinese kam nicht dazu, seine Waffe zu ziehen. Es blieb ihm keine Zeit, zu schnell führte der Samurai die Streiche. Dabei näherten sie sich immer mehr dem Yard-Wagen, dem eigentlichen Abholer der Blutbehälter. Suko stolperte zurück und wurde von der Ladefläche aufgehalten.

Nur wenige Schritte vor ihm wuchs Tokata in die Höhe.

Die Schreckensgestalt drehte ihren Arm, stieß einen Kampfruf aus und jagte die Klinge auf Suko zu, wobei er den Chinesen mit der Spitze aufspießen wollte.

Suko drehte ab.

Das Schwert fuhr in die Plane hinein, der Samurai taumelte vor, und Suko nutzte die Gelegenheit, einen seiner gefürchteten Karateschläge anzubringen.

Er traf auch. Genau das Stück zwischen Kopf und Schulter, doch der Samurai war so nicht zu besiegen. Er steckte den Schlag weg, als wäre er nur gestreichelt worden, riss als Reaktion seinen rechten Arm hoch und trennte die Plane mit einem einzigen Schnitt auf.

Dann kreiselte er herum.

Suko hatte inzwischen Abstand gewonnen. Er bemerkte, dass bereits der erste Blutbehälter aus der Fabrik getragen wurde. Der Chinese wusste, für wen das Blut bestimmt war. Vampiro-del-mar sollte erstarken, und eine wilde, verzweifelte Idee schoss Suko durch den Kopf. Wenn er den Behälter mit einer Kugel treffen konnte, dann …

Man ließ ihm jedoch nicht die Zeit, die Beretta zu ziehen. Suko hörte das kreischend grelle Lachen einer Frau, und dann spie die MPi wieder ihr Blei.

Geduckt hetzte Suko die paar Schritte bis hin zum Fahrerhaus, während die erste Garbe nur knapp an ihm vorbeihackte.

Der Chinese musste fliehen. Bis jetzt hatte er Glück gehabt, doch das würde nicht immer anhalten, und er war keinesfalls unverletzbar.

Suko riss die Tür auf und sprang mit einem Satz auf den Sitz hinter das Lenkrad.

Nun kam ihm zugute, dass der Fahrer den Schlüssel stecken gelassen hatte. Er wollte ja so rasch wie möglich wieder starten.

Suko drehte ihn mit der linken Hand um, während die rechte die Tür zudrosch.

»Auf die Reifen!«, kreischte die Frau.

Auch diese Stimme kannte Suko. Sie gehörte Lady X, dieser dunkelhaarigen Ex-Terroristin, die sich auf Dr. Tods Seite geschlagen hatte.

Sie war ein Mensch und kein Dämon. Wie auch Mr Mondo, der Monstermacher.

Der Motor sprang sofort an.

Kupplung, Gas.

Selten in seinem Leben war Suko so schnell.

Der Wagen fuhr an.

Die Maschinenpistole spie ihr Blei. Suko hörte die Einschläge, duckte sich und gab weiter Gas.

Plötzlich war da ein Schatten auf der Motorhaube. Tokata. Mit einem einzigen Satz war er auf die Kühlerhaube gesprungen und schwang sein gefährliches Schwert.

Suko riss den Wagen nach rechts.

Fliehkräfte wurden wirksam. Ihnen konnte auch Tokata nichts entgegensetzen. Er schlug zwar noch zu, doch da befand er sich bereits mitten in der Bewegung. Die Spitze des Schwerts zerhieb die Scheibe, und ein gläserner Regen prasselte in das Innere des Fahrerhauses, als Suko den Wagen schon wieder herumgerissen hatte. Tokata verschwand von der Bildfläche.

Der Chinese jagte weiter.

Er blickte in den Außenspiegel. Es war tatsächlich Lady X, die da geschossen hatte.

Sie war vorgelaufen, und das Licht aus dem Laboreingang fiel auf ihre Gestalt. Leicht geduckt stand sie da, breitbeinig und in den Knien etwas eingeknickt.

Doch die Garben erreichten Suko nicht mehr. Im Licht der Scheinwerfer sah er eine schmale Straße, riss den Wagen nach rechts und schleuderte in die neue Richtung.

Der Weg war schmal. Er führte durch ein Schrottgelände, das von einem Kran überragt wurde.

Schon wenige Meter später verspürte Suko die Wirkung von Schlaglöchern.

Der Wagen wurde durchgeschüttelt, bockte und tanzte. Suko musste das Lenkrad mit beiden Händen festhalten.

Außerdem schien der linke hintere Reifen etwas abgekriegt zu haben, denn Suko schaffte es kaum, das Fahrzeug in der Spur zu halten. Es wollte immer ausbrechen.

Der Chinese biss die Zähne zusammen. Seine Lippen bildeten einen schmalen Strich. Noch war die Gefahr nicht gebannt, denn er wusste, dass Dr. Tod und seine Vasallen so leicht nicht aufgaben.

Und er hatte recht.

Als Suko einen Blick in den Außenspiegel warf, sah er am Anfang des Weges eine Gestalt.

Tokata!

Dieser verdammte Samurai des Satans gab einfach nicht auf. Er wollte sein Opfer.

Suko knüppelte den Wagen in den vierten Gang und drückte das Gaspedal fest nach unten. Das war ein Fehler. Der alte Wagen machte einen Bocksprung, er hüpfte auch über die quer liegende Schiene, schleuderte aber dann nach links und raste in einen Schrotthaufen.

Aus!

Der Motor heulte noch weiter, als Suko bereits die Tür aufriss und aus dem Wagen sprang.

Tokata hetzte heran.

Mit riesigen Sätzen überwand er die Distanz. Sein Schwert hielt er in der rechten Hand, und den Arm hatte er erhoben.

Eine wilde, mordlüsterne Kampfmaschine, ein Geschöpf der Hölle, das Sukos Tod wollte.

Der Chinese zog seine Waffe.

Genau zielte er, wobei er die Hand auf den Kotflügel legte, um sich abzustützen.

Dann drückte er ab.

Zwei Kugeln verschoss er.

Nur die zweite traf, während die erste vor den Füßen des Samurais Dreck in die Höhe schleuderte.

Tokata erhielt einen regelrechten Schlag, doch die Kugel selbst stoppte ihn nicht. Sie war in seinem Brustpanzer stecken geblieben.

Dann wurde es für Suko Zeit. Er musste weg, bevor Tokata ihn erreichte.

Nicht weit entfernt befand sich ein schmaler Stichkanal, der in die Themse mündete. Und auch der Schrottplatz hörte dort auf, wo der Kanal begann.

Suko musste sich sputen, wenn er dem Samurai entkommen wollte. Geschmeidig sprang er über einen umgestürzten Prellbock und verschwand in einem schmalen Weg, der zwischen zwei Schrotthügeln hindurchführte. Rechts und links war der Weg durch Drahtzäune gesichert, damit die beiden Schrottberge nicht ineinanderrutschten.

Suko und der Samurai waren ungefähr gleich schnell. Der Chinese wollte Tokata in die Irre führen, sodass er eine Chance erhielt, ihn auf irgendeine Weise zu besiegen.

Der Weg mündete auf einem Platz. Hier war das Zentrum des Schrottplatzes. Suko sah ein barackenähnliches Gebäude, das dem Chef der Firma sicherlich als Büro und Unterkunft diente.

In den Räumen war alles dunkel. Man hatte längst Feierabend gemacht.

Hinter dem Gebäude türmten sich zahllose Autowracks zu einem gewaltigen Blechberg, daneben stand ein Kran und ganz in der Nähe auch eine Presse, die das schluckte, was der Kran alles hineinfallen ließ.

Suko sah die mächtigen Greifzangen des Krans. Gern hätte er Tokata dazwischen gesehen, aber der Chinese kam nicht in den Kran hinein. Er hatte auch keinen Schlüssel und wusste nicht, wie er ihn in Bewegung setzen sollte.

Mit eiligen Schritten lief er über den Platz vor der Baracke. Regenpfützen schillerten dort wie große, dunkle Augen, von den weiter entfernten Piers sah er den schwachen Widerschein der Halogenlampen herüberschimmern.

An der Schmalseite der Baracke blieb Suko stehen, presste sich eng gegen die Wand und peilte um die Ecke.

Soeben lief Tokata über den Platz. Er hatte ihn zur Hälfte überquert, als er stehen blieb und sich suchend im Kreis drehte. Düster hob sich seine Gestalt vor dem Hintergrund ab, das Schwert mit der langen Klinge warf blitzende Reflexe.

Dieser Samurai sah ungeheuer gefährlich aus. Hinter seiner Maske war das Gesicht nur zu ahnen.

Suko zog sich zurück. Als er die Rückseite der Baracke erreichte, sah er, dass er einen Fehler gemacht hatte. Dort gab es keinen Weg, der durch die Halde schnitt. Wenn er hier weg wollte, musste er entweder dieselbe Strecke zurück nehmen oder aber über die Halde klettern. Die zweite Möglichkeit erschien ihm als die chancenreichere, denn sonst wäre er Tokata in die Arme gelaufen.

Suko wollte unbedingt ein Telefon erreichen, um die verantwortlichen Polizeikräfte zu mobilisieren. Dann bestand durchaus die Chance, Tokata zu fangen. Beim Yard existierten inzwischen Alarmpläne für solche Notfälle.

Aber ein Telefon war weiter entfernt als der Mond. Suko hätte auch in die Baracke einbrechen können, was wiederum nicht ohne Geräusche gegangen wäre, und der Chinese wollte Tokata nicht unnötig auf sich aufmerksam machen.

Deshalb nahm er den anderen Weg. Es würde zwar auch Geräusche verursachen, aber hinter diesem Autohügel würde Suko bestimmt eine Chance finden, zu verschwinden.

Er machte sich an den Aufstieg.

Die Fahrzeuge waren wahllos übereinandergeworfen worden, standen kreuz und quer. Manche sogar hochkant, mit der Kühlerschnauze auf einem Autodach. Zahlreiche Räder waren abgefallen und lagen auf Kühlern, Dächern oder klemmten einfach zwischen den Wagen.

Die ersten Meter schaffte Suko gut. Er konnte von einem Autodach zum anderen steigen. Als er auf einem Bentley stand, musste er grinsen, weil ich solch einen Wagen fuhr. Aber auch diese Fahrzeuge hielten nicht ewig.

Es wurde schwieriger. Als Suko durch ein zerstörtes Fenster griff und sich am Rahmen festklammerte, begann der Wagen zu schwanken. Er stand ziemlich ungünstig, etwas auf der Kippe, und es grenzte schon an ein kleines Wunder, dass er noch hielt.

Hastig ließ Suko los und zuckte zusammen, als er den Schrei hörte. Er beging jetzt nicht den Fehler, sich zu schnell zu bewegen, sondern hielt sich erst an einem vorspringenden Kotflügel fest, bevor er sich langsam umwandte.

Tokata hatte den Schrei ausgestoßen, weil er Suko endlich sah.

Und er rannte los.

Wieder begann die verdammte Hetzjagd. Tokata nahm nicht so viel Rücksicht wie der Chinese, das brauchte er auch nicht, es spielte keine Rolle, ob er sich an irgendwelchen scharfen Metallkanten verletzte, er konnte nicht mehr sterben, in seinem Körper floss kein Tropfen Blut.

Der Samurai holte auf.

Suko suchte nach einem Ausweg.

Nach oben war der Weg zu riskant, da wäre der vorstehende Wagen gekippt.

Rechts und links?

Der Chinese konnte nichts sehen, denn es war zu dunkel.

Unter ihm rumorte Tokata.

Es war schon verdammt nahe und nahm keinerlei Rücksicht, ob die Schrottwagen nun kippten oder nicht. Suko spürte, wie der unsichere Stand unter ihm vibrierte.

Und da hatte er eine Idee.

Wenn er schon so schnell nicht weg konnte, dann sollte ihm der Wagen, der etwas lose stand, wenigstens noch nützlich sein.

Der Chinese überlegte nicht lange, sondern setzte seine Idee in die Tat um.

Suko streckte beide Arme aus und hangelte sich auf den Wagen. Das Gefährt schwankte. Mein Freund kam sich wie ein Artist vor, und er hatte einige Mühe mit dem Gleichgewicht.

Weiter rechts hatte Suko trotz der Dunkelheit einen abgewrackten Rover gesehen, dessen Tür offen stand. Die zweite Tür fehlte. Aber die eine, die wichtige, befand sich auf Sukos Seite und spielte in seinen Plänen eine große Rolle.

Tokata näherte sich unaufhörlich.

Er machte Krach für zehn. Und er setzte sein Schwert ein, um sich seinen Weg zu bahnen. Die in der Hölle geschmiedete Klinge hieb in das Blech der Fahrzeuge, als bestünde es aus Butter. Da hatten Menschenknochen erst recht keine Chance.

Das wusste auch Suko, und deshalb beeilte er sich.

Er warf noch einen Blick zurück.

Tokata war schon ziemlich nahe. Soeben schleuderte er einen Reifen zur Seite. Dann spaltete er mit der Klinge das Dach eines Autos.

Für Suko wurde es Zeit.

Er stand noch auf der Haube, knickte in den Knien ein, gab sich genügend Schwung und drückte dabei gegen den sowieso schon unsicheren Stand des Wagens.

Das Fahrzeug kippte.

Im selben Augenblick hechtete der Chinese vor. Er hatte sich noch abschnellen können, und da er bei seiner Karatetechnik auch das Springen gelernt hatte, stieß er sich trotz der unsicheren Unterlage gut ab.

Suko schnellte auf die Tür des Rover zu.

Und er bekam sie zu packen.

Seine Hände griffen hart um den Holm, klammerten sich fest, sodass die Finger schmerzten, doch er ließ nicht los. Er zog seinen Körper nach, brachte die Beine hoch, während unter ihm mehrere Fahrzeuge ins Rutschen gerieten und damit eine kleine Blechlawine in Gang brachten.

Tokata sah die Lawine herabdonnern.

Vier Fahrzeuge zugleich kippten auf ihn zu. Eins stand hochkant, bekam das Übergewicht und fiel dem Samurai des Satans direkt entgegen. Tokata stieß einen wütenden Schrei aus. Er riss das Schwert hoch, womit er vieles schaffte, aber keine Autolawine aufhalten konnte. Er konnte wohl mit der Klinge hindurchschlagen – mehr nicht.

Die Wagen kippten auf ihn.

Tokata konnte sie nicht stoppen. Sie rissen ihn kurzerhand mit. In den wirbelnden Blechteilen ging der Samurai des Satans unter. Er konnte zwar nicht getötet werden, doch die Lawine hatte Suko eine Frist gegeben.

Der Chinese hing noch immer an der Tür des Rover, und

seine Beine baumelten in der Luft. Er hatte Angst, dass die Ausläufer der Blechlawine auch noch ihn und den Wagen mitrissen, doch sie war unbegründet.

Lange wollte er nicht mehr hängen bleiben. Suko musste zusehen, dass er von hier verschwand.

Er zog sich hoch.

Wie ein Bergsteiger krabbelte er auf das Dach des Wagens. Zu seiner Freude sah Suko, dass er den Gipfel des Schrottberges erreicht hatte, und atmete auf.

Jetzt lag noch der Abstieg vor ihm.

Vorsichtig sprang Suko auf das nächste Autodach. Es war durch Staub und Regen ziemlich seifig geworden. Der Chinese rutschte ab und landete auf dem Kofferraum.

Von hier aus sprang er auf den nächsten Wagen, dann auf den übernächsten, passte nicht auf, riss sich ein Hosenbein entzwei, holte sich an der Wade eine Schramme, aber er gelangte ansonsten unbeschadet auf die andere Seite des Berges und sprang zu Boden.

Der Chinese hielt sich nicht länger auf. Er wollte so schnell wie möglich weg.

Suko fand einen ausgefahrenen Pfad, der parallel zum Kanal führte und dort endete, wo Eisenbahngleise entlangliefen und erste trübe Laternen brannten.

Suko sah sich um.

Rechts von ihm lag das Gebäude der Kosmetik-Firma. Er konnte sogar das Dach erkennen. Dahinter hoben sich Schornsteine und höhere Bauten gegen die Lichtaura der Londoner City ab. Die Innenstadt war zwar weit entfernt, aber der Widerschein leuchtete doch bis in das Hafenviertel.

Nach einem zehnminütigen Lauf fand der Chinese endlich eine Telefonzelle.

Er rief Sir James Powell an, der sich noch im Büro aufhielt. Suko hatte gelernt. Er brauchte eine Minute für seinen Bericht und gab sogar noch Details bekannt.

»Bleiben Sie an der Zelle. Der Alarmplan läuft an«, sagte Sir Powell.

»Jawohl, Sir.«

Suko wartete. Er wusste, dass jetzt die Einsatzreserve mobil gemacht wurde. Die Organisation lief auf Hochtouren. Geschulte und erfahrene Männer standen bereit. Man hatte sie modern ausgerüstet, sogar mit Flammenwerfern. Wenn es sein musste, dann wurden sie auch eingesetzt, anders konnte man solche Kreaturen wie Tokata nicht bekämpfen. Und bisher war er nicht besiegt worden.

Schon bald hörte Suko das Heulen der Sirenen. Von überallher schien es an seine Ohren zu klingen. Starke Scheinwerferstrahlen strichen wie lange Finger über die Pieranlagen und das dahinter liegende Gelände. Ein Wagen raste herbei.

Es war eine schwere Limousine, und Sir James Powell persönlich hockte im Fond.

Der Wagen hatte kaum gehalten, als er die Tür aufstieß und Suko einsteigen ließ.

Der Chinese nahm neben dem Superintendenten Platz.

»Zum Fariac-Labor«, wies der seinen Chauffeur an.

Der Mann gab Gas.

Suko hatte Gelegenheit, Sir Powell genauen Bericht zu erstatten. Der Superintendent hörte geduldig zu.

»John Sinclair ist wieder verschwunden«, stellte er dann fest. »Wie ist das möglich?«

»Wahrscheinlich hängt es noch mit der Vampir-Geschichte zusammen«, vermutete Suko.

Sir James nickte. »Möglich, wenn ich es auch nicht so recht glauben kann, wo beide nicht mehr existieren.«

»Ihr Erbe …«

»Falls sie eins hinterlassen haben.«

Dass der Fall ganz anders lag und beide auf dem Holzweg waren, konnten sie nicht ahnen.

Sie waren nicht die Ersten, die den Platz vor dem Labor erreichten. Zwei Wagen standen bereits dort. Scheinwerfer erhellten die Umgebung. Die Luft war erfüllt vom Heulen der Sirenen. Schwerbewaffnete Männer standen als Posten.

Andere kümmerten sich um den Toten.

Der zweite Lastwagen aber war verschwunden.

Und damit auch das Blut!

Jemand spielte Klavier, und eine Kinderstimme sang dazu: »White Christmas …«

Träumte ich schon von Weihnachten? Oder war bereits der 24. Dezember?

Nein, das nicht, aber der Gesang existierte. Ich hörte ihn auch noch, als ich bereits festen Boden unter meinen Füßen spürte und von einer gewissen Mattheit geplagt wurde. Ansonsten jedoch ging es mir ziemlich gut.

Die Melodie war verstummt. Dafür hörte ich eine andere.

Jingle Bells …

Ich musste lächeln. Neben mir vernahm ich ein schweres Seufzen. Der Atlanter hatte es ausgestoßen.

Er war also auch da.

Wie Myxin – und natürlich Kara.

Sie sah uns an. Ein Lächeln hatte sich um ihre Lippen gelegt, das jedoch verschwand, als sie sich umblickte. Ihr Gesicht nahm einen nachdenklichen Ausdruck an.

»Da scheint einiges nicht zu stimmen«, bemerkte Myxin.

Und ich sagte: »War wohl ein Fehlsprung.«

»Nein, wir sind da. Das ist das Haus der jammernden Seelen. Hier hat der Druide gelebt.«

Sie sprach die Worte sehr sicher aus, deshalb enthielt ich mich eines Kommentars. Seltsam war es allerdings schon. Wir standen in einem langen Flur, von dem in genau abgemessenen Abständen Türen abzweigten.

Ein Apartmentflur.

Und die Weihnachtslieder klangen hinter einer der Türen auf. Eine ganz einfache Geschichte.

Das Haus der jammernden Seelen war ein Wohnblock.

Auch ich hatte mit einer alten Hütte gerechnet, die irgendwo tief im Wald stand, war jedoch eines Besseren belehrt worden. Nicht immer wird es dort gruselig, wo man es erwartet.

»Und nun?«, fragte Myxin.

Haro hatte sich neben Kara gestellt und seine Hand auf ihre Schulter gelegt. Das Mädchen hielt noch immer das Schwert fest. Sie trug noch die gleiche Kleidung, und wenn ich mir die Typen so anschaute, dann wurde es Zeit, dass sie etwas anderes erhielten. So konnten sie nicht herumlaufen.

»Doch«, flüsterte Kara. »Es ist hier. Das hier ist das Haus der jammernden Seelen. Ich spüre es.«

Eigentlich hätte ich lachen müssen. Da standen vier Personen auf einem langen Flur, und zumindest zwei davon sahen aus wie Märchenfiguren.

Es hätte nur jemand die Tür zu öffnen brauchen und …

Ich hatte den Gedanken kaum zu Ende gedacht, als dies geschah. Eine Wohnungstür wurde aufgestoßen. Es war die, hinter der wir die Weihnachtslieder gehört hatten.

Ein kleines Mädchen erschien.

Wir alle drehten den Kopf, doch die Kleine mit den blonden Wuschelhaaren hatte nur Augen für Kara.

»Bist du das Christkind?«, fragte es staunend.

Ich zischte: »Weg hier, bevor die Kleine noch die ganze Bude rebellisch macht!«

Doch Kara reagierte anders. Sie kniete sich nieder und lächelte die Kleine an. Das Mädchen drehte sich um und schloss die Tür. Staunend standen wir da.

»Was hast du dem Kind gesagt?«, fragte ich.

Kara erhob sich lächelnd. »Ich habe ihr für wenige Sekunden das Gedächtnis genommen. Sie wird sich an nichts mehr erinnern.«

Das Mädchen wurde mir langsam unheimlich. Na ja, ich war gespannt, welche Überraschungen es jetzt noch auf Lager hatte.

Aber wir mussten weg! Das blieb, und davon biss keine Maus den Faden ab.

Die anderen waren einverstanden. Haro sah sich misstrauisch und suchend um. Ihm war alles unheimlich. Er stammte aus Atlantis und musste sich erst an die neue Zeit gewöhnen. Ob er das schaffte, stand in den Sternen.

Wir gingen den Flur entlang und passierten die beiden Aufzugstüren.

Ich dachte daran, mit dem Lift nach unten zu gondeln, ließ es aber bleiben. Die Gefahr, jemandem zu begegnen, war einfach zu groß. Wir konnten auch über die Treppe, die es in jedem Hochhaus geben musste, nach unten gelangen.

Ich entdeckte sie am Ende des Ganges. Die Treppe lag hinter einer weiß lackierten Tür versteckt. Ich zog die Tür auf und warf einen Blick in das Treppenhaus.

Es war leer.

Den anderen bedeutete ich, mir zu folgen, und wir blieben erst einmal auf dem Absatz stehen. Eine auf die Wand gemalte Fünf zeigte an, in welchem Stockwerk wir uns befanden.

Aber damit wusste ich nicht, wo wir überhaupt gelandet waren. In welcher Stadt? War es London? Liverpool, Leeds, Manchester? An den Namensschildern der Türen hatte ich gelesen, dass wir uns in England befanden. Ich erinnerte mich an Karas Worte. Das Mädchen hatte gesagt, das Haus der jammernden Seelen wäre nicht weit entfernt. Nur – was meinte sie mit weit? Hundert Meilen waren für sie sicherlich nur ein Katzensprung.

Wir beratschlagten, was zu tun war.

Zuerst fragte ich Kara noch einmal, ob sie sich auch ganz sicher war. Sie nickte heftig.

»Weißt du denn, wie alt das Haus sein soll?«, erkundigte ich mich.

»Sehr alt.«

»Dann hat man es sicherlich abgerissen und ein neues Haus auf das Grundstück gebaut.«

Der Meinung widersprach niemand.

»Aber den Geist kann man nicht töten«, erklärte Kara. »Der bleibt immer hier.«

»Du willst ihn finden?«

Sie sah mich an und nickte. »Nicht nur das. Ich werde ihn beschwören, der Druide soll mir Auskunft darüber geben, wo sich der Trank des Vergessens befindet.«

Ich war ein wenig skeptisch. »Meinst du, dass dir das gelingt?«

»Es muss!«

»Ich bin gespannt.« Dann deutete ich auf Haro. »Er und du, ihr solltet euch neue Kleidung zulegen. Heute geht man nicht mehr so wie früher.« Ich lächelte.

»Lass uns weitergehen«, drängte Myxin.

»Warte.« Ich sah Kara an. »Wo können wir unter Umständen diesen Geist finden?«

»Überall.«

»Was heißt das?«

»Der Geist des Druiden wird in den Wänden und Mauern hausen. Im Fußboden, im Keller, im …«

»Halt, halt!«, rief ich. »Du vergisst, dass dieses Haus neu ist.«

»Das spielt keine Rolle, John Sinclair. Der Druidengeist ist durch einen Abbruch nicht zu töten. Man muss ihn beschwören, wenn man ihn haben und fassen will. Das werde ich tun.«

Ich dachte schon weiter. »Wenn der Geist tatsächlich in dem Haus sitzt, sind die Bewohner in großer Gefahr.«

Kara nickte. »Das waren sie immer.«

»Aber bisher hat sich der Geist ruhig verhalten.«

»Sicher. Es gab für ihn keinen Grund, sich zu zeigen.«

»Und wenn du ihn beschwörst, wird es einen geben.«

»Ja.«

Mir war plötzlich gar nicht mehr wohl zumute. »Das ist schlecht«, murmelte ich, »denn dann sind die Menschen hier in großer Gefahr. Bisher war der Geist ja gefangen …«

»Wir müssen ihn eben unter Kontrolle halten«, erwiderte die schwarzhaarige Kara.

»Das ist mir zu risikoreich.«

Kara hob die Schultern, und auch die beiden anderen sagten nichts. Nur Myxin blickte mich ernst an, während Haro zu Boden schaute.

So kamen wir zu keinem Ergebnis. »Lass uns weitergehen«, schlug ich vor.

Drei Stockwerke schritten wir hinab. Dann war Schluss. Das Treppenhaus hörte einfach auf. Es endete vor einer Doppeltür aus Stahl.

Wir standen da wie begossene Pudel.

Myxin fragte: »Hast du eine Erklärung, John?«

Nein, die hatte ich auch nicht. »So etwas habe ich noch nie gesehen«, sagte ich. »Das ist baupolizeilich gar nicht drin.« Ich schaute auf die Wand.

Dort las ich eine Zwei.

»Sehen wir nach, was hinter der Tür liegt«, schlug Kara vor.

»Ich habe keinen Schlüssel«, hielt ich ihr entgegen.

Sie lächelte nur. »So etwas brauche ich nicht, John Sinclair. Gib einmal acht.«

Sie ging zwei Schritte vor und legte beide Hände flach gegen die Tür.

Für einen winzigen Moment glaubte ich es flimmern zu sehen, dann war alles wieder normal.

Kara trat zurück. »Die Tür ist offen«, sagte sie.

»Wirklich?«

Sie nickte mir zu. »Ja.«

Ich probierte es, legte meine rechte Hand auf die Metallklinke und drückte sie nach unten.

Kara hatte nicht gelogen. Beinahe leicht schwang mir die rechte Hälfte entgegen.

»Kompliment«, sagte ich und lächelte.

Hatte im Flur die Notbeleuchtung gebrannt, so sahen wir vor uns einen langen, dunklen Gang. Erkennen konnte ich noch nichts, aber riechen. Und dieser Geruch kam mir bekannt vor.

Solch einen Duft gaben Obst und Gemüse ab. Jetzt verstand ich kaum noch was.

Als die drei mir gefolgt waren und ich das Licht einschaltete, klärte sich alles auf.

Wir befanden uns im Lager eines Supermarkts!

Ich sah die Werbezettel und Plakate an den Wänden. In

grellen Farben wurde auf die Preisknüller der Woche hingewiesen. Getränke, Süßigkeiten, Suppen, Obst und Gemüse – alles wurde angeblich so preiswert angeboten. Nun war auch klar, weshalb die Treppe aufhörte. Der Supermarkt nahm die ersten beiden Etagen des Hauses ein. Wahrscheinlich gab es für die Hausbewohner einen anderen Eingang.

»Was ist das hier?«, fragte Haro.

Ich erklärte es ihm.

»Kenne ich nicht«, sagte er nur.

»Hier werdet ihr sicherlich Kleidung finden«, sagte ich lächelnd.

Damit waren er und Kara einverstanden.

Ich hatte die Führung übernommen. Myxin hielt sich an meiner Seite. »Glaubst du an den Druidengeist?«, fragte er leise.

»Vielleicht.«

»Ich kann mir schlecht vorstellen, dass er sich in dieser Umgebung wohl fühlt.«

»Auch Dämonen passen sich an«, lächelte ich.

Vor einer großen Tür blieb ich stehen. Sie befand sich auf der rechten Seite des Ganges, und ich konnte sie aufdrücken, da sie sich aus zwei Schwinghälften zusammensetzte.

Wir betraten den oberen Verkaufsraum.

Es war nicht völlig dunkel, denn an den Wänden brannte eine grünlich schillernde Notbeleuchtung. Wir sahen die langen Verkaufsregale, die Theken und Tische, und wir sahen die Kleiderständer, die rechts neben der Möbelabteilung begannen.

»Da könnt ihr euch etwas aussuchen«, erklärte ich den beiden Atlantern.

»Musst du nicht bezahlen?«, flüsterte Myxin.

»Das regle ich, wenn alles vorbei ist.«

Kara und Haro waren schon zwischen den Kleiderständern verschwunden. Wir hörten ihre Stimmen. Besonders Kara freute sich über die Sachen. So etwas hatte sie noch nie gesehen. Ihre Augen strahlten, begeistert wühlte sie in den Kleidungsstücken herum.

Ich wunderte mich, dass keine Alarmanlage angeschlagen war. Vielleicht reagierte sie auch nur, wenn man von vorn einbrach.

Darum machte ich mir im Augenblick keine Sorgen.

Haro war zuerst fertig. Als er zurückkam, konnte ich ein Lachen kaum unterdrücken.

Er hatte sich wirklich gemausert.

Haro trug eine blaue Hose, ein rotes Hemd, Schuhe in schwarz und eine karierte Jacke.

»Kann ich so gehen?«, fragte er.

Ich nickte. »Du kannst.«

Myxin flüsterte: »Zur Not.« Das hörte Haro allerdings nicht.

Das schwarzhaarige Mädchen wühlte noch in den aufgehängten Kleidern herum.

Es war verständlich.

Dann kehrte Kara zurück. Und ich musste ehrlich zugeben, dass sie einigen Geschmack hatte. Sie trug einen hellen dünnen Ledermantel, der innen mit Fell gefüttert war. Sie hatte sich Stiefel angezogen. Unter dem Mantel trug sie ein leichtes Kostüm. Der Stoff schimmerte himbeerrot.

Sie war eben eine Frau.

»Gefalle ich euch?«, fragte sie und drehte sich dabei. Ihr nicht geschlossener Mantel flog hoch wie eine Glocke.

Ich nickte. Auch Myxin und Haro stimmten mir zu. Das Schwert hatte Kara nicht losgelassen.

Ich drängte zur Eile. »Jetzt möchte ich endlich wissen, ob der Geist des Druiden hier noch haust«, sagte ich.

Kara nickte. »Wir müssen ihn erst noch suchen.«

»Wo?«

Sie deutete in die Runde. »Überall.«

»Dann sehen wir nach.« Ich lächelte dabei, denn die Wände waren glatt. Wenn Regale sie nicht abdeckten, dann waren sie mit Plakaten bepflastert.

»Man müsste in den Keller gehen«, schlug Myxin vor.

»Er lebt überall«, sagte Kara.

Dagegen konnten wir nichts sagen. Kara wusste mehr.

Plötzlich stutzte sie, beugte sich vor und lauschte, wobei sie ihre Stirn in Falten legte.

»Was ist denn?«, fragte ich.

Auch Haro wollte es wissen.

Kara drehte den Kopf. »Hört ihr nichts?«

»Nein.«

»Dann lauscht doch!«

Wir kamen der Aufforderung nach, konzentrierten uns völlig auf das herauszufindende Geräusch.

Und jetzt hörten wir es auch.

Es war ein schweres, unheilvolles Seufzen …

Sir James Powell und Suko hatten die Dienstlimousine verlassen. Sie standen neben dem Toten.

Mehrere Kugeln hatten ihn getroffen. Die Helfer waren schon da, die ihn wegtrugen.

»Wissen Sie, wer ihn getötet hat?«, fragte Sir James.

»Lady X!«

Der Superintendent nickte. »Dann können wir davon ausgehen, dass Dr. Tod seine gesamte Truppe mitgebracht hat.«

»Vielleicht, Sir.«

Der Tote wurde weggetragen. Die Männer schoben den Sarg auf die Ladefläche eines grauen Fahrzeugs.

»Haben Sie was gefunden?«, wollte Sir James wissen.

Suko schüttelte den Kopf. »Nur das Blut war noch da. Jetzt hat Dr. Tod es.«

»Er wird Vampiro-del-mar damit stärken.«

Der Chinese nickte. »Das befürchte ich auch.«

Der Einsatzleiter kam mit schnellen Schritten heran und winkte Sir Powell zu. »Wir haben das Gelände abgeriegelt!«, erklärte er militärisch knapp.

»Wunderbar. Und jetzt?«

»Einzelne Trupps werden vorstoßen und das Gelände genau unter die Lupe nehmen.«

»Tun Sie das!«

Der Einsatzleiter grüßte und verschwand.

Suko blickte Sir Powell skeptisch an. »Wenn ich mir eine Bemerkung erlauben darf, Sir, ich glaube kaum, dass die Männer Erfolg haben werden.«

»Sie sprechen mir aus der Seele. Nur mache ich mir langsam Sorgen um John Sinclair.«

Suko lachte hart auf. »Fragen Sie mich mal, Sir.«

»Wo könnte er denn stecken, zum Teufel?«

»Beim Teufel hoffentlich nicht.«

»Ist Ihnen nichts aufgefallen?« Sir Powell starrte Suko an. Die Pupillen wirkten durch die Brillengläser stark vergrößert. Der Superintendent hatte wieder den bitteren Zug um seine Mundwinkel, der zeigte, wie magenkrank er war.

»Sicher ist mir etwas aufgefallen. Da war einiges anders. Ich kann mir nur noch keinen Reim darauf machen, wissen Sie. Ich saß in dem Labor, und dann war John auf einmal verschwunden. Ich habe ihn auch nicht aus dem Raum gehen sehen. Nichts war da, gar nichts.«

»Dann ist Magie mit im Spiel«, sagte der Superintendent.

»Unbedingt.«

Sir Powell ging auf und ab. Seine Hände hatte er in den Taschen des dunkelblauen Mantels vergraben. Nachdenklich nagte er auf seiner Unterlippe.

Als lange, helle Finger strichen die großen Scheinwerfer der Suchtrupps über das Gelände am Hafen. Suko glaubte jedoch nicht daran, dass sie einen Erfolg verzeichnen konnten. Auch eine Fahndung war ausgerufen worden. Sie würde wenig Zweck haben, denn Lastwagen gab es viele auf den Londoner Straßen, und die Wagennummer hatte Suko in dem mörderischen Durcheinander erst gar nicht gesehen.

Sir Powell kaute eine Magentablette. Er sah auf die Uhr. Eine Viertelstunde war vergangen und ein Erfolg noch nicht in Sicht. Vielleicht würden die Beamten ein paar Penner oder Rauschgiftdealer einfangen, mehr aber nicht.

Beide Männer horchten auf, als plötzlich Schüsse fielen.

Dann ertönte das schrille Geräusch einer Trillerpfeife und im nächsten Moment eine megafonverstärkte Stimme.

»Kommen Sie raus, Mann! Wir haben das Gebäude umstellt! Wir geben Ihnen zehn Sekunden!«

»Das war ganz in der Nähe«, sagte Sir Powell.

Suko lief bereits in die Richtung. Weitere Schüsse fielen nicht, dafür vernahm der Chinese Stimmen. Er sah die tanzenden Lichtstrahlen mehrerer Taschenlampen, und im nächsten Augenblick entdeckte er die beiden Polizisten.

Sie führten einen Gefangenen zwischen sich. Hell blinkten die stählernen Armbänder.

Vor Sir James Powell und Suko blieben sie stehen. Der Superintendent sog den Atem scharf durch die Nase ein, denn der Knabe verbreitete einen Geruch, den man mit ruhigem Gewissen als Gestank bezeichnen konnte. Der Kerl sah auch dementsprechend aus. Er trug einen langen, mehrmals geflickten Mantel, auf dem Kopf saß ein eingebeulter Tirolerhut, und in dem runden Gesicht blitzten zwei listige Äuglein.

»Das ist Charly, ein kleiner Säufer«, erklärte einer der Beamten.

Suko nickte, er überließ Sir Powell das Fragen.

»Haben Sie etwas gesehen?«

Charly bewegte den Kopf nach vorn.

»Und was?«

Der Penner hob die gefesselten Hände. Er deutete auf seine Kehle. »Ich kann nicht sprechen. Die ist so trocken.«

Am Zucken der Gesichtsmuskeln war zu erkennen, dass sich Sir Powell ärgerte. »Wir haben nichts zu trinken.«

»Ich könnte mir ja was kaufen.«

Es war klar, der Mann wollte Geld. Das erhielt er auch. Suko wunderte sich, dass Sir James einen Schein aus der Tasche holte und ihn dem Penner in die schmutzige Hand legte.

»Und jetzt reden Sie, Mann!«

Der Penner schloss die Finger und grinste verschmitzt. »Den

Lastwagen habe ich gesehen und auch die Schüsse gehört. Ich habe mich dann sofort verkrochen. War besser für mich, denn bleihaltige Luft mag ich nicht, Sir.«

»Weiter, weiter«, drängte der Superintendent.

»Nichts mehr.«

»Und dafür haben Sie Geld genommen?«, zischte Sir James. »Sie können mir doch nicht erzählen, dass Sie nichts mehr gesehen haben. Typen wie Sie sind von Natur aus neugierig.«

Charly grinste. Er öffnete den Mund, und eine Alkoholfahne wehte Suko und Sir James entgegen. »Da täuschen Sie sich, Sir. Unsereins gerät nicht so gern zwischen die Mühlsteine, wissen Sie? Aber ich will ehrlich sein, etwas habe ich schon noch gesehen.«

»Reden Sie schon.«

»Es war so. Ich bin verschwunden und habe die Tür zu der alten Halle ein kleines Stück aufgelassen. Als die Schüsse dann verstummten, traute ich mich wieder hervor. Aber der Wagen stand da noch, also blieb ich in meinem Versteck. Dann hörte ich den Motor. Und jetzt erst traute ich mich wieder hervor. Ich sah sie abfahren.«

»Wohin, Mann?«

»Kann mir nicht einer die komischen Armbänder da abnehmen?«, fragte Charly.

Sir Powell nickte.

Die stählernen Reifen fielen. »Also, der Lastwagen ist dahin gefahren, wo die großen Silos stehen.«

»Welche? Die mit dem Erdöl?«

»Ich weiß nicht, was darin ist.«

»Wir werden das auf jeden Fall nachprüfen«, sagte Sir James. »Und das war alles?«

»Bei der Ehre meiner Mutter.« Charly legte treuherzig seine Hand auf die Brust.

»Ja, ja, schon gut. Schaffen Sie den Mann weg«, sagte Sir Powell. »Sie können ihn laufen lassen.«

»Danke, Sir, danke«, dienerte der Säufer.

Der Superintendent hatte ihn schon vergessen und wandte sich an den Einsatzleiter.

»Haben Ihre Leute schon an den Silos gesucht?«

»Nein, Sir, ich …« Er begann zu stottern.

»Dann hin!«

»Jawohl, Sir!« Der Mann verschwand.

Sir James Powell stieß den Chinesen an. »Kommen Sie mit. Wir fahren hin.«

Der Chauffeur riss eilfertig die Türen auf, als die beiden Männer auf den Wagen zuschritten.

»Fahren Sie zu den Silos«, wies Sir Powell den Mann an.

Lautlos setzte sich der schwere Wagen in Bewegung. Sir James sah stur geradeaus, während Suko aus dem Fenster blickte.

Die großen Silos lagen dort, wo die Themse vorbeifloss. Die Blackfriars Bridge war nicht mehr weit entfernt. Suko und Sir Powell merkten kaum, wie schlecht die Wegstrecke war. Der gut ausgestattete Rolls fing alle Unebenheiten des Bodens ab. Er schien wie auf Kissen dahinzugleiten.

Das Gelände änderte sich. Hohe Maschendrahtzäune sperr-ten den unmittelbaren Bereich der großen Vorratssilos ab. Die Lager wurden vom kalten Licht der Halogenlampen angestrahlt. Von manchen liefen dicke Leitungen bis ans Wasser, wo die Schiffe anlegten und ihre Ladungen löschten. Es waren aber auch Fließbänder, Kühltürme und Rohrsysteme zu sehen.

Der Lagerhafen war in Aufruhr.

Überall zuckten die Rotlichter der Polizeiwagen. Dazwischen heulten und jammerten Sirenen, es waren noch mehr Wagen und Menschen angefordert worden.

»Halten Sie an, Gordon!«, rief Sir Powell seinem Fahrer zu.

Der stoppte seidenweich.

Der Superintendent und Suko verließen das dunkle Fahrzeug. Sie befanden sich jetzt in unmittelbarer Nähe der himmelhohen Vorratssilos. Die Fahndung hatte sich auf dieses

Gebiet konzentriert, obwohl kaum noch jemand an einen Erfolg glaubte.

Der Wagen des Einsatzleiters stand bereit. Die Antenne funkelte im Licht. Der Mann selbst sprach über Telefon mit irgendeiner Dienststelle.

Als Sir Powell bei ihm war, legte er auf.

»Meine Leute werden die unmittelbare Umgebung der Silos durchsuchen«, erklärte er. »Die Tore der Absperrgitter sind bereits geöffnet.«

Der Superintendent nickte knapp. Wie auch Suko drehte er sich um und schaute zu den vier hohen Türmen hin, die vor ihnen aus dem Boden wuchsen.

Der mittlere Turm war am höchsten.

Zu beiden Seiten führten zwei Leitern zu ihm hoch. Suko und Sir Powell sahen auch die beiden flachen Gebäude am Boden des gewaltigen Silos. Dort befanden sich die Energiezentralen.

Sie wurden ebenfalls von den Halogenlampen angestrahlt. Die Mauern glänzten im blauweißen Licht. Die Männer des Einsatzkommandos wirkten gegen den grauen Riesen wie Ameisen. Von einem Lastwagen jedoch war nichts zu sehen.

»Soll ich mich an der Suche beteiligen, Sir?«, fragte Suko.

Der Superintendent winkte ab. »Lassen Sie mal. Dabei kommt nicht viel heraus.«

Der Chinese hob die Schultern. Mit seinen scharfen Augen durchforstete er die Umgebung. Nichts Verdächtiges zu sehen.

Und dann war es Sir James Powell, der die Entdeckung machte. »Da, Suko, sehen Sie!«

Der Chinese hob den Kopf.

Auf dem Dach des größten Silos stand eine Gestalt. Ein Ungeheuer, grausam anzusehen, trotz der Entfernung.

Vampiro-del-mar!

Und er hielt etwas in der Hand.

»Himmel, das ist der Behälter mit dem Blut!«, flüsterte Suko. Auch er war von dem Anblick gebannt.

Die Scheinwerfer leuchteten das Monster an, rissen es konturenscharf aus der Dunkelheit. Und langsam hob Vampiro-del-mar seinen rechten Arm. In der Hand hielt er den schweren Behälter mit Blut. Für ihn hatte er nicht mehr Gewicht als für einen normalen Menschen eine Tasse.

Wild lachte er auf.

Dann trank er.

Er kippte sich das Blut in seinen Rachen!

»Was sollen wir machen, Sir?«, fragte der Einsatzleiter.

»Feuern!«, befahl Powell.

»Ich weiß nicht, ob die Außenhaut den Kugeln widersteht. Es wäre möglich ...«

»Verdammt!«, fluchte der Superintendent. So etwas hatte Suko noch nie bei ihm gehört. Sir James befand sich in einer Zwickmühle. Wenn er das Schießen befahl, konnte es durchaus sein, dass die Außenhaut des Silos verletzt wurde. Und ausgerechnet in dem großen Tank lagerte Erdöl. Gab er den Befehl nicht, erstarkte der Vampir und konnte fliehen.

Was tun?

Suko sagte: »Mit normalen Kugeln können wir ihm ohnehin nichts anhaben. Und meine Silbergeschosse reichen nicht bis dorthin.«

Das stimmte.

Vampiro-del-mar hatte das Gefäß inzwischen geleert. Dann lachte er auf. Es war ein wildes, donnerndes, unkontrolliertes Lachen, das sogar aus dieser Höhe die Ohren der Männer erreichte. Dieses Monster musste seinen Triumph einfach hinausschreien, denn es hatte gesiegt.

Vampiro-del-mar hob die rechte Hand und schleuderte die Flasche von sich.

Inzwischen waren auch die Männer des Einsatzkommandos aufmerksam geworden. Sie bemerkten die Gefahr rechtzeitig und spritzten auseinander, als die Flasche auf sie zu flog.

Sie erreichte den Boden und zerbarst mit einem lauten Knall. Die Scherben spritzten als gläserner Regen nach allen Seiten weg, aber damit hatte das Monster nichts am Hut.

Es stand nach wie vor auf dem Dach des Silos und schrie seinen Triumph hinaus. Immer wieder schnellte der rechte Arm vor, wobei die Hand zur Faust geballt war.

Dann brüllte es Worte.

»Vampiro-del-mar!«, hörten die Männer und immer wieder. »Vampiro-del-mar!«

»Er feuert sich selbst an!« Suko sagte dies und grinste verzerrt. Eine Sekunde später wurden seine Augen groß. Vampiro-del-mar, das Monster, verwandelte sich.

Aus diesem schaurigen, untoten Gebilde wurde eine riesige Fledermaus. Zuerst wuchsen ihm Flügel. Sie entstanden aus seinen Armen. Die Beine streckten sich noch mehr, sein ganzer Körper nahm eine flachere, fluggerechtere Form an.

Der Vampir breitete die Schwingen aus.

Dann stieß er sich ab.

Atemlos beobachteten die Männer den Flug dieses gewaltigen Monsters. Wie zum Hohn kreiste Vampiro-del-mar über der Gruppe und schickte ihr sein Gelächter entgegen. Er war der große Sieger in dieser Auseinandersetzung geblieben.

Er hatte das Blut getrunken.

Sir James Powell ballte vor Wut die Hände. Da keine unmittelbare Gefahr mehr für die Silos bestand, gab er Feuerbefehl.

Die Männer knieten sich hin, rissen ihre Waffen hoch. Einen Atemzug später jagten Kugelgarben dem riesigen Vampir entgegen, der jedoch nicht daran dachte zu fliehen.

Mit eleganten Bewegungen der Schwingen verschwand er aus dem Bereich der Geschosse.

»Mehr streuen!«, brüllte der Einsatzleiter.

Die Männer schossen ihre Waffen heiß. Und jetzt wurde das Monster auch getroffen. Blei hieb in den Körper und in die Flügel, doch das tat dem Vampir nichts.

Die Kugeln bestanden nicht aus Silber.

Als er sah, dass die Männer immer weiter schossen, stieg er noch höher und verschmolz mit dem Dunkel des Himmels.

Nur ein letzter Schrei gellte den Männern am Boden noch entgegen. »Ich komme wieder …«

»Das befürchte ich auch«, murmelte Suko tonlos.

Ich hielt den Atem an.

Kara hatte recht gehabt. Das Seufzen existierte. Es war aber nicht nur das Geräusch, dazwischen vernahm ich andere Untertöne. Ein schweres Stöhnen, keuchendes Atmen und Ächzen.

Das Haus lebte …

Meine Güte, was hatten die Menschen nicht alles durchgemacht, wenn sie sich mit diesem Monster auf Tuchfühlung befanden. Das Atmen, das Seufzen, das Ächzen – grauenhaft.

Ich sah Kara an.

»Glaubst du mir nun?«, fragte sie.

»Ja. Aber wo sollen wir es finden?«

Kara deutete in die Runde. »Es ist überall. In diesem gesamten Bereich. Und in der Nacht hört man es besonders deutlich.«

Ich verstand das nicht. Normalerweise hätten die Mieter des Hauses doch längst zur Polizei gehen müssen, wenn sie des Nachts von solchen Geräuschen gestört wurden. Aber vielleicht war das gar nicht der Fall. Unter Umständen waren diese makabren Laute nur hier im Supermarkt zu hören.

Ich sprach diese Vermutung aus.

Kara gab mir recht. »Ja, das kann sein. Das alte Haus war früher sicherlich nicht höher als dieser Supermarkt. Und wahrscheinlich hat der Geist des Druiden das neue Haus nicht angenommen. Er wird sich nur hier wohl fühlen.«

»Möglich.« Ich ging ein paar Schritte weiter. Meine Haare streiften einen von der Decke herabhängenden, künstlichen Weihnachtsbaum. Überall waren die Tannenbäume verteilt.

Ich schritt quer durch den Verkaufsraum. Dabei versuchte ich, den Ort auszuloten, an dem das Seufzen ertönte.

War es vielleicht an der einen Seite lauter oder leiser zu vernehmen?

Nichts. Es blieb gleichmäßig. Wahrscheinlich hatte Kara mit ihrer Vermutung ins Schwarze getroffen. Das ganze Stockwerk selbst war das Monster.

Ich ging wieder zu den anderen.

Myxin stand noch immer konzentriert da und lauschte, während sich Haro, der bärtige Atlanter, in kampfbereiter Haltung aufgestellt hatte. Und Kara lauschte.

»Wo willst du die Beschwörung durchführen?«, fragte ich sie.

»Hier.«

»In diesem Raum?«

»Warum nicht?«

»Wäre der Keller nicht besser geeignet?«

»Aber es ist überall.«

»Das stimmt. Nur habe ich die Befürchtung, dass uns der Nachtwächter hier leicht erwischen kann. Soviel ich weiß, hat jeder Supermarkt einen Aufpasser.«

Kara konnte mir zwar nicht so recht folgen, stimmte aber zu. Ich fand mich in dieser Zeit besser zurecht als sie.

»Gehen wir in den Keller.«

Auch Haro hatte nichts dagegen. Die Frage war nur, wie wir dorthin gelangten.

Ich sah mich um. Es gab zwei Rolltreppen, die jetzt natürlich stillstanden. Wir nahmen die am nächsten gelegene.

Ich ging an der Spitze. Die Beretta nahm ich nicht in die Hand, sondern lockerte sie nur ein wenig, damit ich so rasch wie möglich ziehen konnte.

Kara ging hinter mir. Es folgte Haro, und Myxin bildete den Schluss. Die Stufen glänzten silbrig. Schon am Geruch erkannte ich, dass wir uns der Lebensmittelabteilung näherten. Weihnachtliche Düfte drangen an unsere Nasen.

Wir erreichten das Erdgeschoss.

Auch hier waren die langen Verkaufstheken übervoll. Die Waren stapelten sich, und ich fragte mich, wer das Zeug nur alles kaufen sollte. Sogar die Kosmetikabteilung war mit einem Weihnachtsmann geschmückt, der die Fläschchen mit den Duftwässerchen hochhielt. Ich sah auch Produkte von Fariac Cosmetics.

Auch hier hörten wir das schreckliche Stöhnen und Seufzen. Und ebenso stark wie oben.

Von einem Nachtwächter sah ich nichts. Und ich bemerkte auch nichts von der drohenden Gefahr, die bereits auf uns lauerte, denn Asmodina hatte nichts vergessen …

Da ihm Radfahren im Winter zu anstrengend war, hatte er sich den kleinsten Morris zugelegt, der hergestellt wurde. Und damit war Walter Kermitt zufrieden.

Er war seit zwanzig Jahren geschieden und hatte danach nie wieder den Hafen der Ehe angelaufen. Um heiratswillige Frauen machte er lieber einen Bogen, die nahmen einem Mann nur das ganze Geld ab.

Er arbeitete gern nachts. Da konnte er lesen, Kreuzworträtsel lösen und auch mal ein Nickerchen machen. Kein Chef schaute nach ihm, und an die Kontrolluhr hatte er sich im Laufe der Zeit so gewöhnt, dass er sie als alten Kumpel bezeichnete.

Wenn andere über ihre Arbeit schimpften, konnte man Walter Kermitt als einen zufriedenen Menschen bezeichnen.

Als er an diesem späten Abend seinen Dienst antrat, brannte hinter keinem der Supermarktfenster mehr Licht. Das wunderte ihn, denn vor dem Fest arbeitete der Filialleiter oft länger. Heute war er schon früher heimgegangen.

Kermitt bedauerte das ein wenig, denn mit diesem Mann hatte er immer gern ein Schwätzchen gehalten.

Den Wagen stellte Kermitt in einer Einfahrt ab. Da stand er vor Regen und Schnee geschützt. Walter strich noch einmal über den roten Lack, nickte lächelnd und schritt auf die kleine Tür des Seiteneingangs zu, durch die er den Supermarkt betreten wollte.

Kermitt holte den flachen Schlüssel hervor. Er schloss auf und betrat das Geschäft.

Sofort begann er mit der ersten Runde. Das hatte er sich im Laufe der Jahre so angewöhnt.

Leer, still und verlassen lagen die beiden Verkaufsräume. Das Lager ebenfalls, und auch als Walter Kermitt die Türen kontrollierte, konnte er nichts feststellen.

Alles war in Ordnung.

Beruhigt stopfte Walter seine Hände in die Hosentaschen und marschierte pfeifend zu seiner Bude.

Das kleine Büro nannte er immer Bude. Tagsüber saßen dort zwei Schreiberinnen, die auf ihren IBMs hackten. Um diese Zeit war der Laden still.

Walter Kermitt bückte sich und holte aus der Aktentasche eine Flasche Bier, zwei Sandwichs, eine Tafel Schokolade, drei Zeitungen und ein Herrenmagazin, das schon reichlich zerfleddert und zerlesen aussah. Kermitt freute sich auf diese Lektüre. Ein Nachbar hatte es ihm überlassen.

Die Zeitungen beschäftigten sich mit Fußball, das große Hobby des Nachtwächters. Er war ein Anhänger von Leeds United, und wenn es eben ging, ließ er kein Heimspiel aus.

Kermitt öffnete die Bierflasche, biss in einen Sandwich und faltete die Zeitung auseinander.

Er hielt sie hoch vor sein Gesicht, deshalb konnte er auch nicht über ihren Rand zur Tür sehen. Er bemerkte wohl den kühlen Luftzug, der in den Raum wehte, kümmerte sich jedoch nicht darum. Ebenso wenig störte ihn das schwere Seufzen und Atmen, das er am Anfang vernommen hatte.

Er nahm es einfach nicht mehr zur Kenntnis und glaubte inzwischen daran, dass es sich bei ihm um eine Einbildung handelte.

Er blätterte die Zeitung durch.

Und da waren plötzlich die Finger, die den oberen Rand umklammert hielten und Kermitt die Zeitung mit einem Ruck aus den Händen rissen.

Walter Kermitt war zu überrascht, um sofort zu reagieren.

Er merkte nur, wie sein Herz anfing zu pumpen. Dann starrte er aus weit aufgerissenen Augen auf die vor ihm stehende Person.

Es war eine Frau!

Aber was für eine.

Walter Kermitt schluckte und atmete röchelnd. Solch eine Person hatte er noch nie gesehen.

Sie trug nur eine knappe schwarze Lederkleidung, die in der Körpermitte unterbrochen war. Ihr feuerrotes Haar fiel bis auf die Schultern, aber die seltsamen Dinger auf dem Rücken, die Kermitt nur schwach sah, erinnerten ihn an Flügel.

Was ihn stutzig machte, war der Bogen, den die Frau in der Hand hielt. Quer über ihre Brust lief der Riemen, mit dem ein Köcher voller Pfeile gehalten wurde.

Die Schäfte ragten hinter den Schultern hervor. Und Walter Kermitt sah noch eine zweite Frau an der Tür stehen, die der ersten Person aufs Haar glich.

Der Nachtwächter war völlig perplex. Er riss zwar den Mund auf, brachte jedoch kein Wort über die Lippen. Der Anblick dieser Frauen raubte ihm buchstäblich den Atem.

Ein Werbegag, dachte er. Ja, das musste einfach ein Werbegag sein. Nur wunderte er sich darüber, denn normalerweise lief um diese Zeit der Weihnachtsmann durch die Kaufhäuser und keine aufreizend gewachsenen Frauen mit Pfeil und Bogen.

»Wie – wie kommen Sie eigentlich hier rein?«, fragte er und schluckte.

Keine Antwort.

»He, Sie!«

Der Todesengel vor ihm glitt mit einem raschen Schritt zurück und holte in der Bewegung einen Pfeil aus dem Köcher. Sofort legte er ihn auf die Sehne und spannte sie.

Walter Kermitts Augen wurden groß, als er sah, dass die Pfeilspitze genau auf seine Brust zielte.

Das war kein Spaß mehr – oder wenn, dann ging das Spielchen doch zu weit.

Nein, es war kein Spaß.

Doch Walter Kermitt fand keine Zeit mehr, darüber nachzudenken.

Der Todesengel hatte den Bogen gespannt und ihn sofort wieder losgelassen.

Kermitt hörte noch ein hohes Singen, spürte einen harten Schlag an der Brust und dann nichts mehr.

Walter Kermitt starb, ohne zu wissen, warum.

Es war nicht völlig ruhig in dieser Supermarkt-Etage.

Irgendwo knackte und knisterte es immer. Dazu summte die Klimaanlage, ein leichter Windzug bewegte die an manchen Christbäumen hängenden Kugeln.

Das Seufzen war verstummt.

Und das ließ mich misstrauisch werden. Warum? Vielleicht, weil wir in das Haus eingedrungen waren?

»Was hältst du davon?«, fragte ich Myxin.

Er hob die Schultern. »Genaues weiß ich auch nicht. Aber ich könnte mir vorstellen, dass sich der Druidengeist gestört fühlt.«

»Dann weiß ich Bescheid«, sagte ich mehr zu mir selbst. »Bin gespannt, wie er reagiert.«

»Man müsste die Geschichte des Hauses kennen«, meinte der kleine Magier, »aber da werden wir wohl nichts herausfinden.«

Ich gab Myxin recht und blickte über die Verkaufstheken hinweg. Die beiden Atlanter standen nebeneinander. Sie hielten sich dabei im anderen Teil des Verkaufsraumes auf. Die Gelegenheit war günstig, um mit Myxin ein paar Worte über die beiden zu sprechen.

»Wie stehst du zu ihnen?«

Der kleine Magier sah mich an. »Ich weiß es noch nicht. Dieser Haro scheint mir ein wenig feindlich gesonnen zu sein. Er glaubte nicht, dass ich auf seiner Seite stand.«

»Verständlich, dass er dir nicht traut.«

»Stimmt.«

»Und Kara?«, fragte ich.

Myxin hielt den Kopf schief. Dabei kniff der kleine Magier ein Auge zu. »Die könnte mir schon gefallen«, meinte er lässig.

Ich grinste. Der alte Genießer. Einen guten Geschmack hatte er ja, denn Kara war wirklich in jeder Beziehung außergewöhnlich.

»Und ich habe dich immer für geschlechtslos gehalten«, zog ich Myxin auf.

»Auch Dämonen haben – na ja, du weißt ja.«

Ich lachte lautlos. Und wie ich das wusste. Dann wurden wir schnell wieder ernst.

Kara und Haro kamen. Das Mädchen trug immer noch sein goldenes Schwert. Die Waffe gab Kara nie aus der Hand. Sie wollte sich davon nicht trennen.

Haro sah wütend aus. Man merkte ihm an, dass er keinen Erfolg gehabt hatte.

»Nun?«, fragte ich.

»Nichts«, erwiderte Kara.

»Was heißt das?«

»Ich habe in diesem Raum keinen konkreten Hinweis auf den Druidengeist gefunden.«

»Aber du hast doch gesagt, dass er sich überall aufhält.«

»Das stimmt. Nur wird auch er eine Schwachstelle haben, die ich herausfinden möchte. Ich will ihn locken. Er soll raus aus seinem Versteck. Viel zu lange hat er sich zurückgehalten. Ich möchte meinen Trank zurückbekommen. Wenn ich ihn habe, kann ich in die Reihen der Feinde eindringen.«

»Du willst also weiterhin gegen die Dämonen kämpfen!«, stellte ich fest.

»Ja, John Sinclair, das will ich.« Sie sah mich ernst an. In ihren Augen las ich, dass sie diesen Entschluss so rasch nicht mehr über Bord werfen wollte.

Mich würde das freuen, denn Kämpfer, die auf unserer Seite standen, konnte es nie genug geben. Vielleicht würde sie auch

Myxin unterstützen, ich gönnte dem kleinen Magier das. So sehr er uns auch zugetan war, so ganz passte er nicht in das Sinclair-Team. Ich war durch meinen Job etwas gebunden, während Myxin sich doch unorthodoxerer Methoden bedienen konnte.

Das war noch Zukunftsmusik, und ich musste auch Haro ins Kalkül mit einbeziehen. Er würde bestimmt nicht freiwillig auf Kara verzichten wollen.

»Wenn hier nichts ist, müssen wir in den Keller«, sagte ich.

Keiner widersprach.

Den Weg hatte ich bereits erkundet. In der Nähe einer großen Tür war das Schild mit der Aufschrift »Lager und Keller« an der Wand befestigt worden.

Die Tür lag dem großen gläsernen Eingang gegenüber. Durch die Scheiben konnten wir auch nach draußen schauen.

Dort hatte man einen Parkplatz angelegt. Nicht ein Wagen stand dort. Er war leer wie meine Geldbörse kurz vor dem Ersten.

»Dann zum Keller«, sagte ich.

Wieder übernahm ich die Führung. Und ich blieb weiterhin misstrauisch. Unter der Decke hingen in gewissen Abständen große Spiegel. Mit ihrer Hilfe konnte ich die gesamte Verkaufsetage überblicken. Die Spiegel waren sehr günstig aufgestellt. Als ich mich in der Nähe der Gewürztheke befand und den Kopf hob, sah ich im Spiegel eine Bewegung.

Es war mehr ein Schatten, der vorbeihuschte, sich duckte und dann wieder aufrichtete.

Mit einer Waffe!

Mein Herz übersprang vor Schreck einen Schlag.

Denn der Unbekannte oder besser gesagt, die Unbekannte, war keine Geringere als eine von Asmodinas Todesengeln.

Und dieses Wesen hatte den Pfeil bereits auf die Sehne gelegt …

Die Fahndung hatte nichts mehr ergeben. Unzufrieden fuhren Sir James Powell und Suko wieder zurück zum Yard, nachdem der Superintendent die Aktion abgeblasen hatte.

Dr. Tod war verdammt schlau. Er hatte es trotz der Polizeiaktion geschafft, sich das Blut zu holen. Das zeigte, wie clever und kalt er reagierte, aber auch unbarmherzig. Wenn es sein musste, ging er über Leichen.

»Es will mir nicht in den Kopf, dass wir mit unserem gesamten Polizeiapparat nichts gegen diesen Superverbrecher ausrichten können«, sagte Sir James und ballte die Hand zur Faust.

Suko hob die Schultern. »Vielleicht ist es gerade der Apparat, der uns im Weg steht.«

»Glaube ich nicht.«

»Dr. Tod ist immer beweglicher.«

»John Sinclair hat es auch nicht geschafft.«

»Er war aber sehr nahe daran«, verteidigte der Chinese mich.

Da hatte er nicht einmal gelogen. Ein paar Mal war ich wirklich knapp davor gewesen, aber Dr. Tod war uns letzten Endes doch wieder entwischt.

»Ob John sich in der Hand dieses Mannes befindet?«, überlegte Sir James laut.

Darauf konnte Suko keine Antwort geben. Er machte sich natürlich auch Gedanken, aber was nutzte das? Eine Spur gab es nicht. Und es würde auch so rasch keine geben, davon war der Chinese überzeugt.

Beamte hatten die Reste der Flasche eingesammelt, die von Vampiro-del-mar im großen Triumph weggeschleudert worden war. An den Glasscherben klebten noch Blutreste. Chemiker sollten sie untersuchen. Auf die Ergebnisse waren alle gespannt, allerdings würden die noch auf sich warten lassen. Die Chemiker konnten auch nicht zaubern.

Der Wagen rollte auf den großen Parkplatz hinter dem Yard Building. »Wollen Sie noch mit hochkommen, Suko?«

»Ja, Sir. Ich bleibe die Nacht über im Yard. Vielleicht findet John den Weg zurück.«

»Wie Sie meinen.«

Gemeinsam fuhren die beiden Männer hoch. Sir Powell steuerte sofort sein Büro an, während Suko es sich in meinem Office bequem machte. Er griff zum Telefon und rief Shao an.

Begeistert war sie von Sukos Vorhaben natürlich nicht. Sie sah aber ein, dass Suko kaum anders handeln konnte. Zudem hatte sie auch Angst um mich.

Der Chinese unterbrach die Verbindung. Kalt und leer kam ihm das Büro vor, in dem er so oft mit seinem Freund gesessen hatte. Sollte es Dr. Tod diesmal wirklich geschafft haben? Suko wagte kaum daran zu denken …

»Vorsicht! Deckung!«

Mein Warnruf hallte durch die Verkaufsetage, während ich zu Boden hechtete, den rechten Arm vorstieß und Myxin einen harten Stoß versetzte, der ihn von den Beinen holte.

Der Todesengel schoss seinen Pfeil ab.

Ich vernahm das Sirren, und handbreit nur schwirrte der tödliche Gruß über Karas und Haros Köpfe hinweg.

»Runter!«, brüllte ich, wälzte mich auf dem Boden herum und zog meine Beretta.

Haro hörte nicht.

Er starrte mich nur an.

Das war sein Verderben.

Denn nicht nur aus einer Richtung wurde auf uns geschossen, sondern aus mehreren.

Plötzlich verzerrte sich Haros Gesicht, sein Mund öffnete sich, während er gleichzeitig nach vorn taumelte und leicht in den Knien einknickte.

Ich selbst hatte den Einschlag vernommen und zitterte.

Für Haro war es zu spät.

Er kippte einfach um. Auf dem Bauch blieb er liegen, und jeder von uns sah den Pfeil aus seinem Rücken ragen. Anhand der Einschussstelle erkannte ich, dass er ihn dort getroffen hatte, wo das Herz sitzt. Die Wunde blutete kaum, aber viel Chancen gab ich dem Atlanter trotzdem nicht.

Auch Kara hatte gesehen, was mit ihrem Gefährten geschehen war. Sie sah ihn am Boden liegen, schrie klagend auf und warf sich über ihn.

»Haro – Haro …«

Die Worte drangen stockend über ihre Lippen. Ich sah Schmerz und Trauer auf ihrem Gesicht, konnte ihr aber nicht helfen, denn der lautlose Tod war bereits wieder unterwegs.

Diesmal sirrte er dicht über meinen Kopf hinweg und hieb in die Seitenwand des Gewürzständers. Das ganze Regal erzitterte, einige kleine Dosen kippten zu Boden.

Hier lagen wir schlecht. Da der letzte Schuss abermals aus einer anderen Richtung abgegeben worden war, stand für mich fest, dass wir es mindestens mit drei Gegnern zu tun hatten. Wenn nicht mit noch mehreren.

Ich robbte weg.

Auch Myxin war bereits verschwunden. Er hatte einen anderen Weg genommen.

Schräg peilte ich zu den Spiegeln.

Da sah ich einen Todesengel. Er hatte bereits einen Pfeil angelegt und spannte den Bogen.

Allerdings zielte er nicht in meine Richtung, sondern schräg an mir vorbei.

Er hatte ein anderes Ziel im Visier.

Myxin?

Egal, ich wollte diesen weiblichen Dämon nicht zum Schuss kommen lassen.

Blitzartig schnellte ich hoch, zielte und schoss.

Laut krachte der Schuss. Er traf den Todesengel genau in dem Augenblick, als dieser den Pfeil losschicken wollte.

Die Silberkugel riss ihn herum. Er ließ die Sehne zwar noch los, doch der Pfeil hieb in die Decke. Der Todesengel selbst brach zusammen. Die Verkaufstheken entzogen ihn meinen Blicken. Ich sah nur noch eine grüne Qualmwolke.

Einer weniger!

Doch wo steckten die anderen?

»Danke, John!«, hörte ich Myxins Stimme.

Also hatte der Todesengel auf den kleinen Magier gezielt.

Ich gab keine Antwort, denn ich wollte auf keinen Fall meinen Standort verraten. Geduckt huschte ich weiter.

Ich hatte ein aufgebautes Karree gesehen, das mit Ginflaschen gefüllt war. Sie wurden im Sonderangebot verkauft. Dort konnte ich eine gute Deckung finden.

Ich erreichte den Platz unbeschadet. Er war besonders günstig, weil schräg über mir ein Spiegel hing, in den ich blicken und somit die unmittelbare Umgebung gut im Auge behalten konnte.

Von den Todesengeln sah ich nichts.

Dafür aber Myxin.

Wie ein Schatten wischte er durch die schmalen Gänge. Er lief dorthin, wo ich hergekommen war.

Dann war Myxin verschwunden.

Aber wo steckten die Todesengel?

Verräterische Geräusche hörte ich nicht. Es war eine unheilvolle Stille, die aber dann durch ein schlimmes Röcheln unterbrochen wurde.

Das musste Haro sein.

Mein Magen zog sich zusammen, als ich das Geräusch hörte. Ich vernahm auch eine flüsternde Stimme. Wahrscheinlich sprach Kara mit dem Schwerverletzten, allerdings konnte ich nicht verstehen, was sie sagte. Wenn Haro starb, konnte ihn niemand retten, denn Kara stand der Trank des Vergessens noch nicht zur Verfügung. Vielleicht hätte er ihm geholfen. So aber mussten wir abwarten.

Fünfzehn Sekunden vergingen.

Nichts rührte sich.

Gemächlich trieben die grünlichen Schwaden durch den großen Verkaufsraum. Sie stanken nach Schwefel. Dieser Höllengeruch reizte meine Nase, und ich hatte Mühe, ein Niesen zu unterdrücken.

Plötzlich fiel etwas zu Boden.

Dieses Geräusch war hinter mir aufgeklungen und warnte

mich. Ich zuckte gedankenschnell herum. Mein Arm mit der Waffe fuhr hoch, aber da war nichts.

Im selben Augenblick schrillten meine Sinne Alarm. Ich war auf einen Trick hereingefallen.

Blitzschnell wirbelte ich herum!

Ja, sie konnten fliegen, diese verdammten Todesengel. Und einer schwebte genau über mir, hatte den Bogen gespannt, einen Pfeil aufgelegt und zielte auf mich.

Jetzt ließ er die Sehne los.

Ich kam nicht mehr dazu, abzudrücken, denn der verdammte Pfeil war schneller.

Er würde genau meine Brust treffen!

Und er traf!

Ich hatte keine Chance mehr, dem Pfeil auszuweichen. Ich sah ihn wie ein Schemen, dazu das teuflisch schöne Gesicht des Todesengels, und spürte einen Sekundenbruchteil später den ungeheuer harten Aufprall.

Ich wurde zurückgestoßen, wartete auf den Schmerz, der alles zerfressen und mich in das Reich des Todes reißen würde, doch er trat nicht ein. Zwar schmerzte mir die Brust, aber ich konnte mich bewegen. Und das sogar ziemlich gut.

Auch der Todesengel war überrascht, dass ich nicht tot am Boden lag. Ich nutzte die Zeit aus, hob den rechten Arm, zielte kurz und feuerte.

Wieder peitschte das Echo des Schusses durch den Verkaufsraum, und meine Kugel traf. Genau dort, wo zwischen der Lederkleidung die helle Haut schimmerte.

Der Todesengel fiel wie vom Blitz gefällt nach unten. Er krachte genau in das Karree mit den Ginflaschen und riss es um. Ein Höllenspektakel war die Folge. Die Flaschen zerplatzten. Gin ergoss sich über den Boden, Scherben sprangen durch den Raum, und ich rollte mich zur Seite, um nicht von den Splittern getroffen zu werden.

Der Todesengel war auf dem Karree liegen geblieben. Die

Pfeile rutschten aus dem Köcher, und ich konnte sehen, wie der weibliche Dämon verging.

Der Rücken platzte auf, Qualm, grünlich und stinkend, drang daraus hervor, während ich auf die Füße sprang und mich bereits nach einem neuen Gegner umschaute.

Dabei überlegte ich natürlich, was mich gerettet haben konnte, denn normalerweise hätte ich keine Chance gehabt.

Und ich fand die Lösung.

Der Pfeil war zwar auf meine Brust gezielt gewesen, hatte aber das Kreuz getroffen.

Das genau hatte mich vor dem Tod bewahrt!

Diesmal nicht durch Anwendung einer magischen Kraft, sondern weil es einfach vorhanden gewesen war.

Klar, dass ich erst einmal tief durchatmete. Denn das war wirklich Rettung in allerletzter Sekunde gewesen.

Doch wie viele Gegner hatte ich noch?

Ich bereitete mich auf einen weiteren Kampf vor, sah aber, dass ich nicht mehr einzugreifen brauchte.

Ein anderer kämpfte bereits.

Myxin, der Magier!

Nachdem Myxin durch meinen schnellen Schuss einem sicheren Tod entgangen war, wollte auch er in die Auseinandersetzung eingreifen. Und er hatte einen Plan.

Wie eine Schlange robbte der Magier den Weg zurück. Er wollte zu Kara und dem sterbenden Haro.

Das Mädchen hatte den Kopf ihres schwer verletzten Geliebten in ihren Schoß gebettet, kniete selbst hinter ihm und schaute in das Gesicht des Mannes. Den Pfeil hatte sie aus dem Körper gezogen. Er lag daneben, ebenso wie das Schwert mit der goldenen Klinge.

Sie schluchzte und nahm den kleinen Magier gar nicht wahr, als er sich ihr näherte.

Myxin wollte sie erst ansprechen, sagte aber nichts, weil er den Augenblick der großen Trauer und des Schmerzes nicht stören wollte, denn er sah sofort, dass Haro nicht mehr zu helfen war. Das Leben verließ seinen Körper. Mit jeder Sekunde wurde es weniger.

Myxin sah Tränen auf den Wangen des schönen Mädchens. Wie gläserne Perlen rannen sie herab. Kara schluckte, sie flüsterte immer wieder den Namen ihres Geliebten, während sie in das bleiche Gesicht schaute.

Myxin wusste, dass Kara wohl nicht in den Kampf eingreifen würde, deshalb nahm er die Gelegenheit wahr und griff nach dem Schwert mit der goldenen Klinge.

Er hob es auf und wunderte sich, wie leicht es war. Es musste aus einem besonderen Metall geschmiedet worden sein. Einem Metall, das es auf der Erde nicht gab.

Kara sagte nichts, als der kleine Magier das Schwert an sich nahm. Vielleicht hatte sie es auch gar nicht gesehen, aber Myxin fühlte sich plötzlich sicherer. Das Schwert gab ihm Kraft, und er wollte kämpfen.

Er stand auf.

Mit dem Schwert in der rechten Hand zog er sich langsam zurück. Dabei glitten seine Blicke suchend durch den Raum. Er musste diese verdammten Todesengel finden und sie töten, das war er sich und seinen Freunden schuldig.

Noch sah er nichts.

Dann aber hörte er den Schuss.

Myxin drehte den Kopf nach links. Von dort war der Schuss aufgeklungen, und der Magier sah, wie die Kugel einen Todesengel von der Decke holte, wo er gelauert hatte. Schwer fiel er in das Regal hinein und riss es um.

Deutlich vernahm der kleine Magier das Splittern von Glas. Er roch den scharfen Schnaps, dann konnte er sich nicht mehr um diese Sache kümmern, denn die beiden restlichen Todesengel waren durch den Tod ihrer Artgenossin aufgeschreckt worden und wollten es nun wissen.

Sie breiteten ihre Schwingen aus und stiegen ebenfalls vom Boden hoch. Sie sahen schaurig aus, wie sie unter der Decke schwebten und mit ihren Waffen zielten.

Sie wollten töten!

Beide legten die Pfeile auf die Sehnen, in ihren Gesichtern war ihr Plan zu lesen. Jeder Todesengel trug in seinem Gürtel noch ein kurzes Schwert.

Aber Myxin war ebenfalls bewaffnet. Er hatte das Schwert mit der goldenen Klinge, Karas Waffe, die sie von ihrem Vater erhalten hatte. Und damit griff der kleine Magier an.

Mit einem Sprung stand er auf einer Verkaufstheke. Jetzt hatte Myxin die richtige Distanz.

Er hob seinen Arm, holte weit damit aus und schlug in einem halbkreisförmigen Bogen zu.

Der linke Todesengel wollte weg, schaffte es aber nicht mehr. Die Klinge traf genau.

Urplötzlich hatte das Schwert ihn getötet, doch kein Blut drang aus der Wunde.

Todesengel Nummer zwei hatte sich gedreht.

Und er schoss.

Myxin machte sich klein. Die Reaktion erfolgte soeben noch rechtzeitig. Der Pfeil hätte ihm fast noch ein paar Haare abrasiert, so dicht schwirrte er über Myxin hinweg. Myxin hörte ein Klirren, kümmerte sich jedoch nicht darum, wo oder was der Pfeil getroffen hatte, ihn interessierte nur der Todesengel.

Und der griff zum Kurzschwert.

Jetzt setzte der kleine Magier alles auf eine Karte. Er wuchs über sich selbst hinaus und wurde zum großen Kämpfer.

Myxin schnellte sich von seiner Unterlage ab. Er hechtete seiner Gegnerin entgegen und holte mit der rechten Hand abermals weit aus.

Genau in dem Augenblick, als der Todesengel sein Schwert aus der Scheide gerissen hatte, schlug Myxin zu.

Diesmal nicht seitlich, sondern von oben nach unten. Wieder tötete die goldene Klinge den Todesengel auf der Stelle.

In der Schnittstelle flimmerte es, aber kein Blut war zu sehen.

Seltsam …

Die Getroffene zitterte. Sie wurde durchscheinend und löste sich auf.

Nicht einmal Dämpfe blieben zurück …

Myxin aber lachte, und seine Augen strahlten. Er hatte sich selbst bewiesen und es seinen Gegnern mal wieder gezeigt.

Jemand klatschte Beifall.

Der kleine Magier drehte sich um.

Ich war der Mann, der in die Hände klatschte.

»Bravo, Myxin«, sagte ich lächelnd. »Du hast nichts verlernt. Im Gegenteil, du hast sogar noch dazugelernt.«

»Danke.« Myxin sprang zu Boden. Er blickte sich um. »Waren das alle Gegner?«

»Ich habe keine mehr gesehen.«

»Dann hätten wir sie geschafft.« Er lachte auf. »Asmodina wird sich wundern.«

»Oder härter zurückschlagen«, sagte ich.

Myxin schaute auf die Klinge. »Das befürchte ich auch«, murmelte er. »Aber wir haben jetzt eine Waffe, mit der wir …«

»Sie gehört dir nicht«, unterbrach ich ihn.

»Ich sagte auch extra wir.«

»Dann willst du dich mit Kara zusammentun?«

Er lächelte schmal. »Eigentlich hatte ich das vor, John.«

»Hast du sie gefragt?«

»Noch nicht.« Myxin schluckte. »Sie – sie sitzt noch bei ihm. Bei Haro. Ich glaube, er wird sterben.«

Der Meinung war ich auch.

Myxin stieß mich an. »Komm, lass uns zu ihnen gehen. Ich möchte nicht allein …«

»Verstehe schon.« Ich lächelte.

Wir suchten uns den Weg durch die Gänge zwischen den Regalen und erreichten die beiden.

Kara weinte.

Sie betrauerte den Tod eines Geliebten und Freundes. Denn Haro, der Kämpfer, lebte nicht mehr.

Wir standen stumm daneben.

Ich blickte in sein Gesicht. Es hatte keinen leidenden Ausdruck angenommen, ein letztes Lächeln lag auf seinen Lippen. Der Blick seiner starren Augen schien in unsagbare Fernen zu gehen. Wahrscheinlich sah er bereits den Himmel.

Er hatte Tausende von Jahren geschlafen. Dann war er durch Myxin wieder erweckt worden, denn der kleine Magier ging den Spuren des alten Volkes konsequent nach. Haro hatte es schwer gehabt, sich in der neuen Zeit zurechtzufinden, er dachte und lebte noch immer so wie vor zehntausend Jahren.

Eins war nur seltsam. Er hatte sofort unsere Sprache gesprochen und nicht die, die damals in Atlantis gesprochen wurde. Man nahm an, dass es sich dabei um Altgriechisch gehandelt hatte.

Kara hatte gesehen, dass wir neben sie und den Toten getreten waren. Sie hob den Kopf. Myxin und ich blickten in ihr tränennasses Gesicht.

»Er ist tot!«, flüsterte sie. »Haro ist tot. Wenn ich jetzt den Trank des Vergessens hätte, würde ich ihm nachfolgen.«

Ich schüttelte den Kopf. »Lass es sein, Kara, es hat keinen Sinn. Wirklich nicht. Du wirst hier gebraucht. Auf dieser Erde, in dieser Zeit. Glaube mir ...«

»Vielleicht.«

Myxin drängte mich ein wenig zur Seite und legte Kara die Hand auf den dunklen Haarschopf. »Wir beide stammen aus Atlantis. Du bist eine Atlanterin, bist dort geboren und hast dort gelebt. Dein Vater, der weise Prophet Delios, hat dir ein Erbe hinterlassen. Dieses Schwert mit der goldenen Klinge. Er hat dir gleichzeitig eine Pflicht vererbt, denn nur du als seine Tochter bist würdig, das Erbe anzutreten. Du bist dazu berufen, den Kampf, der in Atlantis begonnen hat, weiterzuführen. Du darfst jetzt nicht aufgeben und dich nur deinen Gefühlen überlassen, du musst einsehen, dass es so nicht geht. Du darfst nicht resignieren. Und wenn Haro dich jetzt sehen und mit dir sprechen könnte, würde er die gleichen Worte benutzen. Ich rede in seinem Sinn, denn er war der große Kämpfer, der niemals aufgab. Daran solltest du dich immer erinnern, Kara.«

Das schwarzhaarige Mädchen nickte. »Vielleicht hast du recht, Myxin. Vielleicht sollte ich es versuchen …« Sie schluckte und hob beide Schultern. »Aber ich stehe allein. Niemand wird mir helfen können. Ich muss …«

»Nein, nein!«, rief Myxin. »Du stehst nicht allein. Wir sind bei dir. John Sinclair, der Geisterjäger, der den Schergen der Finsternis den Kampf angesagt hat. Auch er wird dich stützen. Du findest bei ihm immer Hilfe und natürlich bei seinen Freunden Bill Conolly, Suko, Jane Collins, Shao und letzten Endes auch bei mir. Sogar besonders bei mir. Ich werde an deiner Seite bleiben und mit dir kämpfen. Natürlich nur, wenn du willst.«

Selten hatte Myxin eine solch lange Rede gehalten, und das Mädchen hörte aufmerksam zu.

Eine Schweigeminute entstand.

Ich hielt mich zurück, denn die Sache ging nur Myxin und Kara etwas an.

»Nun?«, fragte der Magier.

Kara nickte. »Ja«, sagte sie, »dein Vorschlag klingt gut.«

Da lächelte der kleine Magier. Auf seinem Gesicht mit der grünlichen Haut schien die Sonne aufzugehen. »Ich habe lange allein dagestanden, wollte anderen nicht zur Last fallen, aber ich habe nie mein Ziel aus den Augen verloren: Asmodinas Vernichtung. Und deshalb freue ich mich, dass du, Kara, zu mir hältst. Ich habe Qualen erlitten, man hat mich gedemütigt, aber ich bin bereit, Asmodina alles zurückzuzahlen. Mit Zins und Zinseszins …«

Ich lächelte in mich hinein. Das war der echte Myxin. So wollte ich ihn haben.

Kara stand auf. Sie ließ den Kopf ihres ehemaligen Geliebten vorsichtig zurückgleiten.

»Wir werden Haro später begraben«, sagte ich.

»Danke.«

Myxin reichte Kara das Schwert. »Es gehört dir«, sagte er.

Sie zögerte, es entgegenzunehmen. »Aber dann hast du ja nichts«, sagte sie.

»Ich werde meine Fähigkeiten zurückbekommen«, erklärte Myxin. »Dann habe ich Waffen genug.«

Das war wirklich nicht gelogen, denn der kleine Magier war ungeheuer stark gewesen, sonst hätte er nicht den Kampf gegen den Schwarzen Tod und jetzt auch gegen Asmodina aufnehmen können.

»Noch ist unsere Aufgabe hier nicht beendet«, sagte ich und drängte damit zur Eile.

»Ja, der Trank«, flüsterte Kara, »ich muss ihn einfach finden.«

»Aber erst einmal den Geist des Druiden.«

Wie auf Kommando meldete er sich wieder. Ich hatte kaum die Worte ausgesprochen, da hörten wir abermals das schwere Seufzen, Ächzen und Stöhnen.

Diesmal lauter als zuvor.

»Es wird Zeit«, sagte ich, warf einen Blick auf die Uhr und sah, dass es bis Mitternacht nicht mehr weit war.

Sollte es bei der Tageswende die Entscheidung geben? Ich war wirklich gespannt.

Wir waren zu dritt.

Kara, Myxin und ich. Das Mädchen erschien mir irgendwie anders. Es hatte sich verändert, eine Wandlung durchgemacht und war ernster geworden, verschlossener.

Kein Wunder. Kara trauerte um ihren Geliebten. Zehntausend Jahre waren sie getrennt gewesen, und dann hatte ihr lang ersehntes Wiedersehen nur Minuten gedauert. Zu kurz, um den Schock beim Tod eines Freundes zu überwinden.

Myxin wollte sich um Kara kümmern. Er sah die schöne Schwarzhaarige oft von der Seite her an. Jedes Mal hatte ich das Gefühl, als wollte er sie ansprechen, doch der kleine Magier hielt sich zurück. Er war sehr taktvoll.

Soviel ich erkennen konnte, war die Auseinandersetzung

von draußen nicht beobachtet worden. Und auch ein Nachtwächter hatte sich nicht um uns gekümmert oder uns überrascht. Das steigerte mein Misstrauen noch, und ich fragte mich, was der Grund dafür war, dass kein Nachtwächter seine Runde drehte.

Vielleicht konnte er gar nicht.

Diese Möglichkeit erschien mir sogar wahrscheinlich. Vielleicht hatten die Todesengel ihn getötet …

Ich sprach mit Myxin darüber, bevor wir die Verkaufsetage verließen.

»Willst du nachschauen?«

»Unter Umständen finden wir ihn auch so.« Dann jedoch fiel mir ein, dass der Mann verletzt sein konnte. Ich hatte einfach keine Ruhe. Ich bat Kara und Myxin zu warten und verzog mich.

Ich nahm den gleichen Weg, den wir gekommen waren. Mit langen Schritten jagte ich die Rolltreppe hoch, und dann stand ich wieder in dem dunklen Gang.

Wir waren von links gekommen, ich orientierte mich nach rechts. Wieder nahm ich den Geruch von Obst und Gemüse wahr, und dann sah ich am anderen Ende des Ganges eine Tür. Sie stand offen und wurde vom Luftzug bewegt.

Wieso war hier Durchzug?

Nicht bei mir, sondern weiter unten. Denn hinter der Tür sah ich eine Eisentreppe. Sie war ähnlich angelegt wie eine Feuerleiter. Die Stufen hörten dort auf, wo die Tür offen stand. Und die führte in ein kleines Büro mit nicht geschlossenem Fenster, deshalb der Durchzug. Das jedoch interessierte mich nicht, ich sah nur den Toten. Und den Pfeil in der Brust. Da wusste ich, wer ihn getötet hatte.

Asmodinas Dämoninnen!

Vor Wut ballte ich die Hände. Diese verdammten, gefühllosen Geschöpfe. Es hätte gereicht, den Mann nur bewusstlos zu schlagen, aber sie töteten gleich.

Ich schluckte hart.

Aber für diesen Mord hatten sie die Strafe weg. Alle vier. Und die Teufelin war wieder geschwächt worden.

Leider wusste ich nicht, wie viele dieser gefährlichen Dämoninnen sie noch um sich hatte. Waren es hundert, tausend? Die letzte Zahl war als gar nicht mal so abwegig zu bezeichnen, wenn man bedachte, dass ich ja nur einen kleinen Teil der gewaltigen Dämonenreiche kannte.

Ich ließ den Toten zurück.

Zwei Leichen hatte dieser verdammte Fall bisher gekostet. Ich hoffte inständig, dass es nicht noch mehr wurden.

Kara und Myxin hatten gewartet. Passiert war nichts. Aber der kleine Magier las an meinem Gesicht ab, dass bei mir nicht alles glatt verlaufen war.

»Was ist geschehen, John?«

Ich berichtete.

Auch Myxin war betrübt. Wieder ein Beweis seiner Wandlung. Früher hätte ihm der Tod eines Menschen nichts ausgemacht, heute aber dachte er anders darüber.

»Es wird Zeit, dass wir den Druidengeist finden.« Ich drängte zur Eile.

Nach einigem Suchen sahen wir das große Lager. Auch diese Tür war nicht abgeschlossen. In dem Supermarkt hatte man sich voll und ganz auf den Nachtwächter verlassen.

Wir betraten eine große, kühle Halle. Nackte Betonwände. Davor Regal über Regal. Zur Hälfte waren sie gefüllt. Mit riesigen Kartons oder Kisten. Es gab praktisch alles an Lebensmitteln, was das Herz begehrte.

Bis zur Decke reichten sie. Um an die obersten Regale heranzukommen, standen kleine Gabelstapler bereit. Zwei zählte ich. Sie parkten nebeneinander und standen rechts von der Tür.

Unsere Schritte waren kaum zu hören, so leise gingen wir. Das unheimliche Seufzen war verstummt.

Mir kam es wie die Ruhe vor dem Sturm vor.

Etwa in der Mitte der Lagerhalle blieben wir stehen. Wir hatten uns Rücken an Rücken gestellt, sodass jeder einen Teil der Halle überblicken konnte.

»Er zeigt sich nicht«, sagte ich leise. »Anscheinend will er den Trank des Vergessens nicht herausrücken.«

Kara hob die Schultern. »Möglich.«

»Dann müssten wir ihn beschwören«, meinte Myxin und schaute Kara an. »Er ist ein Druidengeist. Da gibt es ganz besondere Methoden, um ihn hervorzulocken.«

»Kennst du sie?«

Myxin nickte.

»Dann fang an!«, sagte Kara.

»Moment noch.« Ich hob den rechten Arm und blieb dabei lauschend stehen. »Hört ihr es auch?«

»Was?«, fragten die beiden wie aus einem Munde.

»Das Knacken.«

Kara und Myxin lauschten. »Hört sich an, als würde jemand die Wände aufbrechen«, meinte der kleine Magier.

Ja, da hatte er recht. Wände aufbrechen setzte ich gleich mit Einsturzgefahr. Ich wollte die beiden warnen, sah aber, dass es nicht zu sein brauchte, denn die Wände oder die Decke stürzten nicht ein. Die Gefahr war eine ganz andere. Sie kam von dem Druiden selbst.

Wieder erklang das Seufzen. Diesmal jedoch schwerer und schrecklicher als je zuvor.

Und jetzt sah ich auch, warum das Knacken und Knirschen entstanden war. Als ich nämlich einen Blick zwischen den Regalen hindurch auf die Wände warf, entdeckte ich die haarfeinen Risse, die sich überall gebildet und wie ein Spinnennetz ausgebreitet hatten.

Kleine, haarfeine Risse, die sich jedoch schnell verbreitern konnten …

Ich beobachtete genau.

Nein, die Risse wurden nicht größer. Dafür verstärkte sich das Seufzen. Es schwoll zu einem unheimlichen Ton an. Dazwischen vernahm ich ein hohes Singen und schweres Ächzen, das im Unterton dem letzten Röcheln eines Sterbenden glich.

Unheimlich …

Mir rann ein Schauer über den Rücken. Das Geräusch, dieses schaurige Atmen, zerrte an meinen Nerven, und ich musste mich beherrschen, um mir nicht die Ohren zuzuhalten.

Kara ging ein paar Schritte zur Seite. Hoch hob sie ihren rechten Arm.

Wir hatten beim Eintritt Licht gemacht. Die kalte Helligkeit der Leuchtstoffröhren breitete sich in dem Lagerraum aus und traf auch die goldene Klinge.

Kara drehte sich im Kreis. »Zeige dich, Druide!«, rief sie laut. »Wir wollen dich sehen!«

Sie erhielt keine Antwort.

Das Mädchen versuchte es noch einmal. »Komm aus deinem Versteck, Druide! Zeig dich uns. Du brauchst keine Furcht zu haben, denn wir wollen dich nicht töten ...«

Der Druide traute sich nicht.

Nur das Seufzen und Ächzen wurde noch lauter. Es steigerte sich weiter. Wir erlebten, dass der Druide ungeheure Qualen ausstehen musste. Er wollte wohl, aber man ließ ihn nicht. Er war Gefangener des Hauses, mehr noch, er war mit dem Haus verwachsen, dessen Lager hier im Keller Risse zeigte. Ich hatte riesige Angst, dass die Mauern brüchig wurden. Das auf ihnen lastende Gewicht würden sie dann nicht mehr halten können.

Die Risse interessierten mich besonders. Immer wieder schaute ich zu ihnen.

Und dann sah ich es.

Erst glaubte ich an eine Täuschung. Doch bei genauerem Hinsehen erwies es sich als Realität.

Aus den Rissen in den Wänden drang eine rote Flüssigkeit.

Es war Blut ...

Im ersten Augenblick verschlug es mir wirklich die Sprache. Aus den Rissen in den Wänden strömte Blut.

Unfassbar!

Dunkelrot quoll es hervor, hatte auch einen leichten Stich

ins Schwarze. So sah das Blut eines Dämons aus. Immer mehr quoll aus den feinen Rissen und rann als lange Fäden an den Wänden herab. Und das nicht nur vor oder neben mir, sondern an allen vier Wänden des Raumes geschah das Gleiche.

Das Haus zeigte uns seine Qualen.

Ich hatte unwillkürlich den Atem angehalten. So etwas war mir noch nicht begegnet. Das grenzte an Wahnsinn, an Zauberei, das war unmöglich, das konnte ich nicht fassen …

Dafür gab es keine Erklärung – oder?

Kara sprach. Sie redete leise, und man merkte ihr die Trauer an. Sie schwang in der Stimme mit.

»Er leidet«, sagte sie. »Er leidet ungeheuer …«

»Aber warum?«, rief ich.

»Ich weiß es nicht. Mit ihm wird vielleicht ein böses Spiel getrieben. Bestimmt will er uns helfen. Ja, da bin ich sicher, aber Asmodina wird es zu verhindern wissen.«

Das konnte sein. Der Dämon, der sich unter Umständen kooperativ zeigte, wurde von der Teufelstochter zurückgehalten.

»Ruf ihn an!«, zischte ich. »Versuche es, Kara!«

Das Mädchen sprach. »Wir sehen dein Blut, Druide!«, rief sie. »Wer bist du? Zeig dich uns!«

Wieder erklang das grässliche Stöhnen. Und mit jedem Laut schien mehr Blut aus den Rissen zu quellen. Es hatte bereits den Boden erreicht und sammelte sich dort. Wenn eine Lache zu groß wurde, floss sie auseinander. Ein Rinnsal lief bereits als schmaler Streifen auf mich zu.

»Gib Antwort! Unterdrücke deinen Schmerz!«, rief Kara. »Wir wollen dir nichts tun, nur mit dir sprechen!«

Das Seufzen verstummte.

Die Ruhe erschreckte mich. Sie dauerte nur wenige Sekunden an. Dann vernahmen wir die Stimme.

»Ich – ich sehe euch …«

Es war eine Stimme, aus der man den Schmerz heraushörte, den die dämonische Kreatur empfand. Sie musste ungeheuer leiden. Es bereitete ihr Mühe, so zu sprechen.

»Wie heißt du?«, fragte Kara.
»Ich bin Khylon!«
»Den Namen kenne ich nicht.«
Ein röchelnder Atemzug. »Ich habe immer hier gelebt. Vor langer Zeit schon, und ich habe dem Satan gedient. Zu mir gehörten fünf Hexen. Zusammen feierten wir die Feste der Grausamkeit und holten uns die Opfer. Der Teufel belohnte mich. Ich wurde mächtig, sehr mächtig sogar. Dann aber zerstörte jemand den Festplatz des Satans. Der Hügel, auf dem wir die Feste feierten, wurde dem Erdboden gleichgemacht, und der Teufel gab mir die Schuld. Er bestrafte mich. Als man auf dem Hügel ein Haus baute, wurde ich in die Wände mit eingemauert. Mein Geist beherrschte dieses Haus. Ich war dazu verdammt, bis in alle Ewigkeiten hier gefangen zu sein, bekam keine Chance, die Mauern des Hauses zu verlassen. So vergingen Jahrhunderte. Eine neue Zeit brach an. Männer mit großen Fahrzeugen räumten den Hügel ab. Sie machten ihn platt. Mich konnten sie nicht töten, obwohl ich gern gestorben wäre. Dafür bauten die Männer ein neues Haus auf. Ein großes. Und wieder verdammte mich Asmodis dazu, in diesen Mauern zu hausen. Als Gefangener des Hauses erlebte ich die ewigen Qualen. Ich spüre nur Schmerzen. Die Verdammnis hat mich eingeholt und wird mich nie aus ihren Klauen lassen. Niemand kann mir helfen, auch nicht die Hexen, mit denen ich den Teufel angebetet habe.«
»Was ist mit ihnen geschehen?«, fragte Kara.
Wieder ein schwerer, röchelnder Atemzug. »Ich weiß es nicht. Vielleicht sind sie auch in diesem Haus gefangen. Vielleicht auch nicht. Ich habe sie nie mehr gesehen.«
Kara sagte: »Wir könnten dich befreien, Druide.«
Da lachte Khylon. »Befreien? Nein, niemand ist stärker als der Teufel. Er hat mir dieses Schicksal auferlegt, ich werde es tragen müssen. Aber ihr könnt mir trotzdem einen Gefallen erweisen.«
»Welchen?«
»Tötet mich!«

Nach diesen beiden Worten entstand eine Schweigepause. Wir schauten uns an. Myxin hob die Schultern, in den Augen der schönen Kara las ich Verwirrung.

Nach einem lang gezogenen Seufzen meldete sich der Geist des Druiden wieder.

»Ihr könnt es«, flüsterte er, »ihr könnt mich töten. Ich weiß es, darum tut mir den Gefallen …«

Ich schüttelte den Kopf. Es war keine endgültige Entscheidung, aber ich wollte abwarten, wie sich die Dinge weiterhin entwickelten.

»Rede du«, flüsterte ich Kara zu.

Sie wandte sich dann auch der Wand zu. »Wenn ich dich töte, Khylon, dann musst du auch mir einen Gefallen tun.«

»Wenn ich kann …«

»Du sollst den Trank des Vergessens haben!«

Jetzt kam es darauf an. Würde der Druide es zugeben? Unsere Spannung wuchs, denn Khylon sagte erst einmal gar nichts. Er wartete mit seiner Antwort, wir vernahmen nur sein schweres Atmen und Seufzen, dessen Klang uns weiterhin eine Gänsehaut über den Rücken jagte.

»Nun?«, fragte Kara.

»Ich weiß nicht, wovon du redest«, drang die gequälte Stimme an unsere Ohren.

Kara lachte gallenbitter. »Das weißt du sehr wohl. Hat man dir nicht den Trank des Vergessens gegeben? Solltest du ihn nicht aufbewahren, Khylon?«

»Ja, das stimmt.«

»Dann gib ihn her.«

»Ich habe ihn nicht mehr«, erwiderte der Druide. »Wirklich, du kannst dich auf mein Wort verlassen. Man hat ihn mir weggenommen. Ich durfte nicht mehr auf ihn achten, denn ich war nicht würdig genug, um ihn weiterhin in Verwahrung zu haben. Der Satan hat es nicht erlaubt. Ihr müsst mir glauben.«

Natürlich sah ich, wie enttäuscht Kara war. Sie blickte zu Boden, ihr Gesicht wurde blass, die Lippen zuckten ebenso wie ihre Wangen. Es war vorbei.

Da ich merkte, wie schwer es Kara fiel zu reden, stellte ich die nächste Frage: »Wer hat den Trank denn erhalten?«

»Das hat mir Asmodis nie mitgeteilt!«

Die Antwort überraschte mich nicht. Wäre ich an der Stelle des Teufels gewesen, hätte ich es auch nicht getan.

»Wann hat er dir den Trank genommen?«, erkundigte ich mich.

Abermals hörte ich das Ächzen. »Es ist noch nicht lange her. Als dieses Haus gebaut wurde …«

»Und du hast keine Ahnung, wer ihn erhalten sollte?«

»Nein …«

Die Antwort klang zögernd. Ich hakte sofort nach. »Du vermutest es aber.«

»Ja.«

»Dann rede.«

»Ich hörte, dass der Spuk den Trank haben soll!«

Die Eröffnung schockte mich. Der Spuk war Herrscher im Reich der Dämonenseelen und dort der absolute Fürst. Nicht einmal Asmodina redete ihm hinein. Er allein bestimmte, was zu tun war, und wenn er tatsächlich den Trank in seinen Händen hielt, war es so gut wie unmöglich, ihn dem Spuk wieder wegzunehmen.

So und nicht anders sah die Lage aus. Denn wie sollte Kara in das Reich des Spuks gelangen? Vielleicht schaffte sie es, wenn sie den Trank zu sich genommen hatte, aber der war ja nicht vorhanden – also musste sie es aufgeben.

»Wer ist der Spuk?«, fragte sie.

Sie kannte ihn nicht. Doch ihr das zu erklären, war jetzt nicht der richtige Zeitpunkt.

»Später«, sagte ich.

»Dann töte den Druiden!«

Mich erschreckte ihre harte Stimme. Aber sie war auch aus der Situation zu erklären, in der sich Kara befand. Zu lange hatte sie eben warten müssen.

Während wir redeten, war immer mehr Blut aus den Ritzen in den Wänden gequollen. Es breitete sich auf dem Boden aus, und ich nahm auch jetzt den Geruch wahr, den es ausströmte.

Einen widerlich süßlichen Geruch …

Ich schluckte.

Das Blut kam von allen Seiten. Aus den Rinnsalen waren breite Streifen geworden, die über den Boden flossen. Träge, aber unaufhörlich rannen sie ihrem Ziel entgegen.

Und das waren wir!

Wir hatten gar nicht bemerkt, dass dieses Blut uns einkreiste. Auch Myxin und Kara wurden aufmerksam. Das Mädchen ging einen Schritt vor und tippte die Spitze des goldenen Schwerts in eine Blutlache.

Sofort zischte es auf, und ein Dampfstreifen bildete sich auf der Oberfläche.

Ich wurde misstrauisch. Dieses Blut wirkte wie Säure, und wenn es unsere Schuhe erreichte, würde es sie sicherlich zerfressen.

»Geht zur Seite!«, zischte ich den beiden zu. »Das Blut des Druiden ist gefährlich …«

Kara und Myxin suchten sich einen noch freien Platz. Sie gingen dabei auf die Tür zu.

Ich blieb stehen.

Da hörte ich wieder das schlimme Ächzen. Khylon machte sich bemerkbar.

»Gefahr …«, röchelte er. »Die Gefahr nähert sich. Ich spüre es. Tötet mich, schnell …«

»Welche Gefahr?«, fragte ich.

»Sie kommen. Ich sehe sie schon. Schatten. Sie wollen das Haus. Die Tochter des Teufels – ihr Gesicht – es ist nahe, sehr nahe sogar – ihr könnt nichts mehr tun. Flieht …« Wieder das Seufzen und röchelnde Atmen, das mir einen Schauer über den Körper jagte und mich völlig nervös machte.

»Komm zu uns!«, rief Kara. »Du brauchst nicht zu bleiben, John. Er hat den Trank nicht. Ich werde ihn woanders suchen.«

»Nein!« Ich schüttelte den Kopf. »Erst stelle ich mich! Ich werde Asmodina die Zähne zeigen …«

»Flieh …«, röchelte der Druide. Gleichzeitig brach ein Stück aus der Wand, und schwarzes Dämonenblut pumpte in den Lagerraum.

Jetzt wurde es wirklich gefährlich.

Das Zeug hatte mich fast eingekreist. Es gab nur noch einen schmalen Streifen, über den ich mich trockenen Fußes und sicher bewegen konnte. Und der führte nicht zur Tür, sondern zu einem der beiden Gabelstapler.

Die unsichtbare Gefahr näherte sich. Ich sah sie nicht, doch ich vernahm die Reaktion des Druiden.

Er stöhnte nicht mehr – er schrie! Er musste unsagbare Schmerzen erleiden.

Die schrecklichen Geräusche zerrten an meinen Trommelfellen, strapazierten meine Nerven, hallten in meinem Gehirn wider und machten mich fast wahnsinnig.

An der Tür hielten sich Myxin und Kara die Ohren zu. Das schwarzhaarige Mädchen hatte sein Schwert fallen gelassen. Es lag auf dem Boden. Niemand kümmerte sich um die seltsame Waffe, auch für mich lag sie zu weit entfernt.

Ich wollte sie auch nicht, ich wollte zu dem Gabelstapler und mich dort vor dem Blut retten.

Wieder trafen mich die Schreie!

Diesmal schriller und schlimmer als zuvor. Ich taumelte nach vorn und verlor das Gleichgewicht.

Schwer fiel ich zu Boden.

Ich hörte Myxins warnende Stimme. Sie übertönte sogar noch das grässliche Kreischen, doch ich achtete nicht darauf. Ich wälzte mich am Boden und hielt mir beide Ohren zu.

Mein Gesicht war nur noch eine Grimasse. Die Schreie hallten in meinem Kopf wider, malträtierten mein Gehirn, trieben mich fast in den Wahnsinn.

Und trotzdem hielt ich aus.

Ich schnappte nach Luft wie ein Mensch, der im letzten Augenblick vor dem Ertrinken gerettet worden ist. Hier in diesem Lagerraum bekam ich einen Vorgeschmack auf die Höllenqualen.

Tränen liefen über mein Gesicht. Die Angst in mir steigerte sich. Ich schaute nach vorn, sah zwischen den Regalen die Wand, die jetzt schwarzrot vom Blut des Dämons war, und immer mehr Flüssigkeit drang aus den größer gewordenen Rissen und Spalten.

Das Blut kam mir aus meiner Sichtperspektive vor wie eine gigantische Welle, die näher und näher rollte und mich bald erreicht haben musste.

Ich warf mich herum.

Ein Meter entfernt wuchs der Gabelstapler vor mir hoch. Ich kroch auf ihn zu. Mich interessierten jetzt nicht mehr Myxin oder Kara, sondern nur noch mein Ziel.

Stück für Stück bewegte ich mich voran.

Ich keuchte, weinte, schluchzte und schnappte nach Luft, während der Druide seine Qual hinausschrie.

Es war wirklich die Hölle!

Über dem Blut schwebten Dämpfe, die mich an Nebelschlieren erinnerten. Träge wallten sie hin und her, krochen kniehoch über der dicken, sirupartigen Flüssigkeit und breiteten sich immer weiter aus.

Ich warf meinen Arm vor.

Die Hand klatschte gegen das kühle Metall des Gabelstaplers.

Endlich!

Noch einmal mobilisierte ich alle körperlichen und geistigen Kräfte. Irgendwie gelang es mir, auf die Beine zu kommen, und ich schaffte es sogar, auf den Gabelstapler zu klettern.

Auf einmal konnte ich wieder klar denken.

Mir fiel etwas ein.

Die stärkste Waffe, die ich bei mir trug.

Mein Kreuz!

Schwankend hockte ich auf dem Sitz des Gabelstaplers. Das Innere der Halle kreiste vor meinen Augen. Noch immer vernahm ich die schrillen Schreie, die sich in ihrem Wahnsinn überschlugen und in schaurigen Dissonanzen endeten.

Ich holte das Kreuz hervor, hielt es fest umklammert und konzentrierte mich auf dieses wertvolle Kleinod.

Sofort ging es mir besser.

Kraft strömte in meinen Körper zurück. Ich merkte, wie mein Gehirn rein gewaschen wurde, ich atmete wieder klarere Luft und hatte einen besseren Überblick.

Die Schreie waren verstummt.

Urplötzlich hatten sie aufgehört.

Ich warf einen Blick auf meine beiden Gefährten. Myxin und Kara lagen am Boden. Reglos, wie mir schien. Dann aber bewegten sie sich, und mir fiel ein Stein vom Herzen.

Im nächsten Augenblick aber stieß es mir wieder gallenbitter hoch, denn eine dicke Blutlache bewegte sich in breiter Front auf die beiden zu.

Jetzt zählte jede Sekunde.

Zum Glück wusste ich, wie man mit einem Gabelstapler umgehen konnte. Ich startete das Fahrzeug.

Es ruckte vor, holperte, schüttelte mich durch, aber es fuhr.

»Kara, Myxin!«, schrie ich.

Die beiden hörten mich nicht.

Ich wiederholte meinen Ruf, als ich die Hälfte der Distanz schon hinter mich gebracht hatte.

Kara reagierte zuerst. Sie hob den Kopf, sah mich auf dem Gabelstapler sitzen und begriff.

Rasch war sie auf den Beinen, zog Myxin mit hoch und öffnete die große Tür.

Da wusste ich, was sie vorhatte. Kara wollte mir den Fluchtweg ebnen. Ich sollte hier raus. Die Öffnung war so groß, dass der Gabelstapler hindurchpasste.

Ich stoppte ihn.

Im selben Moment erreichte uns die erste Blutlache. Ich hörte das Zischen und Schmoren, wie sich das Zeug in die Reifen fraß. Ein bestialischer Gestank breitete sich aus, während ich vom Gabelstapler sprang und Myxin auf die Beine zog.

Kara hastete auf ihr Schwert zu und hob es auf.

Sie lächelte wild. Kampfeswille flackerte in ihren Augen, und auch ich wollte um keinen Preis aufgeben.

»Ich bleibe zurück!«, schrie ich ihr zu, doch sie schüttelte nur den Kopf.

»Nein, wir kämpfen gemeinsam.«

Für uns wurde es Zeit. Hastig stieg ich mit Myxin auf den Stapler und wollte Kara auch noch holen, doch das war nicht mehr nötig. Sie hatte ihre eigenen Kräfte ausgespielt. Ihre Gestalt zerfloss. Plötzlich war sie nur noch ein Schemen und dann ganz verschwunden.

Die Schöne aus dem Totenreich hatte tatsächlich die Dimensionen gewechselt.

Unfassbar…

Ich schluckte hart. Trat Kara vielleicht in einer anderen Dimension gegen den Druiden an?

Myxin erriet meine Gedanken. »Es ist möglich«, sagte er, »dass sie uns aus der Ferne hilft.«

»Hoffentlich.«

Ich wollte aus der Halle fahren, bekam aber die Kurve noch nicht, sondern musste rangieren. Die zerfließenden Gummiräder schmatzten durch die dicke, am Boden liegende Flüssigkeit. Zahlreiche in den Regalen stehende Kartons waren ebenfalls in Mitleidenschaft gezogen worden. Viele zeigten einen roten Schleier und waren aufgeweicht. Und immer noch pumpte Dämonenblut aus den Wänden.

Die Luft war kaum noch zu atmen, aber ich riss mich zusammen.

Dann fuhr ich zurück. Ging in eine Rechtskurve – und …

Im nächsten Moment sackte der Gabelstapler hinten weg. Das geschah so plötzlich, dass Myxin und ich fast von dem Fahrzeug geworfen wurden, uns aber soeben noch fangen konnten.

Plötzlich stand das Gefährt schräg.

Ein weiterer Ruck.

Wir fielen tiefer.

»Halt dich fest!«, rief ich Myxin zu und drehte mich auf dem Sitz.

Ich sah die Bescherung. Im Boden hatte sich ein gewaltiges Loch aufgetan. Eine rechteckige Öffnung, aus der in dicken Schwaden grünlicher Brodem quoll.

»Das ist des Satans Atem!«, schrie Myxin. »Er wird uns packen!«

Ich schüttelte den Kopf, hielt die Luft an, beugte mich nach rechts und schaute in die Öffnung hinein.

Nicht nur der Brodem quoll daraus hervor, sondern mit ihm zeigte sich eine Gestalt.

Ich hatte sie noch nie gesehen, wusste aber trotzdem, wer da vor mir stand.

Khylon, der Druide!

Irgendwie hatte er sogar Ähnlichkeit mit dem Spuk. Er trug ein langes, schwarzgrünes Gewand mit einer Kapuze, die er sich über den Schädel gezogen hatte. Menschlich wirkte er in seiner Kluft. Die Gesichtshaut schimmerte bleich. In seinen Augen funkelte es. Die Lippen zeigten einen qualvollen Zug, die Hände waren nur noch Krallen, die Augen leblose, kalte Steine.

Er taumelte zur Seite, drehte sich und starrte mich an. Plötzlich hob er beide Arme, drehte die Hände jedoch, sodass die Finger zu Boden wiesen.

Da sah ich das Schreckliche.

Aus den Spitzen floss Blut!

Es tropfte zu Boden und vereinigte sich mit der schon vorhandenen Blutmenge.

»Das gibt Ärger«, flüsterte Myxin, »der ist uns nicht wohlgesonnen. Er will uns töten.«

Ich widersprach. »Warum? Was sollte er für einen Grund haben? Er hat auch vorhin auf unserer Seite gestanden.«

»Warte es ab.«

Myxin sollte recht behalten, denn die nächsten Worte des Druiden bewiesen dies.

»Ich bin Khylon!«, schrie er uns entgegen. »Ich habe meine Strafe erhalten, musste die Qualen der Hölle erleiden, weil ich versagt habe. Ich war in diesem Haus eingeschlossen und konnte mich nicht rühren, aber Asmodina, die Teufelstochter, hat mir noch eine Chance gegeben. Ich brauche diese Qualen nicht mehr länger zu erdulden. Ich kann sie stoppen, sie werden gestoppt – von ihr, von Asmodina. Das hat sie mir versprochen. Ich brauche nicht mehr zu leiden.«

Wir starrten ihn gebannt an. Sein Gesicht bewegte sich kaum, wenn er sprach, nur die Finger zuckten hin und her, obwohl aus ihren Spitzen kein Tropfen Blut mehr floss.

»Aber eine Bedingung hat sie gestellt«, so redete der Druide weiter. »Sie lässt mich nur frei, wenn ich euch, ihr miesen Erdenwürmer, töte!«

Jetzt war es heraus. Myxin hatte doch recht gehabt. Khylon war plötzlich zu einem anderen geworden. Ein Diener der Finsternis würde sich nie läutern, und er fiel auch immer wieder auf die Versprechungen der Hölle herein.

Wie Khylon.

Dann lachte er. Er riss sein Maul auf, und über seine Lippen drangen widerliche, kichernde Laute, die ich als verdammt unangenehm empfand.

»Ich bin nicht allein«, lachte er. »Nein, ich bin nicht allein. Sie stehen alle auf meiner Seite. Asmodina hat sie mir zum Schutz gegeben. Seht ihr sie nicht?«

Wen meinte er?

»Da, John!«

Ich sah Myxin an. Der deutete zur Decke hoch. Ein furioser Wirbel war dort entstanden.

Fünf geisterhafte Gestalten schwebten im höllischen Kreisel durch den Raum. Sie ritten auf einem gewaltigen Stab, der mich an einen Besen erinnerte.

Hexen.

Ja, das waren die fünf Hexen, mit denen der Druide seine schaurigen Feste gefeiert hatte.

O verdammt!

Die Hexen machten einen Höllenlärm. Sie kreischten und schrien, überboten sich gegenseitig in obszönen Beschimpfungen, die sie uns entgegenschleuderten.

Ich konnte nicht erkennen, ob sie nur feinstofflich waren oder völlig normal. Wenn ihre Kutten durch den Wirbel hochflogen, sah ich die Schenkel und die langen Beine. Unter den Kutten waren die Hexen nackt.

Alte und junge bildeten diesen Reigen. In ihren Augen tanzten kleine rote Funken.

Der Teufel hatte sie scharf gemacht, und Khylon wurde zu ihrem Antreiber.

Er hob den Arm. »Macht sie nieder, die verdammten Feinde!«, brüllte er.

Und die Hexen griffen an!

Blitzschnell stießen sie auf uns herab. So schnell, dass ich nicht einmal dazu kam, die Pistole zu ziehen. Eine wollte mir mit ihren Krallen das Gesicht zerreißen, doch dagegen hatte ich etwas. Hastig stieß ich ihr mein Kreuz entgegen.

Plötzlich schrie die Hexe, die den langen Besen verlassen hatte, auf. Sie war dem Kruzifix zu nahe gekommen. Von einem Augenblick zum anderen stand ihr Körper in Flammen, und als loderndes Bündel schoss sie gegen die Decke. Hart prallte sie dagegen. Im nächsten Moment fegte ein glühender Funkenregen dem Boden entgegen.

Ich fuhr herum.

Zwei Hexen hatten Myxin geschnappt. Sie rissen den kleinen Magier hoch, der einen Bannspruch schrie. Er zeigte keine Wirkung. Die Hexen waren stärker.

Wie ein Teufel war ich dazwischen. Und diesmal hatte ich Zeit, die Waffe zu ziehen, aber ich kam nicht mehr dazu, abzudrücken, denn in diesem Augenblick rutschte der Gabelstapler noch tiefer. Durch den plötzlichen Ruck wurde ich wieder nach hinten geworfen und kam erst zur Ruhe, als sich das Gefährt verkantete.

Da traf ein Schlag mein rechtes Gelenk. Ich hatte das Gefühl, mein Unterarm wäre von glühendem Eisen umwickelt, und ließ die Waffe fallen.

Die Hexe lachte kreischend. Dann schoss sie der Decke entgegen, wo Myxin mit den anderen drei Wesen rang.

Wir wurden von diesen höllischen Kreaturen verdammt in die Defensive gedrängt. Asmodina hatte geschickt reagiert, uns nicht aus den Augen gelassen, nachdem wir ihre Todesbotinnen getötet hatten, und sie hatte sich der Hilfe des Druiden versichert. Diesen Schachzug hatte sie wirklich raffiniert eingefädelt, das musste man ihr lassen.

Auf dem Boden kochte das Dämonenblut.

Es warf regelrechte Blasen, die sich zu dicken Halbkugeln formten und dann zerplatzten.

Die Spritzer fegten nach allen Seiten weg. Wenn ich in diese kochende Suppe sprang, war ich verloren.

Verdammt, wo steckte denn Kara?

Sie war nicht zu sehen, dafür aber der Druide.

Khylon lockte mich. »Komm doch her!«, schrie er. »Nun komm, oder hast du Angst?«

Der hatte gut lachen. Er stand inmitten seines kochenden Dämonenbluts und hatte beide Arme ausgestreckt, als wollte er mir helfen, von dem Gabelstapler wegzukommen.

Okay, das konnte er haben.

Ich kletterte auf das Vorderteil, und dann setzte ich alles auf eine Karte.

Mit einem gewaltigen Sprung stieß ich mich ab, flog durch die Luft und visierte genau mein Ziel an.

Eins der Regale.

Ich hämmerte dagegen, doch meine Hände packten zu und bekamen die grünen Querstangen mit den Löchern daran zu fassen. Jetzt war ich in der Nähe des Druiden.

Er lachte kreischend. »Auch das nützt dir nichts. Du bist da völlig hilflos.«

Das war ich in der Tat, wenn ich so hängen blieb. Doch das kam nicht in Frage.

Ich riskierte einen Klimmzug, schwang die Beine hoch und kletterte in eine leere Regalhöhle hinein.

Jetzt konnte es weitergehen.

Schlimm sah es bei Myxin aus. Die Hexen trieben ihren grausamen Spaß mit dem kleinen Magier, der sich verzweifelt gegen die vier kreischenden Weiber wehrte.

Ich hatte insofern Glück gehabt, dass das Regal nur am hinteren Rand durch das Dämonenblut benetzt war. Wo ich hockte, war alles trocken.

Der Druide grinste mich an.

Und dieses Grinsen machte mich rasend.

Ich nahm mein Kreuz und schleuderte es ihm entgegen!

Gleichzeitig geschah etwas anderes. Kara erschien. Und sie tauchte auf wie Phönix aus der Asche. Plötzlich schwebte sie durch die Lagerhalle – ein feinstofflicher Geist mit einem goldenen Schwert. Sie sah nicht mich, sondern Myxin und die vier Hexen.

Kara gab ihnen das, was sie verdienten.

Zum ersten Mal erlebte ich, wie sie ihr Schwert führte. Da würde so manch männlicher Kämpfer blass vor Neid werden.

Die Hexen sahen sie zu spät. Als sie Kara bemerkten, da hatte sie die erste schon vernichtet.

Ihr Schwert trennte der Hexe den Kopf vom Rumpf. Einen Lidschlag lang wirbelte der Schädel durch die Luft, flog in meine Richtung, und ich sah die weit aufgerissenen Augen und das Grauen auf dem Gesicht. Dann verschwand er.

Der Kopf löste sich auf.

Die Hexe Nummer zwei verlor beide Arme, als das Schwert sie traf. Auch sie löste sich auf, einen grünlichen Rauchschleier hinter sich herziehend.

Die anderen beiden stellten sich.

Sie gifteten ihre Gegnerin an und flogen direkt auf sie zu.

Kara holte weit aus.

Diesmal reichte ein Streich mit dem goldenen Schwert, um beide Hexen zu töten.

Myxin war gerettet. Kara hatte es geschafft, den kleinen Magier in der Kampfhandlung noch aufzufangen, sodass er nicht in den kochenden Blutsee stürzte.

Ich aber hatte noch den Druiden vor mir.

Bis mein Kreuz ihn erreichte.

Es fiel genau in den Brustausschnitt der Kutte. Plötzlich schrie Khylon wie ein Wahnsinniger.

Das Kreuz entfaltete seine volle magische Stärke. Es hüllte den Druiden in einen explosionsartigen Lichtblitz ein, der ihn buchstäblich auseinanderriss.

Teile dieses Dämons flogen nach allen Seiten weg und verglühten.

Ein letzter Schrei, ein qualvolles Jammern aus der Unendlichkeit, dann war alles vorbei.

Die Dämonenpest war ausgeräuchert.

Und mit ihr verging auch das Blut. Es verdampfte. Innerhalb von Sekunden war nichts mehr zu sehen.

Nur die Risse in den Wänden bewiesen, welch ein Drama sich in diesem Lagerraum abgespielt hatte. Und natürlich der Gabelstapler, der schief und verkantet in der Öffnung zum Keller stand.

Myxin hatte die Beretta aufgenommen.

»Willst du sie wiederhaben?«, fragte er.

Ich sprang zu Boden.

»Und wie«, sagte ich, wobei ich gleichzeitig das Kreuz aufhob.

Ich fühlte mich so wohler.

Kara und Myxin standen nebeneinander. Ich reichte ihnen die Hand und bedankte mich für ihre Hilfe.

»Wir sind uns einig geworden«, sagte Myxin.

»Worüber?«

»Dass wir den Kampf gegen unsere Feinde gemeinsam aufnehmen«, erwiderte der kleine Magier.

»Und mich hast du vergessen?«

»Nein, John«, sagte Myxin. »Aber ich werde immer da auftauchen, wo etwas los ist. Und ich werde dir manchen Tipp geben können, denn Karas Fähigkeiten sind phänomenal. Sie allein kann mir helfen, meine eigenen und ursprünglichen Kräfte wiederzufinden. Für diese Welt bin ich nicht geschaffen, aber ich werde auf dich und auf sie immer ein Auge halten. Vielleicht sehen wir uns morgen schon wieder, John. Wer weiß?«

Ich nickte und räusperte mir die Kehle frei. »All right, Myxin, du musst wissen, was für dich am besten ist. Ich wünsche dir jedenfalls viel Glück, und dir auch, Kara.«

Das schwarzhaarige Mädchen nickte dankend. Aber Myxin hatte noch eine Berichtigung.

»Du brauchst mir nicht viel Glück zu wünschen, John, sondern uns, denn wir kämpfen schließlich gemeinsam.«

Das war ein Wort.

Dann gingen die beiden, und ich blieb allein zurück.

Ich fand auch heraus, wo ich war. In Leeds, eine ziemliche Strecke weg von London.

Als ich auf die Uhr sah, da merkte ich, dass Mitternacht schon um eine Stunde überschritten war. Zwei Tote hatte der Fall gekostet. Von den Londoner Ereignissen ahnte ich ja nichts.

Wieder einmal musste ich der Mordkommission einer fremden Stadt begreiflich machen, dass man den oder die Mörder eigentlich nicht zur Rechenschaft ziehen konnte. Immer ein schwieriges Unterfangen. Und dann wollte ich auch wissen, wie es in London weitergegangen war.

Von dem Revier aus rief ich bei Shao an. Sie meldete sich nach dem zweiten Klingeln, war also noch nicht zu Bett gegangen.

»John, du?«, fragte sie erstaunt.

»Ja, warum nicht.«

»Von wo rufst du an?«

»Aus Leeds.«

»Und Suko wartet auf dich.«

Ich lachte. »Dann gib ihn mir mal.«

»Das geht nicht. Er ist zu Scotland Yard gefahren und wartet wohl in deinem Büro.«

»Danke, Shao.« Fünfzehn Sekunden später sprach ich mit Suko. Seiner Stimme entnahm ich, wie erleichtert er war.

Als er mir berichtete, dass es Dr. Tod und seiner Mordliga gelungen war, Fariacs Blut zu rauben, erhielt meine gute Laune einen gehörigen Dämpfer. Vampiro-del-mar war also erstarkt. Wir würden in Zukunft noch mehr von ihm hören. Und mit dieser Prognose sollte ich verdammt recht behalten …

ENDE

MANDRAKA – DER SCHWARZBLUT-VAMPIR

Gräber, Grüfte, alte Schlösser, modrig stinkende Keller – all das sind Orte und Plätze, die einen Menschen das Gruseln lehren, wenn er sie besucht.

Ich aber gruselte mich mitten in London auf einem Trümmergelände. Der Schutt türmte sich haushoch, und die wie verbrannt wirkenden Restmauern stachen in den dunklen Novemberhimmel.

Um Mitternacht sollte ich hier jemanden treffen. Und weil ich misstrauisch war, hatte ich meinen Freund Suko gebeten, mir Rückendeckung zu geben

Ich schlich über das Gelände. Die Schuttberge lagen bereits hinter mir. Und so näherte ich mich der Hausruine. Tür- und Fenteröffnungen wirkten wie dunkle, viereckige Glotzaugen. Wohl war mir nicht. Mir gefiel dieses Sache überhaupt nicht, denn der unbekannte Anrufer hatte den Namen einer Person erwähnt, die schon längst vernichtet war.

Lady X!

Er gab vor, in ihrem Namen zu sprechen, und hatte es tatsächlich geschafft, dass ich seiner Aufforderung Folge leistete und mich zu diesem seltsamen Treffpunkt begab.

Lady X!

Immer musste ich an sie denken. Seit dem Anruf war sie mir praktisch nicht aus dem Kopf gegangen. Im fernen Rumänien war sie vernichtet worden. Marek, der Pfähler, hatte dafür gesorgt und durch die Vernichtung eine seiner größten Leistungen vollbracht.

Man hatte sie begraben und zusätzlich noch in ihr Grab ein Kreuz gelegt, damit nichts mehr passieren konnte. Es war also alles Menschenmögliche getan worden.

Aber war es das wirklich?

Seit diesem seltsamen Anruf war ich davon nicht mehr hundertprozentig überzeugt. In meinem Job konnte mich nichts mehr überraschen, das stand einwandfrei fest.

Gern hätte ich gewusst, wer dieser Anrufer gewesen war. Auf meine diesbezügliche Frage hatte ich nur eine sehr dumme Antwort erhalten.

»Ein Freund!«

Meine Freunde suchte ich mir selbst aus, und dieser Typ war nicht unter ihnen.

Sehr weit brauchte ich nicht mehr zu laufen, um das zu erreichen, was einmal der Eingang des Hauses gewesen war. Jetzt gähnte dort ein großes, viereckiges Loch.

Mein Herz klopfte schneller, als ich davor stehen blieb. Sollte ich hineingehen?

Ich wusste, dass ich so dicht vor dem Eingang eine gute Zielscheibe abgab, deshalb zog mich ein wenig zurück. An der Mauer stoppte ich, sogar ziemlich nahe an der Tür, und schaute nach vorn.

Die aufgeschütteten Erdhügel erinnerten mich an schwarze Berge. Den Bauwagen, hinter dem Suko in sicherer Deckung lag, erkannte ich nur als Schatten.

Wir hatten verabredet, dass ich mich meldete, wenn ich am Haus war. Die Vereinbarung hielt ich ein, griff in die Tasche, holte das Gerät hervor und brachte meine Lippen dicht an die Rille des Lautsprechers. Mit einem Daumendruck legte ich einen kleinen Schalter um, damit sich bei Suko das Signal meldete.

»Was hast du erreicht, John?«

»Ich bin an der Tür.«

»Und?«

»Es ist alles ruhig«, erklärte ich. »Noch ...«

»Bei mir auch. Keine besonderen Vorkommnisse, wie man so schön sagt. In zwei Minuten ist es so weit, nicht?«

»Ja.«

»Soll ich kommen?«, fragte der Inspektor.

»Nein, wir haben noch hundertzwanzig Sekunden.« Wir führten die Unterhaltung im Flüsterton. »Ich betrete jetzt das Haus. Wenn sich in zehn Minuten nichts getan und du auch nichts von mir gehört hast, kommst du und schaust nach. Abgemacht?«

»Ja, aber es gefällt mir nicht.«

»Denkst du mir?« Ich schaltete das Gerät wieder aus, ging

ein paar Schritte vor, drehte mich nach rechts und blieb auf der Schwelle des ehemaligen Hauseingangs für einen Moment stehen, bevor ich in das Dunkel der Bauruine tauchte.

Zunächst konnte ich nichts sehen, weil sich meine Augen erst an die herrschenden Lichtverhältnisse gewöhnen mussten. Das ging sehr schnell vorüber, und ich erkannte den Umriss einer Treppe, die nach oben führte. Sie war also noch vorhanden, wenn auch das Geländer fehlte, wie ich nach einigen zurückgelegten Schritten feststellen musste.

An meiner rechten Seite führte die Treppe in ein geheimnisvolles Dunkel hinein.

Ich blieb an der letzten Stufe stehen und schaute hoch.

Irgendwie überkam mich ein seltsames Gefühl. Ich spürte auf meinem Rücken das Kribbeln, schaute weiter die Stufen hinauf, sah die ersten noch relativ klar, dann aber verschwammen die nächstfolgenden in einer wattigen Finsternis.

Ich konzentrierte mich.

Plötzlich war ich sicher, dass in der ersten Etage etwas auf mich lauerte.

Noch sah ich nichts, aber ich hörte etwas.

Es waren keine Schritte, nur ein leises, vorsichtig angesetztes Tappen, das an meine Ohren drang.

Da stand er.

Tief holte ich Luft. Der andere hatte mich also nicht versetzt, und er würde sich auch zeigen.

Etwas bewegte sich in der Finsternis am Ende der Treppe. Ich griff zur Beretta. Bevor ich die Waffe ziehen konnte, starrte ich in ein grell aufflammendes Licht. Es erschien am Ende der Treppe, leuchtete jedoch nicht weiß, sondern dunkelrot wie bengalisches Feuer.

Im Zentrum sah ich die Gestalt.

Ein Horror-Gebilde. Ein Albtraum-Geschöpf mit einer Weste über dem nackten Körper, einer eng anliegenden Hose und einem Schädel versehen, der von einer Echse stammen konnte, aber feuerrot leuchtete.

Das alles hätte mich nicht von den Beinen gerissen. Es war

das Projektil, das mich plötzlich traf und aus einer seltsam geformten Waffe abgeschossen worden war.

Eine Mischung aus Pistole und Gewehr.

Der Schlag traf mich auf der Brust. Nicht so wuchtig wie bei einer normalen Pistolenkugel, eher mit dem Fausthieb eines Kindes zu vergleichen, aber dennoch spürbar.

Ich zuckte zusammen. Danach konnte ich mich nicht mehr bewegen. Nach unten starrte ich und sah die seltsame Kugel deformiert auf meiner Brust kleben.

Allmählich wurden meine Knie weich. Dass ich nach vorn stürzte, bekam ich zwar mit, konnte jedoch nichts dagegen tun.

Und dann kam das dämonische Geschöpf auf mich zu. Riesenhaft wirkte es, als es die Stufen der Treppe hinter sich ließ und sein Gewehr so senkte, dass die Mündung auf meinen völlig ungeschützten Kopf zeigte.

Warum hilft mir denn das Kreuz nicht?

Es war mein letzter Gedanke vor dem großen schwarzen Nichts!

Der im Schatten der Baugrube hockende Suko war nicht gerade beruhigt, als er das Sprechgerät ausschaltete. Es gab einfach zu viele Widersprüche in dem Fall. Da war John in die Ruine bestellt worden, aber der geheimnisvolle Anrufer kam einfach nicht – oder er hatte schon eine Falle gestellt.

Leider war es dunkel. Nur zur Straße hin existierte eine Absperrung, die durch Blinklichter erleuchtet war, damit Fußgänger und Autofahrer gewarnt wurden.

Das Gelände selbst lag im Finstern. Auch die Ruine, in der John verschwunden war.

Die Außenwände des kleinen Bauwagens stanken nach Lack. Das Gefährt musste frisch gestrichen worden sein, und Suko ging der Geruch auf die Nerven. Er stand auf, reckte sich und bewegte sich einige Schritte zur Seite. Neben einem aufgeworfenen Erdhügel blieb er stehen. Der Hügel bestand nicht nur aus Sand und Lehm, sondern auch aus Schutt. Große Steine, noch mit grauer Mörtelschicht versehen, lagen auf seiner Spitze und an den Seiten.

Der Inspektor hatte den Hügel bereits mehrmals umrundet, doch nichts Verdächtiges feststellen können. Wenn irgendwelche Unbekannte in der Nähe lauerten, dann woanders.

Suko wandte sich ab. Er drehte dem Hügel den Rücken zu und suchte sich eine Stelle aus, die sich als Beobachtungspunkt besser eignete. Dort blieb er stehen.

Der Chinese konnte jetzt die Ruine im Blickfeld behalten und auch einen Teil des Geländes. Wenigstens den, der vor dem Haus lag. Im Rücken hatte er keine Augen.

Und genau da tat sich etwas.

Der Dreckhaufen geriet in Bewegung. Zunächst war es nur ein feines Rieseln trockener Erde. Kaum zu hören. Je mehr der aufgeworfene Hügel jedoch von innen her belastet wurde, umso stärker geriet alles in Bewegung.

Auch die ersten Steine.

Sie rutschten an den Seiten herab. Die kleineren schneller als die größeren, und Letztere wurden auch von den kleinen Steinen eingeholt, sodass sie gegeneinander tickten.

Das hörte Suko.

Er kreiselte herum, schaute auf den Erdhaufen, sah die Bewegungen, sprang vor und wusste Bescheid.

Seine Hand zuckte zur Waffe.

Suko passierte im Prinzip das Gleiche wie seinem Freund John Sinclair. Auch er wurde überrascht, allerdings auf eine andere Weise als John.

Die Gefahr kam von hinten und gleichzeitig aus der Höhe. Auf dem Dach der Baubude hatte sich eine seltsame Gestalt aufgerichtet, die etwas in der Hand hielt, das wie ein Lasso aussah.

Und die Schlinge schleuderte das Wesen mit einer kaum zu verfolgenden Handbewegung.

Suko glaubte noch, ein Surren zu vernehmen, und wollte den Kopf einziehen.

Da erwischte ihn die Schlinge. Sie huschte vor seinem Gesicht vorbei und drehte sich innerhalb eines Sekundenbruchteils um seinen Hals, wobei sie augenblicklich von dem auf dem Bauwagendach lauernden Wesen zugezogen wurde.

Durch den gewaltigen Ruck wurde Suko nach hinten gerissen, geriet ins Taumeln und stolperte außerdem noch über seine eigenen Beine. Sein Gesicht hatte sich verzerrt. Weit stand sein Mund offen. Der Inspektor wollte nach Luft schnappen, die aber wurde ihm radikal abgesperrt.

Mit dem Rücken schlug er auf. Zum Glück blieb sein Hinterkopf verschont, denn es hätte leicht möglich sein können, dass er mit dem Schädel gegen einen herumliegenden Gegenstand geprallt wäre.

Suko war klar, dass er es nicht lange aushalten würde. Die Schlinge schnitt tief in seine Haut, Luft würde er nicht mehr bekommen, und er wusste auch nicht, wer hinter ihm lauerte.

Dafür sah er den anderen.

Die Augen des Inspektors stachen aus den Höhlen. Ein Mensch hätte sich nicht in diesem Dreckhaufen verbergen können, er wäre erstickt. Suko war klar, dass es sich um einen Dämon handeln musste.

Und was es für einer war! Der Inspektor erkannte trotz der Dunkelheit relativ viele Einzelheiten bei dem Monster. Eine Gestalt wie ein Mensch, allerdings mit einem Echsenkopf versehen, der schon dem Schädel eines Krokodils glich. Dabei wuchs auf ihm ein feuerroter Kamm. In der Dunkelheit leuchtete er.

Und die Bestie war bewaffnet.

Eine Art Beil oder Tomahawk mit zwei spitzen Klingen. Das Wesen war geschlechtslos und völlig nackt. Die schuppige Haut leuchtete grünlich, dazwischen sah Suko auch ein rötliches Funkeln.

Das musste ein Dämon aus der tiefsten Hölle sein. Ein Spießgeselle des Satans, eine andere Möglichkeit sah der Chinese nicht.

Der Dämon hob den rechten Arm.

Es war klar, dass er seine Waffe auf Suko zuschleudern wollte, und dem Chinesen blieb allein die Chance, schneller als der andere zu sein.

Obwohl ihn der Luftmangel quälte und der andere ihn zu erwürgen versuchte, gelang es Suko, seine Beretta zu ziehen.

Er feuerte dreimal.

Krachende, peitschende Detonationen zerrissen die Stille auf dem Baugelände. Die Kugeln waren sehr schnell, und sie hieben in den Körper des Höllenwesens.

Dennoch kam dieser Dämon dazu, seine gefährliche Waffe zu schleudern. Da allerdings war er bereits von den ersten beiden Kugeln zurückgestoßen worden, und sein Arm geriet aus der ursprünglichen Richtung. Zwar erschien die Waffe dicht vor Sukos Kopf, aber sie wischte vorbei und hämmerte mit einem dumpfen Laut hinter dem Chinesen in die Wand der Baubude.

Der Dämon aber, so schrecklich er auch aussah, hatte den geweihten Silberkugeln nichts entgegenzusetzen. Er löste sich in einer stinkenden Rauch- und Schwefelwolke auf, wobei noch ein heulendes Fauchen erklang, als die Wolken verschwanden.

Einen Gegner hatte der Chinese erledigt.

Blieb also noch der andere.

Und der machte ihm schwer zu schaffen. Suko stand schon fast am Rande der Bewusstlosigkeit, was die Gestalt auf dem Dach auch spürte, denn sie riss den Chinesen mit einer spielerisch anmutenden Leichtigkeit nach hinten, und Suko prallte mit dem Rücken gegen die Wand der Bretterbude, die unter dem Druck erzitterte.

Ein schrecklicher Gedanke durchströmte das Gehirn des Inspektors. Wenn ihm nichts einfiel und alles so weiterlief, würde es seinem Gegner gelingen, ihn zu töten.

Dann konnte er ihn an der Wand der Baubude in die Höhe ziehen und allmählich erdrosseln.

Suko ließ seine Waffe fallen, hob beide Arme und schwang sie über den Kopf. Seine Bewegungen waren schon langsamer geworden, die Kraft sickerte aus seinem Körper, aber er gab nicht auf, und er bekam das dünne Band über sich zu fassen.

Suko wickelte seine Finger darum. Er wusste nicht, ob der andere etwas von seinen Bemühungen bemerkte, hoffte aber, dass es nicht der Fall war. Und noch einmal sammelte er seine Kräfte. Diesmal übte er den Gegendruck aus, der in einem gewaltigen Ruck mündete.

Suko brach in die Knie.

Auf dem Dach der Baugrube polterte etwas. Ein seltsamer Laut erklang, den Suko nur gedämpft vernahm, dann raste plötzlich ein Schatten an ihm vorbei und prallte zu Boden.

Es war ein wuchtiger Aufschlag. Der Boden um Suko herum erzitterte. Eine immense Kraft hatte den anderen vom Dach geschleudert, wobei er sein gefährliches Lasso losgelassen hatte. Blitzschnell zog Suko das Würgeband aus der Reichweite des anderen und lockerte mit zitternden Fingern die Schlinge von seiner Kehle.

Endlich kriegte er Luft.

Die Schmerzen blieben. Um seinen Hals schien ein Feuerring zu liegen, den unsichtbare Hände immer enger zogen. Suko konnte nicht atmen, nur würgen und keuchen.

Dennoch hatte er andere Probleme. Die Gestalt, die zu Boden geschleudert worden war, hatte sich mit einer gleitenden Bewegung erhoben, kreiselte herum und starrte den Chinesen an.

Suko sah sie ein wenig verzerrt. Er hatte unheimlich einstecken müssen, die Welt verschwamm vor seinen Augen, aber er sah, dass sich dieses Wesen von dem anderen deutlich unterschied.

Es wirkte gedrungen und ähnelte einem Menschen, dessen Proportionen irgendwie nicht stimmten. Die Beine waren zu kurz, die Arme dagegen zu lang, aber es konnte sich sehr schnell bewegen, trotz dieser kurzen Beine. Suko sah es näher kommen und erkannte auch das Gesicht. Eine breite, breiig wirkende Fläche mit flachen Sinnesorganen, die erst bei genauerem Hinsehen zu bemerken waren.

Die dämonische Gestalt hüpfte wie ein Gummiball näher. Bei normaler Konstitution und Kondition hätte Suko auch Zeit gehabt, ihr entgegenzutreten, so aber brauchte er eine Weile, um zu bemerken, was da auf ihn zukam.

Da war das Wesen schon an dem Chinesen vorbei. Mit einem gewaltigen Satz kam es vom Boden hoch, lag waagerecht in der Luft, streckte die Arme aus und versuchte, den aus der Wand ragenden Stiel der Doppelaxt zu umklammern.

Das konnte der Inspektor im letzten Augenblick verhindern. Er schwang herum, legte seine Hände gegeneinander und holte zu einem Rundschlag aus, der auch traf, denn das Monster wurde von der Axt weg und auf den Boden geschleudert, wo es rücklings hinkrachte, sich überschlug und wieder auf die Beine sprang.

Sukos Karatetritt hob das Monster noch einmal in die Höhe. Zudem schleuderte er es auch weiter fort.

Zeit, in der Dunkelheit nach der entfallenen Beretta zu suchen, hatte Suko nicht mehr, er musste das Wesen auf eine andere Weise erledigen.

Es war der Inspektor, der die Doppelaxt aus der Wand riss und sie auch warf.

Der Dämon kam soeben wieder in die Höhe. Er wollte noch ausweichen, schaffte es aber nicht. Eine der beiden Klingen hieb mit einem dumpfen Laut direkt in seine Stirn.

Der Aufprall glich dem eines Geschosses. Die Gestalt wurde zurückgeschleudert, aber sie verging nicht. Es quoll auch kein Blut aus der Wunde, sondern ein dunkler, sirupartiger Saft.

Suko zog die Dämonenpeitsche. Einmal schlug er einen Kreis über den Boden. Die drei Riemen, gefertigt aus der Haut des Dämons Nyrana, rutschten hervor, und die Waffe lag schlagbereit in der rechten Hand des Chinesen.

Er wankte selbst, als er auf seinen Gegner zuging. Der ungemein harte Kampf hatte auch einen Mann wie Suko geschafft, aber er musste an den anderen heran, wenn er wirkungsvoll etwas gegen ihn unternehmen wollte.

Aus dem Handgelenk schlug Suko zu.

Eine kurze Bewegung nur, eine kleine Drehung dabei, und die Riemen wischten seinem Gegner entgegen.

Sie trafen auch.

Das Klatschen war in Sukos Ohren Musik. Ein grausames Röcheln und Röhren folgte, und der Chinese sah, wie sich der andere auf die Seite drehte und damit begann, sich aufzulösen. Auch er verschwand innerhalb einer stinkenden Schwefelwolke.

Für den Inspektor ein Beweis, dass diese Wesen Diener des Teufels waren. Asmodis musste sie geschickt haben, um die beiden wichtigsten Stützen des Sinclair-Teams auszuschalten.

Suko schluckte heftig. Himmel, John war in der Ruine verschwunden! Wahrscheinlich hatte man ihm dort ebenfalls eine Falle gestellt, und er war im Begriff, hineinzutappen – oder er steckte schon darin.

Suko dachte nicht mehr an die Abmachungen. Er wollte nachsehen, was mit seinem Freund geschehen war, und schritt auf die Ruine zu.

Es war kein normales Gehen mehr. Suko hatte Mühe, sich auf den Beinen zu halten. Er fühlte die Schwäche, die seinen ganzen Körper zu übermannen drohte. Erst jetzt, wo der lebensgefährliche Stress des Kampfes vorbei war, erfolgte zwangsläufig die Reaktion, und seine Beine wollten ihm kaum noch gehorchen.

Suko sah kaum, wo er hinlief. So war es fast zwangsläufig, dass er den abgestellten Bauwagen übersah und gegen ihn prallte.

In seinem Kopf tobte der Schmerz. Vor den Augen funkelten Sterne. Er streckte die Arme aus, stützte sich an der Wand ab, holte verzweifelt Luft und keuchte, wobei er weißlichen Speichel sprühte.

Schließlich konnte er nicht mehr. Suko schien keine Beine

mehr zu haben. Seine Knie gaben einfach nach, und er brach dicht vor dem Bauwagen zusammen.

»John«, ächzte er. »Verdammt, John, es tut mir leid …«

Seine letzten Worte. Danach fiel er in den tiefen Schacht der Bewusstlosigkeit …

»Er kommt schon wieder zu sich«, sagte jemand.

Eine andere Stimme formulierte: »Der sieht ja aus, als hätte man ihm den Hals abreißen wollen. Alles voller Blut.«

»Der Doc ist gleich da«, meinte der erste Sprecher. »Ich weise die Wagen ein.«

»Okay, tu das.«

Suko hörte Schritte. Er öffnete die Augen. Nicht auf einmal, sondern zuckend und intervallweise, und er schaute in die Dunkelheit hinein, die dicht vor seinen Augen von einem hellen Fleck durchbrochen wurde, der allmählich Konturen annahm und sich als ein Gesicht herauskristallisierte.

Darüber sah Suko eine Mütze. Sie gehörte zu einer Uniform, und in ihr steckte ein Polizist.

»Na, Inspektor, geht es wieder?«

»Woher wissen Sie, dass ich Inspektor …?«

»Sorry, Sir, aber wir nahmen uns die Freiheit, in Ihrer Brieftasche nachzuschauen.«

»Ja, natürlich.«

»Man hat Sie ganz schön fertiggemacht, wie? Sie müssten sich mal Ihren Hals anschauen. Als ob jemand Ihr Fleisch freigelegt hätte. Kaum vorstellbar.«

»Man wollte mich erwürgen!«, flüsterte Suko rauh.

»Haben Sie den Kerl erwischt?«

»Ja, beide. Sie sind tot.«

»Wir sahen keine Leichen, Sir.«

Suko lachte krächzend. »Die werden Sie auch nicht finden, Meister. Die Toten haben sich aufgelöst.«

Erst wollte der Polizist etwas anderes antworten, überlegte es sich dann und schüttelte den Kopf.

»Der Arzt wird gleich kommen«, sagte er stattdessen.

»Ich brauche keinen Arzt.« Suko erhob sich. Er fühlte sich zwar mies, aber eine Schwäche durfte er nicht zugeben. Es stand einfach zu viel auf dem Spiel. Schließlich ging es nicht um ihn allein, sondern auch um John Sinclair, den Geisterjäger, denn Suko hatte nicht vergessen, was vorgefallen war. Seine Bewusstlosigkeit hatte die Erinnerung auf keinen Fall löschen können.

»Helfen Sie mir mal«, bat er den Polizisten, der neben ihm stand und aus großen Augen zusah.

»Wieso, Sir? Sie müssen doch …«

»Nein, ich will hoch.«

Da streckte der Mann einen Arm aus, um dem Chinesen auf die Beine zu helfen.

Suko bedankte sich mit einem Nicken. Im ersten Moment drehte sich alles vor seinen Augen. An der Schulter des Beamten fand er eine Stütze. Wenig später schon ging es ihm besser. Da konnte er wieder freier durchatmen, und die Welt sah auch nicht mehr so schlimm aus wie zu Beginn seines Erwachens.

Sirenen heulten, Rotlichtstreifen zuckten wie lange Finger über das Gelände, und wenig später hörte Suko das Kreischen von Reifen auf dem Asphalt. Zwei Streifenwagen waren noch gekommen, und schon erreichten die Beamten das Gelände.

»Ich wusste ja nicht, was noch alles geschehen würde«, sagte der Polizist zu dem Inspektor. »Deshalb habe ich …«

»Schon gut. Wie lange war ich eigentlich bewusstlos? Oder fragen wir anders: Wie lange sind Sie schon hier?«

»Vielleicht sechs Minuten.«

Also eine kurze Zeitspanne. Dennoch hatte sie den Gegnern gereicht, um zu verschwinden, und John Sinclair hatten diese Typen natürlich mitgenommen.

Die Beamten hatten lichtstarke Taschenlampen mitgebracht. Auch ein Arzt war dabei. Mit seiner Tasche in der rechten Hand hastete er geduckt über das Grundstück.

Er wollte sich sofort um Suko kümmern, der allerdings winkte ab. »Nein, wir müssen etwas anderes machen!«

»Was denn, Inspektor?«

Die Frage hatte ein breitschultriger Beamter gestellt. Es war ein Sergeant.

»Die Ruine durchsuchen! Nehmen Sie die Hälfte Ihrer Leute mit!«

»Geht klar, Sir.«

Suko suchte seine Beretta, fand sie und steckte die Waffe wieder ein. Der Sergeant, Suko und zwei weitere Beamte gingen auf die Hausruine zu, um sie näher in Augenschein zu nehmen. Suko war zwar Optimist, dennoch glaubte er nicht daran, dass sie fündig werden würden. Sicherlich waren die anderen mit John Sinclair längst über alle Berge.

Dennoch mussten sie es versuchen und vor allen Dingen nach Spuren suchen. Vielleicht fanden sich welche.

Die Beamten zogen ihre Waffen aus den Holstern, als sie das Haus betraten. Starke Taschenlampen hielten sie ebenfalls bereit, und wenn die Pistolen vom Streiflicht der Lampen getroffen wurden, glänzten sie metallisch.

Vor ihnen öffnete sich ein Flur. Das Licht der Lampen schnitt einen hellen, ziemlich breiten Tunnel in die Düsternis, sodass die Männer den Dreck und den Abfall erkennen konnten, der sich in dem ehemaligen Flur auftürmte.

Sie sahen auch die erste Treppe.

Ein Geländer fehlte, wobei die Treppe selbst noch begehbar war. Die Polizisten leuchteten die Stufen hoch und wollten schon gehen, als Suko sie mit Worten und einer knappen Handbewegung zurückhielt.

»Moment, noch nicht. Warten Sie!«

Der Chinese hatte im Licht der Lampe etwas entdeckt. Es waren Spuren, und zwar dicht vor der ersten Treppenstufe.

Fußspuren!

»Hier hat jemand gestanden«, sagte der Sergeant und blickte Suko an, der nicht antwortete, sondern in die Knie ging, um erst einmal nachzuschauen.

Er war jeden Tag mit seinem Freund, Partner und Kollegen John Sinclair zusammen, und er kannte auch dessen Gewohnheiten. Suko wusste, welche Kleidung der Geisterjäger im Schrank hängen hatte, und er kannte auch dessen Schuhe.

Sogar das Muster der Sohle.

Zumeist trugen Suko und John Schuhe mit weichen Sohlen. So konnte man sich anschleichen, ohne sofort von den Gegnern gehört zu werden. Der Inspektor erkannte das Muster der Sohle.

Hier genau hatte John Sinclair gestanden.

Suko drehte sich nach einer Weile zur linken Seite hin und sah dort weitere Spuren.

Allerdings keine Fußabdrücke, sondern Schleifspuren, als wäre dort jemand weggezerrt worden.

Für Suko gab es da nur eine Erklärung. Der Mann, den man weggeschafft hatte, konnte nur John Sinclair gewesen sein. Man hatte ihm hier eine Falle gestellt, und der Geisterjäger war voll hineingetappt.

Suko erhob sich wieder. Er spürte noch immer einen Druck im Kopf, und sein Hals schmerzte, aber das alles spielte keine Rolle mehr, es ging um das Leben seines Freundes.

»Und?«, fragte der Sergeant.

Suko hob die Schultern. »Gut sieht es nicht aus«, gab er ehrlich zu. »Ich schätze, dass wir nicht länger zu suchen brauchen. Da vorn habe ich Schleifspuren entdeckt. Man wird meinen Partner weggeschafft haben.« Suko hatte den Sergeant zuvor kurz eingeweiht, soweit er es verantworten konnte.

»Da stimme ich Ihnen zu, Inspektor. Nur frage ich mich, wohin die anderen Ihren Freund geschleppt haben. Es muss ein Ziel geben. Oder meinen Sie nicht?«

»Sie haben es erfasst. Folgen wir also den Schleifspuren.«

»Leuchten!«, rief der Sergeant.

Die Polizisten senkten ihre Lampen. Starke Strahlen wanderten und wurden von Staubwolken durchwallt, die die Schritte der Männer aufwirbelten. Die Spuren zogen sich tief in den Gang hinein, und schließlich endeten sie.

Und das genau vor einer Tür.

»Die führt zum Keller«, flüsterte einer der Polizisten. Er schüttelte sich, als hätte er Angst.

»Werden wir gleich haben«, sagte Suko, streckte einen Arm aus, legte die rechte Hand auf das kühle Klingenmetall und öffnete. Vor ihnen ging es steil in die Tiefe.

Elektrisches Licht gab es nicht. Die nicht unter Putz liegenden Leitungen hingen nur mehr als Fragmente an der grauen Wand und wirkten wie schwarze Schlangenkörper.

Der Inspektor ließ sich eine Lampe reichen.

»Wollen Sie da hinunter?«, fragte der Sergeant.

»Haben Sie eine bessere Idee?«

»Ich meinte ja nur.«

Suko ging. Auf der Treppe lagen Dreck und Unrat. Je tiefer Suko in den Keller schritt, umso mehr verdichtete sich der Gestank, der die Räume ausfüllte.

Ein widerlicher Geruch von Kot, Verfaultem und Unrat. In dichten, unsichtbaren Wolken schwängerte der Geruch den Keller und strömte auch der Treppe entgegen.

Die Polizisten warteten oben an der Tür. Als Suko einmal einen Blick zurückwarf, sah er, dass die breite Gestalt des Sergeants fast die Tür ausfüllte.

Der Inspektor wusste nicht, wie viele Parteien mal in dem Gebäude gewohnt hatten, jedenfalls gab es mehrere Keller, die den großen unterirdischen Raum unterteilten.

Suko sah auch Gänge, die zu den einzelnen Kellern führten. Wenn er in die Schächte hineinleuchtete, traf der Lichtkegel schon bald auf eine Mauer. Die Gänge waren nicht sehr lang.

Nirgendwo gab es einen Hinweis auf John Sinclair. Suko gab nicht auf und suchte weiter nach Spuren. Irgendwo mussten sie den Geisterjäger ja hingeschafft haben.

Erst in der Tiefe des Kellers wurde Suko fündig.

In einer nischenähnlichen Einbuchtung fand er eine schmale Tür, die verschlossen war. Suko schaute sich das Holz an und stellte fest, dass es nicht so stabil war, um es nicht zerstören zu können. Die Kraft traute er sich zu.

Ein kurzer Anlauf. Nicht mit der Schulter wuchtete Suko dagegen, er setzte zu einem Karatetritt an, traf die Tür und hämmerte das Holz in der Mitte entzwei.

Freier Durchgang.

Kalte Luft wehte dem Inspektor entgegen. Er sah das Blitzen von Autoscheinwerfern und wusste nun, wie die Entführer mit dem Geisterjäger entkommen waren.

Er drehte sich um. Ein zerbrochener Riegel stach ihm ins Auge. Von innen war er vor die Tür geschoben worden. Nun wurde er nicht mehr benötigt. Der Chinese hob die Schultern, drehte sich um, atmete tief ein und ging wieder zurück.

Die Polizisten warteten noch auf der Treppe. Sie bemerkten schon an dem etwas schleppend wirkenden Gang des Inspektors, dass es wohl nicht so geklappt hatte.

»Keinen Erfolg gehabt, Sir?«, fragte der Sergeant.

»Leider.«

»Aber wo können sie denn verschwunden sein?«

Suko schritt die Treppe hoch und deutete, auf der zweitletzten Stufe stehend, mit ausgestrecktem Daumen über die Schulter in die Tiefe des Kellers. »Es gibt am Ende des Kellers eine schmale Tür. Sie führt nicht in ein anderes Haus, sondern ins Freie. Diesen Weg haben die Entführer meines Kollegen genommen.«

»Sollen wir eine Fahndung …?«

Suko unterbrach den Sergeant. »Nach wem oder nach was wollen Sie fahnden, mein Lieber?«

»Ich meine …«

»Es hat wirklich keinen Sinn, hier mit öffentlichen Fahndungen zu arbeiten.«

»Aber was wollen Sie denn unternehmen?«

Suko hob die Schultern und erwiderte: »Mir wird schon etwas einfallen, Sergeant …«

Der Polizist machte ein erstauntes Gesicht. »Ihren Optimismus möchte ich haben, Inspektor.«

»Das lernt man mit der Zeit, mein Lieber.« Dann ging der Chinese. An seinen Hals und an die Behandlung dachte er nicht mehr. Andere Probleme waren wichtiger.

Ich war hilflos!

Angekettet hatte man mich. Nicht nur an den Armen, auch an den Beinen. An allen vier Gelenken spürte ich die Manschetten, die sehr eng geschlossen waren, sodass ich Schmerzen hatte. Zudem hingen die Ketten an eisernen Ringen, die in einer Wand steckten. Ein Entkommen war unmöglich.

Das wussten auch meine Gegner und konnten deshalb triumphieren. Einer stand vor mir.

Es war derjenige, der mich in dem verdammten Treppenhaus der Ruine überwältigt hatte. Ein Wesen, das ich nie zuvor gesehen hatte und auch jetzt kaum erkennen konnte, denn etwas füllte groß und rund mein Gesichtsfeld aus.

Es war eine Waffenmündung. Noch einen Fingerbreit, dann hatte sie meine Stirn erreicht, und sie war genau zwischen den Augen zum Stillstand gekommen.

Aus dieser Mündung war etwas gekommen, das mich brutal erwischte, aber nicht tötete.

Und genau da hakte es bei mir ein.

Weshalb hatte man mich nur betäubt und nicht ausgeschaltet? Es gab nur einen Grund. Irgendjemand brauchte mich. Vielleicht wollte er etwas von mir oder mich für seine Zwecke einspannen. Ich würde noch Genaueres erfahren, dessen war ich mir sicher.

Noch etwas kam hinzu.

Fühlte ich mich sonst, wenn ich aus einer Bewusstlosigkeit erwachte, matt, leidend und abgewrackt, so war dies hier nicht der Fall. Es schien überhaupt nichts geschehen zu sein. Ich konnte mich als in Topform bezeichnen und hätte Bäume ausreißen können, wenn nicht die Ketten gewesen wären.

Wenn ich mich bewegte, vernahm ich ihr Klirren, was für mich keine schöne Musik war.

Das Wesen mit dem rot leuchtenden Schädel hielt die Waffe auf mich gerichtet.

Mir waren im Laufe der Zeit zahlreiche Dämonen begegnet, aber einen wie diesen hatte ich noch nicht gesehen. Der Kopf leuchtete in der Tat knallrot, und er hatte Ähnlichkeit mit einem Krokodilschädel. Lang gestreckt, mit einem vorgeschobenen Maul, tückischen kleinen Augen und einem zackigen Kamm auf dem haarlosen Kopf.

Wer war dieser Dämon? Woher stammte er?

Ich hatte keine Ahnung und glaubte auch nicht, dass dieser Spezi vor mir sprechen, mich verstehen oder antworten konnte.

Dennoch sprach ich ihn an. »He, Freund, tu mir einen Gefallen und nimm die Kanone da weg. Ich habe es nicht so gern, in ein Mündungsloch starren zu müssen.«

Ich hätte auch gegen eine Wand reden können. Der Erfolg wäre der gleiche gewesen. Mein »Freund« dachte überhaupt nicht daran, meinen Wünschen nachzukommen. Er blieb stehen und richtete weiterhin die Mündung der seltsamen Waffe auf meine Stirn.

So blieb mir nichts anderes übrig, als mich in mein Schicksal zu ergeben und darauf zu warten, was noch alles folgen würde. Bestimmt nichts Gutes.

Immer wenn ich mich bewegte, klirrten die Ketten. Ein helles Geräusch, an das ich mich mittlerweile gewöhnt hatte. Ich versuchte auch, an meinem Wächter vorbeizuschielen. Es gelang mir nur schwer, denn das Wesen war ziemlich breit und kompakt gebaut.

Jedenfalls lauerte hinter meinem Aufpasser die Dunkelheit. Eine schwarze Fläche, die von keinem Lichtstrahl erhellt wurde. Ich wusste nicht, ob mein Verlies in der Hölle, einer anderen Dimension oder auf der Erde war, jedenfalls nicht mehr in der alten Ruine.

Wer hatte mich angerufen?

Da gab es viele Möglichkeiten. Gegner hatte ich massenweise. Die meisten sahen mich lieber tot als lebendig, derjenige allerdings, der mir die Falle gestellt hatte, wollte etwas von mir.

Es tat sich auch was.

Zunächst zuckte der Dämon vor mir zusammen. Für einen flüchtigen Augenblick berührte die kalte Mündung der Waffe meine Stirn, dann drehte sich das Monster um und starrte in die Dunkelheit hinein.

Auch für mich wurde es spannend.

Noch sah ich nichts, aber ich vernahm ein Rumoren, dann das Fauchen und ein hohes Kreischen. Eine Wolke schwebte auf mich zu und erreichte die hellere Insel, auf der sich der Wächter und ich befanden. Ich nahm den Geruch wahr und wusste Bescheid.

Da es nach Schwefel stank, gab es eigentlich nur eine Möglichkeit. Derjenige, der sich mir näherte, war ein alter Bekannter von mir. Asmodis, der Teufel.

Obwohl ich die Gefahr, in der ich schwebte, keineswegs unterschätzte, musste ich lachen. Der Satan hatte mich geholt, wahrscheinlich in sein Reich, demnach wollte er etwas von mir. Was es allerdings war, wusste ich nicht.

Ich würde mich überraschen lassen und musste im nächsten Augenblick geblendet die Augen schließen, weil die Finsternis von einem grellen Flammenschein durchbrochen wurde und inmitten dieser Flamme der Teufel stand.

Mein Aufpasser war zur Seite getreten, damit ich den Satan besser sehen konnte.

Wir starrten uns an.

Ich hing gefesselt vor ihm, so gut wie wehrlos, sah ich einmal von meinem Kreuz ab, das mir einen einigermaßen guten Schutz bot. Satan konnte triumphieren, mich vernichten, töten, alles mit mir anstellen.

Dennoch blieb bei mir ein Rest Skepsis zurück. Asmodis hätte sich nicht die Mühe mit mir gemacht, wenn er mich nur einfach hätte umbringen wollen.

Etwas anderes musste dahinterstecken, deshalb wich meine Angst einer gewissen Erwartung.

Der Teufel kam näher.

Er war der Herr in dieser Dimension und spielte sich auch so auf. Von Flammen umkränzt stand er da, die Augen kalt leuchtend, ein böses Lächeln auf dem breiten Maul und das dreieckige Gesicht zu einer Grimasse des Abscheus verzogen.

»Da liegst du nun, verdammter Geisterjäger!«, spie er mir entgegen. »Bist hilflos wie ein Wurm, über dem bereits der Fuß schwebt, der ihn zertreten wird.«

Der Kerl spielte sich auf wie der Darsteller einer billigen Schmierenkomödie. So war der Teufel nun mal. Da unterschied er sich kaum von anderen Dämonen. Immer darauf bedacht, Wirkung zu erzielen und anderen Angst und Schrecken einzujagen.

Bei mir schaffte er das nicht mehr. Ich hatte genug mit dem Herrscher der Hölle zu tun gehabt, und wir hatten uns Kämpfe bis aufs Blut geliefert.

Im Augenblick sah es so aus, als wäre ich der große Verlierer, das allerdings blieb erst einmal dahingestellt. Der Teufel wollte etwas von mir, und er scheuchte meinen Bezwinger weg.

Wir waren allein.

Um uns herum lauerte die Dunkelheit. Nur ich lag inmitten einer Lichtinsel, und auch der Satan wurde von ihr erfasst, sodass wir uns beide sehen konnten.

Ich hatte ihm nichts zu sagen, sondern konnte in aller Ruhe abwarten. Dabei setzte ich sogar noch ein sattes Grinsen auf, um den Höllenfürsten zu ärgern.

Ließ er sich ärgern?

Möglich, aber er zeigte es nicht, sondern streckte seinen Arm aus und deutete mit seiner Klaue auf mich.

»So wollte ich dich immer haben!«, spie er mir entgegen, wobei nicht allein Worte aus seinem Maul drangen, sondern auch nach Schwefel stinkender Rauch und Qualm.

»Warum tötest du mich dann nicht, wenn du dir schon so große Mühe gibst, mich in deine Gewalt zu bekommen?«

»Es war keine Mühe, Geisterjäger. Ich hatte es einfach, du bist mir in die Falle gegangen. Und dein chinesischer Freund auch.«

»Was ist mit ihm?«, fragte ich.

»Ich hatte den Auftrag gegeben, ihn zu töten, weil ich ihn ja nicht mehr brauchte. Leider haben meine Diener versagt, er konnte sie vernichten. Aber es ist nicht tragisch, ich habe dich, und darauf baue ich meinen Plan.«

»Vorausgesetzt, ich spiele mit!«

Der Satan lachte. Dabei schüttelte er sich, und sein weiter Umhang geriet in wellenförmige Bewegungen. »Du wirst nicht anders können, Sinclair.«

»Und weshalb nicht?«

»Weil du der Geisterjäger bist.«

»Glaube nur nicht, dass ich dir zu Willen bin, Asmodis!«, flüsterte ich scharf. »Noch habe ich meinen eigenen Kopf.«

Der Teufel winkte einfach ab.

Jetzt war ich tatsächlich gespannt.

»Ich will es dir erklären, denn es ist ein wenig kompliziert. Ich habe dir schon einmal gesagt, dass große Ereignisse ihre Schatten vorauswerfen. Es findet im Reich der Dämonen eine Trennung statt. Es bilden sich Machtgruppen, Blöcke, die nicht gerade untereinander befreundet sind.«

»Du hast mir also Bescheid gegeben?«, wechselte ich das Thema.

»Ja.«

»Gehört Lady X auch zu dieser Polarisierung?«

»Sie hat damit zu tun.«

»Aber sie ist tot.«

»Das stimmt. Und es ist ihre eigene Schuld, dass sie starb. Sie hätte ihren Weg nicht allein gehen sollen. Aber sie wollte es nicht anders, und deshalb hat sie Pech gehabt.«

»Von welchen Machtblöcken redest du eigentlich?«, fragte ich den Höllenfürsten.

»Von mir und der Hölle«, antwortete er. »Dann die Großen Alten, die, das gebe ich zu, nicht auf meiner Seite stehen. Es sind auch nicht sie allein, andere Magien kommen hinzu. Ich denke da an die gefährlichen japanischen Götter, an die uralte Wolfsmagie aus der Frühzeit der Erde, und ich erinnere dich an viele fremde Mythologien, die ihre eigene Suppe kochen. Es ist nicht mehr möglich, alle unter einen Hut zu bringen, zu verschieden sind sie, und es gibt von jeder Gruppe immer wieder Abspaltungen. Angeführt von Dämonen, die sich selbstständig machen wollen. Den meisten gelingt es nicht.«

»Eine gute Einführung«, erwiderte ich. »Herzlichen Dank dafür! So weiß ich wenigstens, woran ich bin.«

»Zunächst einmal befindest du dich in meiner Gewalt«, erklärte mir der Teufel. »Wenn ich nicht will, kannst du nicht entkommen. Das sollte dir bewusst sein!«

Ich lachte auf. »Lass doch diesen Unsinn! Glaubst du eigentlich, dass ich nicht längst weiß, dass du mich aus einem bestimmten Grund hergeholt hast? Aber nicht, um mich zu töten. Komm endlich raus mit der Sprache! Was also willst du?«

Der Satan schäumte vor Wut. Diese Worte hatten ihm überhaupt nicht gepasst. Es ärgerte ihn stets, wenn jemand keine Angst oder keinen Respekt vor ihm zeigte, doch ich sah gar nicht ein, vor ihm auf die Knie zu fallen und zu bitten.

»Du könntest dich auch geirrt haben, Geisterjäger!«

»Das habe ich nicht!«

»Nun gut, wie du meinst.« Schon machte Asmodis einen Rückzieher, und ich sah mich in meiner Ansicht bestärkt. Er kam wieder auf das Thema zurück. »Ich habe dir erklärt, dass es Machtblöcke gibt, und diese Machtblöcke oder Machtbereiche sind genau abgetrennt, verstehst du?«

»So einigermaßen.«

»Jeder existiert in seinem Reich, in seiner Dimension. Man hat die Grenzen abgesteckt, die nicht überschritten werden sollen, doch es gibt immer wieder Wahnsinnige, die es versuchen und es auch schaffen, in die Dimension anderer Schwarzblüter einzudringen.«

»Und das ist hier geschehen – oder?«

»Ja.«

Trotz der Ketten fühlte ich mich dem Satan überlegen und begann zu lachen. »Wenn du eine so große Macht besitzt, schlag die Eindringlinge doch zurück.«

»Ich bin dabei.«

Er wollte nicht zugeben, dass es ihm nicht gelungen war.

Anscheinend mussten seine Gegner verdammt stark sein. Ich wollte natürlich mehr wissen und fragte weiter: »Wer ist es denn, der dir so viel Kummer bereitet?«

»Es sind Vampire!«

Ich hörte die Antwort und hatte Mühe, mir ein Lachen zu verkneifen. Vampire! Das gab es doch nicht. Der Satan hatte Angst vor Vampiren! Ich zog die Lippen zu einem Grinsen in die Breite, was ihn ärgerte, denn er stampfte mit seinem Klumpfuß so hart auf, dass es dröhnte und Rauchwolken aufstiegen.

»Dir wird das Lachen noch vergehen, Geisterjäger.«

»Weshalb fürchtest du dich vor einem Vampir?«

»Es ist nicht irgendein Vampir.«

»Sondern?«

Satan schaute mich an. Er zögerte mit der Antwort und öffnete erst später sein Maul, um mir den Namen entgegenzuschleudern.

»Es ist Mandraka, der Schwarzblut-Vampir.«

Vielleicht erwartete der Teufel, dass ich Angst zeigte. Die aber kam nicht, denn ich konnte mit dem Namen nichts anfangen.

»Tut mir leid«, erwiderte ich. »Den Namen Mandraka kenne ich nicht. Er ist mir unbekannt.«

»Und du willst der Geisterjäger sein?«

»Ich bin nicht allwissend, Asmodis. Du müsstest mir schon mehr von ihm erzählen, auch weshalb du ihn so fürchtest.«

»Mandraka will Blut.«

»Das wollen alle Vampire.«

»Aber er will besonderes Blut. Er gibt sich nicht mit dem der Menschen zufrieden, sondern will nur an das Blut der Dämonen. Das heißt, Mandraka ernährt sich von schwarzem Blut, vom Lebenssaft der Dämonen. Verstehst du nun?«

Allmählich begriff ich. »Er macht also vor nichts Halt. Auch nicht vor dir, Asmodis?«

»Nein, er will mein Blut!«

»Du kannst ihn nicht vernichten?«

»Ich könnte es«, sagte er, weil er eine Niederlage nicht gern zugab. »Aber ich habe zu viele andere Dinge zu tun, deshalb wirst du dich um Mandraka kümmern.«

»Das glaubst du, Asmodis.«

»Es bleibt dir nichts anderes übrig, denn du bist der Geisterjäger John Sinclair.«

»Komm mir nicht damit. Ich kann doch abwarten, bis Mandraka dich und deine Diener vernichtet. Das macht mir überhaupt nichts, Asmodis. Dabei könnte ich der lachende Dritte sein. Im Gegenteil, ich müsste mich auf seine Seite stellen, denn Mandraka wird die Hölle vernichten. Vielleicht gelingt ihm das, von dem andere Jahrtausende geträumt haben.«

»Dein Denken ist schlecht, Geisterjäger, sehr schlecht sogar. Mandraka wird Macht ausüben wollen und alles an sich reißen. Wenn er erst einmal so erstarkt ist, bist du gezwungen, gegen ihn zu kämpfen. Ob du dann noch etwas gegen ihn ausrichten wirst, ist die Frage.«

Da hatte der Teufel recht. Ich musste zugeben, dass er es auf raffinierte Art und Weise verstanden hatte, mich zu locken. Wenn alles stimmte, was Asmodis mir da berichtet hatte, sah es ziemlich böse aus. Dann konnte dieser Mandraka tatsächlich zu einer gewaltigen Gefahr für alle werden.

»Nun, Geisterjäger?«

Ich hob die Schultern. »Vielleicht hast du recht. Aber was hat das alles mit der toten Lady X zu tun, die praktisch der Aufhänger des Ganzen war?«

»Mandraka nimmt es mir übel, dass ich sie nicht gerettet habe.«

»Hättest du es denn gekonnt?«

»Vielleicht.«

»Aber du wolltest es nicht. Auch dir wurde Lady X zu mächtig. Sie gehorchte dir nicht, das kann ich verstehen. Wer will schon dem Teufel zu Willen sein, wenn er so eine Kraft und Macht besitzt wie Lady X. Vergessen wir es, Asmodis. Wer ist Mandraka, und woher kommt er?«

»Aus einer anderen Dimension.«

»Und aus welcher?«

»Es ist die Dimension des schwarzen Blutes. Besondere Vampire, die Menschen nicht interessieren, sondern nur Schwarzblüter. Sie beißen zu und saugen ihnen das Blut aus den Adern.«

»Was geschieht danach?«

»Sie erstarken.«

»Also wie ein normaler Vampir?«

»Ja, das ist gleich.«

»Und wo kann ich Mandraka finden?«

Auf diese Frage hatte der Teufel gewartet. »Dann bist du also bereit, mitzumachen?«

»Irgendwie ja.«

Asmodis lachte. »Ich wusste, dass du für mich kämpfen willst, Geisterjäger.«

»Nein, nicht für dich. Für die Menschen und auch für mich. Ich muss den Teufel mit dem Beelzebub austreiben, so lautet bei uns das Sprichwort, und daran halte ich mich diesmal.«

»Das ist mir egal. Hauptsache, du findest ihn.«

»Und wo?«

»Er ist ein Wanderer zwischen den Dimensionen. Er kann sich auf der Erde ebenso wie in anderen Welten aufhalten. Er sucht nach Schwarzblütern, um ihnen das Blut auszusaugen, damit sie in seine Familie aufgenommen werden können.«

»Weißt du, wo er sich befindet?«

»Vielleicht hier, vielleicht …«

»Das ist keine Antwort, Asmodis.«

»Kennst du das Land der Ungarn?«

»Ja, das kenne ich.«

»Dort kannst du ihn möglicherweise finden. Er sucht, er will Opfer, und Ungarn wird ihm viel geben.«

»Das Land ist groß!«

»Ich weiß. Du wirst …« Asmodis verstummte mitten im Satz und fuhr herum, wobei er einen Feuerstreif mit sich zog.

Irgendetwas hatte er gewittert, und ich war gespannt, was auf uns zukam.

Noch hatte ich nichts bemerkt, doch der Teufel wusste Bescheid. Sein Instinkt war der bessere.

Lauernd stand er da, während ich mich bewegte und die Kettenglieder leise klirrten.

»Was ist los?«, fragte ich.

»Jemand kommt.«

»Und wer?«

»Das wirst du gleich sehen.« Asmodis hatte kaum ausgesprochen, als sein rechter Arm vorschnellte und aus der Klaue ein gewaltiger Feuerstrahl in die Finsternis stach, sie aufriss und die Dunkelheit völlig verschwinden ließ.

Eine seltsame Helligkeit breitete sich aus.

Ich konnte in einen Raum ohne Grenzen schauen. Er wurde von einem grauen Licht durchleuchtet, das irgendwie schattenlos wirkte und einfach nur existierte. Dieses Licht gab es auf der Erde nicht, das erlebte man nur in fremden Dimensionen.

Noch geschah nichts.

So warteten wir. Die Zeit war uninteressant geworden. Sie spielte keine Rolle mehr, aber es würde etwas kommen, sonst hätte der Teufel nicht so reagiert.

»Willst du mir die Ketten abnehmen?«, fragte ich.

»Nein, jetzt nicht.«

Er traute mir anscheinend noch immer nicht. Die verdammten Ketten behinderten mich ziemlich stark. Zwar konnte ich meine Arme bewegen, dennoch war ich nicht in der Lage, mein Kreuz oder die Beretta hervorzuholen.

Ich war ziemlich hilflos.

Der Gedanke daran, dass eine Attacke dieser seltsamen Schwarzblüter bevorstand, war nicht so abwegig. Der Teufel musste die Schwarzblut-Vampire hassen wie das Weihwasser. Es war auch unwahrscheinlich und kaum zu glauben, dass es tatsächlich Vampire gab, die sich vom Blut eines Dämons ernährten.

Das hatte ich noch nie gehört.

Asmodis wartete weiterhin sehr gespannt und starrte in die

seltsam graue Finsternis. Das unwirkliche Licht hatte einen Tunnel in die Dunkelheit geschnitten.

Darin bewegte sich etwas.

Ich hockte am Boden, drehte mich ein wenig nach rechts, soweit es die Fesseln zuließen, und schaute nach vorn, wo ich, sehr klein noch, jemanden sah.

Schaute der Teufel ihm so kritisch entgegen? Das konnte ich nicht glauben, denn es war einer seiner Vasallen, der sich deutlich in dem konturenscharfen grauen Lichttunnel abhob und ziemlich schnell näher kam.

An der Haltung des Satans war zu erkennen, wie er sich entspannte. Er blieb locker stehen und wartete ab, was ihm der Diener zu berichten hatte.

Auch meine Spannung wich. Ich setzte mich wieder bequemer hin, hatte Muße, an andere Dinge zu denken, und mir fiel auf, dass die verdammten Manschetten hart in das Fleisch über meinen Gelenken schnitten.

Mittlerweile hatte der andere den Satan erreicht. Es war der Typ, der mich überwältigt hatte. Er musste nur wenige Schritte gehen. Ich beobachtete ihn dabei und wurde das Gefühl nicht los, dass etwas mit ihm geschehen war.

Er ging so steif, manchmal zögernd, dann wieder schneller. Noch immer hielt er seine Waffe in der Hand, wobei die Mündung nicht zu Boden wies, sondern nach vorn und direkt auf den Höllenfürsten zielte.

Noch dachte ich mir nichts dabei, bis ich den wütenden Schrei hörte. Das Wesen mit dem Echsenkopf war stehen geblieben, hatte die Waffe noch höher gekantet und abgedrückt.

Es schoss auf den Teufel!

Wie ein Blitzstrahl kam mir diese Erkenntnis, die ich kaum wahrhaben wollte. Dieses Wesen brachte es tatsächlich fertig und feuerte auf seinen Herrn und Meister.

Mir blieb der Mund offen vor Staunen.

Asmodis wich nicht aus.

Stur blieb er stehen und wurde auch getroffen. Es war ein

wuchtiger Hieb, den er hinnehmen musste. Doch das seltsame Geschoss schaffte es nicht, ihn nach hinten zu schleudern, der Satan hielt dem Druck stand. Darin glich er einer alten Eiche.

Mich hatte das Geschoss umgehauen, ihn jedoch nicht, obwohl der andere sicherlich damit gerechnet hatte, denn seiner Haltung entnahm ich, dass er darauf wartete, den Satan fallen zu sehen.

Asmodis blieb stehen. Er tat nichts, wahrscheinlich war er zu überrascht, und wir beide sahen mit an, wie sich sein Diener nach vorn katapultierte und angriff.

Aus seinem Maul drang ein fauchendes Geräusch. Er hatte beide Kiefer weit aufgerissen, ich konnte hineinschauen, und meine Augen wurden groß, denn ich sah etwas, was der Teufelsdiener zuvor nicht besessen hatte.

Zwei Vampirzähne!

Lang, fast wie kleine Schwerter, ragten sie aus dem Oberkiefer des Wesens, das seine Waffe fallen gelassen hatte, beide Krallen in die Schultern des Höllenfürsten schlug, diesen zur Seite drückte und dabei versuchte, die langen Hauer in den Hals des Satans zu schlagen.

Ich kam aus dem Staunen nicht mehr heraus. Der wagte es doch tatsächlich, seinen Herrn und Meister anzugehen! Mehr noch, er wollte dessen Blut. Also war dieser Teufelsdiener in der letzten Zeit zu einem Schwarzblut-Vampir geworden.

Ich hielt den Atem an. Der Teufel tat noch nichts, er wehrte sich nicht einmal, doch er ließ es nicht zum Letzten kommen. Urplötzlich reagierte er. Noch bevor die langen, dolchartigen Zähne in sein Fleisch schlugen, packte er den anderen, hob ihn mit einer spielerisch anmutenden Bewegung in die Höhe und schmetterte ihn zu Boden.

Das Wesen brüllte. Damit hatte es nicht gerechnet. Es war ein gewaltiger Druck, der sich noch vervielfältigte, denn der Satan stellte seinen Klumpfuß auf den Körper.

Unerwartet hart schlug er zurück.

Nicht nur sein Körper war von Blitzen umhüllt, auch der

des Teufelsdieners. Und dieser Körper verging. Flammen schossen wie gierige Finger aus ihm hervor.

Ich hörte sein Schreien. Zuckend und grell durchschnitten die Rufe die Stille, bevor sie abrupt endeten und die Vernichtung des Höllenwesens bewiesen.

Der Fuß des Satans traf nicht mehr auf Widerstand. Er rührte in Asche herum, wobei dünner Rauch aus den Resten stieg und sich allmählich verteilte.

Der Teufel hatte zurückgeschlagen und damit bewiesen, dass er gnadenlos mit denen umsprang, die nicht für ihn waren.

Dennoch war es ein absolutes Novum, über das ich mir Gedanken machte.

Der Satan war in seiner Welt von einem Diener attackiert worden.

Das konnte man wirklich kaum fassen. Auch ich nicht, wobei ich mich schon lange genug mit der höllischen und dämonischen Pest herumschlug. Es war unglaublich. Ich spürte meinen Magen als Klumpen, und ich dachte daran, dass die Schwarzblut-Vampire auf nichts Rücksicht nahmen. Sie waren gnadenlos und sich auch ihrer Stärke bewusst, denn sie hätten sonst nicht so reagiert.

Asmodis drehte sich um.

Sein Gesicht zeigte weder Staunen noch Überraschung, nur eine gewisse Abscheu. Das Maul hielt er ein wenig offen. Über seine Lippen drangen feine Rauchfäden, die vor der Fratze allmählich zerflatterten und weggetrieben wurden.

»Du hast es gesehen, Geisterjäger!«, sagte er.

»Ja.«

»Was sagst du dazu?«

»Es war beeindruckend.«

»Mehr nicht?«

»Was soll ich sagen? Ich liege hier angekettet und kann nur zuschauen. Ich muss ehrlich sagen, dass es mich überrascht hat. Da kommt dein Diener zu dir und will dein Blut. Das habe ich nicht für möglich gehalten. Wobei ich zugeben muss, dass du recht hast.«

»Und wie ich recht habe«, knirschte der Satan. »Auch für mich war es kaum zu fassen, doch es passierte nun mal. Du siehst, Sinclair, dass ich nicht übertrieben oder gelogen habe. Es gibt diese verfluchten Vampire, die, wenn sie einmal infiziert sind, vor nichts zurückschrecken. Und sie werden immer wieder angreifen, es stets versuchen …«

»Auch bei dir?«

»Hast du es nicht erlebt?«

Ich lachte krächzend. »Ja, sehr intensiv sogar. Mir ist dabei ein Gedanke gekommen. Ich brauche nur abzuwarten. Irgendwann haben es die Vampire geschafft und dir alle Diener weggenommen. Danach kommst du an die Reihe.«

»Ich weiß mich zu wehren!«

»Das hast du mir demonstriert. Nur war dieser Vampir ein einzelner Gegner. Andere werden folgen. Wenn alle plötzlich mit einsteigen und sich gegen dich stellen, wirst du irgendwann …«

»Rede nicht weiter, Geisterjäger! Das ist der reinste Unsinn. Ich bin der Herr der Hölle, und ich werde es den anderen auch beweisen. An mich kommt keiner heran.«

»Wozu brauchst du dann mich?«

»Ich habe dir die Gründe erklärt. Für mich geht es um andere Dinge. Denk an die Blöcke, die sich gebildet haben. Ich muss meine Kräfte auf viele konzentrieren und nicht nur auf einen. Das ist mein Problem. Und so habe ich in dir, einem Feind, den idealen Helfer gefunden. Siehst du das nicht ein?«

»Vorausgesetzt, dass ich bereit bin, dir zu helfen.«

Asmodis nickte sehr überzeugt. »Darauf verwette ich meine Hörner!« Er lachte. »Dir wird nichts anderes übrig bleiben. Ich habe meinen Plan genau durchdacht, und eigentlich war es gut, dass sich mein Diener als Schwarzblut-Vampir gezeigt hat.«

»Wirklich?«

»Sicher, Geisterjäger. Denk mal nach. Er ist sehr schnell zu einem Vampir geworden. Das ist für mich ein guter Beweis, dass sie schon in der Nähe lauern. Bestimmt werden sie gleich kommen, dann kannst du Mandraka kennen lernen.«

»Gut, und du wirst dich ihnen stellen.«

»Nein, die Vampire sind ab jetzt *dein* Problem. Ich kümmere mich um andere Dinge.«

»Lässt du mich gefesselt zurück?«

»Natürlich. Die Vampire werden dir nichts tun. Es sei denn, du bist ein Schwarzblüter.« Er lachte laut, starrte mich noch einmal an, und in seinem Gesicht zuckte es.

Seine Gedanken waren leicht zu erraten. Am liebsten hätte er mich sofort gekillt. Das war zwar möglich, jedoch wäre es unklug von ihm gewesen. Also überließ er mich meinem Schicksal. Mit einer abrupten Bewegung drehte er sich um und wandte noch innerhalb der Drehung seine Magie an.

Der Satan entschwand.

Typisch für ihn und so, wie die Menschen sich den Teufel immer vorstellten. Er löste sich buchstäblich in einer Rauchwolke auf. Ein Zischen entstand, ich sah ihn in die Höhe fahren und vernahm zuletzt ein dumpfes Gelächter, das mir entgegenschallte und mir gleichzeitig bewies, wie sehr sich der Satan freute.

Ich blieb allein zurück.

Es war kein erhebendes Gefühl, das konnte sich wohl jeder vorstellen. Ich starrte in den grauen Dämmer hinein, aus dem vor Kurzem noch der Schwarzblut-Vampir erschienen war.

Wer würde als Nächster auftauchen?

Die anderen mussten einfach in der Nähe lauern, da gab ich Asmodis recht. Sie konnten den Tod ihres Artgenossen nicht auf sich beruhen lassen.

So wartete ich.

Es war still. Nur wenn ich mich bewegte, klirrten leise die Kettenglieder.

Gut ging es mir wahrhaftig nicht. Sah man von dem seelischen Druck einmal ab, so fühlte ich mich auch körperlich nicht eben in Hochform. Die Manschetten der Ketten scheuerten auf der Haut. Wie ein hilfloses Opfer hockte ich auf dem Boden und starrte nach vorn in den grauen Dämmer.

Ja, sie kamen.

Ich sah sie nicht, ich spürte es, denn es gab für mich einfach keine andere Möglichkeit.

Die Zeit verrann.

Noch immer hockte ich in der absoluten Stille, schaute nach vorn, und meine Augen begannen allmählich zu tränen. Diese verfluchte Einsamkeit konnte unter Umständen noch schlimmer als das Auftauchen des Feindes sein.

So sehnte ich die Vampire praktisch herbei.

In dieser Welt gab es weder Länge noch Breite. Nur eine Tiefe, die erschrecken konnte. Hinter mir befand sich eine Mauer. Ich war mir sicher, dass sie ebenso rasch verschwinden würde, wie sie vielleicht aufgetaucht war.

Mandraka!

Stets dachte ich an diesen Namen. Er war neu. Ich hatte ihn zuvor noch nie gehört, und auch eine neue Gegnerschaft hatte sich formiert. Die Schwarzblut-Vampire. Bisher war ich von den Vampiren ziemlich verschont worden. Nach der Vernichtung der Lady X hatte es lange gedauert, bis ich wieder von den Blutsaugern hörte. Nun aber kamen sie konzentriert, und es waren ungewöhnliche Geschöpfe. Wie die Blutsauger, die durch Pillen zu Vampiren gemacht worden waren. Aber das lag alles länger zurück.

Die Bewegung innerhalb des Graus war mehr zu ahnen als zu sehen. Ich glaubte, sie in der Ferne erkennen zu können, wollte über meine Augen wischen, aber die Ketten hemmten meine Bewegung, sodass ich sitzen bleiben und nach vorn starren musste.

Schweiß hatte sich auf meinem Gesicht gebildet. Er lag auch auf der Stirn und bedeckte ebenfalls meinen Körper.

Sie kamen!

In der Ferne sah ich sie. Gestalten, die nicht schwebten, sondern gingen. Ob sie den Boden berührten, konnte ich nicht feststellen, jedenfalls näherten sie sich mir, und mein Herz blieb fast stehen.

Aus der Erwartung wurde Furcht. Ich war ungemein gespannt und sah, wie sie sich näherten.

Nicht ein Geräusch entstand dabei. Alles lief in einer gespenstischen Stille ab. Die Vampire verursachten weder Schritte, noch hörte ich sie atmen, sie blieben einfach stumm, aber sie wuchsen immer stärker zu einer Bedrohung an, je mehr sie sich mir näherten.

Würden sie auch über mich herfallen?

Mittlerweile waren sie so nahe herangekommen, dass ich sie auseinanderhalten konnte.

Ich zählte sie.

Es waren sieben!

Keiner mehr und keiner weniger. Und sie hatten einen Sinn für Show, denn sie hatten einen Halbkreis gebildet. Jeder Schritt war genau abgezählt.

Mein Herzschlag verstärkte sich. So ganz traute ich den Worten des Satans nicht. Es konnte durchaus sein, dass Asmodis nur bluffte und diese Vampire nicht nur Dämonenblut wollten, sondern auch den Lebenssaft eines Menschen.

Da sah es für mich böse aus, denn ich konnte mich als Gefesselter nicht wehren.

Näher und näher kamen sie.

Niemand brach aus, keiner ging schneller. Sie blieben gleich, irgendwie monoton. Es entstand kein Geräusch, und vielleicht war es auch diese Tatsache, die so sehr an meinen Nerven zerrte.

Meine Chancen standen spürbar schlecht. In den nächsten Minuten entschied es sich, ob ich überlebte oder nicht.

Der Clubdiener schaute Suko an, als wäre er ein Wesen von einem fremden Stern, vor dem man sich ekeln musste. Sein Blick saugte sich an den Haaren fest, glitt über das Gesicht, erfasste den Oberkörper und wanderte weiter bis zu den Schuhen.

»Zu wem wollen Sie?«, fragte er und legte einen Tonfall in seine Stimme, der Suko klarmachte, dass er in diesem vornehmen Club unerwünscht war.

»Zu Sir James Powell!«

»Die Gentlemen möchten nicht gestört werden. Es kommt hinzu, dass Sie …«

»Dass ich was, Meister?«

»Nun, schauen Sie sich mal Ihren Hals an. Sie scheinen mir nicht gerade ein friedliebender Mensch zu …«

Suko war im Prinzip geduldig. Das entsprach seiner asiatischen Mentalität. Doch irgendwo hatte diese Geduld auch eine Grenze. Wenn sie überschritten wurde, konnte der Chinese verdammt sauer reagieren. Das merkte auch der blasierte Clubdiener, der vornehmer tat als die Gentlemen, die er betreute.

»Hör zu, du Stockfisch«, sagte der Inspektor. »Wenn du mich, einen Yard-Beamten, nicht gleich durchlässt, wirst du einen Ärger bekommen wie nie zuvor.«

»Mister, ich …«

Suko war es leid. Er trat einen Schritt vor und schob den Blasierten kurzerhand zur Seite. Der Mann schnappte nach Luft, er konnte nicht begreifen, dass so etwas mit ihm geschah, aber Suko kannte da keine Hemmungen. Ihm war es egal, was die anderen dachten, er hatte einen Job zu erfüllen, und er musste mit Sir James Powell reden, bei dem er bestimmt auf Verständnis treffen würde.

So betrat der Chinese die heiligen Clubräume, ohne sich um die Proteste des Butlers zu kümmern.

Suko war nicht zum ersten Mal hier. Er wusste genau, wo die einzelnen Räume lagen, und er wusste ferner, dass er nicht gerade das Bild eines Gentleman bot, als er sich nach rechts wandte, über die Teppiche auf eine Schiebetür zuschritt und die Bar links liegen ließ, wo es Getränke der besten Marken gab.

Suko riss die Tür kurzerhand auf. Dahinter lag der Leseraum. Etwa ein halbes Dutzend Clubmitlieder saßen in Sesseln mit hohen Rückenlehnen, lasen Zeitungen, Bücher oder Zeitschriften und hoben ihren Kopf, als sie den unerwarteten Eindringling entdeckten.

Ihre Blicke sprachen Bände.

Suko sah, dass er nicht willkommen war, und die Augen der Anwesenden richteten sich sofort auf seinen blutigen Hals.

Ein Mann trat auf ihn zu. Er schien so etwas wie der Geschäftsführer zu sein, schaute sehr böse, und Suko vernahm in seinem Rücken die Proteste des Türöffners.

»Dieser Mensch hier wagt es ...«

»Sie wünschen?«, fragte der Geschäftsführer.

»Scotland Yard«, unterbrach Suko den Knaben. »Ich muss sofort Sir James Powell sprechen.«

»Inspektor, Sie haben ...«

»Ich habe keine Zeit, begreifen Sie das!«

Aus dem Sessel erhob sich ein faltengesichtiger Mensch im dunkelgrauen Anzug. »Sir James sitzt im Nebenraum.«

»Danke.« Der Inspektor drehte sich an dem Geschäftsführer vorbei und steuerte eine zweite Tür an, ohne auf irgendwelche Proteste zu achten. Diese blasierten Knaben konnten ihm samt und sonders gestohlen bleiben.

Suko hatte die Tür kaum aufgestoßen, da sah er Sir James bereits. Der Superintendent hatte sich aus seinem Sessel erhoben und zur Tür gewandt. Wahrscheinlich hatte er den Raum verlassen wollen. Jetzt zeichnete Überraschung sein Gesicht, als er den Inspektor sah.

»Suko, Sie?«

»Ja, Sir, ich muss Sie sprechen.«

»Natürlich.« Der Superintendent starrte auf den blutigen Hals des Inspektors, schüttelte den Kopf, sagte aber nichts.

»Können wir hier in Ruhe reden, Sir?«

»Kommen Sie, Suko, wir gehen in einen anderen Raum.« Sir James kümmerte sich nicht um die erstaunten Blicke der Clubmitglieder, sondern drehte ab und öffnete eine schmale Seitentür.

Mittlerweile waren auch der Geschäftsführer und der Diener näher getreten. Sie wollten reden, aber sie sahen, dass sich Sir James persönlich um den Chinesen bemühte. Aus diesem Grunde protestierten sie nicht.

Es war der Fernsehraum, den die beiden Männer betraten. Niemand hielt sich dort auf. Die Glotze lief auch nicht, und so konnten sie im gedämpften Licht einer Stehlampe Platz nehmen. Beide versanken in den bequemen Sesseln, und Sir James erkundigte sich, ob es Suko gut ginge.

»So leidlich.«

»Ihr Hals sollte …«

»Sir, das ist jetzt wirklich unwichtig. Es geht um John Sinclair.«

Augenblicklich spannte sich die Haltung des Superintendenten.

»Was ist passiert?«, fragte er knapp. »War der Anruf eine Falle?«

»Im Prinzip ja.«

»Und wer hat die Falle gestellt?«

»Asmodis!«

Das Gesicht des Superintendenten verzog sich für einen kurzen Moment, und er schluckte, als hätte er etwas getrunken.

Suko hielt die Zeit für gekommen und berichtete in allen Einzelheiten, was vorgefallen war, während der Superintendent aufmerksam zuhörte. Als Suko seinen Bericht beendet hatte, nickte Sir James und fragte: »Sie wissen also nicht, ob John noch lebt?«

»Nein.«

Sir James dachte einen Moment nach. »Sie berichteten von den Schleifspuren.«

»Das ist korrekt.«

»Demnach können wir davon ausgehen, dass man John Sinclair weggeschafft hat?«

»Ja. Fragt sich nur, ob tot oder lebendig.« Suko machte sich nichts vor. Er war Realist.

Sir James legte seine Stirn in Falten. Das schmeckte ihm natürlich nicht. Er atmete tief ein und presste die Lippen zusammen.

»Wir müssen uns um John kümmern«, sagte er leise. »Sie sind auch angegriffen worden, Suko.«

»Sie sehen jetzt noch die Wunden.«

»Hatten Sie dabei das Gefühl, dass die Gegner Ihren Tod wollten?«

Der Chinese sah den Blick des Superintendenten fest und fragend auf sich gerichtet. Er nickte dazu.

»Dieses Gefühl hatte ich in der Tat, Sir. Es ging ihnen allein um John. Asmodis hat zudem verlangt, dass John allein kommen sollte. Er tat es nicht. Wahrscheinlich hatten die Monster vom Teufel die Order erhalten, mich zu killen. Die Angriffe lassen keine andere Deutung zu.«

»Dann kam es dem Teufel nur auf John Sinclair an«, murmelte der Superintendent. »Aber was will er von ihm?«

»Töten.«

»Das auch. Nur, hätte er die Leiche dann nicht in der Ruine liegen lassen können?«

Die Überlegung war nicht schlecht, das gab auch Suko mit einem Nicken zu verstehen. »Er will etwas von John.«

»Wir sollten davon ausgehen.«

Suko lächelte. »Ich finde Ihren Optimismus toll.«

»Er beruht auf den Realitäten. Fragt sich nur, wie es weitergehen soll. Haben Sie sich schon Gedanken gemacht?«

»Das ja, aber leider bin ich zu keinem Ergebnis gekommen, Sir, da bin ich ehrlich.«

Sir James schaute auf seine Uhr. »Ich werde natürlich nicht hierbleiben. Haben Sie einen Wagen, oder sind Sie mit der Harley gekommen?«

»Der Bentley steht auf dem kleinen Parkplatz.«

»Das ist gut. Dann können wir fahren.«

»Soll ich Sie an Ihrer Wohnung absetzen?«

Sir James erhob sich. »Nein, wir fahren ins Büro. Vielleicht hilft uns eine Fahndung. John braucht ja nicht unbedingt in die Hölle geschafft worden zu sein.«

»Das ist möglich.«

Auch Suko hatte sich erhoben. Er ließ seinem Chef den Vortritt, als sie das Fernsehzimmer verließen. Die übrigen Gentlemen grüßten freundlich, als die Männer gingen.

Sie trafen auch den Geschäftsführer und den Butler, der Suko von oben herab behandelt hatte. Auch jetzt schaute der Knabe blasiert aus der Wäsche.

Der Inspektor war nicht nachtragend, deshalb hatte er Sir James auch nichts von seinen Schwierigkeiten erzählt. Suko grinste nur, als die beiden ihn anschauten.

Es war kalt draußen. Der November hatte die Temperaturen tief in die Nähe des Gefrierpunktes gedrückt. Vor den Lippen der beiden Männer dampfte der Atem.

Suko hatte den Bentley nicht auf den Parkplatz gefahren, sondern halb auf dem Gehsteig vor dem Haus abgestellt. Er öffnete Sir James die linke vordere Tür, um ihn einsteigen zu lassen.

Als Sir James angeschnallt war, startete Suko den Bentley. Eine hellweiße Fahne verließ den Auspuff und zerflatterte, als der Wagen rollte.

»Sie sind von einer Fahndung nicht überzeugt?«, fragte Sir James, als sie vor einer Ampel stoppten.

»Nein, Sir.«

»Ich ebenfalls nicht so recht.«

»Sie haben es aber trotzdem vor?«

»Ich sehe keine andere Möglichkeit. Ihre Alternativen sind ja in der letzten Zeit beschränkt worden.«

Suko fuhr wieder an. »Wie meinen Sie das, Sir?«

»Ich denke an Myxin.«

Für einen Augenblick kniff der Chinese die Lippen zusammen. Da hatte der Superintendent ein wahres Wort gesprochen und bei Suko einen wunden Punkt berührt. Myxin und Kara, zwei wertvolle Helfer im Kampf gegen die Macht der Schwarzblüter, hatten lange Zeit nichts mehr von sich hören lassen. Suko wusste überhaupt nicht, ob sie noch lebten. Die beiden waren verschollen.

»Sie sind so stumm.«

Suko hob die Schultern. »Was soll ich sagen, Sir? Sie haben recht. Auch wir fühlen uns von den beiden verlassen.«

Suko kannte seinen Chef ziemlich lange, deshalb wusste er

auch, dass Sir James den Helfern des Sinclair-Teams immer ein wenig skeptisch gegenüberstand.

Vom Fluss her wallte Dunst in die City. Schwaden, sehr dünn und lang, die geisterhaft über die Fahrbahn krochen.

Suko verteidigte die beiden. »Myxin und Kara kümmern sich mehr um die mystische Vergangenheit ihres ehemaligen Kontinents Atlantis.«

»Greift nicht irgendwie alles ineinander?«

»Manchmal.«

Sie schwiegen. Über die Buckingham Palace Road rollte der Wagen in Richtung Norden. Vorbei an Londons größtem Bahnhof Victoria Station, wo sich der Verkehr verdichtete und besonders die zahlreichen Taxis auffielen.

Bald würde der große Park mit dem Buckingham Palace auftauchen, das Queen Victoria Memorial, und anschließend würden sie auf der Straße weiterfahren, die den Green Park vom St. James Park trennte.

Die Straße hieß The Mall.

Der Verkehr war wieder abgeflaut. Rechts und links lagen die beiden Parks wie dunkle Wände. Die Scheinwerfer rissen Lichttunnel in die Düsternis und erfassten plötzlich eine Gestalt, die sich mitten auf der Fahrbahn aufgebaut hatte.

Für einen Moment wirkte der Schwarzgekleidete wie ein normaler Mensch. Das änderte sich rasch. Von irgendwoher tanzten Flammen auf die Gestalt zu, hüllten sie ein, sodass Suko und sein Chef sehr genau sehen konnten, wer sich da auf der Straße aufgebaut hatte.

»Der Teufel!«, zischte Sir James.

Sukos Fuß hatte vom Gas auf das Bremspedal gewechselt. Er drückte es ein wenig nach unten, sodass der Bentley an Geschwindigkeit verlor.

»Wollen Sie stoppen?«

Suko nickte. »Asmodis will etwas von uns.«

»Der wollte Sie töten lassen, Suko. Also wird er es noch einmal versuchen.«

»Ich bin mir nicht sicher.«

Die Flammen erloschen in diesem Moment. Zwei Scheinwerferstrahlen erfassten eine völlig normale Gestalt, falls man bei Asmodis davon sprechen konnte.

Ein Mensch sogar, der einen dunklen Anzug trug und beide Hände erhoben hatte.

Suko wusste, dass sich der Teufel sehr gut verwandeln konnte und in verschiedenen Masken auftrat.

Der Bentley hielt sanft, und Satan streckte seinen Arm aus. Als wäre nichts gewesen, schritt er an die Beifahrerseite und öffnete die linke hintere Tür.

Er nahm Platz.

Augenblicklich schwängerte ein scharfer Schwefelgeruch das Innere des Fahrzeugs. Sir James verzog das Gesicht, während Suko klammheimlich seine Beretta gezogen und sie zwischen die Oberschenkel auf den Sitz gelegt hatte.

Der Satan hatte die Tür wieder zugezogen. Er lachte hämisch. »Ich grüße Sie, meine Herren.«

Sir James starrte stur geradeaus, als er fragte: »Was wollen Sie?«

»Nicht so eilig. Vermissen Sie nicht jemanden?«

»Was ist mit John Sinclair?«

»Ich habe ihn.«

Sir James nickte. »Das hatten wir uns gedacht.«

»Und ich werde ihn auch nicht freilassen«, erklärte Asmodis, wobei er noch lachte.

»Dann lebt er?«, fragte Suko dazwischen.

»Das stimmt.«

»Und wo befindet er sich?«

»Du glaubst doch nicht, dass ich dir das sage«, erklärte Asmodis. »Nein, es bleibt mein kleines Geheimnis. Ich habe mir den Geisterjäger geholt, weil ich ihn brauche.«

»Um ihn zu töten?«

»Später vielleicht«, gab der Teufel zu. »Vorerst muss er noch eine Aufgabe für mich übernehmen.«

»Reden Sie nicht um den heißen Brei herum«, sagte Sir James. »Sagen Sie endlich, was Sie wollen!«

»Sind Sie lebensmüde?«, fragte der Satan knurrend. »Ich bestimme hier, denn es ist klar, dass Sie sich in meiner Gewalt befinden. Wenn ich will, kann ich Sie vernichten.«

»Das hattest du bei mir versucht«, sagte Suko.

»Nicht ich. Es waren meine Diener.«

»Kommen Sie zur Sache«, verlangte Sir James, der sich nicht einschüchtern ließ. »Wir wollen endlich wissen, was mit dem Geisterjäger geschehen ist.«

»Er wird gegen Vampire kämpfen!«

Dieser einfach dahingesprochene Satz war für die Männer nicht zu begreifen.

»Gegen Vampire?«, fragte Suko erstaunt.

»Ja, aber gegen eine besondere Art von ihnen. Es sind Blutsauger, die sich vom Lebenssaft der Dämonen ernähren. Sie greifen keine Menschen an, sie wollen anderes Blut. Schwarzes Blut, versteht ihr?«

»Mittlerweile«, gab Suko zu.

»Dann ist es klar. Ich habe Sinclair auf die Vampire angesetzt. Er wird sie und ihren Anführer Mandraka bekämpfen. Mehr wollte ich euch nicht verraten. Es hat keinen Sinn, wenn ihr nach Sinclair forscht. Er befindet sich nicht in dieser Welt.«

»Wo dann?«

»Halt dein Maul, Chinese! Ich habe dir gesagt, dass ich keine Auskünfte geben werde.«

»Auch nicht über Mandraka?«, fragte Sir James.

»Nein.«

»Weshalb nicht? Haben Sie Angst? Wir hätten gern gewusst, woher er stammt. Schließlich ist er ein außergewöhnlicher Vampir.«

Asmodis überlegte. Schweigen breitete sich innerhalb des Wagens aus. Der Bentley parkte an dieser Stelle ungünstig. Suko hatte die Warnblinkleuchten eingeschaltet, sodass auch in der Dunkelheit das Hindernis schon frühzeitig zu erkennen war.

»Wir warten«, sagte Sir James.

»Ich werde euch nicht zu viel sagen«, erklärte der Teufel. »Es ist die Aufgabe des Geisterjägers, herauszufinden, woher Mandraka kommt und was er will. Nur so viel sei gesagt: Er stammt aus alter Zeit. Man kann Mandraka als intelligent bezeichnen. Zudem ist er raffiniert und verschlagen. Er weiß seine Diener genau einzusetzen. Sehr zielstrebig, und schon immer hat er das gewusst.«

»Was heißt schon immer?«, wollte Sir James wissen.

»Das überlasse ich euch.«

Suko drehte sich um. Sein Gesicht war hart. Wut blitzte in den Augen des Inspektors. »Hör zu, mein Lieber, du kannst sagen, was du willst, aber uns nicht ...«

Der Teufel reagierte. Urplötzlich umhüllte Feuer seine Gestalt. Im Nu stand der Wagen in hellen Flammen, und das Feuer breitete sich gedankenschnell aus, sodass es die beiden erfasste, die nichts dagegen unternehmen konnten.

Sir James bäumte sich in seinem Sitz auf. Sein Gesicht verzerrte sich. Er drehte den Kopf zur rechten Seite und stieß mit dem Brillenbügel gegen die Rückenlehne. Zum Glück fiel die Brille in seinen Schoß und blieb dort liegen.

Beide konnten sich nicht rühren. Suko und Sir James hingen in den magischen Fesseln des Satans. Nicht einmal Suko konnte sich bewegen, trotz seiner Kräfte.

Und der Satan lachte.

Voller Gemeinheit, Heimtücke und Hinterlist steckte er. Vornübergebeugt saß er im Fond des Bentley, rieb sich die Hände und war mit einem kaum zu beschreibenden Triumph erfüllt.

»Ich habe euch!«, kreischte er, wobei sich seine Gestalt innerhalb einer Sekunde veränderte. »Ich habe euch und brauche euch nicht mehr. Ich will das Sinclair-Team vernichten. Bisher ist es mir nicht gelungen. Nun steckt ihr in der Falle. Noch verbrennt euch das Feuer der Hölle nicht, ich aber trage dafür Sorge, dass es euch vernichtet. Und zwar radikal ...«

Suko und Sir James hörten die Worte überdeutlich. Sie wussten, dass sie keine Chance mehr hatten. Beide hatten den Satan unterschätzt und nicht mehr daran gedacht, dass sie es mit einem mächtigen Dämon und dem Herrn der Hölle zu tun hatten.

Draußen wischten die anderen Fahrzeuge vorbei. Kein Fahrer stoppte, um nachzusehen, aus welchem Grunde es im Bentley brannte.

Dann stoppte doch ein Auto, ein Streifenwagen. Den beiden Polizisten war das Blinken des abgestellten Bentley aufgefallen. Zudem stand der Wagen an einer Stelle, wo er nicht unbedingt hätte parken dürfen.

So gab der Fahrer noch einmal Gas, fuhr näher und stoppte dicht hinter dem Silbergrauen.

Beide Polizisten stiegen aus ...

Ich sah sie kommen!

Sieben Schwarzblut-Vampire. Sieben Bestien, die kein Pardon kannten und nach dem Saft gierten, das sie am Leben hielt. Waren sie wirklich nur darauf spezialisiert, Dämonen auszusaugen, oder würden sie sich auch an Menschen vergehen?

In der nächsten Minute würde ich diese Frage beantwortet bekommen.

Die Fesseln ließen mir keine Chance. Ich hatte die Arme eng anliegen, die Beine lagen ebenfalls dicht beieinander. Den Rücken presste ich gegen die Wand, und so blieb ich sitzen und wartete auf die verfluchten Blutsauger.

Da sie sich mir inzwischen genähert hatten, konnte ich sie auch besser erkennen, und ich musste meine ursprüngliche Meinung, die ich bisher von Vampiren gehabt hatte, revidieren.

Diese hier waren anders!

Normale Vampire oder die der klassischen Art sahen bleich aus und wirkten blutleer. Man sah ihnen an, wenn sie nach dem kostbaren Lebenssaft gierten. Diese hier, die mir entgegenkamen, konnte man als das genaue Gegenteil bezeichnen.

Vampire mit knallroten Gesichtern.

Das war keine Täuschung, denn diese Fratzen hoben sich in ihrer Farbe sehr deutlich von dem seltsamen grauen Licht ab. Sie sahen unheimlich aus, schaurig, und ich wurde das Gefühl nicht los, als bestünden die Gesichter aus zahlreichen kleinen Wunden, die ein Messer hinterlassen hatte.

Das Blut war dann aus den Wunden getropft und anschließend getrocknet, deshalb die rote Farbe der schrecklichen Fratzen.

Mein Blick konzentrierte sich auf die Augen. Sie waren dunkel und in den blutigen Gesichtern kaum zu erkennen. Mein Blick glitt tiefer und erfasste die Mundpartie.

Da sah ich den klassischen Beweis für das Vampirtum. Lange Zähne, die mit ihren Spitzen aus dem Oberkiefer ragten und auch bei geschlossenem Mund zu sehen waren.

Ich schüttelte mich. Diese Zähne wollte ich nicht am Hals spüren. Sie würden eiskalt zuschlagen und auch radikal vernichten, dafür waren sie erschaffen.

Kein Laut entstand, als sich mir die Gestalten näherten. Jeder Vampir sah gleich aus, keiner unterschied sich von dem anderen, sodass ich mich fragte, ob sich Mandraka, der Anführer, überhaupt unter ihnen befand. Wahrscheinlich nicht.

Ich spürte ein verdammt ungutes Gefühl, als sie den Halbkreis immer enger zogen.

Wie Siebenlinge sahen sie aus, und sie trugen zudem noch die gleiche Kleidung. Pechschwarze, kittelartige Gewänder, die fast bis zu den Knöcheln reichten und bei jedem Schritt, den die Vampire gingen, glockenartig schwangen.

Eine Prozession des Schreckens näherte sich mir, dem Hilflosen. Niemand sprach, die Vampire atmeten nicht, und auch ihre Schritte waren so gut wie nicht zu hören.

Meine Angst stieg. Gleichzeitig auch die Spannung, wobei mein Blick wie gebannt an ihren Gesichtern hing und ich mitbekam, wie sie ihre Mäuler öffneten.

Da sah ich die Hauer!

Ja, mir fiel kein anderer Ausdruck ein. Es waren Hauer, die mir entgegenblitzten.

Vierzehn insgesamt!

Wenn sie in meine Haut hackten, war ich verloren. Es würde nicht einmal eine Minute dauern, um meinen Körper leer zu saugen.

Davor fürchtete ich mich.

Noch ein Schritt, und sie hatten mich. Alle sieben zögerten. Dann – als hätten sie ein nur für sie hörbares Kommando erhalten – gingen sie vor.

Sie überwanden die trennende Distanz und standen plötzlich so dicht vor mir, dass sie mich fast berühren konnten.

Sieben Gesichter schauten auf mich nieder.

Knallrote, blutige Gesichter mit offenen Poren, flachen Nasen und breiten Wangenknochen.

Noch immer hatten sie keinen Laut von sich gegeben. Sie waren aufeinander eingespielt, das musste ich anerkennen. Je mehr sie sich mir entgegenbeugten, umso stärker verkrampfte ich mich. Ich hatte Furcht, mein Herz schlug laut.

Dann erfolgte die erste Berührung.

Der Hauch eines unsagbaren Grauens streifte mich.

Kalte Klauen, Totenhände, die Finger gespreizt, wobei bis zur Hälfte eine seltsame Haut zwischen ihnen wuchs. So etwas kannte ich von Fledermäusen her, und ich erinnerte mich daran, dass Vampire und Fledermäuse miteinander verwandt waren.

Die Hände befühlten mich. Ich spürte sie überall auf der Haut. Sie krochen über meine Beine, drückten, tasteten und forschten nach, ob unter der Haut auch das für sie so wichtige Blut floss.

Ja, es floss. Nur eben kein schwarzmagisches.

Ich sah, wie einer der Vampire in die Knie sank, den Boden berührte, seine Hände ausstreckte und nach meinem rechten Arm griff. Er blieb dabei in der knienden Haltung, und wie Schlangenkörper glitten die Hände in die Höhe.

Weiter und weiter krabbelten sie. Hastig bewegten sich die

im Gegensatz zum Gesicht bleich wirkenden Finger, die die Haut an meinem Hals streiften. Die linke Hand blieb dort liegen. Sie verharrte, aber sie griff nicht zu. Eine tödliche Klaue in Ruhestellung.

Dafür wanderte die andere.

Die Gänsehaut auf meinem Rücken verdichtete sich, als ich die Fingerkuppen auf der Wange spürte. Leicht drückten sie in das Fleisch, prüfend kam es mir vor.

Meine Güte, was hatten diese Bestien mit mir vor? Mir blieb fast der Atem weg. Ich holte flach Luft und sah die übrigen sechs Blutsauger wie durch Nebelschwaden.

An meinen Augen vorbei bewegten sich die Finger, und im nächsten Augenblick griffen sie zu. Sie umwickelten mehrere Haarsträhnen. Ich spürte einen ziehenden Schmerz im Kopf, der sich noch steigerte, als der Blutsauger meinen Schädel zur Seite riss.

Es gelang mir nicht mehr, einen Schrei zu unterdrücken. Zu hart und brutal war dieser Angriff erfolgt. Nach rechts war mein Kopf gerissen worden, dafür spannte sich die Haut an meiner linken Halsseite wie die Sehne an einem Knochengelenk.

Das war die typische Haltung für einen Biss!

Ich dachte an die Worte des Teufels, der mir versprochen hatte, dass diese Blutsauger nur Dämonenblut tranken. Dies schien eine Lüge gewesen zu sein, denn ich glaubte nicht mehr daran, dass mich die Vampire laufen lassen würden.

Zwar kam ich an meine Waffen durch die Kettenfesselung nicht heran, aber ich wollte auch nicht wehrlos sterben oder mich von den Vampiren aussaugen lassen. Nein, da hatte ich noch ein Wörtchen mitzureden.

Durch das Ziehen des Kopfes war ich zur anderen Seite geneigt worden. Meine Arme hatte ich nebeneinander gelegt.

Ich hämmerte zu.

Der Vampir hatte nicht damit gerechnet. Voll musste er den Treffer nehmen, der ihn zur Seite und auf den Boden schleuderte, wo er sich fast noch überschlug.

Nicht ein Laut drang aus seinem Maul. Er hatte sich rasch wieder gefangen und kam hoch.

Auf Händen und Knien blieb er hocken, starrte mich an und schüttelte den Schädel.

Verdammt, was wollte er denn noch?

Ich rechnete mit einer stürmischen Attacke, die jedoch ausblieb. Dafür kroch er näher und stoppte, als er seine Artgenossen wieder erreicht hatte.

Erst jetzt fiel mir der süßliche Blutgeruch auf, den die Vampire ausströmten.

Mein Magen wollte revoltieren, mein Blick flackerte, und ich wusste, dass die erste Reaktion des einzelnen Vampirs nur eine Art von Abtasten gewesen sein musste.

Die nächsten folgten.

Und es waren alle sieben, die sich auf mich stürzten. Diesmal konnte ich nichts dagegen unternehmen. Es hatte keinen Sinn, um mich zu schlagen. Einen hätte ich vielleicht getroffen, doch es waren noch immer genügend andere da, die mich erledigen konnten.

Ihre Körper drückten mich zu Boden. Es war zwecklos, dass ich mich gegen sie stemmte, sie waren zu schwer. Außerdem nahm ich eine so ungünstige Haltung ein, dass sich die Ketten spannten und die Schmerzen an meinen Gelenken so stark wurden, dass ich einen weiteren Schrei nicht unterdrücken konnte.

Die Vampire waren wie eine Meute Hunde, die sich um die Beute stritten. Sie lagen in allen möglichen Stellungen auf mir. Schräg, gerade, manche auf den Knien, andere bedeckten meinen Unterkörper, und auf jedem Flecken blanker Haut spürte ich die tastende Gier ihrer Hände.

Mir ging es verdammt dreckig, aber das Schlimmste stand mir noch bevor.

Da mein Hals frei lag, hatten sich die Vampire natürlich ihn als Ziel ausgesucht.

Etwas kratzte über die gespannte Haut. Zunächst dachte ich an Nägel, aber es war immer ein Paar, das über die Haut fuhr, und plötzlich wusste ich auch, wem ich dieses verfluchte Kratzen zu verdanken hatte.

Den Zähnen!

Verdammt, die Vampirzähne befanden sich bereits an meiner Kehle.

Ich stöhnte, kriegte kaum Luft, in den Gelenken wüteten die Schmerzen, und zwei Hände hielten plötzlich meine Haare fest, während ein dritter Handballen auf meine Stirn drückte und dadurch den Hinterkopf hart gegen den Boden presste.

Jetzt war ich ihnen wehrlos ausgeliefert!

Und sie bissen zu!

»Weshalb leuchtet der Mond auf einmal wie eine blutige Scheibe?«, fragte Kara, die Schöne aus dem Totenreich.

»Muss ich dir die Antwort geben?«

Kara lächelte und schaute Myxin, ihren Gefährten, von der Seite her an. »Wahrscheinlich nicht. Ich erinnere mich noch sehr deutlich an die Tage und Nächte des blutigen Mondes.«

»Ja – damals, in Atlantis.«

»Als wir auf zwei verschiedenen Seiten standen«, fuhr Kara fort und schaute abermals zum Himmel hoch.

Dort stand der Mond wie ein blutiger Kreis. Sie wusste, dass es nur ihnen auffiel. Die übrigen Menschen sahen den Himmelskörper völlig normal, doch Kara und Myxin waren eben nicht mit normalen Menschen zu vergleichen.

Man konnte sie als etwas Besonderes bezeichnen. Beide entstammten dem uralten und versunkenen Kontinent Atlantis. Dort aber waren sie Feinde gewesen. Kara hatte zusammen mit Delios, ihrem Vater, und einigen wenigen Getreuen auf der Seite des Guten gekämpft, während Myxin in den Schwarzen Bergen seine ebenfalls schwarzen Vampire befehligte. Er hatte damals als großer Magier gegolten, war respektiert worden und wollte seine Machtfülle immer weiter ausbreiten.

Damit stieß er an Grenzen.

Es war unter anderem der Schwarze Tod, der Myxins Machtdrang nicht nur entgegenwirkte, sondern ihn auch stoppte. Er besiegte Myxin und versetzte ihn in einen zehntausendjährigen Schlaf auf dem Meeresgrund. Erst John Sinclair und Suko hatten den kleinen Magier, wie er wegen seiner Körpergröße genannt wurde, wieder erwecken können.

Myxin zeigte sich nach einer Weile des Zögerns kooperativ. Vor allen Dingen hatte er eingesehen, dass es gegen den Schwarzen Tod ging, und so stellte er sich auf Sinclairs Seite, was ihn bei anderen mächtigen Dämonen in Ungnade fallen ließ. Sie sahen Myxin nun als ihren Feind an. Sie versuchten, ihn seiner Magie zu berauben, was ihnen auch gelang, doch dank Unterstützung seiner Freunde hatte Myxin seine alten Kräfte wieder zurückerhalten und setzte sie nun gezielt gegen seine ehemaligen Freunde und dämonischen Blutsbrüder ein. Damit hatte er auch Erfolg, bis zu einem Tage, wo die Vergangenheit in die Gegenwart übergriff und zuschlug.

Atlantis war zwar versunken, doch seine magischen Kräfte hatten überlebt und existierten weiter. Das bekam auch Myxin zu spüren, denn die Großen Alten, mächtige Dämonen aus vorgeschichtlicher Zeit, erwachten und schickten sich an, die Erde zu erobern. Ihnen gegenüber standen nur sehr wenige Menschen, die es bisher tatsächlich geschafft hatten, dem Grauen Grenzen zu setzen.

Auch Myxin und Kara waren relativ gut dabei gefahren, bis zu dem Zeitpunkt, als ein Dämon namens Arkonada alles an sich riss und selbst ihr Refugium, die Flammenden Steine, unter seine Kontrolle brachte. Da hatten Myxin und Kara erlebt, dass die Kräfte der Vergangenheit nicht vernichtet waren und auch nicht schliefen. Sie hatten Myxin und Kara bewiesen, wie hart und grausam sie zuschlagen konnten, und die flaming stones hatten durch diese Attacke einen Großteil ihrer Magie verloren. Sie waren für Schwarzblüter manipulierbar geworden, sodass diese einen Weg fanden, auf die normale Welt zu gelangen.

Eine schlimme Sache, wie Myxin und Kara fanden. Es hatte

sie deprimiert und regelrecht geschafft. Sie vergaßen das, was sie zuvor gewesen waren. Streiter des Lichts gegen das Böse. Sie wollten keinen mehr sehen, weil sie sich ihrer Niederlagen schämten.

Deshalb verkrochen sie sich in dem Gebiet der Flammenden Steine, von denen nicht einmal John Sinclair wusste, wo sie lagen. Irgendwo in England, aber sie waren nur dann sichtbar, wenn Kara oder Myxin es wollten.

Es gab wohl kaum Partner auf der Welt, die unterschiedlicher als Kara und Myxin waren.

Eines hatten sie allerdings gemeinsam. Den langen Schlaf. Auch Kara, die Schöne aus dem Totenreich und mit dem Erbe des goldenen Schwerts versehen, war ebenfalls erweckt worden. In einer Felsenhöhle hatte ihr Körper gelegen, während ihr Geist auf Wanderschaft gegangen war, um in den Regionen des Totenreichs zu forschen, wo sie den Trank des Vergessens suchte, ein Elixier, das der Vater Kara ebenfalls überlassen hatte. Leider befand es sich in den Händen eines der mächtigsten Dämonen.

Es war der Spuk!

Und er würde, das war gewiss, den Trank wohl kaum wieder hergeben, da konnte Kara machen, was sie wollte.

Sie gab nicht auf, sie kämpfte weiter, obwohl sich Myxin und Kara in einem Zustand der Depression befanden, dessen Ende noch nicht abzusehen war.

Wieder glitten ihrer beider Blicke zum Himmel hoch. Blutrot leuchtete der Mond, für sie ein Zeichen, denn das hatte es schon in Atlantis gegeben.

»Immer dann, wenn er leuchtete, kamen sie«, sagte Myxin mit leiser Stimme.

»Ich habe sie nie gesehen«, erklärte Kara, »nur von ihnen gehört.«

»Atlantis war groß. Sie schafften es auch nie völlig, denn sie hatten zu viele Feinde.«

»Unter anderem dich.«

»Und meine schwarzen Vampire. Ich hatte mich auf sie verlassen können, denn sie waren es, die die anderen immer wieder zurücktrieben. Und da stand ich auch nicht allein, andere Schattenfürsten halfen mir dabei.«

Kara zeigte sich überrascht. »Weshalb?«

»Wir nannten sie die Schwarzblut-Vampire. Sie ernährten sich im Gegensatz zu normalen Dämonen nur vom Blut der Dämonen. Sobald Schwarzblüter in ihrer Nähe erschienen, saugten sie ihnen den Lebenssaft aus. Es war schlimm.«

»Was geschah mit ihnen?«

»Ich weiß es nicht mehr. Aber auch sind sie abhängig vom Mond. Immer dann, wenn er sein blutiges Licht abgibt, wussten wir, dass sie ihre finsteren Grüfte und Schlünde verlassen hatten, um Beute zu machen.«

»Wie jetzt«, sagte Kara.

»Du sprichst das aus, was ich denke«, bestätigte Myxin. Er nickte dazu.

»Kannst du sie stoppen? So wie damals?«

»Ich glaube es nicht.«

Kara drehte ihren schmalen Kopf. Das lackschwarze Haar fiel zu beiden Seiten des Gesichts nach unten und umrahmte die etwas blass wirkende Haut. Im Gesicht fielen die großen dunklen Augen besonders auf. Kara wirkte noch immer wie eine Frau aus ferner Vergangenheit, denn sie hatte sich an die moderne Kleidung kaum gewöhnen können. Weiterhin trug sie ihre langen Gewänder, deren Farben ständig wechselten. An diesem Abend, als sie vor der Hütte saßen, hatte sie ein dunkleres Gewand übergestreift. Beide spürten die Kälte nicht, die Faszination des roten Mondes war einfach zu groß.

»Ich weiß nicht, wo das noch alles hinführen soll«, sagte Myxin leise

Kara sprang plötzlich auf. »Dann müssen wir kämpfen.«

Der kleine Magier lachte, als er seine Partnerin in einer Kampfhaltung vor sich stehen sah. Kara hatte ihre rechte Hand auf den Schwertgriff gelegt, ihre Augen funkelten. In ihnen stand der Wille, etwas zu unternehmen.

»Wie denn?«, fragte der kleine Magier. »Das Refugium der Flammenden Steine kann uns nicht mehr schützen. Wir stehen auf verlorenem Posten.«

»Lass uns um die Steine kämpfen!«

»Wir würden nicht gewinnen.«

»Und weshalb nicht?«

Myxin legte die Stirn in Falten. »Sie sind manipuliert worden. Finstere Mächte aus fernen Zeiten haben die Magie an sich gerissen. Ich sehe das Zeichen des blutigen Mondes genau, der Weg ist frei für die Schwarzblut-Vampire und deren Anführer Mandraka.«

Kara war der Name zwar bekannt, aber sie war Mandraka noch nie persönlich begegnet.

»Hast du ihn jemals getroffen?«, erkundigte sie sich bei ihrem Partner.

»Nein, nur aus der Ferne gesehen.«

Die Schöne aus dem Totenreich nahm wieder neben Myxin Platz. Nebel wallten über den Boden. Sie stiegen über dem Wasser auf. Es war ein kleiner Bach, der das Gelände der flaming stones teilte und quellfrisches Wasser brachte. Auch die Steine konnten sie in der Dunkelheit sehen. Noch glühten sie nicht. Nach wie vor erhoben sie sich wie dicke, stumpfe Finger aus dem Boden. In der Dunkelheit schimmerten sie in einem metallischen Grau.

Vier waren es insgesamt. Sie bildeten ein Quadrat, dessen Inneres mit Magie gefüllt war, die durch Zeichen und Beschwörung geweckt werden konnte.

Das hatten Kara und Myxin sehr oft getan und sich somit in andere Zeiten und Dimensionen versetzt. In der letzten Zeit hatten sie allerdings davon Abstand genommen, denn mit schwarzmagisch manipulierten Steinen wollten sie nicht arbeiten.

»Und du weißt genau, dass die Schwarzblut-Vampire den Weg durch die Steine finden werden?«, hakte Kara noch einmal nach.

»Damit rechne ich fest.«

»Dann verhindere es«, redete sie beschwörend auf den kleinen Magier ein. »Verhindere es um Himmels willen! Es darf einfach nicht so weit kommen!«

»Was wäre denn so schlimm daran?«

Als Kara diese Frage ihres Partners vernahm, glaubte sie, sich zunächst verhört zu haben. Sie drehte den Kopf und schaute Myxin fragend und aus großen Augen an.

»Was sagst du da? Habe ich richtig verstanden?«

»Ja, du hast es.«

Sie breitete die Arme aus und ließ sie wieder fallen. Ihre Hände klatschten dabei auf die Oberschenkel. »Tut mir leid, aber das musst du mir genauer erklären.«

»Wie du willst. Ich habe dir von diesen Vampiren erzählt. Wenn du richtig zugehört hast, wirst du auch gehört haben, dass sich die Vampire für Menschen überhaupt nicht interessieren. Ihnen kommt es auf das Blut der Dämonen an.«

»Ich verstehe«, unterbrach Kara ihren Partner. »Du meinst also, dass wir sie wirken lassen können.«

»So ungefähr. Sie werden auf diese Erde kommen und sich auf die Dämonen stürzen, die sie finden. Sie saugen ihnen das Blut aus, und damit hätten wir Helfer.«

Kara war nachdenklich geworden. Sie nickte und sagte mit leiser Stimme: »Im Prinzip hast du recht, Myxin, nur wäre das für mich nicht die richtige Art Hilfe. Wenn wir sie einmal auf der Erde haben, dann werden sie dort bleiben. Willst du das?«

»Wenn man sich mit ihnen arrangieren könnte …«

Kara wurde immer erstaunter. Sie öffnete ihre Augen weit. Myxin saß neben ihr, das Gesicht sehr ernst, und Kara stellte fest, dass seine letzte Bemerkung ernst gewesen war und nicht als Witz verstanden werden sollte. »So habe ich dich noch nie reden hören, Myxin. Das kann ich einfach nicht glauben.«

»Ich habe es nicht nur so dahingesagt.«

»Dann willst du dich mit den Vampiren zusammentun?«

»Ich dachte daran.«

Kara war erschüttert. Sollte sie sich so sehr in dem kleinen

Magier getäuscht haben? Sie blickte in sein schmales Profil. Er lächelte nicht, sondern hatte die Lippen fest zusammengekniffen und schaute auf die vier Steine. Die Hände hatte er ineinander verkrampft. Die sonst grünliche Haut hatte einen leicht gräulichen Ton angenommen, und Kara hatte das Gefühl, nicht mehr Myxin, sondern ein Fremder würde neben ihr sitzen. »Denkst du eigentlich nicht mehr an früher? Du hast mir noch vor Minuten gesagt, wie sehr ihr verfeindet wart.«

»Richtig. Nur liegt dies lange zurück. Das war damals in Atlantis. Aber diesen Kontinent gibt es nicht mehr. Er ist tot, gestorben, weg, nur seine Magie hat überlebt.«

»Umso schlimmer.«

»Waren wir nicht früher auch Feinde?«, argumentierte der kleine Magier jetzt.

»Das stimmt, aber …«

»Na los!«, unterbrach Myxin seine Partnerin.

Kara schüttelte den Kopf. »Lass mich ausreden. Zwischen uns war es etwas anderes. Zudem hast du dich für eine Seite entschieden. Du bist kein Schwarzmagier mehr. Du kannst John Sinclairs Kreuz anfassen, du gehst mit Waffen um, die zur weißen Magie gehören. Ich glaube nicht, dass die Schwarzblut-Vampire dich akzeptieren.«

»Ich werde es auf einen Versuch ankommen lassen.«

»Und wenn ich nicht mitspiele?«

Myxin antwortete nicht sofort. Er schaute sie ziemlich lange an. »Dann werde ich allein gehen.«

Mit dieser Antwort hatte er Kara getroffen. Sie erwiderte noch nichts und nickte nur heftig.

»Ja«, hauchte sie schließlich und schaute ihren Partner dabei an. »Ja, das traue ich dir zu. Du bist wieder auf dem besten Weg.«

»Auf welchem?«

»Da fragst du noch? Muss ich dir das wirklich sagen, Myxin?«

»Es wäre besser.«

»Gut, du hast es nicht anders haben wollen. Deshalb sollst

du meine Meinung hören. Du bist auf dem besten Weg, zurückzukehren. Wieder zu denen, mit denen du früher paktiert hast. Zu den Schwarzblütern, den Magiern der dunklen Zeiten. Willst du wirklich zu einem Verräter werden, Myxin? Zu einem Verräter an der guten Sache und an uns allen, auch an unseren Freunden?«

»Nein, Kara …«

»Es tut mir leid, Myxin, aber so sehe ich es. Ich kann dir nicht glauben. Wenn du diesen Weg gehst, den du einschlagen willst, bist du in meinen Augen ein Verräter.« Kara hatte sehr bestimmend gesprochen.

Myxin gab keine Antwort.

Die beiden standen sich gegenüber und schauten sich an.

Kara versenkte ihren Blick in die unergründlich scheinenden Augen des kleinen Magiers. Sie dachte daran, wie oft sie Myxin schon so angeschaut hatte, und sie hatte in seinen Augen stets eine Ehrlichkeit und Treue entdeckt, auf die sie sich hundertprozentig verlassen konnte. Das war nun anders.

Myxins Blick sagte ihr überhaupt nichts. Er war zwar nicht leer, aber sie fürchtete sich davor. Kara bekam Angst, dass Myxin sich tatsächlich auf dem falschen Weg befand.

»Überleg es dir«, sagte sie mit beschwörender Stimme. »Ich bitte dich. Es ist falsch, was du tust. Lass uns zusammenhalten, John Sinclair informieren und dann gemeinsam überlegen, was zu tun ist.«

»Ich habe mich entschlossen, Kara!«

»Dann willst du deinen Weg gehen?«

»Ja.«

»Für mich ist es der eines Verräters. Davon bringst du mich nicht ab, Myxin.«

»Vielleicht will ich es so.«

Kara war erstaunt. »Du willst ein Verräter werden?«, hauchte sie mit erstickt klingender Stimme.

»Ja, das kann sein. Und ein Verräter muss entsprechend handeln, meine Liebe.«

»Wie soll ich das verstehen?« Kara rechnete wirklich nicht mit irgendeinem Angriff und wurde deshalb von Myxins Attacke völlig überrascht. Der kleine Magier sprang vor und schlug sofort zu.

Er traf Kara am Kinn. Sie fiel nach hinten, konnte sich nicht mehr fangen und prallte zu Boden.

Dort blieb sie benommen liegen.

Das allein hatte Myxin gewollt. Um seine Lippen zuckte ein hinterlistiges Lächeln, als er an Kara herantrat, sich bückte und zielsicher den Griff des Schwertes fand.

Einen Augenblick später hielt er die Waffe in der Hand. Die goldene Klinge schimmerte ein wenig blass in der Dunkelheit. Myxin schaute zum Mond hoch, sah ihn rot leuchten und stellte auch fest, dass sich die Steine verändert hatten.

Sie schimmerten in einem rötlichen Ton, der von Sekunde zu Sekunde intensiver wurde.

Man rief ihn.

Und Myxin ging. »Ich komme, Freunde«, sagte er, schaute wieder zum Mond hoch und betrat das Quadrat zwischen den vier Steinen, wo unsichtbar die Diagonalen gezogen waren, die allerdings einen ebenfalls roten Schein abgaben, als Myxin seine Magie einsetzte.

Er spürte das Kribbeln in seinem Körper, merkte die Kräfte, die an ihm zerrten, und sprach eine alte Formel, die er schon als Schwarzmagier angewendet hatte.

Die Steine waren manipuliert worden. Sie spielten auch ihre Kräfte aus, wenn schwarzmagische Formeln auf sie einwirkten.

Myxins Körper begann zu zittern. Auch das Flimmern, das sich um seine Umrisse legte, hatte magische Bedeutung.

Und noch einmal rief der kleine Magier eine Formel aus dem alten Atlantis.

»Trogg il fertem. Gurdura mestet kan!«

Laut hatte er gerufen. So laut, dass selbst Kara ihn hörte. Sie war nicht bewusstlos geworden, nur benommen. Sie hörte die Worte, und sie richtete sich stöhnend auf.

Kara wusste nicht sofort, wo sie sich befand. Sie brauchte einige Sekunden, um sich zurechtzufinden, und ihr Blick glitt auf die vier flaming stones zu.

Die Steine glühten.

Weshalb?

Kara stemmte sich auf die Knie. Sie spürte nicht die kalte Erde und achtete auch nicht auf ihre klammen Finger. Sie hatte allein Augen für Myxin, der innerhalb des Quadrats stand und dessen Konturen allmählich durchscheinend wurden.

Die Schöne aus dem Totenreich wusste genau, was das zu bedeuten hatte. Und sie täuschte sich nicht.

Myxin verschwand lautlos, aufgesaugt und verschluckt von einer starken Magie.

Das Letzte, was Kara noch wahrnahm, war ein goldenes Schimmern. Ausgehend von ihrem Schwert, das Myxin ihr geraubt hatte.

Dann war er verschwunden.

Verloren stand Kara in der Kälte und merkte nicht einmal, dass sie weinte …

Es war ein lautloses Feuer, das sie umfangen hielt. Suko und Sir James hörten kein Fauchen der Flammen, sondern vernahmen exakt die Straßengeräusche.

Und dazu das Lachen des Satans.

»Das Feuer wird euch verzehren!«, sagte der Teufel. »Viele Menschen haben schon im Höllenfeuer geschmort. Das ist wahr, es gibt das Feuer, über das schon so viel erzählt und geschrieben wurde. Ich kann es beherrschen, weil es mir …« Er verstummte, denn er hatte ein Geräusch vernommen.

Auch Sir James und Suko war dieses Geräusch nicht verborgen geblieben. Ein Wagen hatte hinter dem Bentley gestoppt. Durch die Heckscheibe fiel Scheinwerferlicht und vermischte sich mit dem tanzenden Schein der blassen Flammen.

Asmodis war für einen Moment unschlüssig. Er ließ den Flammenvorhang im Wagen und drehte sich um.

Die beiden Polizisten hatten ihr Auto verlassen. Sie waren ziemlich flott, und einer von ihnen riss bereits die Fondtür auf, weil er den Flammenschein gesehen hatte, während der andere wieder zurücklief, um einen Feuerlöscher zu holen.

Die Tür flog förmlich auf, und der Teufel kam.

Innerhalb einer Sekunde schaffte er es, sich zu verwandeln. Plötzlich tauchte vor dem entsetzten Gesicht des Beamten das hässliche dreieckige Urgesicht des Satans auf. Die widerliche Fratze mit dem breiten Maul und dem Höllenlachen.

Der Beamte konnte sich nicht so schnell fassen. Er wankte noch zurück, dann war der Teufel schon bei und über ihm. Aus den Fingern lösten sich Blitze, die in den Körper des Beamten schlugen.

Der Mann krümmte sich. Er schrie laut.

Sein Kollege hielt bereits den Feuerlöscher in der Hand und tat etwas, das wohl noch nie ein Mensch vor ihm getan hatte.

Er griff Asmodis mit einem Feuerlöscher an.

Der Mann hatte ihn bereits entsichert, drückte den Griff nach unten, hielt das Löschgerät mit beiden Händen und hielt haargenau auf die flammenumkränzte Gestalt des Satans.

Der weiße Schaumstrahl zischte aus der Düse. Er wuchtete gegen den Teufel, der nicht wusste, wie ihm geschah. Selbst er verlor in diesen Augenblicken die Übersicht.

Der Polizist sah ihn fallen, er entdeckte auch seinen Kollegen am Boden und drehte sich dennoch dem Wagen zu, durch dessen offen stehende Fondtür der weiße Schaumstrahl in das Innere spritzte.

Suko bekam was mit, auch Sir James wurde gestreift, und der Polizist tat etwas Gutes. Er riss auch die anderen Türen auf und musste staunend mit ansehen, dass die Flammen nicht tanzten, sondern ruhig brannten.

»Nehmen Sie die Peitsche!«, verlangte Suko mit rauer Stimme.

»Wo?«

»An meinem Gürtel.«

Der Polizist zögerte.

»Schnell, machen Sie!«

Irgendwie ahnte der Mann, dass es sehr wichtig war. Er ließ den Feuerlöscher fallen, dachte auch nicht darüber nach, dass die Menschen, die eigentlich hätten verbrannt sein müssen, noch lebten, und bekam den Griff der Dämonenpeitsche zu fassen.

»Schlagen Sie einen Kreis über dem Boden!«

Der Beamte tat, was man von ihm verlangte. Er wunderte sich über nichts mehr, auch darüber nicht, dass aus der Öffnung plötzlich drei Riemen fuhren.

»Schlagen Sie in die Flammen!«, befahl Suko.

Der Polizist tat es. Immer wieder drosch er zu. Jedes Mal, wenn die Peitschenriemen die Flammen berührten, entstanden kleine Blitze, die sich gegen die starr wirkenden Feuerzungen stellten und diese sogar vernichteten.

Das Feuer brach zusammen.

Drei Schläge hatten gereicht. Ein völlig normaler Wagen stand vor den Augen des Beamten.

Nicht ein verbrannter Fleck war zu sehen. Unverletzt konnten die Männer aussteigen. Vor allen Dingen der Chinese war schnell wie der Blitz. Er stürmte mit gezogener Pistole aus dem Fahrzeug, während sich der ältere Mann langsamer bewegte, seinen Rock glatt zog und den Polizisten anschaute, der überhaupt nicht begriff, was er da geleistet hatte.

»Ich danke Ihnen«, sagte Sir James.

»Bitte, ich …«

»Darf ich Ihren Namen erfahren?«

»Konstabler Waingrow.«

»Ich werde ihn mir merken!«

Der Polizist wurde rot. Er hatte in den letzten Sekunden erkannt, wer vor ihm stand. Diesen Mann kannte er zwar nicht persönlich, hatte ihn jedoch schon auf Bildern gesehen.

»Sir, sind Sie nicht …?«

»Ja, ich bin Superintendent Powell.«

Waingrow erschrak. Seine Augen wurden groß, das Blut wich aus seinem Gesicht.

Sir James lächelte. »Sie haben uns das Leben gerettet, mein Lieber. Dafür danken wir Ihnen. Inspektor Suko?«

Der Chinese hatte die Verfolgung nicht mehr fortgesetzt, weil Asmodis verschwunden war. Jetzt stand Suko neben dem bewegungslos am Boden liegenden Polizisten.

»Ist der Mann tot?«

»Nein, Sir, nur bewusstlos. Wir sollten trotzdem einen Arzt kommen lassen, er scheint schwere Verbrennungen zu haben.«

»Ja, tun Sie das.«

Suko ging zum Bentley, tauchte hinein und entdeckte die Spuren des Kampfes.

Von dem Feuer sah er nichts mehr. Es hatte auch keine Reste hinterlassen, aber der Löschschaum schimmerte auf den Polstern wie leicht angeschmutzter Schnee.

Das Funkgerät funktionierte noch. Suko rief einen Krankenwagen herbei und gab die genaue Position durch. Dann gesellte er sich wieder zu Sir James.

»Asmodis ist verschwunden?«, fragte der Superintendent. »Weshalb?«

»Kann ich Ihnen auch nicht sagen, Sir.«

»Er hatte uns doch schon – oder?«

»So gut wie.«

»Sir, wenn ich etwas hinzufügen darf«, meldete sich der Beamte.

»Immer«, sagte Suko.

»Vielleicht hat ihn der Schaum vertrieben.«

Sir James und Suko lächelten. »Das wird es gewesen sein«, gaben beide zu, obwohl sich keiner von ihnen vorstellen konnte, dass sich der Satan von einem Schaumstrahl wegjagen ließ. Es mussten andere Motive dahinterstecken.

Möglicherweise wollte er kein Aufsehen erregen, obwohl dem Teufel dies sonst nichts ausmachte. Aber in dem Fall hier hatte er sich anders entschieden.

Weshalb?

Suko und sein Chef diskutierten über die Gründe. Sir James,

der wieder einmal gut durchblickte, meinte: »Möglicherweise will er die große Sache nicht gefährden.«

»Die mit John?«

»Ja, so sehe ich es.«

Suko schüttelte den Kopf. »Mandraka und die Schwarzblut-Vampire. Darunter kann ich mir wirklich nichts vorstellen. Sie, Sir?«

»Nein, ich habe noch nichts davon gehört.«

»Wen könnten wir fragen?«

»Wir werden es zunächst auf technischem Gebiet versuchen. Das heißt, unsere Computer anzapfen.«

»Ja, das ist vorerst die einzige Chance.«

Scotland Yard besaß den Ruf, eine der besten Polizeiorganisationen der Welt zu sein. Und diesem Namen musste sie alle Ehre machen. Die technischen Einrichtungen wurden stets auf den modernsten Stand gebracht. In der Datenbank lagerten unzählige Informationen aus aller Welt. Manch unscheinbare Dinge wurden gespeichert, die im ersten Augenblick wie Fehlinformationen aussahen, sich später aber als äußerst brisant herausgestellt hatten.

Deshalb waren Suko und Sir James nicht so pessimistisch, was den Begriff Mandraka anging.

»Und wenn wir im Computer nichts finden, müssen wir eben Sarah Goldwyn fragen«, schlug der Chinese vor.

Sir James verzog das Gesicht. »Die Horror-Oma?«

»Warum nicht?«

Der Superintendent hatte persönlich nichts gegen die alte Dame. Er mochte nur nicht, wenn sie in brisanten Fällen mitmischte, das sollte sie lieber anderen überlassen, denn sie hatte schon des Öfteren mit einem Bein im Grab gestanden.

Der Krankenwagen kam. Das Blaulicht zuckte und warf Kreise über die Fahrbahn.

Auch von den Beamten wurde Sir James erkannt. Der Superintendent sprach mit dem Arzt, während der Mann den Verletzten untersuchte.

»Er hat schwere Verbrennungen«, erklärte er.

»Lebensgefährliche?«

»Hoffentlich nicht. Jedenfalls ist er bewusstlos.« Der Arzt hob den Kopf und schaute Sir James durch die Gläser seiner Brille an. »Wie ist es denn dazu gekommen?«

»Kann ich Ihnen auch nicht sagen.«

»Wirklich nicht?«

»Das heißt, ich will es nicht. Sie würden mir wahrscheinlich nicht glauben, Doc.«

»Ja, das kann sein.«

Sir James schaute nach Suko. Der Chinese war damit beschäftigt, den Wagen notdürftig zu reinigen. Er hatte ein Tuch gefunden und putzte die Vordersitze ab.

»Jetzt können Sie sich wieder setzen, Sir«, sagte er.

»Danke.« Der Superintendent stieg ein, nicht ohne sich vorher noch einmal bei dem Polizisten bedankt zu haben. Wenig später rollte der Silbergraue wieder los.

»Das war knapp«, sagte Suko.

»Und wie.«

Der Inspektor schüttelte den Kopf, während er damit begann, den St. James Park zu umrunden. »Der Teufel scheint schwer in der Klemme zu sitzen, wie man seinen Reaktionen entnehmen kann.«

»Aber wieso?«

»Da fragen Sie mich zu viel, Sir. Es sei denn, wir nehmen Mandraka als Maßstab.«

»Das müssen wir wohl.«

»Ich möchte nur gern wissen, wieso sich der Satan so stark in die Enge treiben ließ. Man müsste einen Streifzug durch andere Dimensionen und Dämonenreiche machen können, dann wüssten wir sicherlich wesentlich mehr. Seine Gegner scheinen sich zu formieren.«

»Wozu Sie die Großen Alten zählen?«

»Das stimmt, Sir.«

Sie hatten mittlerweile Westminster Abbey erreicht und konnten in die Victoria Street einbiegen, wo das Yard Building liegt. Sir James vertraute auf die Computer.

»Die werden etwas ausspucken!«, erklärte er überzeugt.

Suko war nicht seiner Meinung, wollte sich aber gern positiv überraschen lassen.

Eine Viertelstunde später hatte er den Wagen auf dem Parkplatz hinter dem Gebäude abgestellt, und die beiden Männer befanden sich auf dem Weg in die Informationsabteilung.

Die dort arbeitenden Beamten der Nachtschicht rissen die Augen auf, als sie Sir James sahen.

Der Superintendent ließ sich sofort den Chef der Abteilung ans Telefon geben und zitierte ihn dann zu sich. Als der Mann kam, erklärte Sir James das Problem mit einem Wort.

»Mandraka!«

Der Informatiker zog die Augenbrauen zusammen. »Sir, was soll ich denn damit anfangen?«

»Sie nicht.« Sir James deutete auf die zahlreichen Geräte in dem vollklimatisierten Raum. »Ihre elektronischen Helfer sollen mir dabei zur Seite stehen.«

»Gut, Sir, wenn Sie es so wünschen.«

»Mandraka!«, murmelte Suko. »Bin gespannt, was wir über diesen Burschen herausfinden.«

In einer kleinen Sitzgruppe hatten es sich die Männer bequem gemacht.

Auch die Computer arbeiteten nicht mit Lichtgeschwindigkeit. Sie brauchten Zeit, bis sie die Informationen, die man wünschte, ausspucken konnten. Und mit dem Wort Mandraka war dem elektronischen Helfer nur ein Begriff eingegeben worden.

Etwa zehn Minuten dauerte es, da kehrte der Mann wieder zurück. Seine Stirn hatte er in Falten gelegt, in der Hand trug er einige Meter beschriebenes Endlos-Papier.

»Und?«, fragte Sir James.

Ein dritter Sessel war noch frei. In ihn ließ sich der Chef hineinfallen. Er schüttelte den Kopf, und die Falten auf seinem Gesicht verschwanden nicht.

»Es tut mir leid. Aber ich glaube, dass ich Ihnen nicht viel weiterhelfen kann.«

»Versuchen Sie es dennoch.«

»Also. Der Name Mandraka ist uns ein paar Mal über den Weg gelaufen. Allerdings auch in etwas veränderter Form. Einmal als Mandrake ...«

»Das war eine Comicfigur«, erklärte Suko.

»Korrekt. Dann gab es einen Zauberer, der sich so nannte und auf Jahrmärkten auftrat. Er ließ alle möglichen Gegenstände verschwinden, zum Schluss auch Menschen. Die Polizei in Frankreich entlarvte ihn schließlich als Kidnapper.«

»Vergessen Sie es«, sagte Sir James.

»Zudem sitzt der Mann«, erklärte der Informatiker und fuhr fort: »Dann haben wir hier einen östlichen Geheimagenten namens Mandraka. Es war der Deckname eines Spions.«

»Wo hat er gearbeitet?«, fragte Suko.

»Überall im Westen. Liegt allerdings schon einige Jahre zurück. Der Agent stammte aus Ungarn.«

»Und er lebt noch?«

»Von seinem Tod steht hier jedenfalls nichts.«

»Gut.« Sir James nickte. »Fahren Sie fort.«

»Das war alles, Sir.«

Jetzt legte der Superintendent die Stirn in Falten. »Haben Sie wirklich nichts mehr herausgefunden?«, wollte er wissen.

»Nein.«

Sir James war überhaupt nicht zufrieden. Er hatte sich mehr versprochen.

»Da kann ich Ihnen leider nicht helfen, Sir«, erklärte der Computer-Chef. »Tut mir wirklich leid.«

»Schon gut.« Sir James erhob sich. Er bedankte sich für die Mühe und zog mit Suko im Schlepp ab.

Der Informatiker atmete auf. Er hatte es nicht gern, wenn ihm jemand dazwischenfunkte.

Sir James und Suko fuhren mit dem Lift hoch. »Was sagen Sie dazu?«, fragte der Polizei-Offizier.

»Nichts.«

Sie konnten den Lift verlassen. »Auch nicht zu der Spur, die nach Ungarn führt?«

»Sie denken daran, weil dort der Vampirglaube zum Teil noch besteht?«

»Genau.«

»Das ist möglich. Aber im Ostblock sind unsere Einsatzchancen sehr begrenzt. Nur Rumänien bildet da eine Ausnahme. Ich wüsste nicht, wo ich in Ungarn den Hebel ansetzen sollte.« Suko öffnete Sir James die Bürotür. »Bleibt uns nur noch die letzte Chance.«

»Sarah Goldwyn!«, stöhnte Sir James.

Suko lachte. »Ich weiß überhaupt nicht, was Sie gegen die alte Dame haben.«

»Nichts, im Prinzip.«

»Dann ist es ja gut.«

»Ich möchte nur nicht, dass sie sich in Fälle einmischt, die sie nichts angehen.«

»Sie besitzt aber ein gutes Archiv.«

»Besser als unseres?«

»Nein, Sir, die beiden kann man nicht miteinander vergleichen. Das Archiv der Lady Sarah ist spezieller. Sie sammelt ja Informationen über das, was unsere Fälle berühren könnte. Sie besitzt eine Fülle von alten Büchern, sie hat Filme, sie hat …«

Das Telefon summte.

Beide Männer erschraken. Sie standen im Arbeitszimmer des Superintendenten, und Sir James war es auch, der den Hörer abnahm. Er meldete sich. Suko hörte, wie er überrascht den Namen des Anrufers aussprach.

»Shao! Was kann ich für Sie tun?« Sir James hörte zu, nickte und reichte den Hörer an Suko weiter. »Für Sie.«

»Danke, Sir.« Der Chinese nahm den Hörer entgegen. »Ja, Shao, was ist denn?«

»Bei dir alles klar?«

»Weshalb nicht?« Suko runzelte die Stirn. Shaos Stimme klang irgendwie gepresst und überhaupt nicht müde, wie es eigentlich für diese nachtschlafende Zeit zu erwarten gewesen wäre. Er begann sich Sorgen um seine Partnerin zu machen.

»Ich habe Besuch, Suko. Du musst sofort kommen.«

»Okay, und wer ist es?«

»Kara. Ich glaube, Suko, da ist einiges passiert.«

»Bin schon unterwegs«, erklärte der Chinese und legte den Hörer hart auf …

Zum ersten Mal spürte ich, wie es ist, von einem Vampir gebissen zu werden. So etwas war mir noch nie widerfahren, und an mich hatte sich nicht nur *ein* Vampir herangemacht, sondern gleich zwei, die von verschiedenen Seiten ihre Zähne in meinen Hals hacken wollten.

Ich spürte rechts und links einen scharfen, ziehenden Schmerz auf der Haut und verkrampfte mich nach diesen beiden Bissen, die wie einer wirkten, noch mehr.

Das Blut sprudelte aus den kleinen Wunden. Augenblicklich begann ein Schlürfen und Schmatzen. So widerlich nah an meinen Ohren, dass es bereits überlaut klang.

Ich hätte schreien können, aber ich unterdrückte das Gefühl und wartete darauf, dass Mattheit über mich kommen würde. So etwas sagte man den Opfern der Vampire zumeist nach.

Die beiden Vampire saugten und leckten. Mein Kopf wurde noch immer zu Boden gepresst, andere hielten trotz der Ketten meine Arme und Beine fest, sodass ich überhaupt nichts unternehmen konnte, den beiden Saugern zu entgehen.

Plötzlich war alles anders. Der Druck verschwand, und die beiden Vampire fuhren in die Höhe.

Dabei schrien sie, stießen abgehackte Laute aus und schüttelten ihre Köpfe. Das konnte ich deutlich sehen, denn sie engten mein Blickfeld nicht mehr ein.

Etwas hatte sie gestört.

Ich schaute nach oben. Druck verspürte ich keinen mehr auf mir. Die Vampire überließen mich wieder den Ketten. Auch die beiden, die mich gebissen hatten, waren zurückgewichen. Aber nur so weit, dass ich sie noch erkennen konnte.

Sie standen da und hatten ihre Gesichter verzogen. Die Mäuler waren in die Breite gerissen. Ein roter Saft umschmierte ihre Lippen. Es war mein Blut.

Sie fauchten und stießen dabei seltsame, abgehackt klingende Schreie aus.

Was war nur los?

Ich wollte nicht mehr auf dem Rücken liegen und drückte meinen Körper vor, damit ich mich aufrecht setzen konnte. Während dieser Bewegung fiel es mir ein.

Diese Vampire waren nicht normal, falls man bei ihnen überhaupt von Normalität sprechen konnte. Ich sah das aus klassischer Sicht. Vampire brauchten Blut, diese hier auch. Aber die, mit denen ich es hier zu tun hatte, waren allein auf das Blut von Dämonen fixiert. Ich war kein Dämon, in meinen Adern floss normales Menschenblut, und das schien für die Vampire unverdaulich zu sein. Und nicht nur das. Sie ekelten sich sogar davor. Das sah ich ihnen deutlich an.

Die übrigen fünf zeigten keinerlei Interesse mehr an mir. Sie starrten nur ihre beiden Artgenossen an, die in grotesk anmutenden Bewegungen ihre Arme hoben und sich mit den Handrücken über die Mäuler fuhren, um das Blut abzuwischen.

Sie wollten keinen Tropfen mehr behalten. Das Menschenblut war für sie etwas Widerliches.

Ich aber lag hier angekettet am Boden und fragte mich, wie es weitergehen sollte.

Die Schwarzblut-Sauger mit den roten Gesichtern schienen es selbst nicht zu wissen. Sie standen zusammen, unterhielten sich. Ich verstand nichts, hörte nur zischende Laute, die aus ihren Mäulern drangen. Wahrscheinlich sprachen sie über mich.

Hin und wieder traf mich ein scheuer Blick. Mancher steckte auch voller Hass, denn die Blutsauger sahen sich um ein Opfer betrogen. Sie hatten nicht damit gerechnet, dass ein Mensch vor ihnen lag.

Irgendwie verständlich, wie ich fand.

Sie schienen zu einem Entschluss gelangt zu sein, denn

zwei von ihnen lösten sich aus der Gruppe und traten auf mich zu.

Wollten sie es noch einmal versuchen?

Nein, daran konnte ich nicht glauben. Die ersten Bisse hatten ihnen gereicht.

Die Vampire hatten etwas anderes vor. Während ich an meinem Hals noch das leichte Ziehen der Bisse verspürte, blieben sie vor mir stehen und bückten sich.

Im nächsten Augenblick tasteten abermals die Hände über meinen Körper. Sie durchsuchten mich, und jetzt wusste ich auch, was sie wollten. Mich kurzerhand entwaffnen.

Die Schwarzblut-Vampire wurden fündig. Sie fanden zuerst die Beretta. Die Waffe zogen sie aus dem Holster. Einer schaute sie an, blickte auf mich, dann wieder auf die Pistole und schüttelte den Schädel mit dem roten Gesicht.

Anscheinend konnten sie damit nichts anfangen.

Der andere suchte weiter. Er fand den Dolch, riss ihn hervor, hielt ihn hoch und verzog das Gesicht zu einem breiten Grinsen. Die Stichwaffe war ihnen bekannter, und der Vampir drehte die Klinge herum, sodass die Spitze auf mich wies. Für einen schrecklich langen Moment bekam ich Todesangst, denn ich hatte das Gefühl, als wollte mir der Vampir meinen eigenen Dolch in den Körper rammen.

Er überlegte es sich anders und ließ den Dolch wieder verschwinden. Ich atmete auf.

Sein Artgenosse suchte weiter. Seine flinken Finger glitten über meinen Körper. Er gelangte auch dorthin, wo sich unter dem Stoff des Pullovers etwas abzeichnete.

Mein Kreuz!

Jetzt war ich gespannt. Bisher hatte das Kreuz ja nicht eingegriffen. Normalerweise konnte es von Vampiren nicht berührt werden. Es vernichtete diese Blutsauger, denn das Kreuz war bekanntlich das klassische Abwehrmittel gegen Vampire.

Auch der Schwarzblut-Vampir zögerte. Seine tastenden Hände lösten sich von meinem Körper und zuckten heftig zurück. Aus seinem offenen Maul drangen seltsame Laute, schon mit einem erstaunten Ächzen zu vergleichen, und er schüttelte den Schädel.

Dann drehte er sich um.

Die anderen sechs starrten ihn an.

Der Vampir sprach Worte, die ich nicht verstand. Sie drangen kehlig aus seinem Mund, schon mit Urlauten zu vergleichen, aber er wurde von seinen Artgenossen verstanden.

Sie schauten mich an, hoben die Schultern, wirkten unschlüssig, und einer von ihnen deutete in die Ferne.

Die anderen nickten.

Dies bewies mir, dass die Blutsauger endlich einen Plan gefasst hatten. Und der drehte sich um mich. Was mit mir geschehen sollte, wusste ich nicht, ich hoffte nur, dass ich endlich von den verdammten Ketten befreit würde.

Die Schwarzblut-Vampire kreisten mich ein. Sie senkten ihre Köpfe und schauten sich die Ketten an.

Einer von ihnen griff nach der Manschette, die mein linkes Handgelenk umschloss. Einen Schlüssel brauchte er nicht. Durch einen Hebeldruck sprangen die beiden Hälften auseinander. Dies geschah sehr plötzlich. Ich hatte nicht so rasch damit gerechnet, konnte den Arm nicht in der Lage halten, sodass er zu Boden fiel und ich mir hart mein Gelenk stieß. Den Schmerz unterdrückte ich, denn ich war endlich zum Teil befreit und konnte tief durchatmen.

Auch die anderen Manschetten stellten für die Schwarzblut-Vampire kein Problem dar. Sie lösten sie geschickt und bedeuteten mir, mich auf die Füße zu erheben.

Das war leichter befohlen als getan. Ich hatte große Mühe, mich in die Höhe zu stemmen. Mein Kreislauf war durch die lange Fesselung so ziemlich aus dem Gleichgewicht geraten, und ich kroch erst einmal ein paar Meter zur Seite.

Dann erhob ich mich.

Es war schwer genug, auf den Füßen zu bleiben. Schwindel packte mich, für einen Moment drehte sich alles vor meinen Augen, doch ich hatte Ehrgeiz und blieb stehen.

Die Beretta und den Dolch besaßen meine Gegner. Das

Kreuz hatten sie mir gelassen. Vielleicht erhielt ich noch Gelegenheit, es voll einzusetzen.

Meine körperliche Konstitution machte sich bemerkbar. Die Folgen der Fesselung überwand ich rasch, aber zu neuen Taten war ich noch längst nicht bereit.

Darum sollten sich erst einmal andere kümmern, denn ich spielte hier den Statisten, während sich die Vampire in dieser Dimension bestimmt gut auskannten.

Zwei Vampire verschwanden. Fünf blieben zurück und ließen mich nicht aus den Augen. Ich versuchte, in ihren Blicken zu lesen. Wie standen sie zu mir? Waren sie sehr feindlich gesonnen, oder konnte ich, ein normaler Mensch ohne schwarzes Blut, mit ihnen paktieren? Das wäre natürlich stark gewesen, aber ich durfte nicht vergessen, dass es sich auch bei ihnen um Dämonen, um Feinde handelte.

Die Pupillen wirkten kalt, völlig ausdruckslos. Ich konnte nicht erkennen, was sich hinter den Stirnen der Blutsauger alles abspielte. Wenn sie ihrem Urtrieb nachgingen, würden sie sich auf die Jagd nach Schwarzblütern begeben, und da konnte ich ihnen sicherlich zur Seite stehen und auch helfen.

Die beiden anderen Blutsauger kehrten zurück. Sie hatten von irgendwoher einen Gegenstand geholt, den sie zwischen sich trugen. Ich konnte ihn erst erkennen, als sie näher kamen.

Mein Herzschlag wollte stocken. Was die Vampire da geholt hatten, war ein pechschwarzer, offener Sarg. Jetzt wusste ich, welchen Platz sie für mich vorgesehen hatten.

Ich konnte nicht gerade behaupten, dass es mir Freude bereitete, in die offene Todeskiste zu schauen, aber dagegen angehen konnte ich auch nicht. Wenigstens in dieser Hinsicht verließen sich die Blutsauger auf die klassische Art der Vampire, denn die alten Blutsauger übernachteten zumeist in schwarzen Särgen.

Dann hörte ich ein Wort, auf das ich schon lange gewartet hatte. Einer der Vampire sprach es aus.

»Mandraka!«

Ich zuckte zusammen. Sollte ich, John Sinclair, zu Mandraka gebracht werden? Eigentlich lag es auf der Hand, und ich verstand auch die folgenden Gesten.

Man bedeutete mir, in den Sarg zu steigen, den die beiden Träger inzwischen abgesetzt hatten.

Ich stieg ein.

Für einen Moment überfiel mich die Furcht, dass man noch einen Deckel auf das Unterteil setzen wollte. Dies geschah zum Glück nicht. Die Schwarzblut-Vampire wollten mich in der offenen Totenkiste transportieren.

Zu viert hoben sie den Sarg an, schaukelten ihn und setzten sich in Bewegung.

Ich tat nichts, blieb stumm und starr wie ein Toter liegen und wartete auf das Ziel dieser Reise …

Shao hatte ihren Partner bereits gehört, als er aus dem Lift stieg und den Gang entlangeilte.

Sie öffnete die Tür.

Suko blieb stehen. Shao sah zwar blass aus, dennoch zeichneten sich auf ihren Wangen rote Flecken der Hektik ab.

»Was ist geschehen?«, fragte Suko.

»Komm erst einmal rein.«

Der Chinese strich seiner dunkelhaarigen Partnerin, die über ihr Nachthemd einen Morgenrock geworfen hatte, über das Haar und drückte sich an ihr vorbei. Mit raschen Schritten hatte er die Diele durchquert und betrat das Wohnzimmer.

Dort wartete Kara.

Sie saß in einem Sessel, richtete ihre großen, dunklen Augen auf die Tür und sah noch blasser aus als sonst, daran änderte auch der weiche Lichtschein nichts.

»Ich grüße dich«, sagte Suko und nahm Karas schmale Hände zwischen die seinen. Wer ihre Hände so sah, hätte es nicht für möglich gehalten, dass Kara so meisterhaft mit einem Schwert kämpfen konnte. Und bei dem Wort Schwert hakte es bei Suko ein.

Er vermisste die goldene Klinge, nahm es nur zur Kenntnis und sprach nicht darüber. Auch nicht davon, dass er Myxin nicht in der Wohnung sah, denn normalerweise erschienen Kara und Myxin zusammen.

Shao kam und drückte die Tür zu. »Möchtest du etwas trinken?«, fragte sie ihren Partner.

»Nein, jetzt nicht.« Suko schaute Kara an. »Wie ich dich kenne, hast du Sorgen.«

»Das stimmt«, erwiderte sie mit leiser Stimme.

»Und um was geht es?«

»Es gibt zwei Probleme. Eigentlich drei, wenn ich die Steine mit hinzuzähle.«

»Welche sind das?«

»Die Schwarzblut-Vampire, Myxin und die Steine …«

Schon bei dem ersten Wort war Suko, der sich sonst immer gut unter Kontrolle hatte, zusammengezuckt. Das war doch nicht möglich, das konnte es nicht geben!

»Mandraka?«, fragte er.

Jetzt wunderte sich Kara. Sie winkelte die Arme an. Ihre bleichen Finger umkrampften die Sessellehne. »Du kennst ihn?«

»Nein, ich hörte nur von ihm.«

»Wann?«

»Vielleicht vor einer Stunde. Asmodis besuchte uns und berichtete von Mandraka. Der Teufel hat übrigens John Sinclair entführen lassen, damit er gegen die Schwarzblut-Vampire kämpft. Das jedenfalls nehmen wir stark an.«

Shao bewies ihre Überraschung durch einen leisen Schrei. »John entführt?«

Suko drehte sich kurz um. »Ja, aber das ist jetzt nicht mehr wichtig. Wir müssen mehr über Mandraka wissen. Kara, bitte, sag uns alles, was du weißt!«

Suko schaute die Schöne aus dem Totenreich beschwörend an, und Kara nickte.

»Ich werde euch alles berichten. Es klingt unglaublich, aber es ist eine Tatsache.«

In den nächsten Minuten hörten Suko und seine Partnerin schweigend zu. Es war unwahrscheinlich, was Kara erzählte, und mehr als einmal schüttelten sie die Köpfe.

»Sogar das Schwert hat mir Myxin abgenommen«, erklärte Kara. »Ich verstehe es nicht.«

»Was ist nur mit ihm los?«, fragte Suko.

Ruckartig hob Kara den Kopf. »Was mit ihm los ist?« Ihre Stimme klang plötzlich hart und spröde. »Das kann ich dir genau sagen, mein lieber Suko. Myxin ist zum Verräter geworden!«

Da standen die Worte im Raum. Suko und Shao wurden bleich. Sie schauten auf Kara, deren Gesicht maskenhaft starr wirkte. Es war ihr anzusehen, dass sie nichts von dieser schweren Anklage zurücknehmen würde. Es blieb dabei. Für sie war Myxin ein Verräter.

»Schießt du da nicht ein wenig übers Ziel hinaus?«, fragte Shao leise.

»Nein!« Entschieden schüttelte die Frau den Kopf. »Auf keinen Fall. Myxin hat mir mein Schwert entrissen, er nahm es mit auf seine Reise, von der ich nicht weiß, wohin sie führen soll. Tut mir wirklich leid.«

»Er will auf jeden Fall mit den Schwarzblut-Vampiren Kontakt aufnehmen«, folgerte Suko.

Dagegen sagte Kara nichts.

»Und da trifft er auf John Sinclair«, sagte Shao.

»Auch das kann passieren, falls der Teufel so reagiert hat, wie wir es vermuten«, pflichtete Suko ihr bei.

»Wobei sich John und Myxin als Feinde gegenüberstünden«, erklärte Kara.

Suko schüttelte den Kopf. »Nein, du siehst das zu eng, Kara. Myxin und John haben sich prächtig verstanden. Sie …«

»Vergiss nie, dass Myxin ein Schwarzmagier ist. Er gehört nicht zu den Menschen«, sagte Kara und beugte sich vor. »Er hat mir mein Schwert genommen. Und er wird keine Chance mehr gesehen haben, den Kampf fortzusetzen. Deshalb schlägt er sich wieder auf die andere Seite. Es hängt alles mit den Flammenden Steinen zusammen. Seit die Dämonen es schafften, sie zu manipulieren, ist der Weg für sie frei. Und zwar über die Steine. Sie wirken gewissermaßen als Katalysator. Dämonen aus anderen Welten und anderen Zeiten haben endlich einen leichten Weg gefunden. Das wusste Myxin. Er war in den letzten Wochen völlig inaktiv, hat nur gesessen und gegrübelt. Er dachte darüber nach, was noch alles werden sollte, und schaffte es trotz allem nicht. Er sah keinen Ausweg, keine Lösung ...«

»Weshalb hat er sich nicht an uns gewandt?«, fragte Suko.

»Das ließ sein Stolz nicht zu.«

»Und du?«

»Ich?« Kara lachte. »Was glaubst du, Suko, wie oft ich ihm das gepredigt habe? Ich habe auf ihn eingeredet wie eine Mutter auf ihr bockiges Kind. Es hat nichts genutzt. Myxin wollte von alldem nichts wissen. Er wurde ein anderer. Redete kaum mit mir, starrte stundenlang auf die Steine, und wenn er etwas sagte, war es negativ.«

Suko holte tief Luft und runzelte die Stirn. Er wischte über die Augen, ballte die Hand zur Faust und wusste nicht, ob er Kara glauben sollte.

»Meinst du denn, dass er die Lösung, wieder auf die andere Seite zu gehen, tatsächlich akzeptiert?«, wollte Shao wissen.

»Davon bin ich überzeugt.«

»Er hat aber nichts angedeutet. Vorher, meine ich!«

»Ja, er sprach von den Schwarzblut-Vampiren und von Mandraka, diesem Obervampir. Er kannte ihn aus dem alten Atlantis. Dort haben sie sich befehdet. Da standen praktisch alle Schwarzblüter gegen Mandraka, weil er sich schon damals von ihrem Blut ernährte. Er wurde gejagt, man setzte gewissermaßen ein Kopfgeld aus, eine Prämie, aber es hat nichts genutzt. Mandraka überlebte. Er hat nun einen Weg gefunden, auf die Erde zu gelangen.«

»Ist er denn schon hier?«, fragte Suko.

»Das glaube ich nicht. Dann hätte Myxin ja nicht die Magie der Steine als Transportmittel in andere Dimensionen zu benutzen brauchen.«

Da hatte Kara recht. Wie Suko und Shao es auch drehten und wendeten, sie wussten ebenfalls keine Lösung.

»Was machen wir?«, fragte Shao und schaute Kara dabei an, die beide Arme hob.

»Mich darfst du das nicht fragen. Ich bin meiner einzigen Waffe beraubt worden.«

»Wie kamst du denn her?«

»Die Magie der Steine sorgte dafür. Ich brauche für Reisen innerhalb dieser Dimension mein Schwert nicht.«

Das war also klar. In den Augen der Anwesenden stand die Frage, wie es weitergehen sollte. Niemand wusste so recht Bescheid, keiner machte einen Vorschlag.

»Ich bin euch ohne Waffe keine große Hilfe«, erklärte Kara. »Deshalb müsst ihr allein zurechtkommen.«

Suko schielte Kara an. »Daran glaubst du wohl selbst nicht. Ohne dich können wir gar nichts unternehmen.«

»Aber was soll ich tun?«

»Nachschauen. Zu den Steinen gehen. Die dort lauernde Magie richtig ausnutzen.«

Kara schüttelte den Kopf. »Nein, das geht nicht, Suko. Tut mir leid. Wir müssen warten.«

»Und worauf?«

»Darauf, dass sich die Schwarzblut-Vampire entschließen, der Erde einen Besuch abzustatten.«

»Die Welt ist groß«, sagte Suko.

»Das weiß ich selbst.«

»Waren die Schwarzblut-Vampire denn schon einmal auf dieser Erde?«, wollte Suko wissen. »Vielleicht haben sie Spuren hinterlassen, die verschüttet wurden und noch aufgenommen werden können.«

»Kann sein.«

»Denk doch nach!«, sagte der Chinese eindringlich. »Was ist mit Atlantis gewesen? Der Kontinent versank, aber Teile von ihm existieren heute noch. Wenn auch in anderen Dimensionen. Ich denke da an die Leichenstadt. Sie war ja auch ein Teil des versunkenen Kontinents.«

»Du findest sie nicht auf der Erde.«

»Das weiß ich selbst. Aber Kara, als Atlantis existierte, gab es noch andere Teile der Welt. Europa existierte schon. Wenn auch nicht genau in den Maßen wie jetzt, aber immerhin. Daran solltest du denken. Vielleicht sind die Schwarzblut-Vampire gewandert und haben ein Erbe hinterlassen, das wir nur zu finden brauchen.«

»Da hätte dir Myxin besser Auskunft geben können.«

Suko stöhnte auf. »Das weiß ich selbst. Die Frage ist nur, wie können wir ihn erreichen?«

»Überhaupt nicht. Der Kontakt zu ihm ist abgebrochen. Er wird seinen Weg gehen, ich den meinen. Myxin ist zum Verräter geworden. Geht das nicht in eure Köpfe?«

»Ich will es nicht glauben. Ich kann mir einfach nicht vorstellen, dass er bei uns nur geschauspielert hat.«

»Das hat er auch nicht«, widersprach Kara. »Aber die Zerstörung der Steine hat ihn in diese tiefen Depressionen fallen lassen.«

»Noch stehen sie.«

»Mit dem Wort Zerstörung meine ich auch etwas anderes. Das Öffnen für die schwarze Magie.«

»Dann müssen wir eben mit den gleichen Waffen kämpfen«, sagte Suko. »Und das geht nur über die Flammenden Steine. Vielleicht gelingt es mir, mit Myxin Kontakt aufzunehmen.« Suko schaute Kara scharf an. »Schaff uns hin!«

Die Schöne aus dem Totenreich schüttelte den Kopf!

Er spürte, wie fremde Kräfte nach ihm griffen und die Umgebung völlig verblasste. Zuletzt sah er seine Kara am Boden. Sie war dabei, sich aufzurichten, und ein kaltes Lächeln zuckte noch einmal über Myxins Lippen. Es wirkte wie das Lächeln eines Abschieds.

Eines Abschieds für immer …

Myxin hatte sich entschlossen, seinen Weg zu gehen. Zu viel war geschehen. Er sah ein, dass er sich nicht gegen diejenigen stellen konnte, zu denen er einmal gehört hatte. Sie waren einfach zu stark für ihn. Atlantis war versunken, doch die schwarzmagischen Kräfte dieses Kontinents hatten den Untergang nicht mitgemacht. Ihnen war es gelungen, sich rechtzeitig zu retten und in andere Dimensionen zu fliehen, wo sie sich innerhalb von zehntausend Jahren regenerieren konnten, um nun zurückzuschlagen. Es lag auf der Hand, dass sie auf Widerstand stoßen würden, denn Asmodis, der Höllenherrscher, würde seine erreichten Positionen nicht so einfach aufgeben.

Myxin wusste nicht genau, wo er landen würde. Er hatte sich nur auf die Magie konzentriert, die innerhalb der Steine zu spüren gewesen war. Doch das rote Leuchten des Mondes hatte ihm bewiesen, dass die Magie der Schwarzblut-Vampire es geschafft hatte, den Ring zu durchbrechen. Er würde zu ihnen stoßen.

Angst hatte er nicht vor ihnen. Myxin war sich seiner Sache völlig sicher. Er gehörte nicht mehr zu den Schwarzblütern, also wollten sie auch nicht sein Blut. Falls sie angriffen, konnte er sich ihnen entgegenstellen, denn seine Kräfte waren mittlerweile wieder stark genug geworden. Zudem trug er das Schwert mit der goldenen Klinge bei sich. Damit konnte er irgendwelchen Angreifern schwere Verluste zufügen.

Die Reise gab ihm auch innerlich Auftrieb. Er hatte das Gefühl, von einem unsichtbaren Strahl geleitet zu werden, hinein in ein Land oder eine Region, die auf ihn wartete.

Kontakt!

Auf einmal fühlte Myxin festen Boden unter den Füßen. Er konnte sich bewegen, nichts mehr engte ihn ein, und plötzlich hatte er freie Sicht.

Er schaute in ein düsteres Land.

Es war bergig, weit und war mit normalen Pflanzen bewachsen. Wenigstens auf den ersten Blick. Auch hier stand ein Mond am düsteren Himmel, und er glühte wie ein kreisrunder Blutfleck.

Für den kleinen Magier ein Beweis, dass er tatsächlich sein

Ziel erreicht hatte. Er befand sich jetzt bei den Schwarzblut-Vampiren, die nur unter diesem roten Mond existierten, falls sie sich nicht direkt auf der Erde befanden.

Das Land schien menschen- und dämonenleer zu sein. Sosehr Myxin auch schaute, er sah keine Bewegung. Weder von einem Menschen noch von einem Tier. Das Areal vor ihm schien erstarrt zu sein.

Myxin, der kleine Magier, legte seine Hand auf den Schwertgriff, bevor er ging. Er wollte dieses Land erkunden, und er würde auf die Schwarzblut-Vampire treffen, dessen war er sich sicher.

Vor ihm neigte sich das Gelände. Ein weicher Untergrund, mit Gras bewachsen, lag vor ihm und führte in eine kleine Talmulde hinein, in der er einen Schatten sah.

Noch konnte der kleine Magier nicht erkennen, um was es sich bei dem Schatten handelte. Das dunkelgraue Zwielicht nahm ihm die Sicht. Die Luft war klar. Ein wenig kalt und nicht mit den meisten anderen Dimension zu vergleichen, denn dort herrschte oftmals eine schwülwarme, stickige Luft vor.

Myxin war auf der Hut. Bevor er einen Schritt setzte, schaute er sich vorsichtig um.

Nach rechts und links glitt sein Blick. Er achtete auf Bewegungen, suchte nach Feinden und war überrascht, dass er nichts, aber auch gar nichts entdeckte.

Ein Ziel hatte er.

Es war der dunkle Fleck oder Gegenstand inmitten der kleinen Talmulde. Ihn wollte Myxin erreichen. Links davon sah er seltsame Steine, so etwas wie einen Wald dazwischen und einen Weg, der den dunklen Untergrund durchschnitt und heller wirkte als dieser.

Myxin konnte besser sehen, je mehr die Entfernung zwischen ihm und dem dunklen Gegenstand zusammenschmolz. Er glaubte, seinen Augen nicht zu trauen, als er erkannte, was in der Talmulde auf ihn wartete.

Es war ein Haus!

Ein völlig normales Haus, wie es Menschen errichteten, und keine Dämonenhöhle.

Der kleine Magier war so überrascht, dass er stehen blieb. Dieses Haus hatten Menschen erbaut, demnach befand er sich noch auf der Erde.

Irgendwie war Myxin froh, nicht in einer anderen Dimension gelandet zu sein. Auf der Erde hatte er die letzten Jahre verbracht, da fühlte er sich wohler als vor zehntausend Jahren.

Und so näherte er sich dem Haus.

Je stärker die Distanz schrumpfte, umso deutlicher erkannte Myxin, dass es sich bei dem Gebäude nur um eine windschiefe Hütte handelte. Zwar ziemlich hoch gebaut, sogar über zwei Etagen, aber die Wände standen schief, und auch das Dach war nicht mehr intakt. An einer Seite klaffte ein Loch. Sogar ein Stück Mauerwerk fehlte. Es war ebenso herabgefallen wie die Ziegel und ein Teil des Gebälks.

Myxin war der Meinung, dass man dieses Haus nicht bewohnen konnte. Aber dort hatte sicherlich mal jemand gewohnt, und irgendwie musste dieser Jemand auch mit den Schwarzblut-Vampiren zu tun gehabt haben, sonst hätte die magische Entladung den kleinen Magier nicht in diese Gegend transportiert.

Myxin umrundete die Mauerreste, die seitlich und vor dem Haus lagen, denn er suchte nach einem Eingang.

Erst jetzt sah er die kahlen Bäume, die neben dem Haus standen. Auf den dunklen Ästen und Zweigen hockten schwarze Vögel, die ihre Köpfe gesenkt hielten und auf den Magier schauten.

Myxin gönnte ihnen nur einen kurzen Blick. Er stellte fest, dass es normale Vögel waren und keine verwandelten Dämonen. Der kleine Magier tippte auf Krähen oder Raben.

Vor diesen Tieren brauchte er sich nicht zu fürchten. So ging er weiter und blieb erst vor dem Eingang des alten Hauses stehen. Eine Tür gab es nicht. Der Wind konnte durch das hohe, rechteckige Loch pfeifen, hinter dem die Dunkelheit lag.

Sie lauerte dort, und Myxin strengte seine Sinne an. Er tastete, er suchte nach einer Gefahr und er spürte eine latente Gefahr, denn dieses Haus, so verfallen es auch äußerlich wirkte, beherbergte im Innern etwas Unheimliches.

Da war etwas …

Ein Mensch wäre vielleicht weggelaufen, allein weil ihm das Gebäude so unheimlich vorgekommen wäre, aber Myxin witterte, dass im Dunkeln etwas auf ihn wartete.

Waren es die Schwarzblut-Vampire? Für Myxin gab es daran keinen Zweifel. Obwohl er sie nicht direkt als seine Feinde bezeichnete, war er dennoch vorsichtig, als er einen Schritt in Richtung Tür ging. Dabei zog er das Schwert mit der goldenen Klinge.

Myxin hielt den Griff fest umklammert. Er hatte mit diesem Schwert eigentlich noch nie richtig gekämpft, höchstens ein wenig geübt, wenn Kara ihm die Handhabung beibrachte, aber er war sicher, dass er sich einiger Angreifer erwehren konnte.

Und so betrat er das Haus.

Gespannt waren seine Sinne. Er lauerte, die Augen leicht zusammengekniffen. Nichts erhellte die Dunkelheit. Es gab kein Licht, keinen helleren Schein, nur die Fensteröffnungen waren zu sehen. Ein schwaches Grau inmitten der Mauern.

Der Wind strich über seinen Kopf. Myxin glaubte, eine alte Treppe zu sehen. Sie führte in die Höhe, aber sie wollte er nicht benutzen, denn sie sah ihm zu baufällig aus.

Deshalb wandte er sich nach rechts.

Seine Augen hatten sich mittlerweile an das herrschende Zwielicht gewöhnt. So glaubte er, die Umrisse einer Tür zu sehen. Und nicht nur das. Unter der Tür fiel ein Streifen hervor.

Ein wenig heller als das Grau und leicht rötlich schimmernd. Hinter der Tür musste Licht brennen. Zumindest eine Kerze.

Myxin war nicht den Weg gegangen, um jetzt einen Rückzieher zu machen. Er wollte wissen, wer oder was hinter der Tür lauerte.

Einen kleinen Schritt trat er noch vor und schaute nach links zum Türrand, wo Futter und Blatt einen Winkel bildeten. Dort fiel ein schmaler Streifen nach draußen.

Myxin wusste Bescheid. Die Tür war nicht verschlossen. Knapp war das Lächeln, das über sein Gesicht huschte. In Sekundenschnelle hatte er einen Plan gefasst, hob sein rechtes Bein und rammte es wuchtig vor.

Der Fuß traf.

Die Tür flog nach innen, prallte gegen die Wand, wurde zurückgestoßen und von Myxins Fuß wieder abgefangen, als er über die Schwelle sprang.

Er starrte in ein rötliches Licht.

Aber nicht nur dort hinein.

In seinem Zentrum hockte eine Gestalt.

Der Teufel!

Für die Länge eines Atemzuges rührte sich Myxin nicht. Dann hatte er die Überraschung verdaut, die ihm der Anblick des Höllenfürsten bereitet hatte. Ihn konnte auch das Gelächter nicht mehr schrecken, das ihm Asmodis entgegenschickte.

So blieb er stehen, den rechten Arm vorgestreckt, dessen Verlängerung das Schwert bildete.

Das rote Feuer, das den Teufel umgab und anleuchtete, erreichte mit seinem Widerschein auch die blanke Goldklinge und verursachte blitzende Reflexe auf dem Metall.

Der Satan sonnte sich in seinem Triumph. Er sah, dass Myxin nicht mit ihm gerechnet hatte, und winkte mit seiner Klaue. »Komm ruhig näher, Magier, du bist gerade richtig eingetroffen.«

Myxins Blicke glitten über die Gestalt des Satans. Asmodis hockte auf einem Stuhl. Er war nicht nur flammenumkränzt, im gleichen Rot leuchtete auch seine Kleidung, die eng den Körper umspannte. Sie wirkte schon wie ein Trikot. Hässlich wie immer war das Gesicht mit seiner dreieckigen Form, den erbarmungslosen Augen und den beiden krummen Hörnern, die aus der Stirn wuchsen. Fellartige Haare bedeckten die Haut, und der Teufel kicherte wieder.

»Herzlich willkommen!«

»Bei dir nie!«, erwiderte Myxin. Er hatte beschlossen, vor dem Höllenfürsten keine Angst zu haben.

Satan lachte. »Ich denke, du bist freiwillig hergekommen. Wolltest du mich nicht begrüßen?«

»Nein!«

»Wen dann?«

Myxin wollte sich von Asmodis nicht auf den Arm nehmen lassen und erwiderte: »Ich glaube, dass wir beide wohl auf den oder die Gleichen warten, nicht wahr?«

»Meinst du die Schwarzblut-Vampire?«, erkundigte sich Asmodis lauernd.

»So ist es.«

»Gut gefolgert. Aber woher willst du wissen, dass sie sich hier befinden, Myxin?«

»Ich bin ihren Spuren nachgegangen.«

»Sie haben keine hinterlassen!«

»Für mich schon!«

Satan wurde ein wenig unsicher. Am Zucken seines Gesichts deutlich abzulesen. »Welche Spuren?«, wollte er wissen.

»Für mich reichten sie.«

»Gut.« Asmodis winkte ab. »Und ich dachte, du würdest auf einen anderen warten, der sich auch in der Nähe befindet.«

»Wer ist es?«

»Kennst du deine Freunde nicht mehr?«

»Nein.«

Asmodis verstand den Sinn dieser Antwort nicht, deshalb sagte er dem kleinen Magier die Wahrheit. »John Sinclair wird herkommen. Freut dich das nicht?«

»Der Geisterjäger?« Das rutschte Myxin einfach so heraus, und Asmodis wunderte sich.

»Wieso sagst du das? Kennst du noch einen Sinclair?«

»Nein. Außerdem interessiert er mich nicht. Ich will zu den Schwarzblut-Vampiren.«

Der Satan überhörte die letzten Worte kurzerhand. »Wieso interessiert dich der Geisterjäger nicht mehr?«

»Weil ich meinen eigenen Weg gehe.«

»Du allein?«

»Ja.«

Asmodis stieß ein meckerndes Lachen aus. »Das darf doch nicht wahr sein«, sagte er. »Nein, das kann ich nicht glauben. Soll das heißen, dass du dich von ihm getrennt hast?«

»Vielleicht habe ich das.«

Der Teufel schaute Myxin lauernd an. »Wenn es keine Falle ist, möchte ich gern mehr darüber wissen.«

»Es braucht dich nicht zu interessieren.«

»Weshalb nicht? Wir könnten, sobald du Sinclair und seinen Freunden entsagt hast, zusammenarbeiten. Das wäre doch nicht schlecht, oder?«

»Ich verachte die Hölle. Ich habe deine Tochter Asmodina gehasst und vor ihr deinen Diener, den Schwarzen Tod. Und ich werde dich erst recht hassen, Asmodis.«

»Dann wären wir also Feinde?«

»So ist es!«

Der Teufel erhob sich mit einem Ruck. Sofort nahm Myxin eine gespannte Haltung ein, aber Asmodis tat nichts, was auf einen Angriff hindeutete.

Noch nicht …

»Du weißt, dass ich meine Feinde vernichte. Und das werde ich auch bei dir so halten. Keine Ausnahme, Magier. Ich werde dich nicht verschonen!«

»Versuch es!«

»Und ob!«

Im nächsten Augenblick griff der Satan an!

Wir befanden uns auf der Erde, in einer normalen Welt und nicht in einer anderen Dimension. Ich war mir da ziemlich sicher. Wenn einer wie ich viele Abenteuer in anderen Dimensionen hinter sich gebracht hat, dann spürt er einfach, wo er sich befindet. Ich spürte eine feuchtkalte Luft, wie sie zum Spätherbst passte. Die äußeren Einflüsse stimmten also, und das eben machte mich so sicher.

Der Sarg wurde weiterhin von vier Vampiren getragen. Die Monster waren unterschiedlich groß, deshalb konnte die Totenkiste auch nicht in einer waagerechten Lage bleiben. Sie schaukelte, sodass ich mich fühlte wie auf einem schwankenden Schiff. Und noch ein Vergleich fiel mir ein: Ich hätte auch ein Toter sein können, den man zur Beerdigung schaffte.

Gleichmäßig klangen die Schritte. Dieses monotone Geräusch zerrte an meinen Nerven, und ich wünschte mir das Ziel endlich herbei, aber den Gefallen taten mir die anderen nicht, also musste ich mich weiterhin in Geduld fassen.

Und so gingen wir.

Natürlich war ich gespannt, was man mit mir vorhatte. Obwohl die Vampire nur auf Dämonenblut scharf waren, konnte ich mir vorstellen, dass sie mich nicht am Leben ließen. Es widersprach einfach ihrer Mentalität, so etwas zu tun.

Der Sarg war auch nicht gepolstert. Rücklings lag ich auf dem unteren Brett. Jeden Stoß spürte ich, und er katapultierte mich stets in wechselnde Richtungen.

Dieses Wegschleppen glich allmählich einer Tortur. Ich begann damit, über meine Fluchtchancen nachzudenken. Eigentlich hätte ich nur aus dem Sarg zu springen brauchen und wegzurennen, doch ich wollte erstens wissen, wohin man mich schaffte, und zweitens hätte ich gern meine Waffen zurückgehabt, denn sie wollte ich den Vampiren doch nicht überlassen.

Ich startete dennoch zu einem Versuch, hob den Kopf und schielte über den Rand.

Sofort war jemand da. Es war der Vampir, der meinen Dolch an sich genommen hatte. Er bewegte sich zwischen den beiden Trägern an der rechten Sargseite, schaute mich mit verzerrtem Gesicht an und hatte die Waffe gezückt, wobei die Klinge auf meine Brust wies.

Ich grinste. »Schon gut, mein Freund, ich will ja nichts.« Dann legte ich mich wieder zurück.

Angst verspürte ich nicht. Die war verflogen. Auch die Bisswunden am Hals schienen verkrustet zu sein. Jedenfalls merkte ich nichts von ihnen.

Abermals verging Zeit.

Hin und wieder gelang es mir doch, einen Blick über den Sargrand zu werfen. Wir befanden uns in einer einsamen Landschaft. Ich sah keine Lichter. Weder Häuser, Straßen noch andere Anzeichen, die auf ein bewohntes Gebiet hindeuteten.

Einmal fiel mir der Mond auf. Ich kannte ihn stets als einen fahlgelben Gesellen. Entweder voll, halbrund oder halb, aber die Farbe, die er jetzt aufwies, hatte ich bei ihm noch nie gesehen.

Dunkelrot!

Ein blutroter Mond über einem Land, das meiner Schätzung nach auf der Erde lag.

Wo konnte das sein?

Es war müßig, nach einer Antwort zu suchen. Wir hätten uns in England befinden können, auch auf dem europäischen Festland, Irland oder Schottland. Das spielte keine Rolle.

Dann fiel mir Ungarn ein, und ich dachte an die Worte des Teufels. Es war Asmodis gewesen, der dieses Land erwähnt hatte.

Vielleicht waren wir dort.

Ein heftiger Ruck zur linken Seite unterbrach meinen Gedankenstrom. Ich hatte keine Ahnung, aus welchen Gründen sich die vier Träger plötzlich so unerwartet heftig bewegten, jedenfalls kippte ich nach links weg und stieß hart mit dem Schulterknochen gegen den Sargrand, was mir einen Fluch entlockte.

Jetzt wollte ich doch sehen, wo wir gelandet waren, kam für einen Moment hoch und stellte fest, dass es ein alter Acker war.

Wirklich ein Acker?

Nein, das konnte auch ein Friedhof sein. Plötzlich war die Angst wieder da. Wenn wir auf einem vergessenen Friedhof gelandet waren, hatten die Vampire sicherlich etwas Besonderes mit mir vor.

Wieder war der Vampir mit meinem Dolch da. Auf dem Silber sah ich sein rotes, verzerrtes Gesicht, hörte sein Fauchen, und mit einer blitzschnellen Bewegung stach er zu. Er führte den Dolch dabei im Halbkreis. Ich konnte mit meinem Kopf nicht schnell genug wieder nach unten und spürte die Klinge meiner eigenen Waffe, die wie ein scharfes Rasiermesser über mein Kinn glitt.

Blut trat aus dem Schnitt. Der Vampir zog seine Hand zurück. Ich hörte ihn schimpfen. Dabei stieß er Worte aus, die ich nicht verstand. Danach verschwand er zwangsläufig aus meinem Blickfeld, da der Sarg jetzt sehr schaukelte. Die Träger schritten über unebenes Gelände.

Wie groß der Friedhof war, hatte ich nicht sehen können. Mir war dafür etwas anderes aufgefallen.

Ein altes, windschiefes Haus. Es stand unweit des Totenackers und wirkte in seiner gesamten Düsternis unheimlich, denn nicht ein einziges Licht brannte in dem Gebäude.

Standen Haus und Friedhof möglicherweise in einem ursächlichen Zusammenhang?

Sie stoppten.

Jetzt wurde es interessant. Für einen Moment hielt ich den Atem an und wartete voller Spannung darauf, was weiterhin geschehen würde. Eigentlich hätte ich es mir denken können, denn die Vampire kippten den Sarg kurzerhand um.

Ich erschrak und verkniff mir nur mühsam einen Schrei, denn der plötzliche Ruck katapultierte mich aus der Totenkiste und auf den feuchten, weichen Boden, der mit fauligen Blättern bedeckt war, die sofort an meiner Kleidung klebten.

Dass sie mich hier abluden, musste einen Grund haben.

Den erkannte ich schon bald, denn als ich mich zur Seite rollte, sah ich doch dicht vor mir eine rechteckige Öffnung im Boden, als hätte man den Grund mit einem Messer aufgetrennt, so scharf abgegrenzt war das Loch.

Ein Loch auf dem Friedhof, das konnte nur eine Bedeutung haben. Es war der Eingang zu einem Grab oder zu einer Gruft.

Gruft, wohlgemerkt, denn für eine Graböffnung war das Viereck viel zu groß.

Jemand hatte die Gruft wahrscheinlich erst vor kurzer Zeit geöffnet, denn neben dem Eingang sah ich eine schwere Platte liegen. Das alles wurde mir innerhalb von Sekunden bewusst, und mir war auch klar, dass ich so einfach nicht aufgeben wollte.

Die Dunkelheit und die Tiefe der Gruft schreckten mich ab. Ich hatte keine Ahnung, wo ich landen würde, wenn sie mich erst einmal dort hineingeworfen hatten.

Ich hatte mir den Schwarzblut-Vampir, der meine Beretta an sich genommen hatte, gemerkt. Ihn suchte ich mir aus, falls es zu einer Eskalation kam.

Die Vampire waren sich ihrer Sache sicher. Sie schleuderten den Sarg weg. Er krachte irgendwo hinter mir zu Boden. Ich hörte den dumpfen Aufschlag.

In der letzten Zeit hatte sich mein Kreislauf stabilisiert. Von den Nachwirkungen der Kettenfesselung spürte ich so gut wie nichts mehr, und ich zog meine Beine an, um möglichst schnell auf die Füße zu gelangen.

Die Öffnung der Grube lag links von mir, nur einen großen Schritt entfernt. Die Blutsauger würden nicht viel Mühe haben, mich dorthin zu schleifen.

Zu viert kamen sie.

Einer hatte den Dolch gezogen. Der Typ mit meiner Beretta ließ die Waffe stecken. Wahrscheinlich konnte er mit ihr nichts anfangen, denn so etwas hatte es in seiner Zeit nicht gegeben.

Der Dolchträger schritt vor. Obwohl es geweihtes Silber war, konnte er die Waffe anfassen, für mich wiederum ein Beweis, dass die Schwarzblut-Vampire auch mit geweihtem Silber zurechtkamen. Sie mussten wirklich aus einer Zeit stammen, wo es so etwas noch nicht gegeben hatte.

Zur rechten Seite hin bildeten die Gestalten eine Mauer. Sie wollten mir den Weg dorthin versperren, sodass mir als Ausweg nur noch die Gruft blieb oder der Sprung darüber.

Das wollten die restlichen Gegner vereiteln, denn sie schritten um die Öffnung herum und bauten sich an der anderen Seite auf.

Mich umgab eine regelrechte Grusel-Szenerie. Ein alter Friedhof, verlassene Gräber, kahle Büsche und Bäume, sperriges Novembergras, dazu die sieben Vampire, die nach dem Saft der Dämonen gierten.

Rot leuchtete der Mond vom Himmel. Manchmal trieben dünne Wolken davor. Dann schimmerte sein Rund an den Rändern wie verwaschen.

Ich hielt den Atem an.

Geduldig wartete ich auf die erste Attacke. Gleichzeitig war ich bereit zur Abwehr, denn ich wollte den Ring der Blutsauger schon beim ersten Ansturm durchbrechen.

Der Dolchträger machte den Anfang.

Ich hatte die Vampire nicht als sehr schnell und geschmeidig kennen gelernt, und diesen Eindruck unterstrich der Blutsauger mit meinem Dolch. Zwar sprang er vor, sein rechter Arm fuhr auch nach unten, ich sah das Blitzen der Klinge, aber ich stieß mich zur selben Zeit ab, tauchte dabei zur Seite und wuchtete meinen Arm in die Stoßrichtung des Dolchs. Was ich erreichen wollte, schaffte ich auch. Meine Finger bekamen das Gelenk des Vampirs zu fassen. Ich hielt eisern fest, drehte den Arm und auch den Gegner.

Dann hieb ich den Arm nach unten!

Gleichzeitig hatte ich das Knie hochgerissen.

Ein Mensch hätte fürchterlich geschrien, weil sein Arm zumindest angebrochen gewesen wäre.

Der Vampir schrie nicht. Aber sein Arm war nicht mehr so wie zuvor.

Und noch einmal schlug ich.

Diesmal hatte ich Glück. Die Faust des Vampirs öffnete sich, der Dolch rutschte aus der Hand, und bevor er den Boden berühren konnte, hatte ich ihn.

Jetzt ging es mir besser.

Dann musste ich mit einem weiten Sprung zurück, denn die anderen vor mir hatten sich formiert und griffen an, während der Angegriffene seinen Arm schlenkerte und schüttelte.

Ich hatte Pech, landete in einer kleinen Mulde, verlor das Gleichgewicht und fiel auf den Rücken. Unter mir brachen Zweige. Sie peitschten hart gegen meine Haut. Ich sah die tanzenden Schatten vor und über mir. Das waren die Vampire. Einer stürzte sich auf mich.

Für einen Moment sah ich sein blutiges Gesicht übergroß, hörte das Fauchen, dann hatte ich mein Bein hochgerissen und vorgeschleudert. Der Fuß traf haargenau.

Ich versenkte ihn in einen weichen Körper, und es gelang mir, den Vampir nach hinten zu stoßen. Dabei hatte ich noch einmal Glück, denn der Schwarzblut-Sauger fiel gegen seine Artgenossen, die dem Druck nicht standhalten konnten und zu Boden gerissen wurden.

Einen Moment später richtete ich mich auf und schleuderte den geweihten Silberdolch.

Jetzt wollte ich es wissen! Die Waffe überschlug sich in der Luft, und sie traf, denn ich hatte im Umgang mit diesem Silberdolch Routine.

In der Brust wurde der Vampir getroffen.

Ein dumpfer Schlag drang an meine Ohren. Die Gestalt zitterte, blieb stehen und hob beide Arme. Ich schnellte ihr entgegen und riss die Waffe wieder aus dem seelenlosen Körper.

Eine dunkle Flüssigkeit folgte.

Auch bei diesem schlechten Licht konnte ich erkennen, dass es sich dabei nicht um Blut handelte, sondern um einen ölig wirkenden Strom irgendeiner anderen Masse.

Die Wunde platzte durch den Innendruck weiter auf. Der Strahl veränderte sich ebenfalls, er wurde armdick, beschrieb einen Bogen und klatschte zu Boden.

Dort sammelte sich die Masse in einer kleinen Mulde und bildete eine Lache.

Für einen Augenblick erstarrte ich, denn ich erlebte nun, wie diese Wesen starben.

Klassische Vampire verfaulten, wenn sie mit dem Licht der Sonne in Berührung kamen oder man ihnen einen angespitzten Holzpflock ins Herz schlug.

Diese hier liefen aus.

Ohne die Flüssigkeit, die dafür sorgte, dass sie ein Schattendasein führten, konnten sie nicht existieren. Sie wurden zerstört.

Schwer fiel der Vampir nach vorn.

Ich musste zur Seite treten, sonst hätte er mich noch erwischt. So aber klatschte er genau in die Lache, die inzwischen die kleine Mulde restlos ausfüllte.

Ich atmete auf.

Nur noch sechs Gegner!

Die aber verschwanden. Ihre Gründe kannte ich nicht. Vielleicht war es tatsächlich der Tod ihres Artgenossen, der ihnen einen so großen Schock versetzt hatte, jedenfalls verließen sie fluchtartig und in seltsam bockend wirkenden Sprüngen den alten Friedhof und rannten auf das windschiefe Haus am Rande des Totenackers zu.

Natürlich interessierte auch mich dieses Haus.

Ich hatte schon kehrtgemacht, um hinzulaufen, als ich ein Geräusch vernahm.

Es war ein leises Stöhnen, ein klagender Schrei nach Hilfe, den ich einfach nicht überhören und auch nicht ignorieren konnte, denn er hatte sich sehr menschlich angehört.

Ich drehte mich um.

Meine Blicke glitten über den nachtdunklen Friedhof. Ich suchte die Person, die geschrien hatte, konnte sie jedoch nicht entdecken.

Der Schrei war mehr von unten her aufgeklungen.

Aus der Tiefe …

Und da gab es nur eine Möglichkeit.

Die offene Gruft!

Es waren nur wenige Schritte, die ich schnell zurückgelegt

hatte. Neben dem dunklen Rechteck blieb ich stehen, ließ mich auf die Knie fallen und vernahm das Flehen lauter.

Es war die Stimme einer Frau …

Eine Gänsehaut rann über meinen Rücken. Irgendjemand musste dort lebendig begraben worden sein. Wer immer dies getan hatte, spielte für mich keine Rolle, ich war nur davon überzeugt, es mit einem Gegner der Schwarzblut-Vampire zu tun zu haben.

»Können Sie mich hören?«, rief ich.

Das Flehen und Weinen stockte. Ein leises Schluchzen vernahm ich noch, dann eine hell klingende Stimme, die in einer für mich fremden Sprache redete.

Zu sehen war nichts.

Das änderte sich jedoch, nachdem ich meine kleine Bleistiftleuchte hervorgeholt hatte und der Strahl in die Tiefe glitt.

Er traf ein Ziel.

Das bleiche, qualvoll verzerrte Gesicht einer jungen Frau!

Myxin gegen den Teufel!

Ein uraltes Duell, das zwar in Atlantis nie so direkt ausgetragen worden war, weil Asmodis dort stets den Schwarzen Tod vorgeschoben hatte, im Prinzip jedoch immer auf dieses reine Personenduell fixiert war.

Myxin besaß Karas Schwert und seine Kräfte als Magier.

Asmodis aber wusste die Macht der Hölle hinter sich, unheimliche, schwarzmagische Kräfte, die allein auf ihn fixiert waren und die er konzentriert einsetzen konnte.

Wie jetzt.

Ein Feuerstrahl raste aus seinem Maul und zielte in Myxins Richtung.

Der kleine Magier blieb auf dem Fleck stehen. Für einen Moment wirkte er wie ein Lebensmüder, dann hob er den freien Arm, und bevor die Lohe ihn erreichen konnte, zuckten Blitze aus seinen Fingern und bauten ein Netz aus grünlichem

Licht auf, das die Flamme abfing, sodass sie mit einem leisen Fauchen verlöschte.

»Gut gemacht, Magier!«, rief der Teufel und lachte dazu. »Aber das war Spielerei, was ich hier getan habe. Erst der Anfang, gib genau acht!«

Woher die Schlangen plötzlich kamen, wusste der kleine Magier nicht. Jedenfalls waren sie da, und sie drangen von vier Seiten auf ihn ein.

Sie entstanden in der Luft und zuckten augenblicklich ihrem Ziel entgegen, das ihnen der Teufel angegeben hatte, denn aus seinem Maul drangen heisere Befehle.

Die Schlangen waren nicht sehr lang. In der Größe mit einem Menschenarm zu vergleichen, nur wesentlich dünner, aber sie waren ungeheuer schnell.

Und sie zuckten vor.

Es waren Bewegungen, die Myxin kaum verfolgen konnte. Wieder baute er ein magisches Netz auf, in das die Schlangen hineingerieten und sich darin verfingen.

Der kleine Magier lachte, als er erkannte, wie die rotgrünen Körper allmählich verglühten. Aber es waren einfach zu viele Schlangen. Nicht jede wurde von Myxins Falle erwischt. Einige kamen durch, und sie klatschten gegen den Körper des kleinen Magiers.

Dort bissen sie sich fest.

Da nutzte auch die Kleidung des Magiers nichts. Die Schlangen, mit starken Zähnen versehen, kamen durch, und der kleine Magier spürte die harten Einstiche schmerzhaft auf seiner Haut.

Er zuckte zusammen.

Wie die Blume eines Feuerwerks am Himmel aufplatzt, so entstanden vor seinen Augen und in der Luft weitere Schlangen, die alle nur ein Ziel kannten.

Den kleinen Magier.

Der musste zurück.

Seine Schritte waren längst nicht mehr so federnd. Er spürte, dass ihn allmählich die Kraft verließ, und er wurde von der Wand gestoppt, die sich rechts von der Tür befand.

Myxin schaute an sich hinab. Die Schlangen hatten sich festgebissen. Sie bewegten sich hektisch, drangen immer tiefer und wollten sich in seinen Körper wühlen, während der Satan noch mehr dieser kleinen Höllenschlangen produzierte und sie seinem Feind entgegenschickte.

Myxin gab nicht auf.

Obwohl die Kraft allmählich seinen Körper verließ – die Schlangen saugten sie praktisch auf –, wollte er sich wehren. Und dies so lange, bis kein Funken Leben mehr in ihm steckte.

Es bereitete dem kleinen Magier Mühe, das Schwert mit der goldenen Klinge zu heben. Sein Gesicht verzerrte sich. Die Waffe, die von Kara so leicht und sicher geführt wurde, schien in seiner Hand das Vielfache an Gewicht zu haben.

Er konnte sie kaum anheben, schlug anschließend nach links und rechts, wobei er sogar noch Glück hatte, dass er zwei Schlangen traf und zerteilte.

Einige Male zuckten die Körperhälften noch, als sie den Boden berührten, dann lagen sie still.

Und der Satan lachte, denn er bemerkte genau, dass Myxins rechter Arm nach unten sank – und damit auch die goldene Klinge des Schwerts, sodass die Spitze über den alten, löchrigen und unebenen Holzboden schrammte.

»Am Anfang der Welt und zu Beginn der Zeiten hat der Erzengel Michael den Teufel in Form einer Schlange besiegt. Die Menschen haben es dargestellt, sie wollten Luzifer nur als Schlange sehen, und er wurde in das gestoßen, was man heute Hölle nennt. Ja, er hat sich die Hölle untertan gemacht und mich, Asmodis, als seinen ersten Diener eingesetzt, denn der Höllenherrscher hält sich ebenso im Hintergrund wie die Macht auf der Gegenseite. Die Schlangen jedoch blieben. Wir haben das Symbol übernommen. Zu Beginn der Zeiten ist die Schlange besiegt worden, doch nun wird die Schlange dich besiegen, Myxin, das garantiere ich dir.«

Der kleine Magier vernahm jedes Wort, während er seinen Rücken an die Wand gepresst hatte, und er fühlte, wie immer mehr Kraft seinen Körper verließ.

Seine Beine gaben nach.

In den Knien knickte er zusammen und sackte intervallweise nach unten, dem Fußboden entgegen.

Asmodis saß weiterhin auf seinem Stuhl und wurde von lodernden Flammen umkränzt.

Ganz Herrscher, ganz König!

Myxin konnte sich nur deshalb halten, weil es ihm gelang, sich auf das Schwert mit der goldenen Klinge zu stützen. Noch brach er nicht zusammen, aber es würde nur noch Sekunden dauern, bis es so weit war und er überhaupt keine Kraft mehr hatte.

Der kleine Magier sah ein, dass er sich zu viel vorgenommen hatte. Er hatte sich tatsächlich überschätzt. Was ihm schon damals in Atlantis nicht möglich gewesen war, das schaffte er auch nicht in der modernen Zeit.

Zur linken Seite hin knickte Myxin weg. Er fiel, nichts konnte ihn mehr halten.

Schwer schlug er auf, das Schwert rutschte weg und prallte ebenfalls zu Boden.

Myxin lag auf dem Bauch.

Er fühlte die Schwäche, hob den Kopf, und er fragte sich zum ersten Mal, ob es klug gewesen war, sich so direkt gegen die Hölle zu stellen.

Mühsam hob er den Kopf.

Jetzt gelang es ihm sogar, seinen Gegner anzuschauen.

Asmodis genoss den Triumph. Er blieb nicht länger sitzen, breitete die Arme aus, stand für einen Moment starr wie eine Statue und schaute aus funkelnden Augen auf den am Boden liegenden Myxin.

»Wir sind Feinde«, sagte er laut und deutlich. »Wir waren es immer gewesen, obwohl du die Chance gehabt hättest, dich auf meine Seite zu schlagen. Aber du hast sie nicht genutzt. Ich hätte dich schon vor langen Jahren töten lassen können. Dies geschah nicht, denn der Schwarze Tod schickte dich nur in den langen Schlaf. Man erweckte dich, die Feindschaft aber blieb. Sie überdauerte zehntausend Jahre, aber nun ist die Minute der Abrechnung da. Ich werde dich, Myxin, auf eine besondere Weise vernichten, indem ich dich kurzerhand zertrete. Ich vernichte dich, wie man einen Wurm tötet. Ich werde mit meinem Bocksfuß deinen Körper durchbohren, sodass von dir nichts zurückbleibt. Nur noch Reste, Myxin, Reste …«

Der kleine Magier vernahm die drohend gesprochenen Worte, und er wusste, dass Asmodis nicht bluffte. Zu lange schon bestand ihre Feindschaft. Myxin erinnerte sich daran, dass er mitgeholfen hatte, den großen Diener des Teufels, den Schwarzen Tod, zu besiegen. Und auch andere Schwarzblüter, die auf Seiten der Hölle standen, waren durch ihn vernichtet worden.

Nun erhielt er die Quittung.

Asmodis ließ sich Zeit, als er auf den schon fast erledigten Myxin zuging. Jeden Schritt genoss er. In seinen Augen sprühte ein unheimliches Feuer, das in der Hölle selbst geboren zu sein schien. Das breite Maul zuckte, Dampf drang aus seinem Mund und bildete eine gewaltige Wolke vor seinem Oberkörper.

»So, Myxin«, sagte er und blieb stehen. »Ich habe dir damit gedroht, dich zu zertreten. Und diese Ankündigung werde ich wahr machen.«

Im selben Augenblick trat etwas ein, womit weder Myxin noch der Satan gerechnet hatten …

Mandraka erschien!

Asmodis hatte zwar am Rücken keine Augen, doch normalerweise nahm er Strömungen sehr genau wahr. Er wusste, wann sich ein Feind näherte und ihn attackieren wollte.

In diesen Augenblicken versagte sein Instinkt, da er sich zu sehr auf den am Boden liegenden Myxin konzentriert hatte. Deshalb bemerkte er nicht, was sich hinter ihm an der Wand tat.

In der Wand des Hauses erschien eine Gestalt.

Groß, gewaltig, schwarz vom Kinn bis zu den Fußspitzen, aber mit einem knallroten Gesicht versehen, dessen Haut aus zahlreichen Blutflecken zu bestehen schien.

Weißes Haar umloderte den Schädel, und im Gesicht waren trotz der Röte die scharf geschnittenen Züge zu erkennen und auch die hochstehenden Wangenknochen.

Mandraka erschien und materialisierte sich.

Er verließ die Wand, war lautlos wie ein Schatten, setzte einen Fuß vor den anderen und näherte sich dem Satan, der ihm den Rücken zugedreht hatte.

Und der Teufel merkte nichts!

Er sah nur Myxin, hatte den Fuß noch immer angehoben und war bereit, ihn nach unten zu stoßen.

Da erreichte ihn der Ruf.

Scharf, hart. Wie ein Peitschenschlag.

»Asmodis!«

Der Teufel erstarrte. In seinen Augen brach etwas. Die Wut und der Hass verwandelten sich in Überraschung und Erstaunen. Man sah ihm an, dass er damit nicht gerechnet hatte.

Doch er reagierte.

Blitzschnell fuhr er herum, um sich dem neuen Gegner zu stellen, doch es war zu spät.

Mandraka hatte bereits zugepackt. Seine Arme stießen hart, schnell und zielsicher vor. Zehn gekrümmte Finger lauerten darauf, den Satan packen zu können. Sie griffen zu.

Urplötzlich steckte der Teufel im Würgegriff, wurde zurückgerissen, und Mandraka umschlang mit dem Unterarm die Kehle des Höllenfürsten.

»Dein Blut!«, flüsterte der Vampir. »Dein Blut brauche ich noch. Dann bin ich so stark, dass mich keiner mehr besiegen kann. Ich habe immer auf die Kraft der Hölle gewartet, nun werde ich sie bekommen, ich sauge sie dir aus, Asmodis …«

Auch Myxin hörte die Worte. Eigentlich hatte er mit seinem Leben bereits abgeschlossen gehabt, doch als er sah, was mit dem Teufel geschah, da überzog ein Leuchten sein Gesicht. Die Kraft schien in seinen Körper zurückzuströmen, er konnte sie auch einsetzen und tötete die restlichen Schlangen, die sich noch an ihm verbissen hatten. Auf allen vieren kroch er zur Seite, packte das Schwert mit der goldenen Klinge, hob es an und stemmte sich auf die Füße.

Breitbeinig blieb der kleine Magier stehen. Ein hartes Grinsen lag auf seinem Gesicht. Er schaute nach vorn und sah den Teufel im Klammergriff des Schwarzblut-Vampirs.

Das war der Sieg!

»Ich werde ihn töten!«, erklärte Myxin. »Ich muss es tun. Er hat mir zu viel angetan!«

Mandraka zeigte sich kooperativ. »Tun wir es zugleich!«, erwiderte er und biss zu.

Und Myxin stürmte mit gezückter Klinge vor.

Asmodis musste sterben!

DER VERRÄTER

Der Lichtkegel meiner kleinen Taschenlampe zerschnitt die Finsternis der Gruft und beleuchtete das Gesicht einer Frau.

Ich starrte sie an.

Sie hatte bemerkt, dass jemand am Rand der Gruft stand, und so hatte sie mich angesprochen.

Ich verstand die Sprache nicht. Ein dämonischer Dialekt schien es mir nicht zu sein, ich tippte eher auf den Ostblock, vielleicht Ungarn, denn in dieses Land führten einige Spuren des Falles.

Ich musste der Frau helfen, aus diesem Kerkerloch herauszukommen. Ich legte mich zunächst flach auf den Boden, wobei ich die Lampe zwischen die Zähne steckte und der Strahl bei meinen Bewegungen auf- und niedertanzte.

»Wer sind Sie?«, fragte ich, nachdem ich die Lampe wieder aus dem Mund genommen hatte.

Sie verstand nicht.

Auch egal. Jedenfalls konnte ich sie nicht dort unten lassen, denn wer wusste schon, welche Gefahren diese Gruft noch in sich barg. Meinen rechten Arm hatte ich in die Tiefe gesenkt und auch die Hand ausgestreckt. Mittlerweile hatte ich die Entfernung zwischen uns gut abschätzen können und war zu der Überzeugung gelangt, dass es reichen musste, wenn ich meinen Arm ausstreckte.

Unsere Hände berührten sich.

Nur die Fingerspitzen fanden Kontakt. Wenn ich die gesamte Hand umfassen wollte, musste ich nachrücken.

Das tat ich auch. Dabei redete ich auf die Frau ein. Obwohl sie meine Worte nicht verstand, hoffte ich, dass eine beruhigende Wirkung von ihnen ausgehen würde und die Eingeschlossene mich nicht als Feind betrachtete.

»Bleiben Sie ganz ruhig. Wir schaffen das schon. Wir beide müssen uns nur Mühe geben …«

Manchmal berührte der hüpfende Lichtstrahl direkt das bleiche Gesicht. Dann erkannte ich die Angst in den Zügen, die auch in den weit geöffneten Augen nistete.

»Fassen Sie ruhig fester zu!« Ich sagte es ihr und drückte gleichzeitig meinen Arm noch weiter vor.

Wieder fanden sich nur unsere Fingerspitzen.

Das konnte ich nicht begreifen. Da stimmte doch etwas nicht. Ich hatte plötzlich das Gefühl, als wäre die Frau weiter von mir weggerückt. Aber wie konnte sie das innerhalb dieser Gruft?

Es war dennoch möglich.

Der Boden trug daran die Schuld. Als ich ihn direkt anleuchtete, wobei ich die Lampe in der linken Hand hielt, erkannte ich, dass er nicht fest war. Er bildete zwar eine dunkle Masse, doch eine Masse, die sich bewegte.

Ich hielt den Atem an.

Lange brauchte ich nicht zu überlegen. Die Bewegung des Bodens ließ nur einen Schluss zu.

Er bestand aus Sumpf oder Morast.

Und dieser Boden trug daran die Schuld, dass die Frau vor mir in die Tiefe gezerrt wurde. Wenn ich sie noch retten wollte, musste ich mich beeilen.

Das tat ich.

Es kam auf Sekunden an. Ich rückte noch weiter vor und hatte fast den Kipppunkt erreicht, als ich erst anhielt. Jetzt ragte meine Hand senkrecht und vom Körper im rechten Winkel abstehend in die Tiefe.

In der Linken hielt ich die eingeschaltete Lampe. Das Gesicht der Frau hatte sich noch mehr verzerrt. Sie wusste genau, dass ihr nur noch wenig Zeit blieb, ebenso wie mir.

»Halten Sie durch!«, flüsterte ich. »Sie schaffen es.« Ich hoffte stark, dass sie den Optimismus begriff, der in meinen Worten mitschwang.

Sie hatte beide Arme angehoben und ihren Körper gestreckt.

Aber der Boden zog!

Aus tausend gierigen Armen und Händen schien er zu bestehen, die allesamt Füße und Beine der Frau umklammerten und sie in einen Abgrund zerren wollten, aus dem es keine Wiederkehr gab.

Ich strengte mich an. Noch ein kleiner Ruck, dann schlossen sich plötzlich meine Finger um die Hand der Frau.

Ich hatte sie!

Leider war mir erst ein Teilerfolg vergönnt, denn nun musste es mir gelingen, sie aus dem verdammten Morast zu ziehen, und das war gar nicht so einfach.

Ich begann zu kämpfen.

Meine Kraft gegen die des Monsters. Es war ein verzweifeltes Ringen. Ich strengte mich ungeheuer an. Mein Atem ging keuchend und pumpend, er dampfte vor meinem Mund, und ich betete innerlich, dass ich es schaffte.

Der Boden war zäh.

Verschlammt, verkrustet, er wollte sich sein Opfer nicht entreißen lassen, das ich eisern festhielt.

Ich kämpfte verzweifelt. Meine Finger umspannten das Gelenk des Mädchens wie Stahlklammern. Wenn ich jetzt losließ, würde ich es nie mehr schaffen, die Frau zu befreien.

Plötzlich gab es einen Ruck, der mich zunächst ein wenig nach oben und dann nach vorn warf, sodass ich für einen Moment das Gefühl hatte, in die Tiefe zu fallen, doch es gelang mir, mich mit dem linken Handballen am Rand der Gruft abzustützen.

In diesem Moment hatte ich den schwierigen Punkt überwunden. Ich schaffte es tatsächlich, die Frau aus dem gierigen schwarzen Morast zu ziehen.

Sie kam mir entgegen.

Stück für Stück zog ich sie in die Höhe, obwohl ihre Beine noch im zähen Schlamm festhingen.

Ich konnte jetzt meine Stellung wechseln und drückte meinen Körper nach hinten.

Das klappte gut. Ich ließ die Frau dabei nicht los und spürte den Ruck, der durch ihre Gestalt ging, als die Beine aus dem Morast gezogen wurden.

Die Lampe schleuderte ich zur Seite, da ich jetzt mit beiden Händen zugreifen musste, weil ich im rechten Arm bald kein Gefühl mehr haben würde. Nun hielt ich sie doppelt so stark fest, und auch die Frau klammerte sich beidhändig an mich.

Ich konnte sie hochziehen.

Dabei hing sie schwer in meinem Griff, bewegte noch ihre Beine und konnte plötzlich eine Hand lösen und die Finger um den Rand der Gruft legen, damit ihr Gewicht nicht mehr allein an meinen Armen hing. So klappte es besser.

»Gleich haben wir es!«, flüsterte ich ächzend, doch ich stellte fest, dass meine Kräfte schwanden.

Noch einmal setzte ich alles ein. Verzweifelt führte ich den Kampf gegen die Mattheit.

Und gewann.

Als die Frau ihr Bein angezogen hatte und sich mit dem Knie auf die Kante der Gruftöffnung stemmte, sah ich mich als Sieger. Ich hatte es tatsächlich geschafft, die Frau vor einem grauenhaften Schicksal zu bewahren.

Sie fiel nach vorn, blieb bäuchlings liegen, während ich auf den Rücken krachte, für einen Moment meine Arme ausbreitete, den Mund öffnete und stark durchatmete.

Keiner von uns sprach. Wir waren einfach zu erschöpft, und ich hörte das dumpfe Schlagen meines Herzens. Die Echos hallten in meinem Kopf nach.

So blieb ich liegen. Manchmal tanzten rote Kreise vor meinen Augen, bis ich erkannte, dass es keine Zeichen der Erschöpfung waren, sondern der rote Vollmond am Himmel dafür verantwortlich war.

Die Nacht des roten Mondes!

Hatte er an allem Schuld? Ich konnte es nicht sagen, nur Vermutungen anstellen, und ich dachte daran, wie der Fall begonnen hatte, der mich schließlich in so eine prekäre Lage brachte.

Mit einem Anruf hatte es angefangen. Ein Unbekannter hatte mich in eine alte Hausruine gelockt, die auf einem Abrissgelände stand. Plötzlich hatte ein Wesen vor mir gestanden, wie es nur die Hölle ausspeien konnte, und es war auch praktisch von der Hölle geschickt worden. Vom Teufel persönlich.

Ich geriet in seine Gefangenschaft, wurde angekettet, und der Satan konnte triumphieren.

Natürlich glaubte ich an mein letztes Stündlein. Der Irrtum stellte sich sehr rasch heraus. So gern mich der Satan vernichtet hätte, er tat es nicht, und das hatte seinen Grund.

Der Teufel steckte in Schwierigkeiten. Es gab mehrere starke Gruppen, die sich innerhalb des Dämonenreiches bekämpften. Der Teufel und seine höllischen Kräfte standen auf der einen Seite, während die anderen Seiten von dämonischen Wesen aus uralter Zeit besetzt waren. Ich brauchte da nur an die Großen Alten zu denken oder ähnliche Wesen.

Asmodis hatte dabei ein ganz bestimmtes Wesen oder eine ganz bestimmte Gruppe im Auge.

Und zwar die Schwarzblut-Vampire.

Schreckliche Geschöpfe, die sich vom Blut anderer ernährten, Menschen jedoch verschonten und sich auf Dämonen und deren Helfershelfer stürzten. Ihr Anführer hieß Mandraka.

Bisher hatte ich ihn noch nicht zu Gesicht bekommen, doch der Teufel schien einen gewissen Respekt vor ihm zu haben, denn er hatte mich nicht nur vor Mandraka gewarnt, sondern mich auch auf ihn angesetzt.

Ich sollte mich um ihn kümmern.

Nun, ich hatte keine andere Wahl. So arbeiteten der Satan und ich gewissermaßen zusammen, obwohl wir Todfeinde waren. Eigentlich hätten mich die Schwarzblut-Vampire überhaupt nicht zu kümmern brauchen, doch der Satan hatte mir da etwas gesagt, das mich misstrauisch werden ließ. Diese Blutsauger wollten zwar den Lebenssaft der Dämonen, aber sie wollten ihre Macht auch ausdehnen und dies auf der Erde, sodass es zwangsläufig zwischen uns zu einer Eskalation gekommen wäre. Je früher ich dieser entgegentrat, umso besser.

Ich hatte die Schwarzblut-Vampire erlebt. Sie kamen, als Asmodis gegangen war.

Und sie bissen mich.

Noch jetzt dachte ich schaudernd daran. Zu zweit hatten sie ihre spitzen Zähne rechts und links in meinen Hals gehackt, doch mein Blut hatte ihnen nicht geschmeckt. Sie hatten meinen kostbaren Lebenssaft wieder ausgespien.

Ich war für sie nicht das richtige Opfer. Laufen lassen wollten sie mich auch nicht, befreiten mich dafür von den Ketten und schafften mich in einem offenen Sarg weg. Zuvor hatten sie mich entwaffnet und mir nur das Kreuz gelassen, das auf sie überhaupt keine Wirkung zeigte.

Sie schafften mich zu einem alten Friedhof, in dessen Nähe ich ein Haus gesehen hatte. Und ich sollte in die gleiche Gruft geworfen werden wie die Frau.

Dagegen hatte ich etwas.

Ich begann zu kämpfen.

Es war ein verdammt harter Fight. Obwohl sie in der Überzahl waren, versuchte ich es. Es gelang mir tatsächlich, einem der Vampire meinen Silberdolch abzunehmen und ihn damit zu töten. Er verfaulte nicht, sondern lief aus. Sein Körper hatte eine dunkle, sirupartige Flüssigkeit entlassen, die zu Boden geklatscht war und sich in einer Mulde gesammelt hatte.

Das war alles.

Die anderen Vampire hatten sich nach dem Tod ihres Artgenossen nicht weiter um mich gekümmert. Sie waren fast schon fluchtartig auf das Haus zugerannt. Ich hatte sie verfolgen wollen, wurde jedoch in meinen Bemühungen gestoppt, denn ich hatte das Wimmern der Frau vernommen, die in der Gruft steckte. Jetzt konnte sie sich freuen, denn ich hatte sie wieder hervorgeholt.

Sie zeigte sich schon erholter und richtete sich auf. Ich kam ebenfalls in die Höhe. Wir schauten uns an.

Sie hauchte ein Wort.

Vielleicht wollte sie sich bedanken, ich verstand sie nur nicht und hob die Schultern.

Meine Heimatsprache beherrschte sie nicht. Der Teufel hatte etwas von Ungarn erzählt, sodass ich damit rechnen musste, mich in diesem Land zu befinden. Nun wusste ich, dass zahlreiche Ungarn auch Deutsch sprachen. Deshalb versuchte ich es.

»Wie heißen Sie?«

Sie zuckte zusammen. Ein Lächeln glitt über ihr Gesicht. Sie öffnete den Mund, und ich hörte die Antwort.

»Ich heiße Edda Kiss. Sie können Deutsch?«

»Ja.«

»Gütiger Himmel. Meine Mutter war eine Deutsche.«

»Und Ihr Vater?«

»Er ist Ungar. Oder er war es. Sie leben beide nicht mehr.«

»Dann befinde ich mich in Ungarn?«

»Ja.«

Endlich wusste ich Bescheid. Diese Antwort gab mir viel. Ich sah wieder einen Silberstreif am Horizont und atmete zunächst einmal tief durch.

Das war natürlich fantastisch. Nicht in einer anderen Dimension verschollen, sondern in einem Land, das gar nicht einmal so weit von meiner Heimat entfernt lag.

Ungarn!

Ein Land mit Geschichte, ein Land mit Lebenslust und Lebensfreude, aber auch melancholisch wie das Schluchzen der Zigeunergeigen. Ein geheimnisvolles Land, in dem Menschen wohnten, die noch an Vampire glaubten, ähnlich wie in Rumänien.

»Ich bin John Sinclair«, sagte ich nach einem erleichterten Atemzug und reichte der Frau die Hand.

»Danke!«, hauchte sie, wobei sie die Augen niederschlug.

Sie schämte sich irgendwie für die Rettung. Ich bemerkte, dass sie weinte, und strich über ihr braunes Haar. Im Moment hatte ich die Schwarzblut-Vampire und alles, was damit zusammenhing, vergessen, denn der Mensch vor mir war wichtiger.

Edda war hübsch, eine junge Frau von höchstens zwanzig Lenzen. Leider hatte der Aufenthalt in der Gruft Spuren bei ihr hinterlassen. Das braune Haar war total verfilzt.

Edda hob den Kopf und lächelte. Zwei Grübchen entstanden in der Haut ihrer Wangen, als sie mich anschaute.

»Die hätten mich getötet«, sagte sie leise.

Ich hob die Schultern. »Möglich. Aber aus welchem Grund?«

Sie deutete zum Himmel. »Sehen Sie den blutigen Mond?«

»Natürlich.«

»Das ist ihr Zeichen. In den alten Geschichten, die man sich hier an den langen Abenden erzählt, ist oft genug von ihnen die Rede. Von den gefährlichen Vampiren, die aus der Vergangenheit kommen, um in der Gegenwart zu bleiben.«

»Aus welcher Vergangenheit?«, wollte ich wissen.

Sie spielte mit einem Grashalm, legte den Kopf zur Seite und hob die Schultern. »Ich weiß es nicht.«

»Und weshalb sind Sie gerade hier?«

»Das kann ich Ihnen auch nicht sagen.«

Ich wusste nicht, ob sie log. Sie saß da und schaute schräg zu Boden, während sie mit der freien Hand ihre Jacke enger um die Schultern zog. Darunter trug sie ein einfaches Wollkleid, das hoch geschlossen war.

»Was spielt das Haus für eine Rolle?«, erkundigte ich mich weiter. »Ich meine, speziell für Sie.«

»Ich wohne dort.«

»Was?«

Sie schaute in mein erstauntes Gesicht und nickte bestätigend. »Ja, das ist das Haus meiner Eltern.«

»Und die sind tot.«

»Richtig.«

Ich wollte es noch immer nicht wahrhaben. »Wie kann man als junges Mädchen in einem solchen Haus und einer so makabren Umgebung nur leben?«

»Es ist meine Heimat«, erwiderte sie schlicht.

Das verstand ich. Dennoch, aus dieser Gegend wäre ich bestimmt fortgezogen.

»Wovon leben Sie?«

»Meine Eltern haben mir ein wenig Geld hinterlassen«, antwortete sie. »Wenn es aufgebraucht ist, gehe ich weg.«

»Und wie weit ist es bis zur nächsten Ortschaft?«

»Bestimmt zehn Kilometer. So genau weiß ich das nicht.«

»Haben Sie ein Auto?«

»Nur ein Fahrrad.«

Ich stand auf. Es war nicht ergiebig, weiterhin mit Edda Kiss zu reden, denn ich musste mich um die Vampire kümmern. Einen hatte ich erledigt, sechs waren noch übrig. Der Siebte lag nicht weit entfernt vor uns auf dem Boden. Sein Körper zeichnete sich als Schatten vor dem Untergrund ab.

Mit der rechten Hand deutete ich auf das Haus. »Es ist also noch bewohnbar?«, fragte ich.

»Ja, ich habe da …«

»Was können die Vampire dort gesucht haben?«

»Tut mir leid, John, ich weiß es nicht.«

So recht traute ich dem Braten nicht, wollte jedoch keine voreiligen Schlüsse ziehen und stand auf.

»Wo wollen Sie hin?«

»Ins Haus«, erklärte ich.

»Aber da sind die Vampire!«

Ich lächelte und schaute in ihr ängstliches Gesicht. »Natürlich sind da die Vampire. Nur bin ich gekommen, um sie zu bekämpfen, meine Liebe.«

»Einer allein?«

»Ich habe leider keine Helfer, Edda, und Sie möchte ich dort nicht sehen, weil es einfach zu gefährlich ist. Sie bleiben hier auf dem Friedhof und warten auf mich. Alles andere wird sich schon ergeben. Machen wir es so?«

»Ja natürlich.« Edda Kiss nickte. »Wenn Sie nicht zurückkehren, was mache ich dann?«

»Ich komme schon zurück«, erwiderte ich optimistisch, drehte mich um und ging.

Wohl war es mir nicht bei dem Gedanken, das Mädchen allein auf dem unheimlichen Friedhof zu lassen. Leider sah ich keine andere Möglichkeit. Und so ging ich auf das Haus zu.

Ich hatte Glück. Am Rande des alten Totenackers begann ein schmaler Weg, der Friedhof und Haus miteinander verband. Ich fand den Weg, ohne die Lampe eingeschaltet zu haben. Ich schlug noch zwei große Bögen, bevor ich das windschiefe Gebäude erreichte.

Es war still.

Ich allerdings traute dieser Ruhe nicht, da sie auf mich irgendwie unnatürlich wirkte.

Im Magen spürte ich den leichten Druck. Über meinen Rücken lief ein Kribbeln, das auch über meine Kopfhaut glitt, sodass sich meine Haare aufstellen wollten.

All dies deutete darauf hin, dass es innerhalb des Gebäudes nicht geheuer war.

Ich sollte mich nicht getäuscht haben. Kaum hatte ich den ersten Rechtsbogen erreicht, als ich die Geräusche innerhalb des alten Hauses vernahm.

Es waren schrille, wütende Schreie.

Kampfschreie!

Asmodis sollte vernichtet werden!

Selten in seiner fast unbegrenzten Existenz hatte er so in der Klemme gesessen.

Mandraka, der Schwarzblut-Vampir, hatte den Satan überrascht, war wie ein Geist aus der Mauer des Hauses erschienen und hatte sich in den Rücken des Teufels geschlichen.

Normalerweise hätte der Satan ihn bemerkt, aber er musste sich auf einen weiteren Gegner konzentrieren, der vor ihm stand und als Waffe ein Schwert mit goldener Klinge in der Hand hielt.

Dieser Gegner hieß Myxin!

Der kleine Magier hatte sich allein auf den Weg gemacht und sich von seiner Partnerin Kara getrennt. Er war zum Verräter an allen geworden. John Sinclair, Suko, die Conollys und auch letztendlich Kara interessierten ihn nicht mehr. Sein Weg lag vorgezeichnet. Er führte dorthin, wo er einmal hergekommen war.

Mehr als zehntausend Jahre lag dies zurück, da hatte Myxin auf der anderen Seite gestanden, war aber durch die Erweckung und wegen seiner Gegnerschaft mit dem Schwarzen Tod zum Sinclair-Team gestoßen, das er nun verlassen hatte, um abermals den alten Weg zu gehen, den er schon in der Vergangenheit hinter sich hatte.

Myxin hatte als echter Schwarzblüter stets auf der anderen Seite gestanden, und er sah nicht ein, dies zu ändern. Sein uralter Hass gegen den Teufel aber war geblieben.

Myxin wollte Asmodis vernichten.

Es war ein Kampf vorausgegangen, den der Teufel fast gewonnen hätte, wenn nicht Mandraka aufgetaucht wäre. Und er hielt den Satan in einem Klammergriff, während er dessen Kopf zur Seite gedrückt hatte, damit er in die straff gespannte Halshaut beißen konnte, denn Mandraka wollte nichts anderes als das Blut des Satans.

Wenn er es schaffte, dem Höllenfürsten das Blut auszusaugen, erstarkte er und bekam Kräfte, die man als ungeheuerlich bezeichnen konnte. Dann war er nicht mehr aufzuhalten.

Myxin kannte Mandraka. In der Vergangenheit, im alten Atlantis, hatte dieser ebenfalls existiert. Da aber hatten Myxin und er auf verschiedenen Seiten gestanden. Der gemeinsame Feind allerdings trieb sie heute zusammen.

Myxin, der mit seiner Existenz quasi schon abgeschlossen hatte, musste den Schwarzblut-Vampir als seinen Lebensretter bezeichnen. Wäre er nicht gekommen, hätte ihn der Satan vernichtet. Zertreten wie einen Wurm, denn der Teufel hatte seinen Fuß bereits erhoben.

Innerhalb einer Sekunde jedoch hatte sich die Lage zu Myxins Gunsten gewandelt, und seine Chancen, den Teufel zu vernichten, standen nie so günstig wie jetzt.

Er sah ihn im Griff des Vampirs. Über das Gesicht mit der grünlich schimmernden Haut zuckte ein schmales, hintergründiges und triumphierendes Lächeln.

»Aus«, sagte er und schaute in die verzerrte Fratze des Teufels. »Es ist aus, Asmodis. Die Klinge wird dich durchbohren, Mandraka saugt dein Blut, und wir werden die Herrschaft über gewaltige Dämonenreiche antreten, das schwöre ich dir!«

»Stoß zu!«, schrie Mandraka.

Er hatte festgestellt, dass der Satan nicht mehr so wehrlos

war, wie er ausschaute, denn auch der Teufel besaß Macht und eine fast unbeschreibliche Kraft, was besonders Myxin zu spüren bekommen hatte, als der Teufel vor Sekunden die kleinen Schlangen gegen ihn geschickt hatte.

Für einen Moment verzog sich das Gesicht des Magiers in einem wilden Triumph. Bisher hatte er noch gezögert. Jetzt sprang er vor, überbrückte die trennende Distanz und stieß zu.

Er zielte genau auf die Brust. Nichts mehr hätte Asmodis retten können, und Myxin wollte einen wilden Schrei der Freude ausstoßen, als ihm dieser in der Kehle stecken blieb.

Obwohl haargenau gezielt, traf der kleine Magier nicht. Die Schwertklinge raste an der linken Seite des Satans vorbei, und der kleine Magier geriet ins Taumeln.

Umsonst – er hatte nicht getroffen!

Sie waren deprimiert!

Drei Menschen, die in einem Wohnraum beisammensaßen und deren Unterhaltung stockte, da eine Person unter ihnen einen Schock erlitten hatte.

Es war Kara.

Die ehemalige Partnerin des kleinen Magiers. So konnte man sie inzwischen bezeichnen, denn Myxin hatte der Schönen aus dem Totenreich glasklar erzählt, dass er nicht mehr gewillt war, seinen Weg mit dem ihren zu teilen.

Er hatte sich von Kara getrennt.

Auf eine spektakuläre Weise, denn Myxin hatte sich nicht gescheut, Kara niederzuschlagen und ihr das Schwert mit der goldenen Klinge abzunehmen, bevor er zwischen den flaming stones verschwand und zu einer magischen Reise antrat.

Kara hatte alles versucht. Umsonst, es war ihr nicht gelungen, Myxin zu überzeugen. Er war verschwunden und wollte einfach nicht zurückkehren. Das alles hatte die Schöne aus dem Totenreich Suko und seiner Partnerin Shao berichtet und noch einiges mehr.

So hatten Suko und Shao von den Schwarzblut-Vampiren

erfahren und auch von Mandraka, denn Myxin hatte Kara zuvor noch über seine Pläne informiert, sodass alle drei nicht unwissend dastanden.

Schweigend waren die letzten Minuten vergangen, bis Shao sich plötzlich erhob und in die Küche ging. Suko sah ihr nach. Kara blickte apathisch zu Boden. Der Gürtel, aus dem sonst der Griff des Schwerts ragte, war leer.

Suko schaute sie an. Die Schöne aus dem Totenreich mit dem langen, schwarzen Haar bemerkte den Blick nicht. Sie befand sich mit ihren Gedanken woanders, und das spiegelte sich auch auf ihrem Gesicht wider.

Dennoch hatte Suko eine Idee, die sich um das Schwert mit der goldenen Klinge drehte.

Auch wenn Kara es nicht mehr besaß, so musste Sukos Meinung nach dennoch eine Verbindung zwischen ihr und der Waffe bestehen. Dieses Schwert hatte sie aus der Vergangenheit mitgebracht. Ein Erbe ihres geliebten Vaters, der ein mächtiger Weißmagier gewesen war und zeitlebens gegen das Böse gekämpft hatte. Auf dem Totenbett hatte er Kara das Schwert überreicht. Es gehörte einfach zu ihr, und selbst wenn sie es weggab, musste noch eine Verbindung bestehen.

Shao kam mit einer Karaffe Orangensaft und drei Gläsern zurück.

»Für mich bitte nicht«, sagte Kara leise.

»Aber du, Suko?«

Der Chinese nickte. Shao schenkte sich und ihrem Partner ein Glas ein. Während sie tranken, warf die aparte Shao Suko einen langen Blick zu und richtete ihre Augen danach auf Kara. Wahrscheinlich dachte sie ebenso wie Suko, nur behielt sie ihre Gedanken für sich.

Suko stellte das Glas ab. Im Zimmer brannten nur zwei Lampen, sodass es auch schattige Inseln gab. In einer hockte Kara, wobei nur deren Gesicht vom Restschein einer Lampe gestreift wurde.

»Ich möchte, dass du es dir noch einmal genau überlegst«, sagte der Chinese.

Kara verstand nicht. »Was überlegen?«

»Ob wir nicht doch noch etwas versuchen können.«

Sie schüttelte den Kopf. »Nein, das geht nicht. Wir schaffen es nicht. Wir können …« Sie unterbrach sich selbst. »Myxins Entschluss war endgültig. Ich habe ihn nur selten so entschlossen gesehen wie in den vergangenen Stunden.«

»Ihn meine ich auch nicht.«

Kara zeigte sich überrascht. »Wen denn?«

»Ich denke da mehr an dein Schwert.«

»Das hat Myxin.«

»Das schon«, gab Suko zu. »Aber es ist nicht nur irgendeine Waffe, sondern eine besondere.«

»Sie hat eine goldene Klinge.«

»Das schon, doch darauf wollte ich nicht hinaus. Ich meine mehr die Beziehung zwischen dir und dem Schwert. Es besteht doch eine Verbindung?«

»Ja, aber nicht direkt …«

»Doch Kara.« Sukos Stimme klang leicht ärgerlich. »Du hast mithilfe des Schwertes Verbindung zu anderen Dimensionen aufnehmen können. Es gehört einfach zu dir.«

»Man hat es mir aber abgenommen.«

»Stimmt. Nur solltest du nicht die Flinte ins Korn werfen. Hol es dir zurück.«

»Dann müsste ich mich gegen Myxin stellen«, sagte sie und schüttelte heftig den Kopf.

»Das ist nicht unbedingt gesagt.«

Kara erstarrte mitten in der Bewegung. Sie schaute Suko scharf an. »Wie kannst du so etwas behaupten?«

»Nach reiflicher Überlegung.«

»Dann kennst du dich besser aus als ich. Das will ich einfach nicht glauben.«

»Nein, Kara, so arrogant möchte ich nicht sein. Dennoch solltest du selbst nachdenken. Das Schwert mit der goldenen Klinge, das dein Vater dir überlassen hat, ist nicht irgendeine Waffe, sondern speziell für dich hergestellt oder geschmiedet worden. Du brauchst sie, du musst sie haben, um dich deiner

Feinde erwehren zu können. Und die Waffe ist ein Stück von dir. Denk immer daran, ein Stück von dir, das dir auch dann noch gehört, wenn man es dir genommen hat. Hast du das begriffen, Kara?«

»Natürlich.«

»Dann tu etwas!«

Kara ballte die Hände zu Fäusten. Sie saß für einen Moment starr auf der Sesselkante, bis sie sagte: »Ich kann aber nichts tun. Es ist vorbei. Myxin hat mich verlassen …«

»Denke an das Schwert. Setz dich mit dieser Waffe in Verbindung, und zwar durch Geisteskraft.« Kara wollte Suko unterbrechen, der jedoch winkte heftig ab und redete weiter. »Das Schwert hat dich auf deinen Reisen begleitet. Es war dir ein Beschützer, ein Helfer. Obwohl es aus Metall besteht, reagiert es irgendwie menschlich, als wäre es von Gedanken durchdrungen …«

Kara lächelte verloren. Sie wollte noch nicht. Aber Suko gab nicht auf. Er fragte schließlich, als ihm schon der Schweiß auf der Stirn stand: »Was spricht eigentlich gegen eine Kontaktaufnahme?«

Kara schwieg. Eine Antwort auf diese Frage wusste sie nicht. Und so konnte sie nur die Schultern heben.

Shao mischte sich jetzt ein. »Es ist doch besser, wenn wir etwas unternehmen, als hier nur herumzusitzen und gar nichts zu tun. Begreif das endlich.«

»Ja, natürlich.«

»Dann komm.«

Shao hatte es letztendlich geschafft und die Schöne aus dem Totenreich überzeugt, denn Kara blieb nicht mehr auf der Sesselkante hocken, sondern stand auf.

»Willst du es wirklich versuchen?«, fragte Suko. Er trat auf sie zu, legte seine Hände auf ihre schmalen Schultern und sah ihr Nicken. »Kara«, flüsterte der Inspektor, ohne sie loszulassen, »ich weiß, dass wir es schaffen, und ich möchte dir schon jetzt für deine Mühe danken.«

»Noch wissen wir nicht, ob es etwas bringt.«

»Es wird was bringen!«, erklärte Suko voller Überzeugung. »Verlass dich nur darauf.«

»Wenn du meinst …«

»Und wie.« Der Chinese ließ die schwarzhaarige Frau los, und Kara drehte sich um. Mit beiden Händen deutete sie auf die im Zimmer brennenden Lampen.

»Sollen wir sie löschen?«, fragte Shao.

»Es wäre besser.«

Shao ging hin und schaltete die Beleuchtung aus.

Es wurde dunkel.

Nur in der Diele brannte noch die Lampe, die wollte Kara nicht gelöscht wissen.

Suko und Shao wohnten oben. Bis zu ihrer Wohnung drang auch nicht das Licht irgendwelcher Leuchtreklamen, deshalb zeichnete sich das Fenster nur als graues Rechteck im Mauerwerk ab.

In das Zimmer war eine andere Atmosphäre eingezogen. Niemand sprach mehr. Suko und Shao hatten ihre Plätze getauscht, und Kara rückte den Tisch ein wenig zur Seite, denn sie wollte in der Mitte des Raumes den Platz schaffen, den sie benötigte.

Dort lag ein runder chinesischer Teppich, den sich Shao und Suko vor Kurzem billig besorgt hatten. Kara kniete auf dem Teppich nieder.

Sie blieb in einer Haltung, wie man sie von orientalischen Gläubigen her kannte. Kara hockte auf den Knien und hatte ihre Hände flach auf die Oberschenkel gelegt.

Suko und Shao beobachteten die Schöne aus dem Totenreich voller Spannung. Endlich war es ihnen gelungen, sie davon zu überzeugen, dass man etwas unternehmen musste.

Die Gestalt verschwamm im Dämmer. Das Flurlicht reichte kaum bis zu ihr. Nur Hände und Gesicht wirkten wie blasse Tupfer innerhalb der matten Dunkelheit.

Sie konzentrierte sich. Zunächst legte sie den Kopf zurück, dann beugte sie ihn vor, blieb in der Haltung und begann zu reden.

Gespannt hörten Suko und Shao zu. Über Karas Lippen drangen Worte, die weder Shao noch Suko je zuvor gehört hatten. Sie wussten aber, dass ein altes Erbe nicht verloren gegangen war, denn der Kontinent Atlantis lebte in diesen Worten weiter.

Magische Beschwörungen, Formeln einer uralten, längst versunkenen Welt, deren damalige Realität sich mit der Existenz einer uralten Magie vermischt hatte.

Atlantis lebte.

Das Gefühl erfasste beide Zuschauer. Es riss sie in ihren Bann, und sie hörten gespannt zu.

Kara konnte man als Frau bezeichnen, die den Tod überwunden hatte. Durch die Magie ihres Vaters Delios hatte sie ihm ein Schnippchen geschlagen, und seine Kraft war auf die Tochter übergegangen, wenn auch in abgeschwächter Form.

Kara konzentrierte sich stärker. Die Worte wurden schneller gesprochen, als versuchte die Schöne aus dem Totenreich den Kontakt zu beschleunigen.

Sie beschwor, hob dabei ihre Arme, und alle diese Gesten deuteten an, in welch einer gespannten Verfassung sich die Frau befand.

Fand sie Kontakt?

Zwischendurch verstanden Suko und Shao einige Worte. Des Öfteren fielen die Namen Myxin und Delios, dann wieder versank die Stimme in einem seltsamen Murmeln.

Ein erster Erfolg stellte sich ein.

Sogar sichtbar, denn die Haut auf Karas Zügen änderte ihren Farbton. Hatte sie vorhin noch sehr bleich ausgesehen, so wurde sie nun ein wenig dunkler, und die beiden Zuschauer glaubten, ein violettes Schimmern auf dem Gesicht zu erkennen.

Wurde Kara zu einer anderen?

Suko und Shao hielten den Atem an. Der Chinese merkte, dass sich seine Partnerin bewegte. Eine Sekunde später spürte er ihre Finger auf seiner Hand. Die Kuppen waren kalt.

Kara veränderte sich weiter. Die von ihr gesprochenen

beschwörenden Worte taten ihre Pflicht, sie spielten mit den Gesetzen der Natur und beeinflussten diese.

Was vor kaum zu erfassenden Zeiten einmal niedergeschrieben oder gesprochen worden war, hatte auch in der Gegenwart noch seine volle Wirkung. Kara bekam Kontakt.

Einen sichtbaren Kontakt sogar, das sahen auch Suko und Shao. Vor der Schönen aus dem Totenreich bewegte sich die Luft, verdichtete sich, sodass eine Szene inmitten des Zimmers schwebte, die sich vielleicht eine nicht messbare Strecke entfernt befand.

Ein Bild entstand.

Vielleicht aus einer anderen Zeit oder einem anderen Raum hierher in das Zimmer transportiert, und aus diesem Bild formten sich Figuren, Akteure einer Szene, die sich ganz woanders abspielte.

Drei Personen waren zu sehen.

Gestalten, die Suko, Kara und Shao bekannt vorkamen. Bis auf eine. Aber diejenige war momentan für die atemlos dasitzenden Zuschauer weniger interessant, sie richteten ihren Blick auf eine kleine Person mit einer leicht grünlich schimmernden Haut.

Es war Myxin!

Und er trug das Schwert mit der goldenen Klinge, war bereit, es dem obersten Höllenherrscher in den Leib zu rammen, der sich im Würgegriff eines Monsters befand, dessen rotes Gesicht aus zahlreichen kleinen Wunden zu bestehen schien.

Myxin stürmte vor.

Er hatte nur wenige Schritte zu laufen. Er musste einfach treffen, denn Asmodis bewegte sich nicht.

Da schrie Kara!

Shao und Suko hörten den Schrei, sprangen hoch, und sie sahen für einen flüchtigen Augenblick, dass sich zwischen Kara und ihrem Schwert eine Verbindung aufbaute.

Ein huschender Schein, kaum zu sehen, nur bei genauerem Hinstarren, aber er bewirkte etwas.

Das Schwert mit der goldenen Klinge geriet aus seiner ursprünglichen Richtung, wurde nach rechts abgedrängt und verfehlte die Brust des Höllenfürsten.

Myxin taumelte an ihm vorbei.

Das sahen die Zuschauer noch, bevor das Bild verlosch und Kara zusammenbrach.

Mit einem dumpfen Laut schlug sie auf den Teppich …

Die Schreie hatten mich gestoppt!

Ich war nicht so unvernünftig, wie ein Wilder auf das Haus zuzustürmen. Obwohl die Zeit drängte, war ich vorsichtig, denn wer konnte wissen, was dieses windschiefe, halb zerfallene Gebäude noch für böse Überraschungen barg?

Automatisch musste ich an die alte Ruine denken, wo alles begonnen hatte. Da hatte ich ebenfalls vor einem Loch gestanden, das man als Eingang bezeichnen konnte.

Hier war es ähnlich.

Erst jetzt konnte ich erkennen, dass dieses Haus an der von mir aus gesehen linken Seite noch einen kleinen Anbau hatte. Ebenso windschief und halb zerfallen wie auch das Hauptgebäude.

Es war wieder ruhig geworden. Nichts hörte ich mehr, kein Schrei drang aus den offenen Fenstern, wobei ich davon ausging, dass die Schwarzblut-Vampire die Schreie ausgestoßen haben konnten. Ihr Ziel war das Haus gewesen, sie hatten es betreten und hielten sich jetzt versteckt, sodass ich sie nicht sehen konnte.

Keiner schaute durch ein offenes Fenster. Dennoch fühlte ich mich beobachtet.

Bis zur Tür waren es ungefähr fünf Schritte. Ich blickte noch einmal zum Dach hoch, sah dort eine Bewegung und zuckte zur Seite. Im nächsten Moment atmete ich auf, denn es hatte sich dort kein Vampir oder ein anderer Gegner bewegt, sondern einfach nur das herabhängende Stück einer alten Dachrinne, weil es vom Wind gestreift worden war.

Keine Gefahr also.

Wenigstens nicht hier draußen. Im Innern würde es anders aussehen. Meine Sinne waren gespannt, als ich den Zwischenraum zur Tür überbrückte und dicht vor der Schwelle stehen blieb.

Für einen Moment wartete ich dort.

Meine Blicke versuchten das Dunkel zu durchbohren, aber da war nichts zu erkennen. Alles verschwamm in einem düsteren Grau. Schon des Öfteren hatte ich Szenen wie diese erlebt, und das Gefühl blieb stets gleich. Ein unangenehmes Magendrücken, das Klopfen meines Herzens, das ich überlaut unter der Schädeldecke spürte. Außerdem wusste ich nicht, was mich in der Düsternis erwartete.

Dennoch wagte ich es.

Das Kreuz hatte ich vor meine Brust gehängt. Es gab mir sicherlich keinen Schutz gegen die Blutvampire, dennoch beruhigte es mich. Und so sollte es auch bleiben.

In der rechten Hand hielt ich den Dolch, meine einzige Waffe.

Lautlos konnte ich leider nicht gehen. Zu viel Dreck und Staub lag herum, sodass es unter meinen Füßen knirschte, wenn ich einen Schritt nach vorn trat.

Sich in der Dunkelheit zu orientieren fiel mir verdammt schwer. Ich wollte auch nicht meine Bleistiftleuchte zu Hilfe nehmen, denn der Strahl hätte mich zu leicht verraten. Für einen Schützen aus dem Hinterhalt wäre ich dann ein leichtes Ziel gewesen. Zudem dachte ich daran, dass einer der Schwarzblut-Vampire meine Beretta hatte. Er hatte damit zwar nicht umgehen können, aber wie der Teufel es wollte, konnte er es in der Zwischenzeit gelernt haben.

Sechs Vampire steckten meiner Ansicht nach in diesem Haus. Sie konnten sich irgendwo verbergen, ohne dass man sie hörte, denn sie brauchten nicht zu atmen.

Ich ging weiter.

Ein ziemlich großer Raum hatte mich aufgenommen, das spürte ich. Ich sah auch keine Treppe. Wenn es eine gab, lag sie weiter hinten, und ich hatte das Gefühl, in einem bäuerlichen Haus zu stehen, in dem hinter der Eingangstür eine große Küche und gleichzeitig der Aufenthaltsraum der Familie liegt. Da die Zeit drängte, hatte ich Edda leider nicht fragen können.

Dennoch mussten Türen oder Eingänge zu anderen Räumen vorhanden sein. Die suchte ich.

Ein dumpfes Poltern ließ mich zusammenzucken. Rechts von mir war es aufgeklungen. Sehen konnte ich nichts, hörte die lauten Schreie, ein Fauchen, und im nächsten Augenblick überschlugen sich die Ereignisse. Ich konnte soeben noch zur Seite springen, denn an der rechten Seite flog mit donnerndem Krach eine Tür aus der Fassung, und die Öffnung entließ, eingehüllt in eine fauchende Flamme, eine Gestalt.

Es war die des Teufels!

Myxin konnte weder fassen noch begreifen, dass es ihm nicht gelungen war, den Satan zu durchbohren.

Sehr deutlich hatte sich seine Gestalt abgezeichnet, sie war überhaupt nicht zu verfehlen gewesen! Dann jedoch war etwas eingetreten, über das Myxin nachdachte, als er an dem Teufel und auch an Mandraka vorbeitaumelte.

Kurz bevor die Spitze den Satan erreichte, war die goldene Klinge abgelenkt worden. Eine seltsame Kraft hatte der kleine Magier gespürt. Es war ihm nicht mehr gelungen, das Schwert zu halten, und so hatte es zu diesem Fehlstoß kommen können.

Auch Mandraka zeigte sich geschockt. Der Schwarzblut-Vampir hatte fest damit gerechnet, dass der kleine Magier den Teufel aufspießen würde. Das war nun vorbei.

Und Satan triumphierte.

Innerhalb einer kurzen Zeitspanne hatte sich das Blatt gewendet, sodass er seine Gegenmaßnahmen ergreifen konnte. Er kontrollierte die Kräfte der Hölle nicht nur, sie wohnten auch zu einem großen Teil in ihm, und es gelang ihm, sie zu mobilisieren.

Sein Körper bäumte sich im Griff des Schwarzblut-Vampirs auf. Er wuchs in die Höhe, und bevor der Sauger zubeißen konnte, umhüllte den Satan ein Flammenmantel.

Mandraka schrie auf.

Es war ein röhrender Schrei, denn das Feuer der Hölle bereitete ihm arge Schmerzen. Sein schon geöffneter Mund klappte zu. Mit schlenkernden Armen taumelte er zurück. In seinem blutroten Gesicht zuckte es, bevor er sich zu Boden warf.

Lautlos und geisterhaft umtanzten kleine Flämmchen seinen Körper, die erst erloschen, als sich Mandraka mehrmals um die eigene Achse drehte.

Inzwischen hatte sich der kleine Magier wieder gefangen. Er wusste genau, in welch eine Gefahr er sich begeben hatte, denn der Teufel konnte sich wieder frei bewegen. Für einen Moment stand er da und hatte seinen rechten Arm ausgestreckt. Die Klaue gespreizt, den Blick flammend, und aus seinen fünf Fingern schlugen Blitze.

Myxin duckte sich, weil er annahm, dass die Blitze in seinen Körper schlagen würden, doch das geschah nicht.

Der Teufel sorgte für eine andere Überraschung. Genau dort, wo die aus seinen Händen wirbelnden Blitze in den Boden schlugen, entstanden Gestalten.

Höllendiener.

Fünf an der Zahl. Einer sah grausamer aus als der andere. Da gab es ein kleines Monster mit dem Schädel einer Ratte und einer rötlich schimmernden Haut.

Ein Krake auf zwei Beinen wurde von Flammenmonstern begleitet, und ein vierbeiniges Wesen mit dem Kopf einer Frau spie eine grüne Zunge aus, die wie eine dünne Schlange wirkte.

»Sie werden dich vernichten!«, brüllte der Satan Myxin entgegen und jagte noch einen schwarzmagischen Energiestoß auf ihn ab, der den kleinen Magier in die Knie zwingen sollte.

Vor zwei Jahren noch wäre Myxin vielleicht vernichtet worden, doch er hatte inzwischen seine Kräfte wiedererlangt und konnte durch eine Gegenmagie den Stoß abwehren.

Dafür hatte er die fünf Höllenmonster gegen sich, und er stellte sich ihnen.

Der Satan kümmerte sich um Mandraka.

Die beiden starrten sich an.

Mandraka fauchte. Die Augen leuchteten in einer unheimlichen Wildheit. Es war ihm anzusehen, dass er sich vor dem Höllenfürst nicht ducken würde, und er wartete nicht, bis der Teufel ihn attackierte, sondern griff selbst an.

Asmodis machte ihm einen Strich durch die Rechnung. Wieder umhüllte ihn das Höllenfeuer wie ein Mantel, dann stieß er sich ab, schwebte über dem Boden und jagte wie ein Raketenmensch auf die Tür dieses Raumes zu. Er machte auch nicht halt, sondern krachte dagegen und riss die Tür aus der Fassung.

Um Myxin kümmerte sich Mandraka nicht. Für ihn war der Satan wichtiger. Auf keinen Fall durfte er entkommen, denn der Vampir wollte das schwarze Blut, dann wurde er ebenso mächtig wie der Höllenherrscher.

Er jagte ihm nach.

Verzerrt das Gesicht, ausgestreckt die Arme, die langen Hauer gebleckt, so blieb er dem Satan auf der Spur und konnte sich am Flammenschein orientieren, der sich jetzt in der großen Eingangshalle ausgebreitet hatte und auch den Mann anleuchtete, den die Vampire im offenen Sarg hergetragen hatten.

»Sinclair!«, schrie der Satan mit Stentorstimme. »Da ist er! Du kannst dir den Schwarzblut-Vampir holen! Ich serviere ihn dir!«

Asmodis lachte noch einmal wild und grausam.

Dann löste er sich auf.

Ich aber stand da, wie vom Donner gerührt. Der Teufel war aus der Tür geschossen. Mandraka folgte ihm, und ich hatte die Worte des Höllenfürsten deutlich vernommen, bis er sich in einer stinkenden Rauchwolke auflöste und kurzerhand verschwand.

Aber Mandraka war noch da!

Zum ersten Mal sah ich ihn selbst und aus der Nähe. Eine sehr große schwarz gekleidete Gestalt. Aus dem Kragen der dreiviertellangen Jacke schaute das feuerrote Gesicht hervor, dessen Haut nur aus blutigen Krusten zu bestehen schien, die aussahen, als wären sie von scharfen Rasiermesserklingen verursacht worden.

Das also war Mandraka!

Ich stand ihm gegenüber. Den Dolch hielt ich in der rechten Hand, und ich war gewillt, jetzt schon ein Ende zu machen, doch der Vampir hatte andere Sorgen.

Ihn interessierte allein der Satan. In mir sah er keinen direkten Gegner. Vielleicht war er so arrogant, anzunehmen, dass er mich packen konnte, wann immer er wollte. Jedenfalls legte ich seine Handbewegung als unwirsche Geste aus, mit der er mich aus dem Weg scheuchen wollte.

Dagegen hatte ich etwas.

Leider kam ich nicht dazu, ihn anzugreifen, denn hinter mir in der absoluten Finsternis vernahm ich polternde Schritte. Ich sprang sicherheitshalber zur Seite und drehte mich erst danach um, damit ich sehen konnte, wer dort ankam.

Es waren die Vampire.

Sie erschienen aus dem Dunkel, und ich tauchte hinein, denn ich rechnete mit einem Frontalangriff der sechs Blutsauger.

Ich irrte mich.

Mandraka war es, der ihnen zuwinkte, damit sie das Haus verließen, denn für ihn zählte allein der Satan. Den Teufel musste er vernichten, er wollte sein Blut trinken, und er verschwand fast so rasch wie Asmodis selbst, nur löste er sich nicht innerhalb einer Rauchwolke auf, sondern huschte durch das Eingangsloch ins Freie.

So rasch es ging, folgten ihm die sechs Vampire.

Ich verstand die Welt nicht mehr. Ich stand nur da und staunte mit offenem Mund.

Das gab es doch nicht!

Wohin die Vampire wollten, wusste ich natürlich nicht. Ich nahm allerdings an, dass sie sich dem Friedhof zuwenden würden, denn in so einem Gebiet fühlten sie sich wohl.

Auf dem Totenacker wusste ich Edda schutzlos.

Also hinterher.

Wieder konnte ich meinen Plan nicht in die Tat umsetzen, denn aus dem Raum, den der Teufel und Mandraka verlassen hatten, vernahm ich Geräusche. Seltsame Laute. Klatschen und Schreie, ein Kampfgeheul und dumpfe Schläge.

Da musste noch jemand sein!

Keine Sekunde zögerte ich, drehte mich um und jagte auf den Raum zu. Mit dem rechten Fuß stieß ich die Tür weit auf und sah schattenhaft seltsame Gestalten.

Höllengeschöpfe!

Und dazwischen eine Person, die das Schwert mit der goldenen Klinge in der Hand hielt und sich gegen die Geschöpfe zur Wehr setzte.

Myxin, der Magier!

Suko war aufgesprungen, kaum dass Kara den Boden berührt hatte. Ihm war der Schreck in die Glieder gefahren, und das Blut war aus seinem Gesicht gewichen.

Shao brauchte erst nicht gesagt zu werden, was sie tun sollte, sie wusste auch so Bescheid. Rasch eilte sie in die Küche, holte Wasser und lief wieder zurück.

Inzwischen hatte sich Suko um Kara gekümmert und die schlanke Gestalt auf die Couch gelegt.

»Mach bitte mal Licht«, verlangte er.

Das tat Shao. Die Lampe an der Decke wurde hell und erleuchtete den Wohnraum. Beide erschraken, als sie in das Gesicht der Schönen aus dem Totenreich schauten. Es war so bleich wie selten, und Suko fühlte nach dem Pulsschlag.

Shao stand zitternd daneben. Auch das Wasser im Glas zitterte, und sie schaute aus großen Augen nach unten.

»Lebt sie noch?«

Suko schüttelte den Kopf, bis er diese Bewegung in ein Nicken verwandelte. »Ja, der Puls schlägt.«

»Ein Glück.«

Suko streckte den Arm aus. Er nahm das Glas mit dem Wasser entgegen und hielt es Kara an die Lippen.

»Ist sie nicht bewusstlos?«, flüsterte Shao.

»Nein.«

Die Schöne aus dem Totenreich schien die Antwort gehört zu haben, denn sie öffnete die Augen.

»Kara!«, flüsterte Shao erstickt.

»Trink erst einmal«, sagte Suko und kippte das Wasserglas, sodass Kara schlucken konnte.

Es tat ihr gut. Allmählich kehrte wieder Leben in ihr Gesicht zurück und ein wenig Farbe. Sie bewegte ihre dunklen Augen suchend hin und her, während sie immer wieder schluckte.

»Wo ist er?«, hauchte sie.

»Wen meinst du?«, fragte Suko.

»Myxin.«

Shao und ihr Freund warfen sich einen schnellen Blick zu. Suko verstand ihn so, dass er antworten sollte. »Wir haben ihn nicht mehr gesehen, Kara. Das Bild zerbrach.«

»Ich habe mich nicht getäuscht?«

»Nein, das hast du nicht. Wir sahen ihn ebenfalls. Er hielt dein Schwert in der Hand und ging den Teufel an.«

»Mandraka war auch dabei.«

Suko nickte.

Kara drehte den Kopf zur Seite und begann leise zu schluchzen. »Es ist alles aus. Myxin hat nicht reagiert. Er ist wirklich zum Verräter geworden. Glaubt mir.«

»Aber das kann nicht sein!«, widersprach Suko. »Erinnere dich nur an die Szene, die wir alle gesehen haben. Da stand Myxin mit dem Schwert, um dem Teufel die Klinge in den Leib zu rammen. Wie soll er da auf der anderen Seite stehen?«

»Er wollte sich Mandraka anschließen.« Kara wälzte sich hastig auf den Rücken. »Versteht ihr nicht? Mandraka ist ein

Feind der Hölle. Deshalb hat sich Myxin gegen den Teufel gestellt.«

»Das ist schwer zu glauben«, sagte Shao.

»Dennoch eine Tatsache«, erklärte Kara. »Ihr habt nicht mit ihm geredet, das habe ich getan. Ich allein bei den Flammenden Steinen. Dort sprach ich mit ihm, und da hat er mir erklärt, dass er keine andere Chance mehr für sich sieht, als die Seite zu wechseln.«

Die Schöne aus dem Totenreich erhielt von den beiden keine Antwort. Sie schaute erst Shao an, dann Suko, bevor sie seufzend sagte: »Ich merke schon, ihr glaubt mir nicht, und ihr werdet mir nie glauben. Tut mir leid, aber ich ...«

Suko hob die Schultern. »Wir können nichts mehr machen«, murmelte er. »Wenn ich nur wüsste, in welch einer Dimension sich John befindet, dann wäre mir wohler.«

Kara hatte die Sätze trotzdem verstanden und gab auch eine Erwiderung. »In keiner anderen«, erklärte sie.

»Wieso? Ich ...«

»Nein, Suko. John und Myxin befinden sich in derselben Dimension. Und zwar auf der Erde.«

Suko fuhr herum. Auch Shaos Gesicht zeigte einen gespannten Ausdruck. »Was?«, zischte sie.

»Ja, so ist es. Ihr konntet nur sehen, ich aber fühlte noch. Ich merkte die Strömungen. Mir war auf einmal das große Land bekannt, in dem der große Kampf ausgetragen wird. Kräfte der Vergangenheit prallen mit denen aus der Gegenwart zusammen. Und das geschieht in Ungarn.«

Suko schwieg, weil er überrascht war. Shao aber griff nach seinem Arm. »Da musst du hin und ihm helfen!«

»Nein, widersprach Kara. »Wie soll er das schaffen? Das Land ist weit, und wir wissen nicht, wo sich John aufhält. Die große Auseinandersetzung spielt sich jetzt ab. Die Zeit, um nach Ungarn zu fliegen, habt ihr nicht mehr.«

»Und wenn wir uns durch Telekinese dorthin schaffen?«, rief Suko. »Du hast es schon mehr als einmal bewiesen, dass du es kannst.«

»Wie denn? Ich habe mein Schwert nicht dabei.«

»Du bist ohne Schwert gekommen«, hielt Suko ihr entgegen.

Kara lächelte nur. »Denk an die Flammenden Steine. Ich habe ihre Magie ausgenutzt. Hier ist nichts. Wir bauen auf John Sinclair, und er muss sich auf sich selbst verlassen. So ist das nun mal, so hart es sich auch anhört.«

Da ließen Suko und Shao ihre Schultern sinken. Es gab nichts mehr zu sagen.

Man konnte nur noch warten und hoffen ...

Dass ich trotz der miesen Beleuchtung etwas sah, hatte ich einem krakenhaften Monster zu verdanken und zwei Flammengeschöpfen, die genügend Helligkeit abstrahlten, sodass ein Teil des Zimmers fahl ausgeleuchtet wurde.

Myxin kämpfte wie ein Berserker.

Er hatte das Schwert in Besitz genommen, und er wusste die Klinge sehr gut zu führen.

Allerdings hatte man ihn in die Enge getrieben. Und die fünf Höllengeschöpfe, die sich vor ihm aufhielten, machten es geschickt, denn sie hielten stets den nötigen Abstand, damit sie von der leicht gebogenen Schwertklinge nicht erreicht werden konnten.

Ein Wesen mit vier dünnen Beinen und einem Frauenkopf war besonders raffiniert. Es hatte sein breites Maul geöffnet und schleuderte eine lange Zunge hervor.

Vielleicht hätte Kara, die das Schwert besonders gut führen konnte, die Zunge erwischt.

Myxin war dies leider nicht möglich. Er schlug zwar zu, fehlte jedoch, und der Zunge gelang es, sich gedankenschnell um sein rechtes Bein zu wickeln. Über welch eine Kraft die Zunge verfügte, merkte ich in der nächsten Sekunde.

Myxin wurde ein Bein weggerissen. Er schlug noch mit dem Kopf gegen die Wand, bevor er rücklings zu Boden krachte und dabei die Übersicht verlor.

Das war die Chance für die Monster.

Sie stürzten sich auf ihn, und es waren besonders die flammenden Gestalten, die kurz vom Boden abhoben und auf ihn zufauchten. Denen konnte Myxin wohl kaum entgehen. In den Flammen sah ich höllische Fratzen, und ich aktivierte in diesem Augenblick mein Kreuz.

Vor der Brust hing es.

Offen und frei!

»Terra pestem teneto – salus hic maneto!«

Das genau waren die magischen Worte, die das Kreuz in eine brandgefährliche Waffe verwandelten.

Und es reagierte. Noch nie hatte es mich im Stich gelassen. Das tat es auch jetzt nicht.

An den Enden glühten die Insignien der vier Erzengel für einen kaum messbaren Zeitraum auf, dann jagten vier Strahlen aus dem Kreuz, die nicht nur die Flammenwesen voll erwischten, sondern auch ein Monster mit einem Rattenschädel und den Vierbeiner, der seine Zunge um Myxins Fußgelenk gewickelt hatte.

Bei den Flammenmonstern zischte es, als hätte jemand Wasser über sie gekippt, der Rattenkopf verdampfte ebenso wie das andere Wesen mit dem Tierkörper und dem Frauengesicht.

Blieb der Krake.

Ihn griff ich an.

Das Kreuz war wieder normal geworden. Es entließ keine Strahlen mehr, und es lag matt glänzend vor meiner Brust.

Der Krake mit den zahlreichen Tentakel-Beinen reichte mir nur bis zur Hüfte. Unter der dünnen Haut seines fast kugelförmigen Körpers sah ich die Züge eines menschlichen Gesichts, das jedoch einen breiten, zerlaufenden Ausdruck annahm, als sich mir das Wesen näherte.

Und fast hätte es mich erwischt. Ich gab einen Augenblick nicht acht, da hatte es zwei Tentakel vom Boden gehoben, waagerecht gestellt und mir eine seltsame Flüssigkeit entgegengespritzt.

Durch eine rasche Drehung konnte ich der Flüssigkeit entgehen. Hinter mir klatschte sie zu Boden und verbreitete einen ätzenden Gestank. Ich hielt noch meinen Silberdolch fest.

Ihn schleuderte ich.

Es klatschte, als die Waffe das Ziel traf und sich tief in die weiche Masse bohrte. Der seltsame Krake kam nicht mehr dazu, weitere Flüssigkeit zu verspritzen, denn er löste sich auf wie ein Ghoul. Als hätte jemand von oben auf ihn geschlagen, wurde er flach, breitete seine Tentakel aus und verging allmählich.

Nur eine Lache blieb zurück, über die ich hinwegsprang und auf Myxin zuging.

Der kleine Magier rappelte sich soeben vom Boden auf und schüttelte den Kopf. Ein wenig verwundert schaute er sich um, als könnte er noch nicht fassen, was er da gesehen hatte.

Ich aber lachte, ließ den Dolch wieder verschwinden und breitete die Arme aus.

»Myxin!«, sagte ich. »Meine Güte, dass ich dich hier treffe.«

Ich schritt auf den Freund zu und schloss ihn in die Arme. Jetzt ging es mir besser, denn ich wusste, dass ich nicht mehr allein gegen die Übermacht von Schwarzblut-Vampiren stand.

Ich umfasste den kleinen Magier und schlug ihm auf die Schulter. Es glich schon einer Erlösung. Himmel, war ich erleichtert. Jetzt sah die Welt schon ganz anders aus.

Myxin tat nichts. Er blieb stehen. Das kannte ich. Er zeigte nur ungern Gefühle.

Ich ließ den kleinen Magier los und setzte mich auf den Stuhl, auf dem zuvor der Teufel gesessen hatte. Das allerdings wusste ich nicht. Ich sah nur Myxins Schatten, der sich auf die Tür zu bewegte und mit der Hand über die Wand tastete.

Myxin hatte einen Schalter umgedreht. Mit elektrischem Licht hätte ich in dieser einsamen Gegend nicht gerechnet. Es war die absolute Überraschung. Über dem Stuhl wurde die Lampe hell.

Ich schaute nach oben.

Unter dem breiten, kegelförmigen Lampenschirm leuchtete die Birne auf. Sie war schmutzig, und ihr Licht übergoss mich mit einem dunkelgelben Schein.

Myxin kam wieder zu mir. Sein Gesicht blieb im Schatten. Ich sah wohl das Schwert mit der goldenen Klinge in seiner rechten Hand und war ein wenig verwundert.

»Hat Kara dir das Schwert überlassen?«, fragte ich ihn, beugte mich vor und deutete auf die Waffe.

»So ähnlich.«

Eine seltsame Antwort, die er mir da gegeben hatte. Ich achtete nicht weiter darauf und wollte wissen, wie Myxin überhaupt in dieses Haus gelangt war.

»Durch die Flammenden Steine.«

Das war verständlich. Ich lehnte mich wieder zurück. Myxin ging an mir vorbei.

Irgendwie war alles seltsam. Mir gefiel die Sache nicht so recht. Myxin kam mir anders vor als sonst. Vielleicht bildete ich mir dies auch nur ein.

Hinter mir blieb der kleine Magier stehen. Ich wollte mich umdrehen, als ich etwas Kaltes im Nacken spürte.

Sofort zuckte ich zusammen.

»Bleib sitzen, John!«, zischte Myxin.

»Und wenn nicht?« Ich fragte automatisch.

»Muss ich dir den Kopf abschlagen!«

Er wollte mir den Kopf abschlagen! Das hatte er gesagt, und ich glaubte oder wollte glauben, mich verhört zu haben. Aus diesem Grund fragte ich noch einmal nach.

»Was willst du?«

»Dir den Kopf abschlagen!«

»Das ist ein Witz, nicht wahr?«

»Nein!« Er hatte das Wort kaum ausgesprochen, als er den Druck der Klinge verstärkte und ich im Nacken einen kurzen, aber heftigen Schmerz verspürte.

Myxin hatte meine Haut mit der Schwertklinge angeritzt. Und das bewies mir, wie ernst er es meinte.

Ich war wie vor den Kopf geschlagen. Zunächst einmal tat ich nichts mehr und saß still auf der Sitzfläche. Steif, mit durchgedrücktem Kreuz, meine Gedanken wirbelten, ohne dass ich sie jedoch in die Reihe kriegen konnte. Was ich da gehört hatte und jetzt erlebte, schien mir so unendlich weit entfernt zu sein, doch der Klingendruck bewies mir, dass ich keinen Traum erlebte.

Myxin wollte mich töten! Das hatte er deutlich zu verstehen gegeben. Und irgendwie glaubte ich dem kleinen Magier sogar. Ja, es konnte durchaus sein, dass er zu diesen Mitteln griff.

Unsinn, sagte ich mir im nächsten Augenblick. Myxin würde es nicht wagen. Er stand voll auf meiner Seite. Nie im Leben würde er mich umbringen, das konnte einfach nicht wahr sein, das durfte auch nicht wahr sein.

Ich lachte. Es klang nicht echt. Dennoch sagte ich im lockeren Tonfall: »Lass doch die Witze, Myxin!«

»Es ist kein Witz«, erwiderte der kleine Magier.

Ich räusperte mich. »Du willst mich tatsächlich umbringen?«, hakte ich nach.

»Ja.«

»Und weshalb?«

»Weil ich keine andere Möglichkeit mehr sehe. Ich habe mich entschlossen, die Seite zu wechseln. Ich bin in deinen und in Karas Augen zum Verräter geworden, weil ich erkannte, dass unser Kampf sinnlos ist. Wir kommen gegen die Kräfte der Finsternis nicht an, sie sind einfach zu stark, und das ist nicht nur meine Ansicht, John. Wenn du länger darüber nachdenkst, wirst du zu dem gleichen Schluss gelangen. Du an meiner Stelle würdest ebenso handeln.«

»Zum Verräter werden?«, flüsterte ich.

»Weshalb nicht?«

»Nein, Myxin – und nochmals nein. Ich werde alles, aber nicht zum Verräter. Ich kann nicht das aufgeben, wofür ich ein Leben lang gekämpft habe.«

»Was ist das schon?«

»Freunde sind es. Etwas sehr Seltenes, mein Lieber. Wir haben zusammengehalten. In guten und in schlechten Zeiten. Das gehört zu einer Freundschaft, Myxin!«

»Ich weiß.«

»Dann richte dich danach.«

»Nein, John, ich habe meine Entscheidung getroffen. Ich muss wieder zurück, ich werde zu dem, was ich einmal gewesen bin. Ich stelle mich auf die andere Seite. Nur so ist für mich ein Überleben gesichert!«

Diese Worte klangen eindeutig. Und ich hatte plötzlich keinen Grund mehr, sie ihm nicht zu glauben.

»Was sagt Kara dazu?«, wollte ich wissen. »Wird sie auch ihren alten Schwüren untreu?«

»Nein, sie ist so dumm und bleibt dabei.«

Das hatte ich mir gedacht. Auf Kara konnte ich mich verlassen. Sie hatte einen Schwur abgelegt und würde ihn auch jetzt nicht brechen. Aber dass Myxin jetzt auf die andere Seite …

»Ich habe sogar ihr Schwert.« Die Worte des kleinen Magiers unterbrachen meine Gedanken.

»Ja, das sehe ich. Hat sie es dir als Abschiedsgeschenk gegeben?«, fragte ich sarkastisch.

»Ich nahm es ihr.«

»Mit Gewalt, wie?«

»So kann man es sehen.«

Ich wollte den Kopf schütteln, doch im letzten Augenblick fiel mir ein, dass ich damit einen Fehler gemacht hätte, denn die Klinge hätte mich schlimm verletzt. Deshalb blieb ich starr sitzen.

»Gab es besondere Gründe für deinen Schritt?«, fragte ich.

»Genug.«

»Nenn sie mir, vielleicht können wir gemeinsam …«

»Es gibt keine Gemeinschaft mehr zwischen uns. In den letzten Monaten, als du und die anderen so verbissen gegen die Mächte der Hölle gekämpft habt, konnte ich nachdenken und habe mich entschieden. In den vergangenen Jahren ist viel geschehen, viel passiert. Aber nur Niederlagen, wir haben keine Siege errungen, und das ist es, was mich so stört. Ich bin zu der Einsicht gelangt, dass die andere Seite die stärkere ist.«

»So sieht es manchmal aus«, gab ich zu.

»Dann wundert es mich, dass du nicht ähnlich reagiert hast wie ich. Du musst doch einsehen, dass dein Kampf nichts nützt. Der Teufel, die Großen Alten und zahlreiche andere Dämonenarten und Abarten, das ist einfach zu viel. Ich habe dir geholfen, den Schwarzen Tod zu vernichten. Das ist vorbei. Ich rechnete auch damit, dass mit seinem Ausscheiden die Kraft der finsteren Mächte gebrochen war. Ich habe mich selten so geirrt und ziehe daraus nun die Konsequenzen. Ich wechsele die Seite, John Sinclair, auch du kannst mich nicht davon abhalten.«

»Und weshalb willst du mich umbringen?«

»Bei meinen ehemaligen Freunden hätte ich mit einem toten John Sinclair als Trumpf einen hervorragenden Einstieg.«

»Das stimmt.«

»Ein toter Geisterjäger ist das, was sich zahlreiche Dämonen wünschen. Ich werde mit offenen Armen empfangen, wenn ich dich als Leiche mitbringe.«

Da hatte er recht. Ich wusste nicht, was ich ihm entgegenhalten sollte. Myxin hatte sich einmal entschlossen, den anderen Weg einzuschlagen, und davon konnte ihn wohl niemand mehr abbringen. Wenn Kara es nicht geschafft hatte, würde ich es auch nicht packen.

Unwillkürlich dachte ich zurück und erinnerte mich daran, was ich alles mit Myxin erlebt hatte. Er hatte sich auf mich verlassen können, ich mich auf ihn. Wir waren zu einem Team geworden, der kleine Magier und ich. Jetzt die Enttäuschung.

Sogar das Kreuz konnte er inzwischen anfassen, ohne dass etwas geschah. Er hatte seinen dämonischen Freunden abgeschworen, jetzt wollte er wieder zu ihnen.

Welch ein Wechsel!

Und ich hatte nichts davon bemerkt. Eigentlich hätte es mir auffallen müssen, doch ich war so mit anderen Problemen beschäftigt gewesen, dass der Kontakt mit Myxin für eine Weile abgebrochen war. Aber ich wusste Kara an seiner Seite, und sie hätte uns doch warnen können. Oder war es ihr ebenso ergangen wie mir?

Mit so etwas musste ich einfach rechnen, sagte jedoch nichts, sondern blieb steif sitzen.

»Hast du noch eine Frage, John?« Myxin sprach leidenschaftslos. Er kam mir in diesem Augenblick wie ein Henker vor, der seinen Job kalt erledigt. Ohne Gefühl, ohne Elan, und ich schauderte vor dieser Kälte.

»Ich habe viele Fragen«, erwiderte ich. Meine Stimme klang ein wenig rau und kratzig. Ich konnte einfach nicht so kalt bleiben wie der kleine Magier hinter mir. Das hing wohl mit meinem Naturell zusammen. »Ich hätte gern gewusst, wieso du ausgerechnet jetzt die Seiten gewechselt hast und nicht schon früher.«

»Der Zeitpunkt erschien mir günstig.«

»Glaubst du an die Stärke des Teufels?«

»Nein.«

»Da hättest du dich auch geirrt. Asmodis hat genug Schwierigkeiten. Unter anderem mit den Schwarzblut-Vampiren.«

»Das ist mir bekannt. Wenn ich die Seite wechsle, heißt das nicht, dass ich ein Freund der Hölle werde. Das Gegenteil ist der Fall. Ich bekämpfe die Hölle, wo immer ich kann. Ich werde den Teufel auch weiterhin jagen. Fast hätte ich Asmodis sogar mit dieser Klinge aufgespießt, und es wäre fantastisch gewesen, ihn und dich mit einem Schlag zu töten. Das kann ich dir mit auf den Weg geben, John. Mit dem Satan werde ich keinesfalls paktieren.«

»Wen hast du dir dann ausgesucht?« Allmählich merkte ich, wie sich der Schweiß auf meinem Körper ausbreitete. Es war der Angstschweiß, wie ich sehr wohl wusste.

»Mandraka!«

Ich lachte leise. »Dieser Vampir?«

»Ja, ich kenne ihn.«

»Woher?«

»Vor mehr als zehntausend Jahren war er mir schon bekannt. Er stammt aus Atlantis.«

Nun wusste ich Bescheid. Deshalb hatte Mandraka mein Kreuz, das christliche Symbol, nicht gefürchtet. Aus Atlantis kamen diese Dämonen. Ich hätte es mir eigentlich denken können. Der längst versunkene Kontinent rückte scheibchenweise immer mehr in den Vordergrund. Seine Überraschungen waren kaum zu fassen. Er entließ immer wieder neue Gefahren, die sich auf der Welt ausbreiteten.

»Was willst du gerade bei ihnen?«, fragte ich den kleinen Magier hinter mir.

»Sie werden mich gern aufnehmen. Früher waren wir Feinde. Da wollten sie mein Blut, doch ich hatte meine schwarzen Vampire. Sie schlugen die anderen zurück. So gelang es Mandraka nicht, an meinen Lebenssaft zu gelangen. Nun aber interessiert sie mein Blut nicht mehr. Ich bin kein Schwarzmagier, aber als Helfer bin ich ihnen stets willkommen.«

Ich startete zu einem letzten Versuch. »Du hast es gesagt, Myxin, du bist kein Schwarzmagier. Und du wirst dich bei deinen ehemaligen Freunden und Verbündeten nicht mehr wohl fühlen. Du gehörst zu uns, auf unsere Seite. Hast du das nicht begriffen?«

»Doch.«

»Dann handle danach.«

»Ich habe mich entschieden, John Sinclair!«, flüsterte der kleine Magier. »Ich habe es …«

»Meine Güte, weshalb?«

»Keinen Laut mehr!«

Ich schwieg. Myxins Stimme hatte sich verändert. Sie war hart und kalt geworden. Aus den letzten drei Worten hörte ich, dass er praktisch alles vergessen hatte, was uns früher einmal verbunden hatte. Er wollte nicht mehr. Aus Freunden waren Todfeinde worden.

Meine Gedanken konzentrierten sich jetzt nur auf eine

Sache. Wie konnte ich mich am besten aus dieser Klemme befreien? Wahrscheinlich gar nicht. Wenn ich mich plötzlich nach vorn warf, würde Myxin wahrscheinlich nicht meinen Nacken treffen, dafür lag dann mein Rücken frei vor ihm. Dort konnte er das Schwert hineinbohren. Wie ich es auch drehte und wendete, es sah einfach schlecht aus.

Ich war immer der Verlierer.

»Du kennst das Schwert«, sagte Myxin. »Du weißt, wie scharf die Klinge ist. Ich kann dir mit einem Hieb den Kopf vom Rumpf trennen und brauche nicht einmal viel Kraft einzusetzen. Wir waren lange zusammen, John, sogar sehr lange. Bei anderen Gegnern hätte ich schon längst zugeschlagen. Deshalb habe ich dir die Chance gegeben, mit mir zu reden. Die Zeit ist nun verstrichen. Nicht vom Satan, nicht von einem der Großen Alten und auch nicht von einem Mitglied der Mordliga wirst du getötet, sondern durch mich ...«

»Aber – ich meine ...«

Verflixt, mir fehlten die Worte. Plötzlich war meine Kehle zu. Erst jetzt begriff ich die gesamte Tragweite dieses Vorgangs. Myxin war einfach nicht zu überzeugen, er hatte sich entschlossen und würde mich töten.

»Myxin, wir ...«

Er fiel mir ins Wort.

»Stirb, Geisterjäger!«, schrie er und holte mit der Klinge aus. Dann schlug er zu ...

Edda Kiss wartete auf dem Friedhof. Sie ganz allein in einer schaurigen, unheimlichen Umgebung.

Hin und wieder warf sie einen Blick auf das alte Haus, in dem sie wohnte. Was dort geschah, konnte sie nicht sehen, dazu war es einfach zu dunkel, aber sie hörte Geräusche. Manchmal drangen dünn die Schreie an ihre Ohren, dann zuckte sie jedes Mal zusammen, und über ihren Körper rann eine Gänsehaut.

Dort mussten Kämpfe toben, und sie glaubte nicht mehr

daran, dass ihr Retter gegen diese sechs Blutsauger gewinnen konnte. Sie waren einfach zu stark.

Manchmal fuhr ein Windstoß über den alten Totenacker und bewegte die Zweige der kahlen Büsche. Sie kamen Edda vor wie magere, unheimliche Gestalten, die ihr mit ihren nackten Armen zuwinken wollten.

Obwohl Edda in dieser Gegend aufgewachsen war, hatte sie noch nie diese Unheimlichkeit so gespürt wie in diesen Augenblicken. Noch jetzt dachte sie mit Schrecken daran, wie die Vampire plötzlich aufgetaucht waren. Eine alte Legende war wahr geworden. Vater und Mutter hatten ihr immer von den schrecklichen Geschichten einer kaum fassbaren und begreifbaren Zeit berichtet. Sie hätte nie geglaubt, dass es sie tatsächlich gab. Wo die Vampire gelauert hatten, wusste sie nicht, aber sie dachte nach, und dabei blieb sie nicht stehen.

Sie ging ein wenig zur Seite, erreichte den Rand der Gruft und schaute hinunter.

Das Grab war nicht sehr tief, aber ausgefüllt mit einer unheimlichen Dunkelheit.

Man hatte sie hineingestoßen, und sie hatte es nicht gewagt, sich vom Einstieg zu entfernen, allein weil sie sich vor der Finsternis fürchtete.

Dennoch wusste sie, dass die Gruft eine ungewöhnliche Ausdehnung hatte. Sie zog sich unter dem Friedhof hin.

Vielleicht zu den anderen Gräbern, wer konnte das wissen? Und dann dieser Boden! Morastig, weich, das war nicht normal. Sie lebten hier ja nicht im Sumpf, es musste wirklich eine andere Ursache haben.

Wieder schaute sie zum Haus. Edda sah auch den Weg, der zum Gebäude führte. Er hob sich ein wenig von der Finsternis ab. Als graues Band schlängelte er sich dem Gebäude entgegen und verschwand in der Dunkelheit.

Einen Blick zum Himmel warf sie ebenfalls.

Rot war der Mond, aber er schien nicht mehr so kräftig. Seine Farbe war ein wenig verblasst. Ein mattes Rosa füllte den Kreis aus. Die Ursache dafür konnten auch die Wolken sein, die sich vor den veränderten Himmelskörper geschoben hatten.

Dennoch, Edda wollte nicht so recht daran glauben. Noch war die Zeit der Schwarzblut-Vampire nicht vorbei.

Und das wurde ihr sehr bald bestätigt. Aus dem schwarzen Schatten nahe des Hauses lösten sich Gestalten.

Sie gingen nicht langsam, sondern bewegten sich sehr schnell. John Sinclair konnte es nicht sein, er war heller angezogen. Wer da kam, das waren Feinde.

Vampire!

Sie kehrten zurück.

Edda Kiss wusste nicht, was sie tun sollte. Sie schaute sich um. Ihr Blick glitt über die düsteren Gräber mit den wuchtigen, schiefen Steinen. Er streifte auch das zähe Gras, das feuchte Laub auf dem Boden und wieder die Öffnung der Gruft.

Dort wollte sie auf keinen Fall wieder hinein.

Was blieb ihr? Die Flucht.

Edda wusste gleichzeitig, dass sie in so kurzer Zeit keinen Platz finden würde, wo sie sich verstecken konnte. Die Vampire würden sie überall finden, falls sie es wollten. Zudem dachte sie an ihren Retter. Wenn sie den Platz hier jetzt verließ, würde sie John im Stich lassen.

Nein, das konnte sie nicht.

Edda gelang es trotz ihrer Furcht, klar und nüchtern zu denken. Die Vampire waren ihr nicht unbekannt. Sie hätten sie schon längst aussaugen und zu einem Blutsauger machen können. Das hatten sie nicht getan, und dafür gab es einen Grund.

Sie wollten ihr Blut nicht!

In den alten Geschichten hieß es immer, dass sie eine besondere Art von Vampiren wären. Blutsauger, die sich nichts aus Menschen machten. Darauf baute Edda ihre Hoffnungen.

So blieb sie stehen.

Plötzlich waren die Gestalten verschwunden. Edda wunderte sich. Hatten es sich die Blutsauger anders überlegt und waren einen anderen Weg gegangen?

Nein, schon entdeckte sie die Gestalten wieder. Die Büsche hatten ihr zuvor die Sicht genommen.

Edda bemerkte es an den Bewegungen der Zweige, dass die Blutsauger immer näher kamen. Sie hörte auch das Rascheln des Laubes, welke Blätter wurden hochgewirbelt, und dann sah sie den Ersten dicht vor sich.

Edda erschrak!

Den hatte sie noch nie gesehen.

Hinter einem Grabstein schob er sich in die Höhe. Eine schreckliche Gestalt, die immer größer wurde, je mehr sie ihren Körper streckte. Das Mädchen schaute in ein Gesicht, wie es ihr noch nie zuvor in ihrem Leben begegnet war.

Es schien nur aus Blut zu bestehen …

Dick und aufgequollen, als hätte man es mit Sirup übergossen, der mittlerweile eingetrocknet war. Eine schaurige Fratze, eben ein widerlicher Vampir.

Er öffnete sein Maul.

Es war ein sehr breiter Mund, den er aufklappte, und etwas schimmerte weiß und spitz darin.

Es waren die Blutzähne!

Gewaltige Hauer, tödlich für die Opfer. Auch Edda bekam Angst. Sie wollte nicht mehr so recht glauben, dass die Vampire nur Opfer unter ihresgleichen suchten. Dieses Wesen da machte einfach einen zu grauenvollen Eindruck auf sie.

Das Mädchen ging zurück. Ihre Züge waren erstarrt. Die Augen weit aufgerissen, die Schritte klein, und das Laub raschelte unter ihren Füßen.

Der Vampir ging vor. Es war Mandraka, der sich Edda Kiss gezeigt hatte. In seiner schwarzen Kleidung verschmolz er fast völlig mit der Dunkelheit, nur sein Gesicht leuchtete, und Edda fiel der Vergleich zu dem am Himmel stehenden roten Mond ein.

Sie schüttelte sich vor Grauen, und ihr Schrecken wurde noch schlimmer, als sie auf ihrer Schulter die Berührung spürte.

Es waren Hände!

Kraftvoll drückten sie zu.

Edda hatte nicht die Stärke, sich gegen diesen Druck zu stemmen, und so ging sie in die Knie.

Ihr Gesicht verzerrte sich noch weiter. Die Angst wurde zur Panik. Stimmten die Geschichten nicht, die erzählten, dass die Vampire nur das Blut ihrer Artgenossen tranken?

Dicht an ihrem Ohr hörte sie das Geräusch. Es war ein Fauchen, ein Schmatzen und Schlecken. Zudem nahm sie einen widerlich süßlichen Geruch wahr, der Übelkeit in ihr erzeugte.

»Lass es!«

Mandraka hatte gesprochen, und er redete in einer Sprache, die von Edda verstanden wurde.

Sie blieb steif hocken. Die Gänsehaut auf ihrem Körper schien zu Eis zu werden. Bisher hatten die Blutsauger nichts gesagt, nun aber redete einer so, dass Edda ihn verstehen konnte, und es kamen noch mehr. Fünf Schwarzblut-Vampire erschienen hinter ihrem Meister und bauten sich dort auf.

Sie standen wie eine Mauer.

Schwarz waren sie gekleidet, nur die blutigen Gesichter leuchteten schaurig.

Mandraka ging vor.

Gleichzeitig verschwand der Druck von Eddas Schulter, der andere Vampir hatte sie endlich losgelassen.

Zwei Schritte vor ihr blieb Mandraka stehen. Er streckte den rechten Arm aus, dessen Hand sie fast berührt hätte. Über den Handrücken hinweg schaute Mandraka das Mädchen an. Edda stellte fest, dass selbst seine Augen von roten Streifen durchzogen waren, die die Dicke feiner Härchen hatten.

»Du hast auf unserem Boden gewohnt«, stellte Mandraka in einem Ton fest, der keinen Widerspruch duldete.

»Nein, ich …«

»Rede nicht! Es ist unser Land gewesen. Es gehört uns seit ewigen Zeiten. Ihr Menschen wolltet nur nicht daran glauben und habt es einfach an euch gerissen.«

»Aber wir haben schon immer hier gewohnt«, verteidigte sich Edda.

Mandraka verzog die Lippen zu einem Lächeln, wobei die Zähne weiter hervorschauten. »Was heißt schon immer?«

»Jahre ...«

Der Schwarzblut-Vampir lachte. Noch nie hatte das Mädchen jemanden so lachen hören. Es war mehr ein Krächzen und Glucksen, und es drang dumpf aus seinem Maul.

»Jahre«, wiederholte er. »Was sind schon Jahre im Vergleich zu dem, was wir hinter uns haben? Atlantis hat uns geformt. Atlantis ist vergangen, wir aber blieben bestehen, und wir werden das fortsetzen, was damals in Atlantis begonnen hat. Es gibt noch zahlreiche Schwarzblüter auf dieser Welt. Wir haben uns vorgenommen, sie zu suchen, und wir werden sie auch finden, darauf kannst du dich verlassen. Und mit einem der Könige unter den Schwarzblütern machen wir den Anfang. Es ist der Teufel. Seine Macht werden wir brechen.«

Das Mädchen schaute starr. Plötzlich erinnerte sich Edda daran, dass sie am Haus einen roten Schein gesehen hatte. War das der Satan gewesen? Hatte er fluchtartig dieses Gebäude verlassen, weil er den Vampiren begegnet war?

Natürlich war Edda der Teufel nicht unbekannt. Viele Sagen, Legenden und Geschichten drehten sich um ihn. Sie glaubte an Gott, doch auch der Teufel war für sie eine Figur, die existierte. Deshalb glaubte sie auch, was der Vampir sagte.

»Ihr wollt ihn jagen?«, fragte sie flüsternd.

»Ja, aber nicht nur wir allein, denn wir haben Unterstützung bekommen. Ein Feind aus alten Zeiten stieß zu uns. Diesmal als Freund. Er wird an unserer Seite stehen. Fast hätte er es geschafft, den Satan zu erledigen, doch es ist etwas dazwischengekommen. Asmodis konnte fliehen, wir aber holen ihn zurück.«

Edda Kiss war über die Worte des Schwarzblut-Vampirs erstaunt. Dieses Wesen sprach offen über die Dinge, die man sich normalerweise nur hinter der vorgehaltenen Hand erzählte. Wenn sie den Teufel zurückholen wollten, dann war das für Edda trotz allem, was sie gehört hatte, nach wie vor unmöglich.

»Das schafft keiner!«, hauchte sie. »Satan ist der Herrscher der Hölle. Er gehorcht keinem …«

»Doch!«, behauptete Mandraka. »Es gibt einen Weg!«

»Und welchen?«

Der Schwarzblut-Vampir senkte seinen Blick. Er konnte Edda direkt ins Gesicht schauen, und in seinen Augen stand etwas, das dem Mädchen Angst machte.

»Sag es!«

»Der Teufel wird kommen, er muss kommen, wenn wir ihn zwingen. Eine große Chance haben wir. Etwas lockt ihn herbei. Es ist das Blut einer Jungfrau.«

Edda erschrak.

Mandraka bemerkte es und lachte wieder stoßweise. »Du bist doch Jungfrau – oder?«

Edda Kiss nickte nur!

Das Mädchen hatte eigentlich den Kopf schütteln wollen, doch es war einfach zu überrascht gewesen. So hatte Edda eben nur nicken können, und dieses Nicken entsprach der Wahrheit.

Sie war tatsächlich noch Jungfrau.

Ihr Blut für den Teufel!

Plötzlich hatte sie das Gefühl, keinen Boden mehr unter den Füßen zu haben. Das Zittern begann in den Knien und pflanzte sich weiter fort. Die Angst wurde größer, sie schnürte ihre Brust zusammen, sodass Edda Mühe hatte, Luft zu bekommen. Zudem schwindelte ihr. Alles drehte sich vor ihren Augen, denn ihr war klar geworden, dass sie ihr eigenes Blut für den Satan abgeben sollte.

Damit wollten die Vampire ihn locken.

Es fiel ihr schwer, den Kopf zu heben und Mandraka anzuschauen. Dabei sah sie das Nicken des Vampirs. Mit dieser Bewegung bestätigte er seine eigenen Worte.

Edda Kiss atmete schluckend. »Muss ich dann sterben?«, hauchte sie entsetzt.

»Ja. Du wirst dein Blut verlieren und keine Gelegenheit mehr haben, am Leben zu bleiben. Ein Mensch ohne Blut kann nicht mehr existieren, das weißt du.«

Deutliche Worte, die Edda Kiss gehört und auch begriffen hatte. In diesen Augenblicken, als sie die volle Wahrheit erfahren hatte, fühlte sie sich schrecklich einsam. Sie hatte den Kopf gesenkt, wollte weinen, doch sie brachte es nicht fertig, ihren Tränen freien Lauf zu lassen. Etwas schnürte ihr die Kehle zu.

Mandraka gab seinen Helfern mit einer Handbewegung zu verstehen, was er wollte. Zwei lösten sich hinter ihm und traten auf das Mädchen zu.

Der Vampir hinter Edda griff gleichzeitig zu.

Sie fühlte die Berührungen der sechs Hände auf ihrem Körper und zuckte so heftig zusammen, als hätte man sie brutal aus einem tiefen Traum herausgerissen.

Als sie den Kopf hob, schaute sie in die blutigen Fratzen der Vampire. Jetzt war alles vorbei.

Aber ihr Wille erwachte. Die Berührungen der kalten Klauen hatten so etwas wie eine Initialzündung in ihr ausgelöst. Sie ließ sich zusammensacken, täuschte die Blutsauger damit und schnellte im nächsten Moment hoch, wobei sie beide Arme in die Höhe schleuderte, sie ausbreitete und die Hände spreizte.

Mit allen zehn Fingern fuhr sie in die Gesichter der Blutsauger. Die Fingernägel stießen hinein. Für einen Moment hatte Edda das Gefühl, in Pudding zu fassen, dann riss sie die Finger nach unten, spürte dieses sirupartige Zeug an ihren Händen und merkte auch, dass sie Fetzen aus den Gesichtern gerissen hatte, die nach unten fielen.

Das alles ging sehr schnell, und selbst die Schwarzblut-Vampire waren von dieser Attacke überrascht worden.

Edda kam durch.

Sie wunderte sich selbst, woher sie die Kräfte nahm, um ihre Gegner zur Seite zu stoßen.

Beide Vampire flogen weg wie Puppen.

Dann war sie durch.

Edda Kiss hatte einen jungen, geschmeidigen und elastischen Körper. Sie konnte in diesen Augenblicken auf nichts und niemanden Rücksicht nehmen, denn es ging um ihr eigenes Leben, das sie retten musste. Es war weit bis zum nächsten Dorf. Diese Strecke würde sie schnell laufend nie durchhalten, aber sie kannte den Weg gut genug, und sie wusste auch, wo sie sich verstecken konnte.

Zunächst musste sie den Friedhof hinter sich lassen, was nicht einfach war, denn auf einem weichen, laubbedeckten Boden lässt sich eben schlecht laufen.

Bei jedem Schritt sanken ihre Füße ein, sie federte nicht, sondern musste stampfend rennen. Ihre Füße schleuderten das nasse, faulige Laub in die Höhe.

Grabsteine wuchsen plötzlich vor ihr auf, wobei es ihr stets im letzten Moment gelang, mit einer geschickten Drehung an ihnen vorbeizuhuschen.

Trotz der Schrittgeräusche vernahm sie in ihrem Rücken die heiseren Laute.

Mandraka hatte sie ausgestoßen, denn er feuerte seine Vampirdiener an.

Sie fächerten auseinander.

Schwarze, unheimliche Gestalten, die den Friedhof ebenfalls gut kannten, bildeten einen gewaltigen Halbkreis, um das flüchtende Mädchen in die Zange zu nehmen.

Und Edda hetzte weiter.

Mehrere dicht nebeneinander stehende Büsche kamen ihr wie eine Wand vor, und sie konnte nicht mehr stoppen.

Edda brach hindurch.

Für einen Moment hatte sie das Gefühl, als wollten die Zweige sie zuerst aufhalten und dann zurückwerfen. Sie peitschten gegen ihren Körper, kratzten, hieben und verhakten sich in ihrer Kleidung. Der Schwung ihrer ersten Flucht wurde gebremst, aber nicht gestoppt. Edda kam trotzdem durch.

Aber die Blutsauger holten auf.

Das Mädchen hörte ihre Schritte. Sie klangen lauter als zu Beginn ihrer Flucht. Zudem verringerte sich die Distanz immer mehr. Einmal warf sie einen Blick über die Schulter.

Einer war schon da.

Von rechts kam er. Ein heftiger Sprung brachte ihn in Eddas Laufrichtung. Ausweichen konnte sie nicht mehr. Der Körper wuchtete zwar nicht mit voller Kraft gegen sie, doch der Zusammenprall reichte aus, um Edda taumeln zu lassen.

Sie geriet aus dem Rhythmus, war nahe daran, das Gleichgewicht zu verlieren, torkelte zur Seite und sah den Angreifer fallen. Vor Wut und Angst drosch sie mit beiden Fäusten auf ihn ein und traf seinen harten Körper, als er sich noch in der Bewegung befand. Eine seiner Hände hatte sich im Saum ihres Kleides verhakt und wollte einfach nicht loslassen.

Edda zog. Sie hörte das Reißen des Stoffs und erhielt einen Schub, als sie nach hinten taumelte, denn durch den Druck konnte der Vampir den Stoff nicht mehr halten. Nur ein Fetzen hing noch zwischen seinen Fingern.

Edda atmete auf.

Im nächsten Moment schrie sie. Plötzlich war der Zweite da, und der umschlang sie mit seinen bärenstarken Armen.

Edda Kiss hatte den Mund weit aufgerissen, ihr Kopf lag im Nacken, und die gellenden Schreie verließen ihren Mund abgehackt und schrill. Sie schüttelte sich und spürte den harten Hieb, der ihren Mund erwischte und die Lippen aufriss. Sofort schmeckte sie Blut auf der Zunge und schluckte es hinunter. Dennoch gab sie sich nicht geschlagen. Der Vampir, der sie verfolgt hatte und nun vor ihr stand, bekam dies zu spüren.

Ihre hochgerissenen Füße trafen seinen Leib. Der Unhold stand wie eine Eiche. Er steckte die Treffer weg, ohne umzufallen. Er ging sogar selbst zum Angriff über.

Es gelang ihm, die Füße des Mädchens zu packen. An den Knöcheln hielt er die Beine fest, und diesen Griff konnte Edda Kiss nicht sprengen. Sie gab ihren Widerstand auf.

Der Vampir, der ihren Oberkörper umschlungen hielt,

schleuderte sie herum und drosch sie zu Boden. Zum Glück war die Erde weich, dennoch spürte sie den Aufprall und auch das Knie im Rücken.

»Wir wollen dein Blut!«, vernahm sie die zischende Stimme. »Und wir werden es bekommen …«

Sie schluchzte.

Mit dem Gesicht wurde sie zu Boden gepresst, ihre Lippen schmeckten feuchtes Laub, Gras und Erde. Die Dinge knirschten zwischen ihren Zähnen. Edda hatte einen Punkt erreicht, wo ihr alles egal war. Sie war froh, überhaupt atmen zu können, und dazu musste sie den Kopf zur Seite drehen.

Sekunden vergingen. Der Vampir rührte sich nicht. Er hob auch nicht sein Knie an, sondern wartete. Urplötzlich riss er Edda auf die Beine.

Sie konnte sich kaum halten. Ihre Beine knickten weg, und die Blutsauger mussten sie festhalten. Einer fasste sie an die rechte, der andere an die linke Hand.

So schleiften sie Edda den Weg zurück, den sie gerannt war. Diesmal dauerte es wesentlich länger, und Mandraka wartete schon. Er stand neben der offenen Gruft, hatte die Arme in die Hüften gestützt und sein Gesicht zu einem siegessicheren Grinsen verzogen. Dabei schüttelte er den Kopf.

»Keine Chance«, sagte er. »Überhaupt nicht. Wir brauchen dein Blut, weil wir den Teufel …«

»Neinnnnn!«, brüllte Edda. »Ich will leben! Ich will mein Blut nicht hergeben!« Sie war wie von Sinnen, schüttelte den Kopf und blieb weiterhin in der Schräglage.

Mandraka kümmerte sich nicht um ihr Schreien. »Was in Atlantis Bestand gehabt hat, das überdauert auch die Zeiten und besitzt heute ebenfalls seine Gültigkeit.«

Edda hörte die Sätze nicht. Sie bekam nur mit, dass man sie zur Seite drückte, sodass sie jetzt in die Öffnung der düsteren Gruft schauen konnte.

Wollte man sie da wieder hineinstoßen?

Es gab nur eine Möglichkeit, und die Vampire zögerten auch nicht länger.

Sie gingen zwei Schritte näher, schaukelten sie vor und zurück, bevor sie Edda losließen.

Plötzlich schwebte das Mädchen in der Luft. Die viereckige Öffnung kam immer näher – und verschlang sie.

Mit einem dumpfen Laut klatschte Edda auf den feuchten, morastigen Boden …

Kara wollte und konnte nicht mehr. Sie lag apathisch auf der Couch, und als Suko das Thema noch einmal angeschnitten hatte, schüttelte Kara nur den Kopf.

Sie war fertig …

Verständlich, denn die Beschwörung und das Herstellen einer Verbindung zu dem Schwert mit der goldenen Klinge hatten sie ausgebrannt.

War der Inspektor in brenzligen Situationen oftmals die Ruhe selbst, so konnte er in diesem Fall nicht so still sitzen wie Shao, seine Partnerin.

Er ging im Zimmer auf und ab. Dabei hatte er seine Hände geballt, das Gesicht starr wie eine Maske, und Shao, die ihren Partner gut kannte, wusste genau, was in ihm vorging. Ein Sturm von Gefühlen durchtobte ihn. Suko war ein Mensch, der einfach nicht untätig sein konnte. Er musste immer etwas tun, vor allen Dingen dann, wenn er um eine Gefahr wusste und vielleicht selbst nicht eingreifen konnte.

So etwas ging ihm an die Substanz.

Deshalb auch seine Wanderung im Zimmer. Einmal bis zur Tür, dann wieder zurück, und dies wiederholte er öfter, begleitet von den Blicken der dunkelhaarigen Chinesin, die sich eine lange Strähne aus dem Gesicht strich und Suko ansprach.

»Setz dich doch hin, es hat keinen Sinn.«

Er winkte barsch ab und blieb stehen. »Ich kann nicht untätig herumsitzen.«

»Das verstehe ich. Aber was bringt es uns, wenn du hier wie ein Tiger im Käfig herumrennst?«

»Nichts.«

»Na bitte.«

»Dennoch ist es besser, als nur zu sitzen und gar nichts zu tun. Sich nicht einmal zu bewegen.«

»Suko, bitte.«

Der Inspektor lächelte knapp, hob die Schultern und ließ sich in den nächsten Sessel fallen. Er stützte seine Ellbogen auf die Knie und vergrub das Gesicht in beide Hände.

Kara regte sich. Auch sie hatte die Unruhe des Chinesen bemerkt. Nun richtete sie sich auf, öffnete den Mund und sagte leise: »Es tut mir leid, dass ich euch nicht helfen kann.«

»Ist ja nicht deine Schuld«, sagte Suko.

»Ich fühle mich aber so.«

»Unsinn.« Suko ließ die Hände sinken. »Du hast doch getan, was du konntest. Wir wissen wenigstens, dass John noch lebt, und wir wissen auch, wo er sich aufhält.«

»Aber wir können nicht hin.«

»Wenigstens nicht so schnell«, berichtigte Suko, bevor er tief durchatmete.

»Wenn ich das Schwert hätte, wäre vieles anders gelaufen«, murmelte Kara. »Er hat mich einfach überrascht. Nie hätte ich damit gerechnet, dass er mich angreift. Wie man sich so täuschen kann, begreife ich noch immer nicht.«

»Ja, das ist auch mir ein Rätsel«, gab der Chinese zu. »Aber was soll man da machen?«

»Ich hoffe, dass Myxin vernünftig wird«, sagte Shao. »Das muss ihm doch sein Verstand sagen. Er wird nicht mehr so aufgenommen, wie er es sich denkt. Glaubt ihr denn, dass die Schwarzblüter vergessen haben, welche Niederlagen sie Myxin verdanken? Ich denke da nur an den Schwarzen Tod …«

»Gegen den Teufel will er ja kämpfen«, sagte Kara.

»Ja, und sich dabei mit dem Beelzebub verbünden.«

»So ähnlich.«

»Das klappt nie«, stimmte auch Suko zu. Er blickte Kara

an. »Du kennst doch die Schwarzblut-Vampire. Würden sie Myxin in ihre Gemeinschaft aufnehmen?«

»Ich kenne sie leider nicht«, stellte Kara richtig. »Ich habe nur von ihnen gehört, aber nie selbst mit diesen Bestien Kontakt gehabt.«

»Trotzdem, ich …«

»Nicht jetzt!« Scharf hatte Kara die beiden Worte ausgestoßen. Suko und Shao waren sofort ruhig.

Beide richteten ihre Blicke auf die Schöne aus dem Totenreich, die in einer gespannten Haltung saß und die Arme halb erhoben hatte.

Irgendetwas stimmte nicht mit ihr. Angespannt war ihr Gesicht. Nur die Lippen zuckten, als wollte sie Worte formen, die jedoch nicht hörbar aus ihrem Mund drangen.

Da war etwas geschehen.

»Kara …« Suko sprach den Namen leise aus, aber Kara reagierte nicht. Die Schöne aus dem Totenreich schien nur körperlich anwesend zu sein, während ihr inneres Ich auf Wanderschaft gegangen war.

Antwort erhielten sie dennoch. Kara nickte plötzlich, öffnete den Mund weiter und flüsterte die nächsten Worte.

»Das Schwert!«, hauchte sie. »Ich – ich sehe es. Das Schwert befindet sich …« Sie stockte.

»Wo?«, fragte Suko. Dafür erhielt er von Shao einen Stoß in die Seite. Die Chinesin wollte nicht, dass Kara in diesen wichtigen Augenblicken gestört wurde.

»Myxin!«, fuhr Kara flüsternd fort. »Er besitzt die Waffe. Er, er hält sie fest.« Sie schluckte, atmete pfeifend, und ihre Augen weiteten sich. In ihren Pupillen malte sich deutlich der Schrecken ab, den sie empfand. Kara sah etwas, das Suko und Shao verborgen war und in einer unerreichbaren Ferne geschah.

Sie störten Kara jetzt nicht. Sie musste sich jetzt noch stärker konzentrieren, und sie schaffte es nicht mehr, sich zu artikulieren und zu sagen, was sie genau sah.

Ihr Körper zuckte vor. Zweimal, dann wieder zurück, und

das Gesicht wurde so blass, dass die Haut schon beinahe durchsichtig wirkte. Suko hatte Angst um Kara. Er fürchtete, dass sie sich nach der ersten Beschwörung zu viel vorgenommen hatte, und hielt sich nicht mehr zurück.

»Kara, bitte, was ist geschehen?«

»Myxin hat das Schwert …«

»Das wissen wir doch. Und?«

»Er will töten. Er will …«

»Mein Gott!«, hauchte Shao, die schon ahnte, was auf sie zukommen würde.

»Wen will er töten?«, fragte Suko laut.

Karas Gesicht verzerrte sich. »Ich, ich habe Verbindung – das Schwert, es darf nicht …«

»Was will Myxin?«, schrie Suko.

»Töten!« Kara brüllte das Wort. »Er will John Sinclair töten!«

Myxins Einstellung und auch sein schreckliches Vorhaben hatten mich so stark geschockt, dass ich zu keiner Reaktion mehr fähig war. Vielleicht hätte ich mich noch nach vorn geworfen, doch dazu war ich einfach nicht in der Lage. Die Enttäuschung hatte mich gelähmt.

Und die Klinge pfiff durch die Luft.

Jetzt hätte sie mich treffen müssen. Am Hals, den Kopf vom Rumpf trennen, den letzten Schmerz im Leben spüren, bevor es endgültig mit mir vorbei war.

Es geschah nicht!

Eine Sekunde höchstens war vergangen, und ich vernahm einen fürchterlichen Schrei der Wut und Enttäuschung. Kein Mensch hatte ihn ausgestoßen, denn Myxin konnte man trotz allem nicht als solchen bezeichnen. Aus meinem rechten Augenwinkel sah ich die Bewegung, sah den Magier taumeln und hörte ihn schreien.

Das Schwert hatte er nicht fallen lassen. Er hielt es weiterhin in der rechten Hand, aber die Klinge schlug nicht in die

Richtung, in die sie eigentlich hätte schlagen sollen. Obwohl Myxin sich bemühte, wurde sie von ihm weggedrängt, und die Kraft war so groß, dass sie sogar den kleinen Magier mitriss, der durch das Zimmer torkelte und auf die Tür zutaumelte.

Kurz davor gelang es ihm, sich zu fangen.

Ich war natürlich nicht sitzen geblieben, sondern in die Höhe gesprungen. Hätte ich jetzt in einen Spiegel schauen können, ich glaube, mein Gesicht wäre mit einem Fragezeichen zu vergleichen gewesen, so wenig begriff ich von den Vorgängen. Wie konnte es möglich sein, dass die Klinge dem kleinen Magier nicht gehorchte?

Ich fand darauf keine Antwort. Erst als Myxin flüsterte: »Kara, verflucht …«

Sie also!

Obwohl sich die Schöne aus dem Totenreich nicht einmal in der Nähe befand, musste sie dank ihrer Kräfte aus der Ferne eingegriffen haben und hatte mir somit das Leben gerettet. Doch ich konnte mir nicht vorstellen, dass Myxin aufgeben würde. Er hatte die Brücken zu seinem bisherigen Leben abgebrochen und wollte mich als Einstieg in sein altes, dämonisches Leben opfern.

Im ersten Anlauf hatte er es nicht geschafft. Würde er es jetzt noch mal versuchen?

Geduckt stand er vor mir. Sein Gesichtsausdruck bereitete mir Angst. So hatte ich ihn in den letzten Jahren nicht gesehen. Da sprühte Hass in den Augen, da hatte er den Mund verzogen und hielt das Schwert so, dass die Spitze schräg auf mich wies.

»Leg es weg!«, befahl ich Myxin.

Er schüttelte den Kopf. »Nein!«, gab er hart und kalt zurück. »Das werde ich nicht tun.«

Ich atmete durch die Nase. Welche Waffe stand mir zur Verfügung? Nur der Dolch. Damit gegen ein Schwert anzukämpfen war aussichtslos.

Dennoch gab ich nicht auf. Ich zog den Dolch, damit Myxin sah, dass es mir ernst war.

Er lachte. »Mit diesem Zahnstocher willst du gegen mich antreten, John?«, höhnte er.

»Du siehst es!«

Dann griff er an. Nicht mit dem Schwert, sondern mit einer konzentrierten Magie, die er mir entgegenschleuderte. Es waren Strahlen, Funken, die sich zu einem Netz vereinigten, das mich umfangen hätte, wenn nicht mein Kreuz gewesen wäre.

Es reagierte.

Ich spürte es nicht, ich sah den hellen Silberschein nur, der mich wie ein Käfig umgab. Er absorbierte den starken magischen Ansturm und glich ihn praktisch aus.

Ich war frei!

Der Kampf ging weiter. Myxin setzte seine großen Kräfte ein. Er beherrschte die Telekinese. Kraft seiner Gedanken hob er den Stuhl an und schleuderte ihn mir entgegen.

Das Sitzmöbel flog von der Seite her auf mich zu. So schnell konnte ich nicht ausweichen, riss meine Arme noch als Deckung hoch, dann krachte der Stuhl dagegen und warf mich zur Seite.

Myxin lachte. Er sah sich auf der Siegerstraße und teleportierte sich selbst an eine andere Stelle. Auch diese Begabung besaß der kleine Magier. Er war sehr nahe, lachte auf und hatte sein Schwert erhoben, das ihm diesmal gehorchte.

Es war zu spät für mich, den Dolch zu schleudern, besser klappte es mit dem Stuhl, der Myxin nun zum Verhängnis wurde.

Als er zuschlug, schleuderte ich ihm das Möbelstück in den Schlag hinein.

Das Holz knirschte. Von einem Schlag wurden zwei Beine abgetrennt, und die Fragmente wirbelten davon, wobei ich ihnen nachhechtete, auf den Boden prallte und mich sofort herumwarf.

Ich hätte jetzt meinen Dolch schleudern sollen. Aber es war mir nicht möglich, ich brachte es einfach nicht fertig, die geweihte Waffe auf einen Freund, so sah ich Myxin noch immer, zu werfen.

Deshalb zuckte meine Hand zurück.

Der Magier sah es anders. Er legte diese Reaktion als Schwäche aus und griff mich an.

Diesmal kam er normal. Er setzte weder Telekinese noch Teleportation ein, dafür hielt er den Griff der Waffe mit beiden Händen und führte gefährliche Kreuzschläge durch.

Ich wich hastig zurück, duckte mich, tauchte weg und sah, dass Myxin ins Leere schlug.

Das Pfeifen der Klinge vernahm ich. Ein Beweis dafür, wie nahe das Schwert an mir vorbeiwischte. Doch Myxin wollte mehr. Jetzt stach er zu.

Ich war schneller.

In Brusthöhe huschte die Klinge wie ein goldener Reflex an mir vorbei und zielte genau in das Rechteck hinein, wo sich einmal die Tür befunden hatte.

Myxin konnte sich nicht mehr halten. Er glitt an mir vorbei und verschwand ebenfalls über die Türschwelle. Ich drehte mich dabei, streckte meine Hand aus und hieb mit der Kante zu. Dabei hatte ich Glück, dass ich Myxin im Nacken traf und mein Hieb dafür sorgte, dass er zu Boden krachte.

Er schlug irgendwo gegen, denn ich vernahm einen dumpfen Aufprall. Mich hielt nichts mehr in dieser Bude. Mit einem Satz sprang ich über die Schwelle, und diesmal hielt ich den Dolch wurfbereit, doch Myxin hatte sich bereits aus dem Staub gemacht.

Wieder durch Telekinese. Sehen konnte ich ihn nicht. Er war im Dunkeln des Hauses verschwunden, aber ich vernahm sein Lachen. Es schallte mir nicht direkt entgegen, sondern klang von oben her auf mich herab.

Er musste sich also über mir befinden. Ich erinnerte mich daran, eine alte Treppe gesehen zu haben. Wahrscheinlich hielt er sich dort auf und wartete auf mich.

Da Licht aus dem offenen Türrechteck fiel, ging ich sicherheitshalber zur Seite, weil ich kein Ziel bieten wollte. Im Dunkel einer schattigen Wand verschwand ich.

Dort wartete ich.

Myxin war mir überlegen. Während ich mich auf meine zwei Beine verlassen musste, konnte er schweben, beherrschte Kräfte, von denen ich nur träumte, und würde kaum zu packen sein.

Dieses Haus konnte für mich zu einer tödlichen Falle werden. Kalt rieselte es meinen Rücken hinab. Es war auch die Kälte der Enttäuschung, die mich gepackt hielt. Wenn ich näher über mein Leben nachdachte und dabei noch Pessimist gewesen wäre, hätte ich verzweifeln können. Immer wieder hatte ich Nackenschläge einstecken müssen. Zu Beginn meiner Laufbahn war alles noch ziemlich klar und leicht gewesen. Natürlich hatte ich meine Mühe und Not mit den Gegnern gehabt, aber sie waren zu schaffen, was ich immer wieder bewiesen hatte.

Mit den Jahren wurden die Schwarzblüter schlauer. Sie griffen zu Methoden, auf die ich mich erst einstellen musste. Kräfte kamen ins Spiel, von deren Existenz ich zuvor nicht einmal etwas geahnt hatte. Mythen und Legenden wurden Wirklichkeit. Ich konnte einen Blick in die japanische Mythologie werfen, bekam es mit ihr und ihren Albtraumgestalten zu tun, wurde mit der Hölle konfrontiert und lernte andere Dimensionen kennen. Zusammen mit meinen Freunden errangen wir Siege, ernteten aber auch böse Niederlagen.

Nadine Berger, Jane Collins …

Und jetzt Myxin!

Mit ihm hätte ich am allerwenigsten gerechnet. Meine Güte, was hatte der die Schwarzblüter verfolgt! Gnadenlos hatte er sich auf die Fährten seiner ehemaligen Freunde gesetzt und mir sogar geholfen, den Schwarzen Tod zu vernichten. Gegen die Hölle kämpfte er jetzt noch, aber dann hatte das Schicksal das Buch Atlantis aufgeschlagen. War damit Myxins Veränderung in die Wege geleitet worden?

Zu Beginn nicht, doch dieser Komplex hatte sich ausgebreitet, und er besaß noch einen weiteren Namen.

Die Großen Alten!

Sie waren dabei, zurückzukehren, und einer unter ihnen war besonders stark.

Arkonada!

Er hatte es tatsächlich geschafft, Myxins Refugium, die Flammenden Steine, zu zerstören. Von diesem Tag an musste Myxin ein anderer geworden sein. Da hatte er eingesehen, dass er seine Vergangenheit nicht wie eine alte Haut abstreifen konnte. Sie hatte ihn eingeholt, und Myxin erkannte, wie stark die alten Kräfte einer längst versunkenen Epoche doch waren. Er hatte den Willen gehabt, sich ihnen entgegenzustellen, doch die Kraft war ihm genommen worden, trotz Kara, der Schönen aus dem Totenreich, die sich tapfer an seiner Seite hielt.

Der kleine Magier war umgeschwenkt!

Ich fühlte ein Kratzen im Hals, das sich zu einem dicken Kloß veränderte.

Verdammt, alter Junge, sagte ich mir. Werde nur nicht sentimental. Das Leben ist verflucht hart. Nimm es, wie es kommt. Ich spürte, wie sich die Haut auf meinem Rücken zusammenzog, denn ich konnte nicht einfach so Schluss machen. Da musste es doch etwas geben wie Freundschaft.

Ich brauchte nur an unsere Gegner zu denken. Für sie war das Wort Freundschaft der blanke Hohn, und sie versuchten alles, um dieses Band zu zerstören.

Schritte rissen mich aus meinen Gedanken. Ich hatte mich ein wenig gehen lassen, was ja völlig menschlich war, nun aber wischte ich über meine Augen und gab acht.

Abermals hörte ich Schritte über mir. Auf der Treppe waren sie, und sie wurden lauter, je länger ich dastand und den Echos lauschte.

Kam Myxin zurück, um eine Entscheidung zu erzwingen?

Ich schaute in die Richtung und starrte mit weit aufgerissenen Augen in das Dunkel, ohne jedoch etwas erkennen zu können.

Die Schritte verstummten.

Ich hatte sehr genau hingehört und war mir sicher, dass Myxin nicht bis ans Ende der Treppe gegangen war. Er musste meiner Ansicht nach auf halber Höhe stehen.

Noch wusste ich nicht, was ich unternehmen sollte. Myxin war mir in vielen Belangen überlegen, und ich dachte auch an die Schwarzblut-Vampire, die irgendwo lauerten.

Zu ihren Freunden konnte ich mich bestimmt nicht zählen, und dieser Mandraka, ihr Anführer, wollte das Blut des Satans. Stellte sich die Frage, ob sich der Teufel zurückgezogen hatte oder nach wie vor mit im Spiel war.

Das blieb abzuwarten.

Wieder vernahm ich Schritte. Sie wurden nach Sekunden lauter, polterten auch nicht mehr so dumpf, sondern knirschten jetzt mehr. Für mich ein Beweis, dass die Person die Treppe hinter sich gelassen hatte und durch den Flur schritt.

Wo wollte sie hin?

Noch traute ich mich nicht, meine kleine Lampe anzuknipsen. Ich wollte den Versuch erst wagen, wenn die Person dicht vor mir stand.

So wartete ich.

Ein Irrtum.

Die Schritte verklangen. Unregelmäßig hörten sie sich nach wie vor an, und plötzlich knarrte etwas. Dann war überhaupt nichts mehr zu vernehmen. Eine seltsame Stille hüllte mich ein.

Ich verstand die Welt nicht mehr. Jemand hatte mich reingelegt. Wer, zum Teufel, schlich außer Myxin denn noch in diesem Bau herum? Eine Antwort würde ich wohl kaum erhalten. Freiwillig nicht. Also musste ich selbst etwas unternehmen.

Diesmal wagte ich den Versuch, knipste die Lampe an und sah, wie der dünne Strahl einen hellen Streifen in die Finsternis schnitt, wobei sein Ende auf das nur stückweise vorhandene Geländer einer Treppe fiel.

Ich huschte hin.

Ja, da waren deutlich Fußabdrücke zu sehen. Nur nicht die des kleinen Magiers. Diese Abdrücke gehörten zu wesentlich größeren Schuhen, und sie führten von oben her in die Tiefe. Verhört hatte ich mich also nicht.

Ich warf einen langen Blick die Treppe hoch, wobei er dem schmalen Lichtstrahl folgte. Mehrmals bewegte ich meine Hand von rechts nach links, um die Stufen abzuleuchten, und sah sie leer.

Hatte sich Myxin im Keller verborgen, und steckte der andere vielleicht auch dort?

Wenn ja, würden mir beide wohl kaum weglaufen. Ich wollte erst einmal wissen, was es in der ersten Etage des Hauses gegeben hatte. Deshalb ging ich die Treppe hoch.

Dabei hielt ich mich ziemlich in Wandnähe, und ich merkte schon, dass sich die Stufen unter meinem Gewicht leicht bogen, aber sie brachen nicht zusammen.

Unangefochten erreichte ich die erste Etage, wo es sofort kühler wurde, denn durch ein Loch in der Wand pfiff der Wind. Die Öffnung war groß genug, um einen Menschen hindurchzulassen. Ich schaute hindurch und blickte auf den alten Friedhof, wo die krummen Grabsteine standen und die Büsche wie unheimliche Schattenwesen wirkten.

Zwar bewegte der Nachtwind die Zweige der Sträucher, einen der Schwarzblut-Vampire aber sah ich nicht.

Und auch nicht Edda Kiss!

Das war das große Problem. Und natürlich meine große Sorge. Ich wusste nicht, was mit ihr geschehen war. Eigentlich drohte ihr von den Schwarzblut-Vampiren keine direkte Gefahr, aber wer kannte sich bei diesen Bestien schon aus?

Ich jedenfalls nicht, und ihr Anführer Mandraka hatte mir ausgesehen, als wäre mit ihm nicht zu spaßen.

Von Myxin sah ich keinen Zipfel seines Mantels, wobei ich darüber nachdachte, ob er nicht doch im Keller steckte.

Und wer war die zweite Person mit den großen Füßen?

Ich war so in Gedanken versunken, dass ich das Pfeifen fast zu spät vernahm.

Plötzlich war es da, und im nächsten Augenblick zuckte ich zurück, als etwas Goldenes an meinem Gesicht vorbeihuschte.

Myxin hatte es geschleudert, er dirigierte es allein durch

seine Willenskraft, und als ich jetzt nach unten auf den Friedhof schaute, da entdeckte ich ihn auch.

Der kleine Magier stand zwischen den alten Grabsteinen!

Normalerweise wäre er kaum zu sehen gewesen, doch die Schwertklinge gab ein goldenes Leuchten ab, das auch Myxin erfasste, sodass er einigermaßen gut zu erkennen war.

»Ich kriege dich!«, drohte er und schwang seinen Arm mit der Schwertklinge. »Warte nur ab, Geisterjäger! Du läufst noch in meine Falle.« Er setzte ein Lachen hinterher, das ich noch nie bei ihm vernommen hatte, so schaurig hörte es sich an.

Den kleinen Magier zum Feind zu haben war eine üble Sache. Myxin hatte in den letzten Jahren viel lernen können. Er wusste, wie Menschen reagierten, und konnte sich darauf einstellen. Auch mich kannte er verdammt gut. Wenn nicht sogar zu gut. Im direkten Kampf standen meinen Chancen ziemlich schlecht.

Myxin zog sich zurück.

Er verschwand zwischen den Grabsteinen wie ein Geist, und das Leuchten der Waffe wurde von der Dunkelheit verschluckt.

Ich stand da und starrte auf einen leeren Friedhof. Weder eine Spur von Edda Kiss noch von den Vampiren. Auch sie hatten sich zurückgezogen, wobei mir unbekannt war, ob sie sich noch in der Nähe befanden, vielleicht sogar im Haus.

Da dachte ich an die seltsamen Spuren. Ich hatte sie gesehen, das stand fest, aber wer hatte sie hinterlassen? Einen Schritt ging ich zurück und geriet wieder in den Schatten der Mauer. Diese Deckung war gut. Ich konnte meine Lampe wieder anknipsen, ohne von außen gesehen zu werden.

Auch hier sah ich die Fußspuren.

Sie führten von mir weg auf die Treppe zu. Ich verfolgte sie in entgegengesetzter Richtung und gelangte in ein Zimmer.

Auch dieser Raum war verfallen, muffig und zerstört. Die Spuren hielten sich in Grenzen. Ich sah die Risse und Flecken nur, wenn ich mit der Lampe über die Wände leuchtete. Zudem hatte die Decke gelitten. Auch dort waren flache Stücke herausgefallen, lagen auf dem Boden und zerknirschten, wenn ich auf sie trat. Das alles interessierte mich nicht. Viel mehr zählte für mich der eigentliche Inhalt des Zimmers.

Das waren die beiden offenen Särge.

Ich stand da und staunte. Mit diesem Fund hatte ich nicht gerechnet, und so konnte ich nur den Kopf schütteln. Auch mich hatte man in einem Sarg hertransportiert, und als ich mir diese Totenkisten anschaute, da war leicht festzustellen, dass sie auch benutzt worden waren. Sie hatten ein Polster. Jemand hatte darauf gelegen, es war deutlich zu sehen.

Wer hatte in den Särgen gelegen?

Eine gute Frage, die ich mit der Entdeckung der Trittspuren in einen Zusammenhang brachte. Ich dachte sofort an lebende Tote, an Zombies vielleicht, und mir wurde wirklich nicht besser.

Ich leuchtete neben den links von mir stehenden Sarg. Der Strahl stach zu Boden, und ich sah Fußabdrücke. Noch relativ frisch. Demnach hatten die Personen die Totenkisten erst vor Kurzem verlassen.

Ich bewegte meine rechte Hand weiter. Der Lampenstrahl folgte und erfasste zwei helle, auf dem Boden liegende Tücher. Ich ging näher, hob die Tücher hoch, und schon wehte mir ein Geruch entgegen, den ich abscheulich fand.

Es waren Leichentücher. Wahrscheinlich hatte man die Toten darin eingewickelt.

Angeekelt ließ ich die Fetzen fallen und rieb mir die linke Hand an der Hose ab.

In diesem Haus hatte ich eigentlich nichts mehr zu suchen. Dennoch wollte ich herausfinden, wohin die seltsamen Fußspuren führten. Wenn sie von den Zombies stammten, mussten diese schließlich irgendein Ziel gehabt haben.

Ich verließ den Raum, wandte mich wieder der Treppe zu und ging die Stufen hinunter.

Diesmal schneller, dennoch vorsichtig, da sich die Stufen unter meinem Gewicht bogen.

Unten angekommen, blieb ich für einen Moment stehen, leuchtete in die Runde, konnte die Spuren weiter verfolgen und stellte fest, dass sie einen Bogen machten. Sie führten in einen Teil des unteren Flurs, den ich noch nicht kannte.

Falls es so etwas wie eine Rückfront des Hauses gab, musste sie dort liegen, wo die Stufen mündeten.

Hatten die Zombies da vielleicht das Haus verlassen? Sehr schnell bekam ich die Frage beantwortet. Sie hatten es nicht, denn die Spuren endeten vor einer Tür, die einen verfallenen Eindruck machte.

Sie war nicht verschlossen. Ich konnte sie aufziehen, wobei sie fast aus einer Angel gekippt wäre. Als der Spalt für mich groß genug war, leuchtete ich hindurch und stellte fest, dass ich vor einer Kellertreppe stand.

Steil führte sie in die Tiefe.

Natürlich, es gab kaum ein Haus ohne Keller. Auch dieses alte, windschiefe Gebäude hatte einen. Und Keller hatten schon immer eine magische Anziehungskraft auf irgendwelche schwarzmagischen Geschöpfe besessen.

Auch auf Zombies ...

Vielleicht fand ich sie dort unten, wenn ich die Treppe hinabstieg. Vorsichtig setzte ich die ersten Schritte. Vor dieser Treppe brauchte ich mich nicht zu fürchten. Sie würde kaum zusammenbrechen, denn sie bestand aus Stein.

Nur war sie sehr schmal, und ich schaute auch auf die Wände, die nicht aus Beton, sondern aus dicken, feuchten Quadersteinen bestand.

Ein Keller wie im Gruselfilm.

Den Kopf musste ich einziehen. Nur meine kleine Lampe gab Licht, und ich spürte, wie die Feuchtigkeit in meinen Nacken tropfte.

Von der niedrigen Decke fielen die Tropfen, trafen mich und rannen in kalten Bahnen meinen Rücken hinab.

Der Keller war nicht sehr groß. Er hatte trotzdem mehrere Nischen. In einer befanden sich die Kohlen.

Dennoch barg der Keller eine Überraschung für mich.

Es war ein Tunnel. Von der Rückseite her schnitt er unter der Erde genau in die Richtung, wo der Friedhof liegen musste.

Als ich den Tunnel entdeckte, blieb ich stehen und wollte es kaum glauben.

Ich schüttelte den Kopf, wunderte mich und verfolgte meinen Gedanken weiter.

Wenn der Gang weiter in die Tiefe stach und dabei unter den Friedhof führte, musste er dort münden, wo ich die offene Gruft wusste.

Ich hätte den Keller verlassen und den normalen Weg nehmen können. Das wollte ich nicht. Wenn ich schon in der Gruft erschien – vorausgesetzt, der Gang endete dort –, wollte ich die Überraschung auf meiner Seite haben.

Und so begab ich mich auf den Weg.

Meine Gedanken drehten sich dabei um die Zombies, die ich bisher nicht zu Gesicht bekommen hatte. Aber sie hatten den Weg genommen, denn ich sah im schmalen Lampenstrahl ihre Spuren.

Zwei Fußspuren!

Schwarzblut-Vampire, der Teufel, Zombies – das waren drei Dinge, die eigentlich nicht zusammenpassten.

Und als Joker Myxin, der Magier, der inzwischen die Seite gewechselt hatte.

Mit jedem Meter, den ich zurücklegte, wurde die Luft mieser. Es drang kaum Frische in die Tiefe, und ich spürte deutlich, wie unheimlich es hier unten war. Überall konnten zudem Gefahren lauern und blitzschnell zuschlagen.

Die Lampe gab nur wenig Licht. Um mich herum lauerte die Dunkelheit wie eine Wand.

Von den Zombies sah ich nichts. Dennoch erkannte ich anhand der Spuren, dass sie diesen Weg genommen hatten.

Flach atmete ich.

Das Kreuz hing vor meiner Brust. Der Dolch steckte griffbereit. Mit dieser Waffe würde ich mein Leben verteidigen, denn ich ahnte schon, dass noch einige Überraschungen auf mich warteten …

Edda Kiss erlebte das Grauen!

Sie stellte fest, dass die Vampire ihre Drohung wahr machten, um den Teufel zu beschwören.

Gelassen und eiskalt trafen sie ihre Vorbereitungen.

Bisher hatte Edda nicht gewusst, dass die Gruft unter dem Friedhof so weitläufig war. Man konnte sie schon fast als eine kleine unterirdische Halle bezeichnen, die plötzlich erhellt wurde, denn die Vampire hatten Fackeln besorgt.

Zunächst freute sich das Mädchen über die Helligkeit, bis ihm klar wurde, dass durch das Spiel aus Licht und Schatten die Atmosphäre noch unheimlicher geworden war.

Da verwandelten sich die Vampire zu tanzenden, zuckenden Monstern. Sie sahen unheimlich und schaurig aus. Ihre Gesichter leuchteten abwechselnd bleich und blutig, schienen selbst von innen her zu brennen, und die Pupillen kamen dem Mädchen wie düstere Perlen vor oder wie erstarrte, dunkle Tropfen.

Eine schaurige, unwirkliche Szenerie, die sich der Gefangenen bot und ihre Angst noch steigerte.

Es gab keine Wände, die die Fackelstiele halten konnten. So waren die Blutsauger gezwungen, die brennenden Fackeln in den weichen Boden zu rammen.

Und dort blieben sie stecken.

Jeder Vampir hatte sich eine Fackel besorgt. Sie wurden kreisförmig aufgestellt, und den Mittelpunkt des Kreises bildete die junge Ungarin Edda Kiss.

Man hatte sie nicht gefesselt. Es war nicht nötig, denn sie hätte den Blutsaugern nicht entfliehen können.

Mandraka tat nichts. Er stand nur da und schaute zu. Falls seine Diener Fehler machten, würde er sie schon darauf hinweisen.

Edda zitterte.

Hin und wieder wurde es so stark, dass sie ihre beiden Kiefer nicht ruhig halten konnte und die Zähne aufeinanderschlugen. Es war nicht die Kälte, die sie so reagieren ließ, sondern die Angst, die dieses Gefühl in ihr hochschwemmte.

Sehr oft schaute sie in die Höhe.

Dort sah sie schräg über sich die rettende Öffnung. Eigentlich nur einen Sprung entfernt, dennoch für sie unerreichbar. Sobald sich Edda rührte, würden sich die Vampire auf sie stürzen.

Sie wunderte sich schon nicht mehr darüber, dass der Boden hielt. Normalerweise hätte sie einsacken müssen, doch die Vampire schienen auch dies beeinflussen zu können. Er war zwar weich, aber nicht so, dass er einen Gegenstand in eine unergründliche Tiefe zog.

Als sie wieder einen Blick in die Höhe warf, sah sie, dass sich der Ausschnitt an einer Seite verdunkelte. Und zwar dort, wo sie den roten Mond gesehen hatte. Jetzt war ihr der Blick von einer Gestalt genommen, die ein goldenes Schwert in der Hand hielt und selbst aus Eddas Sichtperspektive ziemlich klein wirkte. Sie hatte den Mann noch nie gesehen und wusste nicht, dass es sich bei ihm um Myxin, den Magier, handelte.

Er stand dort wie ein Denkmal und starrte in die Tiefe.

War er ein Feind oder ein Freund?

Für einen Moment zuckte Hoffnung in dem Mädchen auf. Edda betete, dass der Fremde herunterspringen und die Vampire mit seinem goldenen Schwert töten würde.

Es war eine vergebliche Hoffnung. Zwar verließ Myxin seinen Platz, doch auf ein Zeichen des Anführers der Schwarzblut-Vampire hin, denn Mandraka winkte ihm zu.

»Komm zu uns, Magier!«

Und Myxin sprang. Dicht neben dem Mädchen kam er auf, befand sich mitten im Kreis, schaute Edda an, und die junge Frau fürchtete sich unter diesem Blick.

Myxin tat ihr nichts. Er ließ sie liegen und schritt auf Mandraka zu. Edda beobachtete gespannt, was zwischen den beiden geschah, doch es tat sich vorerst nichts. Sie schauten sich nur an, bis über die Lippen des Magiers ein dünnes Lächeln zuckte, bevor er Mandraka ansprach.

»Du weißt, weshalb ich gekommen bin?«

»Nein. Ich kann es mir aber denken.«

»Das ist gut, denn ich will dich im Kampf gegen den Teufel unterstützen.«

Mandraka nickte. »Wir können jede Hilfe gebrauchen, denn wir beide wissen, wie mächtig der Satan ist.«

»Ja, das stimmt.«

»Er ist geflohen«, stellte Mandraka fest.

Myxin lächelte knapp. Der Widerschein von Flammenzungen huschte über sein Gesicht und gab der grünlich schimmernden Haut einen rötlichen Überzug. »Ich kenne den Höllenherrscher. Wenn er verschwindet, gleicht das nicht einer Flucht. Es geschieht allein aus Taktik. Er wird sich einen neuen Plan zurechtlegen und hart, viel härter als zuvor, zurückschlagen.«

»Das wissen wir, damit rechnen wir«, sagte Mandraka.

»Dann bin ich zufrieden.«

»Wirklich?«

»Nein, nicht ganz. Ich hätte den Satan gern vernichtet gesehen, aber das wird uns kaum gelingen.«

Mandraka lachte rau. »Weshalb bist du so pessimistisch?«

»Ich kenne ihn eben.«

»Wir aber auch. Vergiss nie, dass er schon bestand, als wir auch waren«, erwiderte Mandraka, und seine Augen begannen zu leuchten. »Freiwillig würde er nie kommen, deshalb werden wir ihn zwingen und haben uns aus diesem Grund das Mädchen geholt.«

Myxin bedachte Edda mit einem langen Blick. Sie schauderte zusammen. »Was willst du mit ihr?«

»Sie ist Jungfrau!«

»Ha, ha …« Myxin lachte und strich dabei über die Schwertklinge. »Das ist natürlich etwas anderes. Wenn etwas den Satan locken kann, ist es das Blut einer Jungfrau. Daran haben auch zehntausend Jahre nichts ändern können.«

»Du sagst es.«

»Und du willst sie opfern?«

»Ja!«

»Damit bin ich einverstanden. Wir sollten allerdings keine

Zeit verlieren, denn jede Minute, die wir zögern, wird der Satan benutzen, um neue Pläne zu schmieden.«

»Das stimmt, Magier. Zudem habe ich bewusst diesen Platz hier gewählt. Es ist unser Zufluchtsort gewesen, als der große Kontinent in den Fluten versank.«

»Das verstehe ich nicht«, gab Myxin ehrlich zu.

Mandraka lächelte. »Ich will es dir erklären, obwohl wir damals Feinde waren. Du hast eine Wandlung durchgemacht und zählst nicht mehr zu den Schwarzblütern, das ist gut. Unsere Chancen wurden damals geringer. Wir schafften es nur noch selten, an das Blut der Dämonen heranzukommen. Deshalb griffen wir zu einem anderen Mittel. Wir suchten uns eine neue Heimat. Alle Anzeichen sprachen dafür, dass Atlantis versinken würde. Die Welt sah noch nicht so aus wie jetzt, als wir Atlantis verließen, um nach Norden zu gehen. Wir fanden diesen Ort, dieses Land, und wir schaufelten uns Gräber.«

»Wo?«

»Du stehst in einem der Gräber. In dieser Erde begruben wir uns selbst. Dabei spielten unsere magischen Kenntnisse eine sehr große Rolle. Wir füllten den Boden damit, und wir hatten so viel Zeit. Die Jahre vergingen, das Land wurde besiedelt, man baute Häuser und legte hier einen Friedhof an. Irgendwie schienen die Menschen gespürt zu haben, dass der Platz unheimlich war, deshalb verscharrten sie auf dem Friedhof nur Gesetzesbrecher und fremde Soldaten. Die vermoderten im Laufe der Jahre. Dann kam jemand und baute ein Haus. Es war ein Ehepaar mit einer jungen Tochter, und mit diesem Ehepaar nahmen wir Verbindung auf.«

»Meine Eltern!«, rief Edda.

»Genau, mein Kind, es waren deine Eltern. Sie spielten sogar mit, denn wir versprachen ihnen ein ebenso langes Leben, wie wir es hinter uns hatten.«

Edda schluchzte und redete zugleich. »Das kann ich nicht glauben. Nein, das will ich nicht …«

»Es stimmt!«, sagte Mandraka.

Das Mädchen fuhr herum. Dabei blieb Edda sitzen. Sie funkelte den Anführer der Schwarzblut-Vampire an. »Ich hätte etwas merken müssen. Sie hätten mit mir darüber gesprochen …«

»Wir hatten es verboten!«

»Nein, nein!« Edda schüttelte den Kopf. »Ich glaube euch nicht. Ich habe sie selbst beerdigt. Auf diesem Friedhof, wie sie es immer haben wollten …« Sie stockte. Ihre Augen wurden groß. Ein Zeichen, dass ihr etwas eingefallen war.

»Nun?«, fragte Mandraka lauernd.

»Es, es ist unmöglich …« Zweifel schwangen in der Stimme des Mädchens mit.

»Deine Eltern bestanden darauf, hier begraben zu werden, weil sie genau wussten, dass sie nur dann für immer leben konnten. Hast du ihre Gräber in der letzten Zeit besucht?«

»Jeden Tag!«

»Auch heute?«

»Sicher, am Morgen …«

Mandraka beugte sich vor. »Jetzt haben wir Nacht!«, flüsterte er. »Eine gespenstische, unheimliche Nacht, wie du sicherlich bemerkt hast. Und in der Nacht werden die schwarzmagischen Kräfte frei. Da haben sie ihre Stunde, und auch deine Eltern liegen nicht mehr in den Särgen. Wir holten sie hervor und stellten sie in das …«

»Hör auf!«, schrie Edda. »Verdammt noch mal, hör auf! Ich will davon nichts wissen. Sie sind tot!«

»Wirklich? Dann schau nach links!« Mandraka lachte. Er zog sich wieder zurück, und sein Gesicht, noch vor Sekunden vom Flammenschein umspielt, verschwand in der Düsternis.

Edda hatte den Befehl vernommen. Sie führte ihn aus und drehte ihren Kopf. Da sah sie das Unheimliche.

Aus dem Dunkel lösten sich Gestalten. Zunächst waren es nur Bewegungen in der Finsternis, doch mit viel Fantasie konnte sich Edda vorstellen, dass es Menschen waren, die sich dem Flammenkreis allmählich näherten und vom Widerschein erfasst wurden, der geisterhaft über zwei Körper hinwegglitt.

Über die Körper eines Mannes und einer Frau.

Eddas Eltern!

Das Mädchen glaubte, ersticken zu müssen. Zu schlimm war die Tatsache, hier ihren toten Eltern gegenüberzustehen. Mandraka hatte von lebenden Personen gesprochen, aber lebten sie denn tatsächlich? War ihr Gang nicht so seltsam, so unbeholfen wie der eines Kindes, das seine ersten Gehversuche machte und Mühe hatte, sich auf den Beinen zu halten?

Ja, so war es.

Schaurig, unheimlich. Die Eltern lösten sich aus dem Dunkel. Sie nahmen Konturen an, und die in der Mitte des Kreises sitzende Edda Kiss hatte die Augen weit geöffnet, denn trotz ihrer Furcht wollte sie jede Einzelheit in sich aufnehmen.

Noch deutlicher erinnerte sie sich daran, dass sie – einem alten Brauch folgend – die starren Körper ihrer Eltern in Leinentücher eingewickelt hatte. Es war so Brauch bei ihnen, und die Eltern hatten noch kurz vor dem Tod darauf bestanden.

Sie trugen diese Leintücher nicht mehr. Sie mussten sie fortgeworfen haben.

Fast nackt waren die Körper.

Nur um die Hüften hatten sie Tücher geschlungen, aber es waren andere als die Leichenhemden. An den Seiten waren sie verknotet, und bei jedem Schritt warfen sie Falten.

Edda konnte nicht sprechen.

Sie sah ihre Mutter. Noch hatte die Verwesung sie nicht gezeichnet. Ihr Haar, das sie zu Lebzeiten immer zu einem Knoten zusammengebunden hatte, hing jetzt strähnig herab. Der Mund stand offen, die Augen blickten starr, und das übrige Gesicht schien im Widerschein des Feuers ein Eigenleben zu führen.

Dann der Vater.

Auch er zeigte noch keinerlei Spuren von Verwesung. Sein Gesicht, das immer sehr alt gewirkt hatte, war von den Spuren eines harten Lebens gezeichnet. Tiefe Falten hatten sich in die Haut gegraben, die Lippen waren kaum zu erkennen. Dünn die Haut am Kinn, und die Wangenknochen sprangen noch spitzer hervor.

»Kennst du sie?«, hauchte Mandraka.

Edda nickte.

»Dann habe ich nicht gelogen?«

»Wie – wie ist das möglich?«, erkundigte sie sich mit kaum zu verstehender Stimme.

»Das ist ganz einfach. In dieser Erde wohnt die Magie einer uralten Zeit. Wir haben sie mitgebracht, deshalb können Tote auferstehen und zu lebenden Leichen werden.«

»Aber was wollt ihr mit ihnen?«

»Eigentlich nichts. Wir hielten nur unser Versprechen. Aber sie werden jetzt zuschauen, wie wir uns mit dir beschäftigen und durch dein Blut dafür sorgen, dass der Teufel zurückkehrt. Sie helfen uns, und sie werden es sein, die den Anfang machen.«

»Welchen Anfang?«, hauchte das Mädchen.

Mandraka zog sich wieder zurück und rieb seine trockenen Hände. »Das wirst du noch merken, wenn es so weit ist.« Er wandte sich an die anderen und schloss auch Myxin mit ein. »Seid ihr bereit?«

Die Schwarzblut-Vampire nickten.

Mandraka war zufrieden, trat zwischen zwei Fackeln hindurch und begab sich in die Mitte des Kreises, wo er neben Edda sitzen blieb, die sofort ein Stück zur Seite rückte.

»Bleib!«, zischte Mandraka.

Edda Kiss gehorchte. Sie sah den Vampir neben sich und spürte seine Aura. Es war schon seltsam, denn normalerweise musste sie bei einem Vampir damit rechnen, dass er Menschen angriff. Bei diesem hier war es nicht der Fall. Er liebte und genoss das Blut der Dämonen, Menschen ließ er in Ruhe.

So etwas wollte nicht in ihren Kopf. Dennoch machte er ihr Angst. Allein seine Anwesenheit und das Wissen, dass er etwas Schreckliches mit ihr vorhatte, trieb den Schweiß auf ihre Stirn. Zudem hatte man ihr gesagt, dass auch ihre Eltern in diesem teuflischen Spiel mitmischten, und die Tatsache hatte sie tief getroffen. Wenn sie an die Eltern dachte, sah sie in ihnen immer das fleißige Ehepaar, das sein ganzes Leben über gearbeitet hatte, um sich eine Existenz aufzubauen und zu sichern. Stets hatten Vater und Mutter Geschichten von schaurigen Wesen erzählt und ihre Tochter vor ihnen gewarnt. Nun hatten sie sich kurz vor ihrem Tod selbst auf einen Handel mit den Blutsaugern eingelassen.

Drüber kam das Mädchen nicht hinweg. Diese Tatsache empfand sie fast noch schlimmer als das Wissen darum, was mit ihr geschehen sollte.

Die anderen Schwarzblut-Vampire verschwanden hinter dem zuckenden Licht der Fackeln. Sie waren nur noch schemenhaft zu erkennen und wirkten in dem glosenden Schein wie geheimnisvolle Geister.

Edda dachte auch an den Mann, der sich den Vampiren so mutig in den Weg hatte stellen wollen.

Alles umsonst, sie hatte weder etwas von ihm gesehen noch gehört. Die Übermacht war einfach zu groß geworden.

Mandraka sprach sie an. Er drehte dabei ein wenig den Kopf und richtete seinen starren Blick direkt in ihr Gesicht.

Edda zuckte zurück. Die Lippen öffneten sich zu einem Schrei. Mandraka merkte dies und legte ihr seine Hand auf den Mund.

»Lass es lieber!«, flüsterte er. »Du hast keine Chance mehr. Dein Blut bekommt der Teufel, Mädchen. Ich weiß, dass das schlimm für dich ist. Deshalb werde ich dir auch die Chance lassen, es selbst zu tun. Du brauchst dich vorerst nicht zu töten, nur zu verletzen, damit der kostbare Lebenssaft aus deinen Adern rinnt und diesen magischen Boden benetzt. Hast du mich verstanden?« Der Schwarzblut-Vampir brachte sein Gesicht dicht an das des Mädchens, schaute ihm in die Augen und verzog seine Lippen zu einem dünnen Lächeln, als er die Angst sah. »Willst du es tun?«

»Nein!«

Mandraka zuckte zurück. »Ich hatte dir eine Chance geben wollen, Edda. Eine große sogar. Du willst sie nicht nutzen. Dann wirst du sofort sterben. Ich wusste nicht, dass dir eine minutenlange Verlängerung deines Lebens so wenig wertvoll ist.«

Edda musste sich überwinden, um reden zu können. »Ich gebe mich dem Teufel nicht freiwillig her. Kein Mensch würde das tun …«

»Deine Eltern hätten anders darüber gedacht.«

»Nein, sie …«

Mandraka drehte sich von Edda weg, und sein Arm drehte sich mit, wobei der ausgestreckte Zeigefinger dorthin wies, wo das untote Ehepaar stand. »Schau dir die beiden genau an. Sie lebten wie du und wollten nichts mit den Mächten der Finsternis zu tun haben. Dann aber bin ich gekommen. Ich habe sie überzeugen können, und nun haben sie ein Leben, wie es nur wenige haben. Sie würden alles für mich tun. Alles, hörst du?«

»Ja …«

Mandraka lächelte geheimnisvoll. »Soll ich es dir beweisen?«

»Das will ich nicht!«

»Doch, ich werde es. Ich frage dich gar nicht. Ich beweise dir, dass sie alles tun werden. Hör genau zu und sieh scharf hin! Wenn ich mit ihnen rede, werden sie auf mich hören und kommen herbei. Du hättest wählen können, meine Kleine. Nun aber ist es zu spät! Und wir haben zudem keine Zeit!«

Mandraka kicherte, schnippte mit den Fingern und streckte den rechten Zeigefinger aus, dessen Spitze auf die beiden wartenden lebenden Toten deutete.

»Kommt herbei!«

Sie verstanden den Ruf.

Vom Fackelschein wurden sie angeleuchtet, und Edda Kiss sah, dass durch ihre Gestalten ein Ruck ging, als würde in ihrem Innern ein Motor angelassen.

Sie rührten sich gleichzeitig und setzten jeweils das rechte Bein vor. Das linke folgte, dann wieder das rechte.

Mit jedem Schritt, den die unheimlich wirkenden Zombies zurücklegten, wuchs die Angst des Mädchens. Sie fürchtete sich vor diesen Gestalten, die sie nicht mehr als ihre Eltern ansehen konnte. Edda wunderte sich nur darüber, dass sie nicht laut schrie oder durchdrehte. Wahrscheinlich lag es an der Situation. Sie war so ängstlich und auch so geschafft, dass sie einfach nicht anders konnte, als nur dazusitzen und zu starren.

Die beiden Untoten schoben sich nahe an den Flammenkreis heran. Für einen Moment wirkte es so, als würden sie in die Fackeln hineintauchen und von den zuckenden, heißen Zungen erfasst werden, doch sie gingen daran vorbei.

»Bleibt stehen!«, befahl Mandraka.

Sofort gehorchten sie.

Der Schwarzblut-Vampir nickte. Er war voll zufrieden, als er das sah, erhob sich und drehte sich in die Richtung, wo Myxin stand. Jetzt konnte er den kleinen Magier direkt anschauen, wenn er seinen Kopf ein wenig beugte.

»Gib mir das Schwert«, sagte er.

Myxin hatte den Vorgängen bisher schweigend zugesehen. Bewusst hatte er sich jeglichen Kommentars enthalten, nun aber zuckte er zusammen, denn so etwas passte ihm nicht.

Er wollte die Waffe nicht abgeben und schüttelte den Kopf.

»Ich brauche es aber!«

»Wozu?«

»Kannst du dir das nicht denken?«

»Schon, aber …«

Mandraka war Widerspruch nicht gewohnt und reagierte dementsprechend wütend. »Keine Widerrede! Ich will die Waffe haben. Ich bin hier derjenige, der die Befehle gibt. Das ist mein Land, das ist mein Reich. Wir waren Feinde, Myxin, denk immer daran. Bisher sind wir keine Freunde geworden, wir haben nur einen Waffenstillstand geschlossen. Hüte dich also …«

Myxin überlegte. Er verdrehte den Blick und schaute auf die

goldene Klinge, denn er schien darüber nachzudenken, ob er nicht kurzerhand angreifen sollte.

»Tu es nicht …«

Myxin lächelte, als er diese Worte hörte. Gern hätte Mandraka gewusst, was sich hinter der Stirn des kleinen Magiers abspielte, doch Myxin schwieg. Er hob die schmalen Schultern, und Mandraka verstand die Geste richtig, denn er streckte bereits seinen rechten Arm aus.

Myxin gab ihm das Schwert mit der goldenen Klinge. Die Hände der beiden berührten sich noch, als Mandraka die gefährliche und kostbare Waffe an sich nahm.

»Ich danke dir«, sagte er.

»Schließlich stehe ich auf deiner Seite. Das wollte ich dir nur beweisen.«

»Natürlich!«

Mandraka hielt das Schwert fest. Für einen Moment starrte er die Klinge an. Über seine Lippen zuckte ein Lächeln, danach drehte er sich abrupt um, streckte den Arm aus und wandte sich mit dieser Bewegung und Geste an den männlichen Zombie.

»Nimm es!«

Der lebende Tote zögerte einen Moment. Er schien nicht zu wissen, was er mit der Waffe anfangen sollte, und Mandraka wiederholte seinen Befehl. »Nimm es in die Hand!«

Da öffnete der Zombie die Faust. Als er das Schwert hielt, sackte sein Arm für einen Moment nach unten, denn er hatte mit dem Gewicht nicht gerechnet.

Mandraka stieß einen wütenden Laut aus. »Sei vorsichtig und lass es nicht fallen.«

Der Zombie nickte.

»Und nun geh zu ihr!« Um die Worte zu unterstreichen, drehte sich Mandraka und deutete auf das am Boden hockende Mädchen.

Edda Kiss ahnte Schreckliches. Sie schaute ihren Vater an. Sie wusste um das Schicksal, das man ihr prophezeit hatte. Ihr Blut sollte den Teufel herbeilocken. Damit hatte sie sich vielleicht abfinden können, aber dass ihr eigener Vater sie umbringen sollte, das wollte ihr einfach nicht in den Kopf.

Ihr Vater!

War es noch der eigene Vater? Nein, das konnte und wollte sie nicht glauben. Derjenige, der vor ihr stand, sah zwar wie ihr Vater aus, aber er hatte keine Seele mehr. Er lebte und war dennoch tot, sonst hätte er das nie tun können.

Er nickte dabei, schaute auf die Klinge, und seine Lippen verzogen sich, als würde es ihm Spaß bereiten, die eigene Tochter zu töten.

Eddas Mutter stand im Hintergrund. Sie rührte sich nicht und wirkte wie eine Statue.

Mandraka trat zur Seite. Er wollte dem Zombie Gelegenheit geben, weit auszuholen.

Der Untote hob den rechten Arm. Er befand sich dicht neben Edda. Das Mädchen nahm den widerlichen Modergeruch wahr, der von dieser Gestalt ausging. Ihr Magen krampfte sich zusammen. Ekel stieg von ihm aus in die Höhe und vereinigte sich mit ihrer grenzenlosen Furcht.

Mandraka wollte nicht mehr länger warten. Er nickte dem Untoten zu. »Jetzt!«, befahl er.

Der Zombie holte aus.

Edda Kiss erstarrte vor Grauen. Dann pfiff etwas durch die Luft. Alle hörten das Geräusch und den dumpfen Schlag, der den Zombie traf und ihn nach vorn wuchtete.

Es war ein Dolch, der dies bewirkt hatte. Und er war dem Untoten von hinten durch den Hals gefahren …

Ich hatte ihn geschleudert!

Es war mir gelungen, mich ungesehen an den Ort des unheimlichen Geschehens heranzuschleichen, ohne dass es die beiden Zombies bemerkt hatten, denen ich auf den Fersen war.

Nur eine Waffe hatte ich zur Hand gehabt, und die war ich jetzt los. Sie steckte im Hals des männlichen Zombies.

Praktisch bis zum letzten Augenblick hatte ich gewartet. Es war riskant gewesen, aber ich wollte keinesfalls, dass die übrigen Gegner sich auf etwas anderes als auf den schrecklichen Mordversuch konzentrierten.

Es war mir gelungen.

Noch immer hatte ich das Pfeifen des Dolchs in den Ohren, als er durch die Luft schnitt, die geweihte Klinge den Hals des Zombies traf und den lebenden Toten so zurückschleuderte, dass er gegen Myxin fiel.

Alle standen starr. Der Zombie sackte zusammen. Sein Gesicht – es war in den unmittelbaren Lichtschein der Kerzen geraten – veränderte sich auf erschreckende Weise. Die Züge fielen zusammen, die Haut sackte ein, dann wurde er auch von Myxin nicht mehr gehalten, der ihn losließ, sodass der Zombie fiel und dabei eine Fackel mitriss.

Die Flamme zuckte über den Boden, wurde zu einem langen Finger und fand Nahrung.

Es war das Tuch, das der Untote um die Hüften geschlungen hatte. Pulvertrocken fing es sofort Feuer, und die gierigen Zungen fuhren hoch, wobei sie auch vor der Haut des Untoten nicht stoppten.

Schon bald war der Zombie eine Fackel.

Was ich so langsam erzähle, lief tatsächlich sehr schnell ab. Es war Myxin, der sich als Erster fing und begriff, was eigentlich geschehen war.

Die Schwarzblut-Vampire und Mandraka konnten es einfach nicht fassen.

»Sinclair!«, schrie der kleine Magier. »Sinclair ist hier! Ich kenne den Dolch!«

Während dieser Worte hatte er sich gebückt und gedankenschnell das Schwert wieder an sich gerissen, während der Zombie dahinschmolz wie Wachs in der Sonne.

Ich hatte mich nach meiner Attacke sofort wieder zurückgezogen. Wie ein Schatten war ich in das Dunkel getaucht, denn jetzt war ich waffenlos.

Die anderen sahen mich zunächst einmal nicht. Ich jedoch

konnte sie gut erkennen, denn sie befanden sich im Schein der Fackeln und wurden von ihnen angeleuchtet.

Ich hatte noch mitbekommen, was Mandraka und seine Schwarzblut-Vampire wollten. Durch das Blut einer Jungfrau, garniert mit den entsprechenden Beschwörungen, sollte der Satan herbeigelockt werden. Das würden sie schaffen, denn auch der Teufel musste bestimmten magischen Gesetzen gehorchen.

Es hätte mir nichts ausgemacht, wäre er ebenfalls mit ins Spiel gekommen, aber ich dachte an das Mädchen. Auf keinen Fall durfte Edda Kiss ihr Leben verlieren.

Wie konnte ich sie rausholen?

Eine Frage, auf die so leicht keine Antwort zu finden war. Ich hätte den Ring der Vampire durchbrechen müssen, aber dafür waren es einfach zu viele.

»Er muss hier irgendwo sein!«, vernahm ich wieder die Stimme des kleinen Magiers. »Sucht ihn und macht ihn fertig!«

Es schmerzte, die Worte gerade von Myxin zu hören. Er hatte lange auf meiner Seite gestanden, nun kämpfte er gegen mich. Diese Erkenntnis zu verdauen fiel mir nicht leicht.

Ich sah Myxin am Rand des Scheins stehen. Er hatte sich den Dolch geholt und gab seine Anweisungen. Seltsamerweise ordnete sich Mandraka ihm unter.

Er wiederholte das, was Myxin gesagt hatte, und schickte seine Blutsauger los.

Sie schwärmten aus.

Dabei ließen sie die Fackeln nicht stehen, sondern zogen sie aus dem Boden, damit sie ihnen bei der Suche Licht geben konnten. Im Restlicht sah ich Myxin. Er hatte sich gebückt und riss die schreckensstarre Edda an sich.

Das Mädchen wehrte sich nicht. Sie hätte auch nichts gegen Myxin ausrichten können.

Da die Vampire ausgeschwärmt waren, kam ich an den kleinen Magier und seine Geisel nicht so rasch heran. Ich wusste zudem nicht, wie groß diese unterirdische Gruft war.

An zahlreichen Stellen entdeckte ich die Lichtinseln. Zum Glück waren sie noch entfernt, und wenn sich ein Schwarzblut-Vampir mit seiner Fackel näherte, sah ich zu, so rasch wie möglich ins Dunkel zu tauchen.

Gern hätte ich natürlich die Bestie erwischt, die meine Beretta an sich genommen hatte. Leider sahen alle gleich aus.

Der Weg zum Haus hin war mir versperrt. Zwei Blutsauger hatten sich dort aufgebaut, blieben da zwar nicht stehen, aber in der Nähe. Zählte ich Mandraka hinzu, hatte ich sechs Gegner, von Myxin mal ganz abgesehen.

Vielleicht würde er das Mädchen noch als Trumpf einsetzen. Rechnen musste ich mit allem, zudem war ihm eine solche Situation zuzutrauen. Schließlich hatte er die Seiten gewechselt.

Es war still geworden.

Nur die Schritte der suchenden Blutsauger drangen an meine Ohren. Ich sah das Tanzen der Flammen, die wie Arme in die Schwärze leckten und sie erhellten.

Plötzlich war eine Fackel sehr nahe. Da hatte ich nicht aufgepasst. Wäre ich jetzt zur Seite gehuscht, hätte der andere unweigerlich meinen Schatten und die schnelle Bewegung entdecken müssen.

Ich blieb da, wo ich stand, sackte nur in die Knie und presste mich an den Boden.

So lauerte ich.

Er kam näher.

Zum Glück hielt er die Fackel ziemlich hoch, sodass ihr zuckendes Licht kaum den Boden erreichte und über meinen Kopf hinwegglitt. Ich wagte nicht einmal, tief durchzuatmen, sondern holte nur sehr flach Luft.

Noch zwei Schritte.

Der Schwarzblut-Vampir starrte nach vorn.

Einen Schritt!

Als Waffe musste ich meine Hände einsetzen. Damit überraschte ich meinen Gegner. Bevor er mich entdeckte, packte ich seine Fußknöchel und riss ihn von den Beinen.

Er stieß noch ein krächzendes Geräusch aus, bevor er einen seltsamen Tanz anfing, die Arme in die Höhe warf, auf den Rücken krachte und die Fackel dabei in meine Nähe geriet.

Das war ideal.

Bevor er sich versah, hatte ich schon zugegriffen und die Fackel aus seiner Faust gedreht.

Er wälzte sich auf den Rücken, wollte wieder hoch. Ich sah sein Gesicht sehr deutlich und auch den Schrecken, der sich darin abzeichnete, denn er hatte begriffen, was ich wollte.

Im nächsten Augenblick schon schlug ich zu.

Es war ein sanfter Schlag, denn ich wollte nicht, dass die Flamme verlöschte.

Die Flamme strich relativ weich über den Körper des Vampirs und fand Nahrung.

Der Zombie hatte den Flammen schon nicht widerstehen können, dem Vampir erging es ebenso. Er begann zu brennen, die Flammen schlugen höher, und er rollte sich über den Boden, um das Feuer an seiner Kleidung zu löschen.

Er schaffte es nicht. Die trockene Kleidung hatte die Flammen nahezu gierig aufgenommen, und ich hatte nun für einige Momente Luft. Die Fackel behielt ich. Mit ihr lief ich von dem Vampir weg, den ich gerade zur Strecke gebracht hatte.

Dabei schlug ich die Richtung ein, die zum Ausgang führte, denn dort wollte ich unbedingt hin, weil es für mich letztendlich keine andere Möglichkeit gab, als dort wieder zu verschwinden, wo ich hergekommen war.

Ich musste die Fackel ein wenig von mir weghalten. Wenn ich vorlief, schlug sie zurück, und ein heißer Atem streifte durch mein Gesicht.

Die Vampire hatten mittlerweile bemerkt, was mit ihrem Artgenossen geschehen war.

Sie schrien durcheinander. Für einen Augenblick herrschte zwischen ihnen ein Chaos.

Das musste ich ausnutzen.

Mit Mandraka waren es noch fünf, die gegen mich standen.

Nicht immer würde es so leicht wie bei dem Vampir gehen, den ich eben erledigt hatte.

Jemand lief mir in den Weg. Weil mich die Flamme blendete, sah ich ihn zu spät. Erst als er gegen mich prallte.

Es war ein Zombie! Die weibliche lebende Leiche, die mir ihre kalten Totenklauen ins Gesicht schlug, wo sie abrutschten.

Eine Hand bekam mein Ohr zu fassen, zog daran, und ich hätte schreien können vor Schmerzen.

Stattdessen rammte ich ihr den Fackelstiel gegen die Brust. Die lebende Leiche ließ mein Ohr los, torkelte nach hinten, ich setzte sofort nach und sah, dass ich nicht mehr zuzuschlagen brauchte. Die Vernichtung hatte bereits das Kreuz besorgt. Sie war mit ihm in Kontakt geraten, und bei diesem Wesen wirkte die weiße Magie.

Der weibliche Zombie kippte, als hätte ich ihm die Beine weggeschlagen, und ich sprang über den endgültig erlösten Körper hinweg. Die Magie der Schwarzblut-Vampire war also nicht übertragbar. Bei ihren Opfern herrschten die üblichen Regeln, und das beruhigte mich irgendwie.

Ich wollte zum Ausgang. In der Gruft kannte ich mich nicht aus, doch ich wusste genau, wohin die Treppe führte, und ich konnte von außerhalb meine Attacke einleiten.

Bisher hatte ich mich gut aus der Affäre gezogen. Ich war nicht entdeckt worden, nun aber vernahm ich hinter mir die heiseren Schreie.

»Da ist er! Packt ihn!«

Mandraka hatte die Worte ausgestoßen. Auch einen hellen Frauenschrei hörte ich.

Edda befand sich in Gefahr, ich spürte dies, und Wut packte mich, weil ich ihr nicht helfen konnte.

Auch die Vampire am Ausgang hatten die Befehle ihres Herrn und Meisters vernommen. Sie standen wie stumme Wächter auf dem Fleck und hielten die brennenden Fackeln in den hoch erhobenen Händen. Jetzt allerdings schwenkten sie die primitiven Leuchtkörper und schauten in meine Richtung.

Ob sie mich sahen, wusste ich nicht. Jedenfalls mussten sie den Fackelschein wahrnehmen, der sich ihnen näherte. Und dies ziemlich schnell, denn ich wollte endlich diese verdammte Gruft verlassen.

Während ich lief, wehte die Flamme wie eine heiße Fahne hinter dem Fackelstiel her. Manchmal streifte sie mein Gesicht. Ich spürte den heißen Hauch und merkte, dass meine Haare allmählich angesengt wurden. Ein widerliches Gefühl.

Sie starteten.

Nur die Bewegung der Fackeln behielt ich im Auge. Sie wurden gedreht, denn die Körper der beiden Vampire wandten sich in meine Richtung. Ich vernahm Schritte, stoppte nur ein wenig ab, und im nächsten Augenblick gerieten wir aneinander.

Der Kampf war unvermeidbar. Ich wollte ihn so rasch wie möglich hinter mich bringen und ging die Schwarzblut-Vampire voll an.

Mit der Fackel schlug ich zu.

Es war derjenige, der rechts von mir aufgetaucht war. Selbst sein Gesicht konnte ich erkennen, so nahe waren wir uns bereits. Eine fleckige Fratze, die dunkel leuchtete, bedeckt von eingetrocknetem Blut.

Ich hämmerte zu.

Er ebenfalls. Das Feuer fauchte, wir gaben beide nicht auf, und die Fackeln krachten gegeneinander.

Funken sprühten, die Flammen vereinigten sich für einen Moment und wurden danach wieder auseinandergerissen.

Eine heiße Welle glitt über mein Gesicht und versengte mir sicherlich die Augenbrauen.

Ich setzte meine Füße ein. Das linke Bein hatte ich hochgerissen und rammte es vor.

Der Fuß traf genau.

Er bohrte sich in den weichen Körper. Vor mir knickte der Schwarzblut-Vampir zusammen. Ein dumpfer Laut drang aus seinem Maul, der Arm mit der Fackel fiel nach unten.

Mit einem zweiten Tritt setzte ich nach und schaffte es, meinen Gegner zu Boden zu schleudern.

Der andere griff von der Seite an.

Ich duckte mich noch, denn ich hörte bereits das Fauchen dicht an meinem Ohr. Leider hatte ich zu spät reagiert, denn die Fackel traf meine Schulter.

Ich dachte nicht mehr daran, dass auch ich leicht brennen konnte, drehte mich und stürzte auf den Vampir zu.

Mit dem Kopf traf ich seine Brust. Auch er flog zurück, mit ihm die Fackel, die er trotz allem nicht losließ.

Ich hätte eigentlich nachsetzen müssen, für mich aber war es wichtiger, dieser Gruft zu entkommen, und ich hetzte weiter, um die Treppe zu erreichen.

Hinter mir vernahm ich das wilde Geschrei der Vampire. Sie hatten bemerkt, dass ich nicht so einfach zu vernichten war. Leider gaben sie nicht auf, sondern kämpften weiter.

Ich sah bereits die Stufen. Der rötliche Feuerschein geisterte über sie hinweg, tanzte, gab Licht, warf Schatten. Ich nahm die ersten drei Stufen mit einem Satz und aus vollem Lauf.

Erst jetzt nahm ich mir Zeit und drehte mich um.

Sie hatten sich wieder formiert. Ein Vampir befand sich schon auf der Treppe und kam hoch.

Ich erwartete ihn.

Als er zuschlug, warf ich mich gegen die Kellerwand. Die Fackel wischte vorbei. Der Vampir konnte seine Bewegung nicht mehr stoppen, wurde nach vorn geworfen und hämmerte die Fackel auf eine Stufenkante, wo sie Funken warf, die wie glühende Sterne in die Höhe schwebten.

Diesem Druck hatte der Vampir nichts entgegenzusetzen. Er verlor seine Fackel, war praktisch waffen- und wehrlos, was ich natürlich sofort ausnutzte.

Mein Gegenangriff erfolgte blitzschnell.

Da ich meine Waffen nicht mehr besaß, musste ich es mit dem Feuer versuchen. Die Flamme erfasste seine Kleidung, als er wieder in die Höhe kommen wollte. Er hatte seine Hand gegen die Körpermitte gepresst und zerrte etwas hervor.

Ich sah meine Beretta.

Im Bruchteil einer Sekunde musste ich handeln. Zwar

konnte der Vampir mit der Waffe nicht umgehen, dennoch wollte ich sie ihm nicht überlassen. Obwohl er brannte, warf ich mich auf ihn und nahm ihm die Pistole ab.

Der Vampir hatte sich aufgerichtet. Wegen der Hitze musste ich zurück.

Drei Stufen höher wartete ich. In der linken Hand die Fackel haltend, in der rechten die Beretta.

Mit dem rechten Fuß trat ich zu.

Bevor der Schwarzblut-Vampir selbst kippte, wurde er von mir erwischt. Unter ihm hatten sich seine Artgenossen versammelt. Denen flog er als Flammenbündel entgegen.

Ich bekam Luft und Zeit und hetzte die restlichen Treppenstufen hoch.

Mit gewaltigen Sprüngen überwand ich die Distanz und erreichte schließlich schwer atmend den alten Keller des Hauses. Ob ich wollte oder nicht, ich musste einfach eine kleine Pause einlegen, fiel gegen die Wand und atmete ein paar Mal tief durch.

Nur langsam ging es mir besser. Ich keuchte, denn der Fackelrauch war in meine Kehle gedrungen und hatte auch meine Lungen nicht verschont, sodass es mir nicht gerade leicht fiel, Atem zu holen.

Wankend ging ich weiter vor. Ich wollte endlich wieder an die frische Luft.

Dabei rechnete ich nach. Vier Vampire waren noch übrig. Dazu zählte ich auch Mandraka.

Und ich musste noch mit Myxin rechnen. Er hatte sich bisher ziemlich zurückgehalten. Ich wollte darauf mein Kreuz verwetten, dass dies nur aus reiner Taktik geschehen war. Er würde seine Trümpfe noch ausspielen, darauf konnte ich mich verlassen.

Den Keller ließ ich hinter mir zurück und erreichte den Flur des alten Hauses.

Zum ersten Mal sah ich ihn genauer. Das Licht tanzte über Wände, schuf Schatten und zeigte gleichzeitig die Misere des Hauses auf. Es war baufällig und sah sehr bescheiden aus.

Was da aus den Wänden gefallen war, damit konnte man es fast wieder neu aufbauen.

Auch auf dem Boden lagen Trümmer und Schutt. Wobei ich mich wunderte, dass ich beim Herkommen nicht darüber gestolpert war. Da musste ich wohl einen Schutzengel gehabt haben.

Der Eingang war rasch gefunden. Jetzt hinderte mich die Fackel, denn ihr Licht holte mich als gutes Ziel aus der Finsternis.

Ich schleuderte sie in den Flur hinein, wo sie allmählich ausbrennen würde. Wenn die Vampire schlau waren, hatten sie die Gruft verlassen und lauerten draußen auf mich. Deshalb war ich sehr vorsichtig, als ich das Haus verließ, schob erst meinen Arm nach vorn und schaute quasi mit meinem dritten Auge, der Berettamündung.

Man griff mich nicht an. Ich konnte unbehelligt das windschiefe Gebäude verlassen.

Seltsam war die Ruhe schon, die mich umfing. Da rührte sich nichts. Still und verlassen lag das Gebäude des alten Friedhofs vor mir. Das Vergangene schien nur ein böser Traum zu sein.

Ich allein wusste, dass dem nicht so war, und gab sehr wohl acht. Es tat gut, die frische Luft einzuatmen. Ich pumpte sie in meine Lungen, schaute zum Himmel, sah die dunklen Wolken und einen allmählich verblassenden Mond.

Zwar schimmerte er noch rot, doch die Farbe trat langsam zurück, sodass sie mehr einem schwachen Rosa glich.

Einen Grund dafür konnte ich mir nicht vorstellen, da musste ich einfach raten. Vielleicht hing es mit dem Töten der Vampire zusammen. Wenn sie zum Mond in einem unmittelbaren Zusammenhang standen, konnte meine Vermutung zutreffen.

Es blieb mir nichts anderes übrig, als den Weg zu nehmen, der zum Totenacker führte. Dabei war ich mir sicher, dass Edda noch lebte. Die Vampire würden die Beschwörung nicht eher durchführen, bis die Gefahr, die ich darstellte, gebannt war. Eine Störung der schwarzmagischen Zeremonie konnten sie sich nämlich nicht erlauben.

Ein düsteres Gelände lag vor mir. Bäume und Sträucher hatten längst ihre Blätter verloren. Kahle Zweige breiteten sich aus. Sie bildeten ein seltsames Dach aus schwarzen Armen, unter dem ich herschritt.

Leichter Dunst schwebte über dem Boden. Die feinen Schleier klebten zwischen den uralten Grabsteinen und hingen gespinstartig zwischen den Sträuchern.

Auf dem Weg lagen faulige Blätter. Die noch trockenen raschelten bei jeder Berührung.

Plötzlich blieb ich stehen. Die Schwärze des Friedhofs war genau an einer Stelle aufgerissen worden. Sie befand sich dort, wo ich die Gruftöffnung wusste, und da schimmerte es rötlich.

Es war der Widerschein der Fackeln, der durch das offene Rechteck drang.

Gern hätte ich die Kräfte eines Herkules gehabt, um die Gruft zu schließen. Doch das war leider nicht der Fall, so musste die schwere Platte bleiben, wo sie war.

Ich ging ein wenig schneller. Wenn die Vampire die Gruft verließen, dann sicherlich durch die Öffnung, da dieser Weg am einfachsten und am kürzesten war.

Bis zu meinem Ziel kam ich nicht, denn nun trat das ein, was ich schon lange erwartet hatte.

Myxin meldete sich.

»He, John Sinclair!«, vernahm ich seine laute Stimme, die über den Friedhof schallte.

Ich blieb stehen. Zuvor war ich einen Schritt nach rechts getreten, weil mir die Büsche dort eine einigermaßen sichere Deckung boten. Von dort aus meldete ich mich.

»Was willst du?«

»Komm her, John!«

Ich lachte. »Wüsste nicht, was ich bei dir noch sollte, Magier!«

»Vielleicht nicht bei mir.« Myxin gab das Lachen zurück.

»Aber ich habe hier jemanden, der dir sicherlich mehr am Herzen liegt. Es ist ein Mädchen, die kleine Jungfrau, und sie vergeht fast vor Angst. Willst du ihr Schreien hören?«

Er hatte das Wort kaum ausgesprochen, als ich die Schreie vernahm. Laut und grell klangen sie über den alten Friedhof, und mein Magen zog sich zusammen.

Dann endeten sie.

Auf meinem Rücken hatte sich eine Gänsehaut gebildet. Ich schluckte die unsichtbaren Klöße hinunter, während die Wut in mir allmählich in die Höhe stieg.

»Hast du sie gehört, John?«

»War ja laut genug«, gab ich gepresst zurück.

»Dann ist alles klar. Komm her, denn sonst wird die Kleine sterben!«

Ich atmete zweimal tief durch, bevor ich meine Antwort gab.

»Sicher, Myxin, du hast gewonnen …«

Ich wusste nicht, wo sich Myxin aufhielt. Es konnte sein, dass er nahe der Gruftöffnung auf mich wartete. Jedenfalls würde er sich früh genug bemerkbar machen.

So ging ich weiter.

Ich fühlte mich wirklich nicht wohl in meiner Haut. Auch mein Gang war längst nicht so wie sonst. In meinen Knien fühlte ich das Zittern. Bald würde und musste eine Entscheidung fallen, das stand hundertprozentig fest.

Nur – konnte ich sie zu meinen Gunsten verändern?

Als ich einen Blick nach links warf, stellte ich fest, dass der Fackelschein unruhiger geworden war. Für mich ein sicherer Beweis. Die restlichen Vampire hatten die Gruft verlassen. Da ich einige ihrer Artgenossen erledigt hatte, würden sie mich bestimmt mit besonderem Hass verfolgen. Mein Blut interessierte sie zwar nicht, doch jetzt wollten sie sicherlich meinen Tod.

Sie machten es mir einfach.

Ich sah, dass sich der Fackelschein bewegte, vor mir die Umgebung ausleuchtete und sich dann auf einen bestimmten Fleck konzentrierte. Dieser Fleck befand sich auf dem Weg.

Dort erwartete man mich.

Es war Myxin, der da stand und mir entgegenschaute. Natürlich war er nicht allein. In seinem Griff krümmte sich Edda Kiss, Myxins Geisel. Er hatte sie hart umfasst, sodass sie sich nicht befreien konnte. Sie stand vornübergebeugt, denn ihr Arm war in die Höhe gehebelt worden. Hätte sie eine Bewegung gemacht, die Myxin nicht passte, wäre ihr Arm gebrochen.

Eine verdammte Situation!

Sie musste wohl meine Schritte gehört haben, denn sie hob den Kopf ein wenig an und schaute mir entgegen.

Da sich auch die Vampire aus ihren Deckungen lösten und der Fackelschein über den Weg tanzte, wurde das Gesicht des ungarischen Mädchens angeleuchtet.

Qual und Pein zeichneten sich auf ihren Zügen ab. Die in die Breite gezogenen Lippen erzählten von dem Schmerz, den Edda spürte.

In mir schoss eine Lohe der Wut hoch.

»Keinen Schritt weiter!«, befahl Myxin.

Ich blieb stehen. Kurz nur schaute ich auf ihn, die Geisel und die anderen Vampire.

Vier zählte ich mit Mandraka. Er hatte sich neben Myxin aufgebaut und wartete lauernd ab.

»Du sagst nichts?«, fragte Myxin.

»Zwar bin ich nicht sprachlos, aber ich wundere mich, wie sehr du dich verändert hast.«

»So kann man sich täuschen!«

»Es ist der falsche Weg, den du eingeschlagen hast«, hielt ich ihm vor.

»Der falsche?« Er lachte nur. »Denk doch nach, Sinclair. Wie lange sind wir zusammen? Jahre sind es inzwischen geworden. Was hast du dich angestrengt – und deine Freunde ebenso. Wir haben alles versucht, und du darfst nicht vergessen, dass ich den Satan noch immer hasse. Daran hat sich nichts geändert.«

»Dabei gehst du den falschen Weg!«

Im Gesicht des kleinen Magiers zuckte es. Die sonst grünlich schimmernde Haut war mit einem zuckenden rotschwarzen Muster überzogen, das die Fackeln abgaben.

»Der falsche Weg? Nein, nie! Du bist den falschen Weg gegangen. Ich erinnere dich daran, was du alles versucht hast. Du bekamst Asmodis nie in den Griff. Teilsiege hast du errungen, das war alles. Er selbst blieb immer im Hintergrund und konnte über dich nur lachen. Ich habe es lange genug mit ansehen müssen und war auch gezwungen, deine Niederlagen zu schlucken. Das geschieht von nun an nicht mehr. Ich habe mich für einen anderen Weg entschieden. Die Magie des versunkenen Kontinents Atlantis kehrt zurück, und ich sehe nicht ein, dass ich sie nicht für meine Zwecke einsetzen soll. Ich stelle mich nicht mehr gegen sie, sondern arbeite mit ihr. Wie schon einmal, aus alten Feinden werden Verbündete. Nur so ist es zu schaffen, die Hölle zu bezwingen. Das alles habe ich dir gesagt, ich möchte es nicht mehr wiederholen.«

Da hatte der kleine Magier recht. Ich hob die Schultern. Mehr konnte ich nicht tun. Myxin würde sich nicht mehr überzeugen lassen, das stand fest.

Er hielt Edda nur mit der linken Hand. In der rechten hatte er nach wie vor das Schwert mit der goldenen Klinge. Die Spitze der Klinge drückte in den weichen Boden.

Myxin hatte starke Helfer. Die Vampire würden alles tun, um mich aus der Welt zu schaffen.

Im Moment zögerte er noch, und ich sah, wie ein seltsames Lächeln über sein Gesicht zuckte.

»Ich sehe dein Kreuz, John Sinclair. Du hast es ja offen vor der Brust hängen. Es brauchte nicht zu sein, denn diese Vampire kannst du damit nicht schrecken. Auch mich nicht, ich habe die Wandlung durchgemacht, über die du dich damals so gefreut hast. Deine Chancen sind gesunken, John Sinclair, und du hättest dich auch nicht einzumischen brauchen, dann wäre alles anders gekommen. Da du es dennoch getan hast, musst du leider die Konsequenzen tragen.«

»Du willst also meinen Tod?«

»Ja. Er ist beschlossene Sache. Ob du existierst oder nicht, gegen die Kräfte, die du bekämpfen willst, kommst du nicht an. Sie werden im Endeffekt immer die Stärkeren sein. Ob die Hölle oder Atlantis, nie wirst du gewinnen, deshalb spielt es keine Rolle, ob du lebst oder nicht.«

»Willst du mich umbringen?«, fragte ich.

»Soll ich es?«

»Ja, Myxin, ich will von dir getötet werden. Du hast es schon einmal versucht. Jetzt kannst du es wiederholen.«

Während dieser Worte breitete ich die Arme aus.

Der kleine Magier überlegte noch.

»Das ist doch ein Trick!«

»Wieso? Wenn ich sterben soll, dann durch deine Hand. Vielleicht wirst du damit nicht fertig, Magier.«

»Für wen hältst du mich?«, antwortete er.

»Ich gebe dir noch immer eine Chance!«

»Nein, Sinclair, die Zeiten sind vorbei.« Er warf einen Blick auf Mandraka. »Nimm du sie!«

Der Schwarzblut-Vampir bewegte sich. Er griff nur einmal zu und hatte Edda Myxin aus dem Arm gerissen, bevor sie fliehen konnte. Mandraka hielt das Mädchen nicht so fest wie der kleine Magier. Er nahm sie in den Würgegriff, aber so, dass Edda noch Luft bekam.

Die restlichen drei Vampire hatten sich hinter ihm aufgebaut. Sie hielten die Fackeln, deren zuckendes Licht der Szenerie eine unheimliche Beleuchtung gab.

Myxin löste sich von der Gruppe. Er war bewaffnet. In der rechten Hand hielt er das Schwert mit der goldenen Klinge, die linke Hand versenkte er in den Ausschnitt seines Mantels. Als er sie wieder hervorzog, hielt er den Dolch.

Meinen Dolch!

Ein Zucken lief über mein Gesicht, als ich das sah. Der Dolch und das Schwert, zwei Waffen unterschiedlicher Herkunft, und beide zählten zur weißen Magie. Sie passten einfach nicht zu Myxin, dennoch konnte er mit ihnen umgehen, da er als Schwarzmagier eine Verwandlung durchgemacht hatte.

Er war zum Verräter geworden, und er wollte dies eiskalt bis zur letzten Konsequenz ausspielen.

Ich stand starr wie ein Denkmal. Meine Gedanken drehten sich um Myxin. Sie beschäftigten sich mit den letzten Jahren. Ich dachte daran, was wir gemeinsam erlebt und wie sehr ich ihm vertraut hatte. Jetzt war alles vorbei, vergessen. Myxin sah nur seinen Weg, den er gehen musste, und auf ihm stand ich als ein Hindernis, das er aus dem Weg räumen musste.

Ich bereute es in diesem Augenblick, Myxin auf unsere Seite gezogen zu haben. Er hatte in alles Einblick gewonnen, wir vertrauten ihm, hatten ihm schon jahrelang vertraut, und ich wusste, dass er nun alles gegen mich einsetzen konnte. Er kannte mich in- und auswendig. Wahrscheinlich ahnte er meine Reaktionen schon im Voraus und sah auch, wie ich meine Hand hob und nach meinem Kreuz tastete.

Er schüttelte den Kopf. Dabei blieb er nicht stehen. Er sagte nur: »Dein Kreuz kannst du vergessen, John!«

Ich wartete. Das Schwert hielt er gesenkt, die Dolchspitze wies auf mich. Wäre das Mädchen nicht gewesen, hätte ich es versucht und ihn angegriffen.

So aber zögerte ich, weil ich das Leben der jungen Ungarin nicht in Gefahr bringen wollte. Nur musste ich mein eigenes dafür hergeben, wenn ich Myxin unterlag.

Im tanzenden Widerschein des Fackellichts erkannte ich, dass Myxin lächelte. Er nickte mir sogar zu, bevor er mich wieder ansprach. »Du kannst wählen, John Sinclair. Mit welcher Waffe soll ich deinem Leben ein Ende bereiten?«

Ich ging nicht auf diese Frage ein, sondern stellte selbst eine: »Wie willst du Kara meinen Tod erklären? Von den anderen einmal ganz abgesehen?«

»Überhaupt nicht. Unsere Wege haben sich getrennt. Es gibt für mich keine Kara mehr. Das sollte sie inzwischen begriffen haben. Bei den Steinen habe ich es ihr gesagt.«

»Aber ihr …«

»Die Waffe, John!«, unterbrach er mich. »Ich habe dir eine Frage gestellt. Welche soll dich töten?«

Ich schaute das Schwert an, ich blickte auf den Dolch. Eine Entscheidung, die mir wahrlich nicht schwerfiel. Beide würden mich umbringen, meine Überlebenschancen waren gleich Null. Da war nichts mehr zu machen.

»Sag es!«

Ich hatte mich entschieden. Lange genug hatte ich den Dolch getragen und mich auf ihn verlassen. Er war zu einem Stück von mir geworden. Ich fühlte mich mit ihm verwachsen. Deshalb wollte ich auch durch ihn sterben.

»Ich warte!«

»Nimm den Dolch!«, sagte ich.

Myxin nickte. Irgendwie zeigte er sich erlöst.

»So ähnlich hatte ich es mir gedacht. Ich will dir den Gefallen tun. Du sollst durch den Dolch sterben.«

»Und was geschieht mit dem Mädchen?«, fragte ich.

Myxin hatte die Hand bereits zum Stoß erhoben. Jetzt ließ er den Arm wieder sinken. »Du weißt, was ihr blüht. Schließlich brauchen wir ihr Blut, um den Teufel zu locken.«

»Lass sie wenigstens frei!«, forderte ich.

»Nein. Das kann ich meinen neuen Freunden nicht antun. Sie würden mich nicht mehr akzeptieren.«

Ich überlegte. Da sie Edda sowieso umbringen wollten, war es eigentlich egal, wenn ich ihn angriff. Er hatte mir mit dieser Antwort eine gewisse Chance gegeben.

Das schien er selbst zu merken, denn in seinem Gesicht zuckte es, und ich erkannte eine gewisse Unsicherheit in seinen Zügen.

Ich ging einen halben Schritt zurück.

Myxin war irritiert. »Bleib stehen!«, zischte er. »Ich will dich endlich tot sehen!«

Mich wunderte es, dass er den letzten Satz noch ausgesprochen hatte, denn ich reagierte sofort. Töten lassen wollte ich mich nicht, ich brauchte einen Gleichstand der Chancen.

Selten in meinem Leben hatte ich so schnell meine Beretta

gezogen. Und damit überraschte ich auch Myxin, denn er wusste nicht, dass ich diese Waffe inzwischen wieder an mich genommen hatte.

Urplötzlich starrte er in die dunkle Mündung …

Sekundenlang geschah nichts. Die Szene schien eingefroren zu sein. Myxin bewegte sich nicht, ich stand auch starr, und mein rechter Zeigefinger lag am Abzug.

»Nun?«, fragte ich.

Myxin zitterte. Er sah plötzlich seinen Plan gefährdet, starrte mich an, und ich entdeckte in seinen Augen ein unheimliches Leuchten. »Du kannst mich nicht mit einer Silberkugel töten, John Sinclair!«

»Da wäre ich nicht so sicher.«

»Versuche es. Ich werde ihr widerstehen.«

»Und wenn ich sie dir zwischen die Augen schieße?«

Mit dieser Antwort hatte ich bei ihm einen wunden Punkt berührt. Seine schmalen Mundwinkel zuckten. Er wusste für einen Moment nicht, was er antworten sollte.

Dafür meldete sich Mandraka. »Wir wollen das Blut des Mädchens. Ich werde sie jetzt töten!«

»Nein!«, protestierte Myxin. »Zunächst muss ich mit ihm fertig sein!« Der kleine Magier hatte die Hoffnung nicht aufgegeben. Er wollte mich töten, egal wie, doch ob es ihm gelang, war eine zweite Frage, denn noch immer schaute er in das Mündungsloch.

»Sag Mandraka, dass er das Mädchen freilassen soll!«, flüsterte ich scharf. »Sag es ihm, oder ich drücke ab!«

»Nein!« Eine Antwort wie der Klang einer Peitsche. Sie verunsicherte mich, das musste ich mir eingestehen, und ich fragte mich, ob Myxin zu einem Selbstmörder geworden war.

»Du willst sterben?«

Eine akustische Antwort erhielt ich von ihm nicht, er gab sie mir anders und setzte nun seine wiedererlangten Kräfte gegen mich ein.

Myxin beherrschte die Telekinese und Teleportation. Und die Telekinese, das Bewegen fremder Gegenstände durch rein geistige Kräfte, war sein großer Trumpf.

Die Kraft, die mich erfasste, war schlecht zu beschreiben. Sie glich einem geistigen Ansturm.

Gleichzeitig spürte ich ihn an der Waffe. Die Kraft war so ausgerichtet, dass ich Mühe hatte, die Beretta festzuhalten, denn sie wurde zur Seite gedrückt.

Ich kämpfte dagegen an.

Myxin stand still.

Seine Lippen hatten sich zu einem Lächeln verzogen. Eigentlich hätte er jetzt mit dem Silberdolch zustoßen können, da ich zu sehr abgelenkt war. Er tat es nicht.

Er hielt die Waffe fest umklammert, während ich Mühe hatte, die Beretta in der ursprünglichen Richtung zu halten.

Ein stummer und verbissener Kampf begann zwischen uns beiden. Ich hatte das Gesicht verzogen, die anderen unsichtbaren Kräfte zerrten an mir und der Waffe, und ich merkte, dass ich nicht länger standhalten konnte. Myxins telekinetische Kraft war einfach zu groß.

Was sollte ich tun?

»Du verlierst, Geisterjäger!«, hörte ich das Zischen des kleinen Magiers. »Du kommst gegen mich nicht an. Du erlebst das, was du schon oft erfahren hast. Meine Kräfte sind einfach stärker. Sie gehorchen mir, nicht dir, das solltest du wissen, Sinclair.«

Ja, zum Henker, er hatte recht. Aber ich konnte doch nicht so einfach die Brocken hinwerfen und mich …

Ich schielte auf die Beretta. Die Mündung zeigte nicht mehr genau auf ihn, sondern wies an Myxin vorbei. Das also hatte er mittlerweile geschafft. Hätte ich nur früher geschossen!

Und Myxin lachte. Er war sich seiner Sache völlig sicher. Den Sieg konnte ihm keiner mehr nehmen, und er tat das, was er schon zuvor gewollt hatte.

Myxin stach zu!

Ob der Dolch mein Herz getroffen hätte oder nicht, das wusste ich nicht. Erwischt hätte er mich auf jeden Fall. Nur trat ein Ereignis ein, mit dem ich nie im Leben gerechnet hätte.

In Bruchteilen von Sekunden reagierte mein Kreuz.

Es gab einen Zusammenhang, eine Verbindung zwischen ihm und dem Dolch. Noch nie wurde mir das so stark bewiesen wie in diesen gefährlichen Augenblicken.

Das Kreuz bildete einen Schutz.

Als Myxin sich vorwuchtete, da entstand zwischen ihm und mir eine silbrige Aura, die, so durchscheinend sie auch wirkte, dennoch die Stärke einer Wand hatte.

Und sie hielt den Dolch auf.

Myxins rechter Arm, heftig und hart vorgestoßen, zuckte zurück, als wäre er von einem Hieb getroffen worden. Er selbst konnte sich nicht mehr halten und fiel nach hinten, wobei er den Dolch wie einen Rettungsanker festhielt.

Ich hörte das Schreien der Vampire und sah meine Chance jetzt gekommen. Mit drei gewaltigen Sprüngen passierte ich Myxin und jagte auf die Blutsauger zu, die von den letzten Vorgängen völlig überrascht worden waren.

Ich wollte Mandraka!

Nach wie vor bedrohte er das Mädchen. Bevor er Edda ein Leid antun konnte, war ich schon bei ihm. Schießen konnte ich nicht, da Edda ihn mit ihrem Körper deckte. Dafür schlug ich mit der Waffe zu und traf ihn im Gesicht.

Weich war diese seltsame Masse. Ich erreichte dennoch einen Erfolg, weil er das Mädchen losließ.

Edda begriff noch nicht, dass sie sich frei bewegen konnte. Sie stand noch immer gebückt auf der Stelle und starrte mich an.

»Lauf weg!«, brüllte ich.

Ob sie es tat, darum konnte ich mich nicht mehr kümmern, weil ich von den restlichen drei Schwarzblut-Vampiren angegriffen wurde. Mit ihren Fackeln wollten sie mich erledigen, während sich Mandraka um seinen neuen Partner Myxin kümmerte, der einiges abbekommen hatte.

Die Vampire wollten mich einkreisen, um ihre Fackeln von drei verschiedenen Seiten einsetzen zu können. Einer warf sich gegen mich. Er fiel in sein Verderben.

Nicht einmal aus einer Armlänge Entfernung schoss ich ihm in den Kopf. Und wieder trat das ein, was ich schon einmal erlebt hatte. Aus der Öffnung strömte diese dicke Flüssigkeit, die zwar nach Blut roch, jedoch keines war.

Sie sprudelte wie ein Springbrunnen, benetzte auch mich, bevor ich zur Seite tauchte und noch mitbekam, dass der Schwarzblut-Vampir zusammenbrach.

Ich hetzte ein paar Meter zur Seite. Dort konnte ich mich besser bewegen, auch wenn ich dabei durch Gestrüpp brach, das mich aufhalten wollte.

Es gelang mir, mich zu fangen, und ich drehte mich um.

Zwei waren da, die mich suchten. Myxin und Mandraka hielten sich zurück. Ich sah nichts von ihnen, ebenso wie von dem Mädchen.

Die Vampire hatten sich geteilt. Hoch hielten sie ihre brennenden Fackeln. Der Schein zuckte durch die Nacht, glitt über ihre Köpfe hinweg und legte ein rotes Leuchten auf die Bäume und Grabsteine des Friedhofs, sodass dieser Flecken Erde wie ein von gespenstischen Flammen erfüllter Teil der Hölle wirkte.

Die Vampire verließen sich zu sehr auf ihre eigenen Kräfte. Sie waren zu arrogant. Das sollte sich rächen, denn im Licht der Fackeln gaben sie ein gutes Ziel ab.

Ich konnte sie mir aussuchen.

An einem Busch vorbei zielte ich und hielt dicht unter das Zentrum der Fackel.

Der Schuss.

Trotz des Lichts sah ich noch das blasse Mündungsfeuer, das aus dem Lauf stach, dann hieb die Kugel ins Zentrum und schleuderte den Vampir samt Fackel zurück.

Der andere schrie wütend. Er nahm jetzt keine Rücksicht mehr. Mit der Fackel um sich schlagend, bahnte er sich seinen Weg. Er trat Hindernisse zur Seite, und seltsame Laute verließen seinen Mund.

Bis die Kugel ihn stoppte.

Sie schlug ihn förmlich zurück. Er warf die Arme hoch, ließ die Fackel fallen, die zu Boden krachte, aufsprühte, Funken warf und trotzdem noch weiterbrannte.

Mir war es egal.

Die Diener hatte ich erledigt. Aber Mandraka und Myxin waren nach wie vor frei.

Und ich glaubte einfach nicht, dass sie das Mädchen Edda so einfach laufen lassen würden. Ich hatte ihr das Weglaufen empfohlen. Wo sie hingerannt war, wusste ich nicht. Sie konnte im Haus stecken, aber auch quer über die Felder gerannt sein.

Ihre Chancen blieben schlecht, egal, wohin sie sich gewandt hatte. Ich erreichte den Weg, blieb breitbeinig stehen und schaute mich um, so gut es ging.

Der Mond fiel mir auf.

Er leuchtete nicht mehr so rot, sondern stand als normale fahlgelbe Kugel in der Schwärze des Himmels.

Ich entdeckte weder eine Spur von Edda noch von meinen Gegnern. Die Schwärze, in der die verkrüppelten Bäume gespenstisch wirkten, schien alle drei aufgesaugt zu haben.

Mein Blick fiel ebenfalls auf das Haus.

In der Dunkelheit wirkte es wie eine gefährliche Drohung. Windschief, als würde es jeden Moment fallen, erhob es sich in den Himmel. Ein paar Schritte ging ich in seine Richtung. Plötzlich hatte ich das Gefühl, dass etwas geschehen musste. Ich spürte es, denn in meinem Innern schlug eine Glocke Alarm.

Und nicht umsonst!

Es war nicht der Schrei des Mädchens, der mich alarmierte, sondern ein Ruf des Triumphes.

»Wir haben sie!«

Deutlich hatte ich die Stimme des kleinen Magiers erkannt. Und sie war von dort aufgeklungen, wo das alte Haus stand.

Mir rann es kalt den Rücken hinab. Edda hatte einen großen

Fehler gemacht, den sie nun nicht mehr ausbügeln konnte, und mir würde es ebenfalls nicht gelingen.

Dennoch rannte ich …

Ich erreichte den Ort des Geschehens in einer wahren Rekordzeit. Wurde dann allerdings langsamer, da mir der düstere Eingang wie eine Falle vorkam.

Es war leicht für meine beiden Gegner, sich irgendwo in dem dunklen Gebäude zu verstecken und auf mich zu lauern, deshalb wollte ich nicht wie ein Irrer vorstürmen.

Vorsichtig übertrat ich die Schwelle. Dicht dahinter blieb ich stehen. Meine Blicke bohrten sich in das Dunkel. Die Fackel, die hier gelegen hatte, war längst erloschen. Nur noch ein beißender Geruch schwängerte den Flur.

»Myxin!«, rief ich. »Zeig dich endlich, damit wir es austragen können, verdammt!«

Meine Stimme hallte durch das zerfallene Gebäude, aber der Ruf wurde nicht erwidert. Es kam mir so vor, als wäre ich die einzige lebende Person innerhalb des Gebäudes.

Daran wollte ich einfach nicht glauben. Ich hatte mich nicht getäuscht. Der Ruf war hier aufgeklungen.

Oben oder unten?

Eine Frage, auf die ich sehr bald eine Antwort erhielt, denn es drang ein Geräusch an meine Ohren, das mir einen kalten Schauer über den Rücken trieb.

Ein verzweifeltes Wimmern und Klagen. Dünn, allmählich verstummend, dann wieder zu hören, weil die kahlen Wände den Schall weitertrugen. Ich musste abermals in die obere Etage, wenn ich der Ursache nachgehen wollte.

Um nicht zu stolpern, knipste ich meine kleine Lampe an. Während ich die alte Treppe hochstieg, hüpfte der Strahl über die Stufen, glitt höher und erreichte das Ende der Treppe, und das Wimmern drang mir nun lauter entgegen.

In der ersten Etage kannte ich die Räume. Ich wusste auch, in welchem die Särge standen.

Dort musste ich hin.

Wohl war mir nicht bei der Sache, als ich durch den Gang schritt. Mein Herz klopfte stärker als gewöhnlich. Die Angst hielt mich fest. Noch zwei Schritte, dann hatte ich das Zimmer erreicht.

Ich drückte mich über die Schwelle, schwenkte meinen Arm nach rechts, der Strahl zerschnitt die Finsternis, wurde noch einmal bewegt und traf ein Ziel.

Im ersten Augenblick hatte ich das Gefühl, Mittelpunkt eines Albtraums zu sein.

Es war grauenhaft, was ich da zu sehen bekam. Mandraka und Myxin hatten Edda erwischt und in einen der beiden offenen Särge gelegt, als sie sie nicht mehr brauchten.

Sie lag auf dem Rücken. Arme und Beine hingen über den Sargrand. Als ich näher herantrat, sah ich die dunklen Flecken auf dem Boden.

Eddas Blut.

Das Blut eines unschuldigen Mädchens.

Mein Gesicht verzerrte sich. Der Schauer auf meinem Rücken wurde noch dichter. Ich fiel neben dem Sarg in die Knie und schaute in ein leichenblasses Gesicht, das im schmalen Lichtschein meiner Lampe wie das eines Gespenstes wirkte.

»John Sinclair!«, hauchte Edda. »Sie haben es geschafft!«

Ich gab keine Antwort, sondern handelte. Noch lebte Edda, und ich wollte, dass es auch so blieb.

Sie hatten sie nicht getötet. Den Grund wusste ich selbst nicht, aber ich musste mich beeilen, sonst wäre sie verblutet. An den Armen hatte man ihr mehrere Schnitte beigebracht.

»Es war Myxin mit deinem Dolch«, flüsterte sie. »Ich, ich hatte keine Chance …«

Meine Jacke hatte ich bereits ausgezogen. Jetzt kam das Hemd an die Reihe. Es bestand aus dickem Stoff. Ich hatte Mühe, ihn in Fetzen zu reißen.

Zum Glück wird man als Polizeibeamter auch in Erster Hilfe ausgebildet. Das zahlte sich nun aus. So gut und fest es ging, verband ich die Wunden des Mädchens. Zu viel des kostbaren Lebenssaftes hatte sie schon verloren, es sollte nicht noch mehr hinzukommen.

Geschafft. Als ich den letzten Knoten zuzog, atmete ich auf. Danach hob ich Edda aus dem Sarg.

Ich legte sie auf meine Arme und ging mit ihr in den Flur. Wir stiegen die Treppe hinab, verließen das Haus, und dort stellte ich fest, dass ich eine Ohnmächtige in den Armen hielt.

Ich dachte an Eddas Worte. Sie hatte mir mal erklärt, dass der nächste Ort sehr weit entfernt war. Bis zu ihm musste ich sie tragen. Bisher war mir das Pech treu geblieben. Diese Strähne wurde nun unterbrochen, denn ich fand einen alten Karren. Er lief auf zwei gummibereiften Rädern. Ich bettete Edda darauf und machte mich auf den Weg.

Von Myxin und Mandraka sah ich nichts. Sie hatten ihr Ziel erreicht und das Blut eines unschuldigen Mädchens bekommen. Jetzt konnten sie ihren Plan in die Tat umsetzen und den Teufel so beschwören, dass er ihnen nicht mehr entkam.

Diese Gedanken beschäftigten mich, während ich durch die Nacht wanderte und dabei dem Morgengrauen entgegenging.

Sehr oft schaute ich nach Edda Kiss. Ein paar Mal erwachte sie, sodass ich sie nach dem Weg fragen konnte.

Mit dem ersten Grau der Morgendämmerung erreichte ich weite Felder, auf denen ein Gewächs angebaut war, für das Ungarn so berühmt ist. Paprika.

Felder ließen auf Bauernhöfe schließen. Sie sah ich im Zwielicht der Dämmerung. Dächer, Häuser, Rauchfäden aus Schornsteinen – das alles bedeutete Hilfe für Edda.

Für sie war der Fall beendet. Ich glaubte sicher daran, dass sie durchkommen würde, denn sie hatte eine gute Konstitution.

Für mich jedoch ging der Kampf weiter. Und ein Gegner war hinzugekommen.

Der Verräter Myxin …

ENDE